LA CAZADORA DE PROFECÍAS

LA CAZADORA DE PROFECÍAS

Las Sendas de la Profecía I

CAROLINA LOZANO

PEGASUS

Título: La Cazadora de Profecías

Primera edición: Marzo 2008

ISBN: 978-84-92431-07-6

Depósito Legal: M-9857-2008

Impreso en España / Printed in Spain

Impresión: Brosmac S.L.

Editorial ViaMagna
Avenida Diagonal 640, 6ª Planta
Barcelona 08017
www.editorialviamagna.com
email: editorial@editorialviamagna.com

http://www.carolinalozano.com

A Jose Carlos y Justa, por ser los mejores padres.
A Albert, porque casi todo esto se lo debo a él.

Índice:

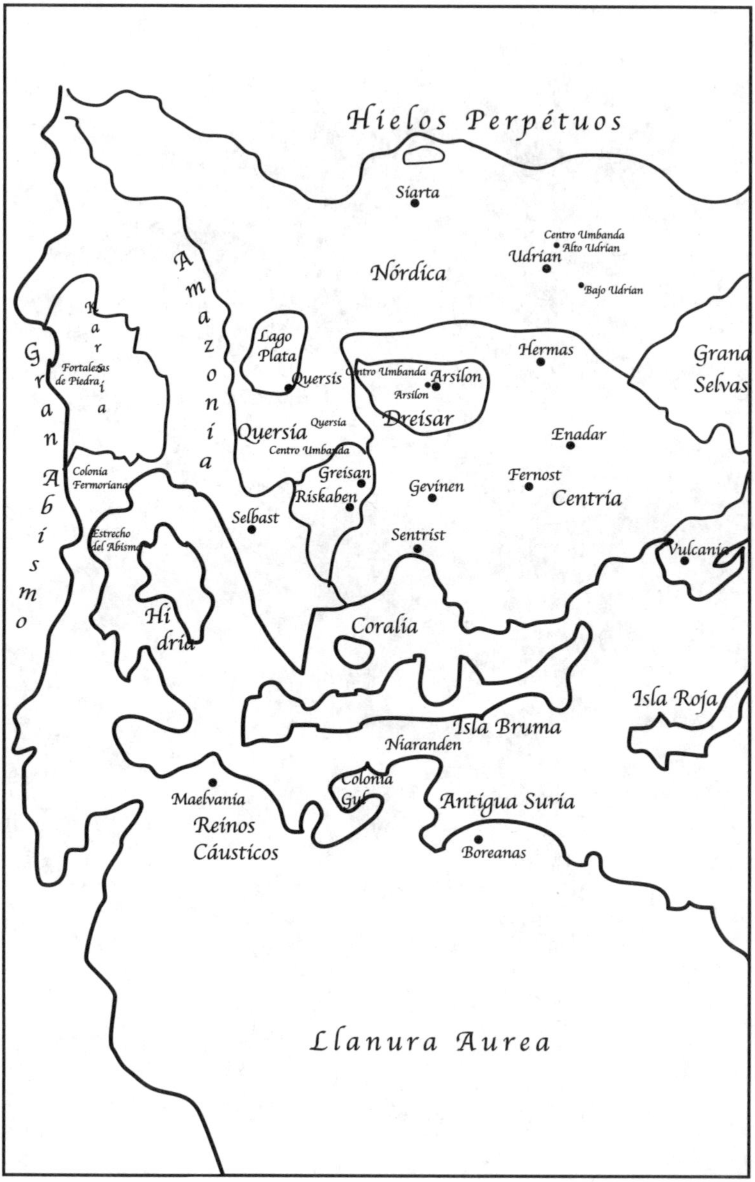
Hielos Perpétuos
Siarta
Centro Umbanda
Alto Udrian
Udrian
Nórdica
Bajo Udrian
Amazonía
Karia
Lago Plata
Hermas
Gran Abismo
Fortalezas de Piedra
Quersis
Centro Umbanda
Arsilon
Arsilon
Grandes Selvas
Dreisar
Quersia
Quersia
Enadar
Centro Umbanda
Colonia Fermoriana
Greisan
Fernost
Riskaben
Gevinen
Centria
Selbast
Estrecho del Abismo
Sentrist
Vulcania
Hidría
Coralia
Isla Roja
Isla Bruma
Niaranden
Colonia Gul
Maelvania
Antigua Suria
Reinos Cáusticos
Boreanas
Llanura Aurea

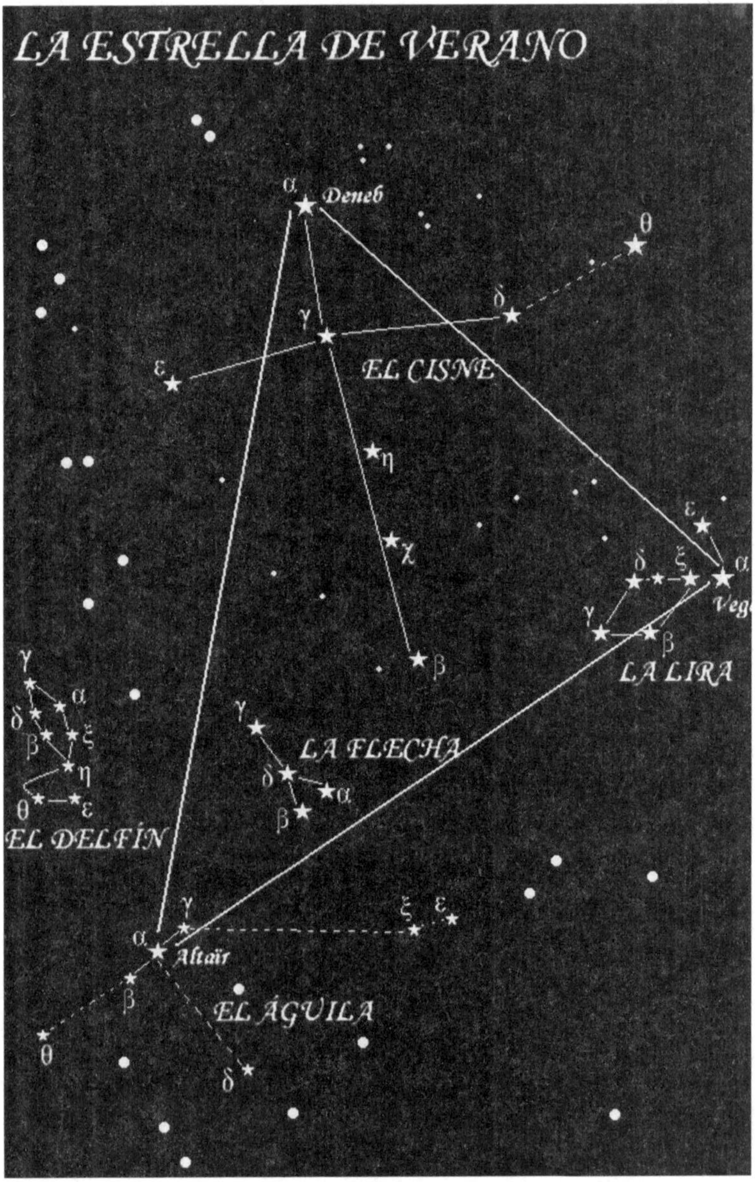
LA ESTRELLA DE VERANO
Deneb
EL CISNE
LA LIRA
LA FLECHA
EL DELFÍN
Altaïr
EL ÁGUILA

INTRODUCCIÓN

La magnífica noche estrellada asomaba entre los edificios de piedra y los techos de tejas carmesíes, refulgiendo como si alguien hubiera lanzado al cielo oscuro una multitud de ascuas candentes. El mago miró a su acompañante con intensidad, pero ella tan sólo tenía la vista fija en aquella bóveda celeste del mismo color negro de su cabello. Parecía que la joven lo había olvidado a él y a cualquier otra cosa mundana, como si encontrara en el firmamento aquello que le faltaba para sentir completa su alma. El mago no había podido esperar semejante suerte. Aquella maravillosa doncella, que había provocado un silencio sepulcral al entrar en la taberna con su sola belleza, se había fijado en él y había accedido a acompañarlo a pasear a solas bajo la luz de las estrellas. Y sin embargo ahora empezaba a sentirse molesto, pues la muchacha no daba muestras de acordarse de que él estaba a su lado. Con el ego herido, el mago le rodeó la cintura torpemente e intentó recuperar su atención.

—Oye muchacha, deja de mirar así el cielo —dijo el mago intentando entablar conversación—. Pareces una elfa lunática con esa…

No acabó la frase, pues sintió que el cuerpo de la esbelta joven se ponía rígido y tenso ante sus palabras, como un arco a punto de disparar. De repente, el mago notaba que su brazo no rodeaba un cuerpo delicado y frágil sino un ente poderoso y repleto de energía. ¿Podría ser…? No, se dijo el mago; aquellas gentes no abandonaban sus pequeños reductos salvajes sin un buen motivo, y nada tendría que hacer un inmortal allí. Intentó mantener la calma, amparándose en la seguridad de que su magia le protegería si llegaba el caso de necesitarla. Sonriéndose, intentó quitarse de encima aquella molesta sensación de peligro.

—No me has dicho tu nombre —dijo a la joven con actitud relajada.

—No, no te lo he dicho —dijo ella tranquilamente —. Pero si quieres saberlo, mi nombre es Eyrien. Y quítame las manos de encima, Alto humano.

El mago ya no siguió andando. Eyrien era sin duda un nombre élfico, y además cualquier Alto humano que se preciase sabía que ése era también el nombre de la hija del Señor de Siarta, y por tanto una Hija de la Noche y una poderosa hechicera. Se separó de ella bruscamente y por primera vez la vio tal como era, sintiendo que su rabia y su ira aumentaban hasta desbordarse. La muchacha había abandonado la ilusión que la hacía parecer algo más humana, joven, inocente e indefensa. Sus labios ya no eran de un apetitoso color rojo cereza, sino que mostraban su aspecto natural, de un color azul oscuro aterciopelado. Y sus ojos, afilados y grandes ojos de elfa, no lo miraban con candidez e inocencia, sino con la letal frialdad que delataba que lo había condenado a muerte.

—Además de ser una elfa lunática, como tú mismo has dicho —dijo la inmortal sin ocultar ya el timbre sobrenatural de su voz, que parecía producir suaves ecos —, soy una Cazadora.

—Una Cazadora… —dijo el mago sintiendo de repente un frío demoledor. Al fin iba a pagar por todos sus crímenes.

—Sí —contestó la elfa con aquella falta de ambigüedad propia de los de su especie—. Y he venido a quitarte la vida por la masacre que ibas a perpetrar en el Bosque de Seristan contra los feéricos menores. ¿Sabes de lo que te hablo, mago?

La palabra mago nunca había sonado tan insultante como en aquel momento.

—Por supuesto que sé de lo que hablas —contestó el Alto humano con desdén—. Los únicos feéricos buenos son los feéricos muertos, y eso os incluye a los elfos, maldita bruja. Mi fama será eterna cuando descubra al mundo que la inocente heredera del pueblo elfo es también una asesina de humanos. ¡Entonces ya nada os salvará del exterminio, Eyrien de Siarta!

El mago alzó las manos y se dispuso a lanzar su hechizo más letal, convencido de que aquella joven elfa no era un rival indestructible. Pero ella había empezado ya su propio conjuro. Al invocar la magia de la luna y las estrellas, sus ojos habían adquirido un color amarillo brillante, dándole un aspecto extraño y fantasmal que resultaba aterrador. Mientras sus cabellos se alzaban como movidos por una brisa inexistente, la elfa pronunció unas pocas palabras en su propio idioma élfico. De sus manos brotó una intensa onda expansiva que chocó con fuerza contra el mago. Éste aulló de dolor al notar cómo se rompían todos los huesos de su cuerpo bajo la potente fuerza invisible del hechizo de la elfa, pero su grito agónico no duró mucho; al chocar contra el suelo la vida ya lo había abandonado. La elfa retomó la normalidad y se acercó al cadáver con indiferencia, meditando en por qué todos los traidores se creían poderosos como para enfrentarse a un guerrero Elfo. Como siempre, todo había acabado rápida y limpiamente.

—Tu sentencia se ha cumplido, Alto humano —dijo.

Dejó caer un sobre lacrado sobre el cuerpo inerte. Las voces de los ciudadanos de Hermas habían empezado a brotar en algún callejón cercano, concentrándose alertados por los gritos agónicos del mago.

Cuando llegaran a la escena de la breve batalla, sólo hallarían el cadáver de aquel Alto humano extranjero que había llegado hacía dos días a la ciudad. Todos reconocerían rápidamente el sobre que destacaba sobre el cuerpo sin vida. Todos sabrían que el hombre había sido condenado por los Sabios Élficos por un futuro y atroz asesinato del que quizás ellos mismos habrían sido las víctimas. La gente agradecería que los elfos hubiesen librado al mundo de otro enemigo de la frágil paz en que convivían los Pueblos Libres, pero no podrían evitar sentirse temerosos e intimidados por los Cazadores de la raza inmortal. Se preguntarían quién habría sido el Cazador y si lo habrían tenido delante, o si simplemente habría llegado a la ciudad para cumplir su misión, sin haberse dejado ver por nadie. Y todos mirarían a su alrededor con temor y curiosidad, intentando recordar a cualquier mago que hubiera podido ser un elfo ilusionado.

Sin embargo Eyrien, transformada ya en una sombra como le permitía su condición de Elfa de la Noche, haría rato que se habría alejado de la concentración humana. La dama de todos los elfos, cuya condición de Cazadora era conocida por muy pocos entre los mortales, reemprendía ya el retorno a casa. Convertida de nuevo en la elfa joven, hermosa y delicada que era, habría sido el sueño que cualquier humano se sentiría afortunado de vislumbrar entre los árboles de una noche de primavera.

1

Los Sabios de Siarta

Una vez más en sus incontables años, Eyrien de Siarta enfiló el oscuro corredor que la llevaba a la cámara de los Sabios Videntes, un espacio algo siniestro que se encontraba bajo la esplendorosa ciudad imperial de los Elfos de la Noche. Hacía cinco años que no estaba en Siarta, pero Eyrien sabía que debía dejar el reencuentro con su familia para más tarde; no había tiempo para nada más que acudir a la llamada urgente que había recibido de los más poderosos entre los inmortales, los Videntes que eran capaces de leer en las estrellas el futuro. Había echado de menos a su familia pero eso tendría que esperar, como bien sabía Eyrien el día que dejó de ser la protegida de su padre, el Señor, para convertirse en un arma defensiva de su pueblo.

—¡Eyrien! —exclamó una voz tras ella, resonando en el tétrico corredor.

Al girarse, Eyrien vio que un elfo de largos y sedosos cabellos color azul claro e intenso se acercaba a ella a grandes zancadas, con una sonrisa radiante y los brazos extendidos para invitarla a refugiarse en ellos.

—Hola, primo Frirel —dijo respondiendo a la sonrisa del elfo con otra igual de cálida, y que contrastaba sorprendentemente con el aspecto severo e implacable de ambos—. ¡Cuánto me alegro de verte!

Los elfos se abrazaron con cariño, pues hacía casi una década que no se veían. Aunque Eyrien pertenecía a aquella casa y a aquella raza, había pasado mucho tiempo entre los otros pueblos del mundo como enviada de su padre. El Rey negro Esigion de Maelvania aumentaba su poder mientras los elfos menguaban, dejando a los humanos con el deber de enfrentarse a sus miedos o dejarse vencer por ellos. Por ello, los inmortales habían tenido que acudir de nuevo en su auxilio, olvidando los recelos y manteniendo los lazos de cooperación y amistad que tanto necesitaban los Pueblos Libres en aquellos tiempos de incertidumbre y traiciones constantes.

—Dime prima —dijo Frirel mientras tomaba a Eyrien de los hombros y la separaba para observarla de arriba abajo—. Después de pasar tanto tiempo entre razas menores, ¿sigues siendo una Hija de la Noche digna o ya te has corrompido con tanto trato con humanos, enanos, mestizos, y ese largo etcétera de tribus bárbaras?

Eyrien se quedó mirándolo con una mueca divertida y no dijo nada, dejando que Frirel juzgara por sí mismo y evitando así una discusión que sin duda les llevaría más de un ciclo lunar solventar. Los elfos, o Hijos de los Dioses, como los llamaban los humanos, eran los únicos seres que habían conseguido doblegar su magia interna e innata a voluntad, y entre ellos los más hábiles eran los Elfos de la Noche, que se habían erigido como una raza de grandes hechiceros. Y eso, además de poder, les imbuía de arrogancia. Como decían los Altos humanos cuando no había ningún elfo cerca para escarmentarlos, un Hijo de la Noche podía matar tanto con sus habilidades guerreras y mágicas como con el tedio de sus pedantes charlas. Los más osados se atrevían a llamarlos Elfos de la Luna, por lo extraños y remotos que eran, y sólo los más temerarios los tildaban de lunáticos, aunque éstos rara vez sobrevivían para contarlo.

Sin embargo, Eyrien había pasado suficiente tiempo entre los distintos pueblos no feéricos como para haber aprendido a no subestimar a ninguno de ellos. Sonrió bajo la escrutadora mirada de su primo, guardándose su opinión para sí misma; Frirel, como uno de los muchos inmortales que nunca había salido del territorio élfico, no sería capaz de vislumbrar la ambigüedad de todos aquellos sentimientos.

—No —dijo Frirel al cabo de un momento, ajeno a los insólitos pensamientos de su prima—. Sigues siendo la más hermosa y pura de las elfas de la casa de Siarta.

Eyrien acentuó aún más su sonrisa tras aquellas palabras.

—Gracias, primo Frirel —le contestó.

—Me alegro mucho de verte, pequeña Cazadora —dijo finalmente Frirel, y besó a Eyrien en la frente con un cariño que los demás hubiesen creído inaudito en él—. Ahora te dejo marchar. Sólo el saber que tú estabas por aquí me ha llevado a aventurarme en este sótano. No sé de qué va esta vez el asunto, pero los Ancianos han estado muy nerviosos y más tensos que de costumbre, si cabe. Sus discusiones han hecho temblar el suelo en más de una ocasión en estos últimos días, y ya te puedes imaginar que Soneryn no hace nada más que pavonearse de lo que sabe pero sin despegar los labios para explicarlo.

—No me hables de Son —dijo Eyrien con un gesto de disgusto—. Y espero que sea importante de verdad. Acabo de llegar después de haber recorrido muchas leguas, y ni siquiera he visto aún a mi padre ni a mis hermanos.

—Creo que lo es —confirmó Frirel mostrando por fin la perpetua preocupación que adornaba normalmente el semblante del elfo, mientras Eyrien recogía el arco y el carcaj que había dejado caer al suelo—. Por favor, Eyrien, no vuelvas a irte antes de que hayamos vuelto a hablar. Ha habido mucho movimiento y tienes que conocer las últimas noticias de boca de algún familiar cercano. Eres heredera de Siarta igual que tus hermanos, aunque tus visitas a casa sean más esporádicas de lo que nos gustaría a todos.

—De acuerdo —dijo Eyrien sonriendo, aunque notaba una punzada de angustia. Se sentía desengañada por el hecho de haber creído que, por haber retornado al hogar, iba a gozar de un poco de calma por un tiempo—. Trataré de hablar con mi padre o mis hermanos antes de irme. Pero te preocupas en exceso por mi inocencia. Ya no soy ninguna joven doncella a la que se pueda manipular, primo Frirel. He visto ya mucho mundo.

Frirel soltó una carcajada.

—Pero sigues teniendo menos de 300 años, Eyrien —dijo con diversión—. Aunque yo me preocuparía más de que fueses tú quien manipulases a los demás que a la inversa.

Eyrien le guiñó un ojo con picardía y siguió su camino por el oscuro pasillo, más contenta pero también más preocupada. Aunque siempre se alegraba de volver a casa, no podía evitar sentir una cierta melancolía al recordar la independencia y el anonimato que se lograban en el mundo grande y desconocido. Era una Cazadora, una asesina, como había dicho el mago de Hermas, pero en casa volvía a ser una niña a ojos de todos.

Alzó la mirada y limpió su mente de aquellos pensamientos sombríos. Al final del pasillo de piedra se alzaba una puerta de roble, casi tan vieja como la misma roca de la montaña, que separaba a los hechiceros más poderosos de entre todos los pueblos de la Tierra del resto de los seres mortales e inmortales. No había guardias en la entrada para protegerlos, pero ni falta que hacía; los Sabios Videntes eran perfectamente capaces de detectar a cualquiera que se acercase a ellos y detenerlo desde la distancia si lo creían preciso. Nadie que viera a los de entre los elfos adivinaría la fuerza letal que ocultaban, pues eran ancianos, tan ancianos como ningún elfo había llegado a serlo nunca, y sus cuerpos eran frágiles y débiles como un junco seco. Pero aquella decrepitud del cuerpo era sólo un sacrificio nimio por concentrar toda su energía en su mente y su magia, y ni el más osado de los guerreros se habría atrevido a desafiarlos estando todos juntos. Siete eran, y su número los hacía más poderosos cuando estaban juntos. Eran casi tan ancianos como el mal contra el que luchaban, sabios y comprensivos como el mundo. Sin ellos, el pueblo élfico habría desfallecido largo tiempo atrás bajo la asfixiante presión de los proliferantes mortales y los Reinos Cáusticos de Esigion de Maelvania.

Eyrien se detuvo ante la puerta y respiró hondo. Ya hacía más de tres décadas que se había puesto al servicio de los Sabios como Cazadora, pero aún cada vez que acudía a su presencia se sentía poco más que un insignificante tejo entre majestuosos castaños. Sonrió para sus adentros. Los pocos que la conocían bien la respetaban y la admiraban por su poder, pero como acostumbraba a pensar Eyrien, todos podían tener algún árbol mayor al lado para hacerles sombra. Consciente de que llevaba demasiado tiempo haciendo esperar a los que seguro que ya sabían que ella estaba al otro lado de la puerta, accionó la manija herrumbrosa y entró. Dentro de la sombría habitación circular, iluminada tan sólo por las débiles llamas de las pocas antorchas que pendían de las argollas de las paredes, el silencio era absoluto. Sólo las figuras de ojos brillantes que se adivinaban al fondo de la estancia, sentadas tras una larga mesa de roble, permitían adivinar que en aquel lugar había algún rastro de vida.

—Pasa, pequeña Eyrien —resonó una voz profunda y femenina en el amplio salón—. Eres bien recibida.

—Gracias, Sabia Hizel —respondió Eyrien reanudando su camino.

Cuando llegó ante los Siete Ancianos, Eyrien notó sus penetrantes miradas fijas en ella y alzó la cabeza con una seguridad que estaba lejos de sentir. En seguida se sintió atraída por la mirada del Sabio Imran y se relajó. Imran la había tomado como discípula y había sido él quien la había convertido en una hábil hechicera, igual que a su más fiel amigo en Siarta, Konogan.

—¿Cómo ha ido el viaje, Dama Eyrien? —le preguntó el Sabio con voz cálida y mirada benevolente.

—Muy bien, gracias Sabio Imran —contestó Eyrien.

—¿Y la Señora Elhania está bien allá en Quersis? —se interesó Imran.

—Mi madre vive placenteramente entre los Elfos de los Bosques, aunque añora el hogar, y a mi padre y mis hermanos. También os envía sus respetos.

—Y quedamos agradecidos —intervino tajante el Sabio Lubisten, quien era demasiado impaciente como para soportar mucho tiempo las palabras banales—. Y sabemos que acabas de llegar, Eyrien, pero hay asuntos graves que requieren ser tratados con la máxima urgencia.

—Me hago cargo —dijo Eyrien con determinación—. Ya sabéis que para mí no hay nada más importante que servir a la seguridad de mi pueblo.

—Me alegro —respondió el Sabio complacido—. Porque la misión que tienes por delante es compleja y grave a partes iguales, y tendrás que partir inmediatamente.

—¿Inmediatamente? —dijo Eyrien—. Pero aún no he visto ni a mi padre, ni a mis hermanos. Y hace cinco años que no veo a mi sobrina. No puedo irme sin avisarlos; están esperando verme.

—Al menos ya te has encontrado con tu primo, creo, pues hemos sentido su presencia —intervino la sabia Hizel, con toda la gentileza de que era capaz alguien tan poderoso e inteligente—. Pero no te angusties por tus familiares, Soneryn les dará cualquier mensaje que te parezca importante.

Eyrien dio un respingo y se giró para observar a la figura que se hacía visible en aquel momento y se apoyaba contra la pared en sombras. Se sintió violenta. Son era un elfo noble y ambicioso que aspiraba a entrar en la Casa de

Siarta por medio de ella. Era atractivo y elegante, y siempre caballeroso, pero Eyrien lo aborrecía con toda su alma; el joven elfo rezumaba una codicia y una cierta falta de escrúpulos que le erizaba la piel.

Soneryn se separó de la pared y descruzó los brazos con calma antes de acercarse a Eyrien. Sus cabellos y sus ojos aparecían de un azul profundo y grisáceo familiar, como ella recordaba, y la observaba con una intensidad que la hacía sentir incómoda.

—Dale a Soneryn el mensaje que quieras transmitir a tu familia, Eyrien querida —la animó Hizel con impaciencia.

—Yo... —dijo Eyrien, titubeando. Los acontecimientos se estaban precipitando y se sentía demasiado perpleja e incómoda como para pensar con claridad—. Sólo diles que los quiero y que... y que espero que se pongan rápidamente en contacto conmigo y me expliquen las novedades que hayan sucedido en mi Casa y sobre mi pueblo.

Eyrien se sintió satisfecha ante la incomodidad general que habían producido sus palabras. Los Ancianos parecían molestos, pero en ese momento no le importaba. Una cosa era que se hubiese puesto a su servicio como Cazadora, pero no iba a permitir que cruzaran el límite del respeto que le debían como heredera de la Casa de Siarta e hija de su Señor.

—Se hará como dices, Eyrien —dijo Imran con un asomo de sonrisa.

—Les transmitiré tus palabras con fidelidad, Eyrien —dijo Soneryn. Se encaminó hacia la puerta y, al pasar junto a Eyrien, se detuvo muy cerca de ella y le susurró al oído—: Te he echado de menos, hija de Siarta. ¿Y tú a mí?

Luego siguió andando sin esperar respuesta. Eyrien cerró los puños con fuerza, indignada, pero se obligó a posponer cualquier ofensa personal para más tarde; no estaba allí para eso.

—Eyrien, querida, sé que la misión que vamos a asignarte ahora será muy dura para ti por tus circunstancias personales, pero precisamente por esas mismas circunstancias eres la elfa más adecuada para cumplir con el objetivo que se presenta —dijo finalmente Lubisten—. La nueva profecía que ha surgido nos habla de un Alto y un Bajo humanos que se enfrentarán a nosotros para derrocarnos.

—¿Derrocarnos? —repitió Eyrien sintiendo que el color abandonaba su rostro—. ¿Qué humano va a poder derrocar a los elfos, sea Alto o Bajo?

—La profecía está escrita de forma clara en las estrellas, y por eso es importante intervenir cuanto antes. Aunque ni ellos mismos saben todavía que su destino es derrocar a los más poderosos elfos.

—Pero... —empezó a decir Eyrien confusa.

—Sabemos que no es lo habitual, pero esta vez no podemos arriesgarnos a dejarlos obtener el poder que los llevará a resultar peligrosos —dijo Hizel, con una sonrisa amable—. Hay que actuar antes de que se conviertan en personajes demasiado queridos e influyentes como para que se vuelvan... inaccesibles.

—¿Quiénes son esos humanos? —dijo Eyrien, intuyendo que la respuesta sería difícil de aceptar.

—Son el sobrino y el protegido de Ian de Arsilon —dijo Lubisten—. El futuro rey y el futuro consejero de los Reinos Humanos Libres, respectivamente.

—¡No! —exclamó Eyrien sin poder reprimirse—. ¡Imposible! He sido una amiga en la Casa de Arsilon desde hace cien años, y conozco al rey Ian desde que accedió al trono hace ya dos décadas. Siempre ha sido amigo de los elfos y un fiel aliado, como lo fue su padre antes que él; no puede ser que su sucesor se convierta en un traidor.

Los Sabios murmuraron indignados por su forma de hablar, pero a Eyrien le daba igual. Estaba más que dispuesta a replicar y a enfrentarse a ellos aquella vez, y no sólo porque lo que le exigían era extraño e inmoral, pidiéndole que matara a unos jóvenes humanos que ni siquiera sabían aún que serían unos traidores a la libertad. Además, Ian era uno de sus mejores amigos mortales, y lo respetaba. Él confiaba en ella; Eyrien no podía asesinar a lo que le restaba de familia, una progenie a la que además había prometido proteger hacía años.

—Tú conoces a Ian, Eyrien —dijo Hizel pacificadora—, pero no a su sobrino ni a su protegido.

—Por lo que yo sé —dijo Eyrien—, el sobrino de Ian debe tener ahora 25 años humanos. Y también sé quién es el mago al que Ian educa: el hijo de Lander de la Casa de los Tres Elfos. Ambos provienen de familias fieles y sacrificadas. Y si no saben lo que harán en el futuro, lo cual igualmente me cuesta creer, no puedo matarlos.

—¡Eres una Cazadora, Eyrien! —dijo Lubisten perdiendo la paciencia.

—Sí, pero no una asesina de inocentes —dijo Eyrien con osadía—, y ellos todavía lo son. Además, River de la Casa de los Tres Elfos puede ser un arma poderosa para nosotros como lo fue su padre. Su tatarabuelo, y el padre y la abuela de éste fueron elfos, uno de ellos un Elfo de la Noche. Es algo verdaderamente inaudito, único en todo el mundo, y sus poderes serán grandes y útiles si sabemos redirigirlos hacia donde hacen falta. Os recuerdo que yo fui amiga de su padre, y que éste se mostró en todo momento dispuesto a ayudarme y servirme a mí. Lander murió defendiendo Arsilon, igual que Robin. No dudo que su hijo será igual de comprometido.

Los ojos de Lubisten relampaguearon y Eyrien notó que la fuerza mágica del Sabio la rozaba y la quemaba como tentáculos candentes. Pero no se dejó cohibir. Eyrien miró a Imran, y por la mirada airada e impotente que éste dirigía a la mesa, la elfa adivinó que él tampoco estaba de acuerdo con aquel camino que el Consejo, en su mayoría, había dispuesto.

—Eyrien de Siarta —dijo Lubisten con ira contenida—, no me interesa conocer cómo se desviven los humanos que se encaprichan de tu bella presencia. Cumplirás con la misión que se te ha ordenado y no hay más que hablar. Umbra y Elarha ya han sido localizados y enviados hacia Arsilon, a donde te transportaremos mágicamente en este mismo momento.

—Bien, pero también soy legada de mi padre en Arsilon —dijo Eyrien, amparándose en su posición política en un último intento de ampliar su campo de acción—. Ian, que es un aliado de confianza, conoce mi condición de Cazadora. Si mato a sus protegidos sabrá que he sido yo, y eso hará que se enemiste con nosotros. Incluso puede que nos declare la guerra. No nos lo podemos permitir, porque si los Pueblos Libres nos peleamos entre nosotros, Esigion de Maelvania sólo tendrá que sentarse a esperar para recoger los frutos de nuestra estupidez.

—¿Insinúas que Arsilon supone un peligro para nosotros, los Hijos de la Tierra? —preguntó el Sabio Yeren con un tono afilado.

—Por supuesto que no —dijo Eyrien desdeñosa—. Sólo digo que todos esos humanos que se interponen entre nosotros y el Sur son uno de los motivos por los cuales Esigion no ha intentado atacar Siarta para matar a mi padre. Tampoco digo que fuera a conseguirlo, por supuesto, pero un asedio rompería la paz y la felicidad de todos mis súbditos, elfos tranquilos que nunca han oído de lo que sucede en tierras no feéricas, nada más rumores lejanos.

—No hace falta que nos hables de guerra, joven hija de Siarta —dijo Hizel con una sonrisa amarga—, porque hace más de mil años que la combatimos. Yo todavía puedo recordar el tiempo en que los Reinos Libres se extendían aún por el Continente Sur, cuando éste no era un desierto inmenso sino un lugar fértil y hermoso. Y he visto a los pueblos sureños arrasados por las tropas de Maelvania, a reinos perecidos y olvidados hace tiempo, a los supervivientes exiliándose bajo el amparo del Continente Norte. En todo el Continente Sur ya sólo queda la Ciudad Libre de Niaranden, sometida a graves peligros, cuando antes había muchos reinos poderosos y casi no había humanos en el Norte —dijo la Sabia con amargura, recordando milenios de penurias y de ver la Tierra progresivamente arrasada bajo el creciente imperio de los Pueblos Cáusticos—. No, Eyrien querida, no hace falta que nos hables de la guerra.

Eyrien miró al suelo. Era demasiado joven para haber visto todo lo que explicaba la Sabia, pero el solo hecho de pensar que el Continente Sur había sido alguna vez un ente vivo y fértil como el Continente Norte le dolía en alma. La memoria heredada de su casa, los sufrimientos vividos por sus antepasados y los pueblos indefensos podían acecharla hasta hacerle creer en los dudosos medios de los Sabios.

—Eyrien, hazlo como quieras pero hazlo —dijo Lubisten, quien empezaba a destellar de impaciencia—. ¿Qué es más importante, esos humanos que morirán temprano o tu pueblo imperecedero? Cumplirás tu misión o te convertirás en una traidora a tu raza y a los tuyos.

Eyrien bajó la mirada al suelo, sintiendo que la invadían la rabia y la impotencia.

—Enviadme allí —dijo con toda la calma de que era capaz—. Pero vosotros me habéis dicho muchas veces que las profecías necesitan para cumplirse que sus protagonistas recorran la senda marcada a sus pies. Así que observaré a los humanos el tiempo que haga falta para asegurarme de que van a cumplir ese destino, y entonces los mataré. No antes, precisamente por el bien de la libertad y de mi pueblo. Esa es mi decisión como hija de la Casa de Siarta y debéis acatarla.

Lubisten la miró fijamente con los ojos encendidos de un dorado intenso, amenazador, y Eyrien se desplomó inconsciente quedando tendida en el suelo.

—¡No hay que ser violentos, la muchacha sólo se rige por su moral! —exclamó enfadado Imran mientras observaba el cuerpo desvanecido de Eyrien.

—Ha sido cosa de un momento de ira incontrolable —dijo Lubisten con una sonrisa conciliadora—. Despertará pronto. Ahora enviémosla a Arsilon, despertará ya allí y seguro que recapacita pudiendo pensar a solas. Concentraos.

Los elfos unieron sus mentes y las fundieron en una sola, concentrando la magia suficiente como para convertir el cuerpo de Eyrien en pura energía y hacerla fluir hacia su destino, donde la depositaron con cuidado y la hicieron de nuevo corpórea. Después, aun agotados como estaban, los demás Sabios intercambiaron una mirada de entendimiento y miraron a Imran, que se había quedado horrorizado.

—¡Qué hemos hecho! —dijo Imran cuando recuperó el habla—. No la hemos enviado a Arsilon, la hemos abandonado en el bosque cerca de un… de un…

Imran miró a sus silenciosos compañeros, percibiendo la falta de sorpresa que mostraba la expresión de todos ellos.

—No ha sido un error —murmuró incrédulo—. La habéis enviado allí a propósito —dijo furioso —. No se qué está pasando pero no permitiré que uséis a Eyrien para…

Imran no terminó su amenaza. Exhaló un gemido de dolor y sorpresa, y observó la punta ensangrentada de la espada que sobresalía de su pecho. No necesitó girarse para saber quién había sido su asesino, quién lo había traicionado a las órdenes del resto de sus compañeros. Con los ojos empañados y sabiendo que iba a morir, concentró su moribunda energía en buscar a las almas puras que se encontraran más cerca de Eyrien para interponerlas en su camino, rogando que llegaran antes que aquel ser que la rondaba.

—Eyrien… —susurró con su último suspiro—. Ahora lo veo. El camino de la Hija de Siarta ya está escrito.

Cumplirá su misión antes de rendirse a ese bienestar de su pueblo que tanto anhela.

Mientras tanto, lejos de allí, en medio de un denso bosque, una figura elegante y silenciosa como un felino se inclinaba sobre el cuerpo inconsciente de una Elfa de la Noche. Los ojos grises y penetrantes del ser la observaron como quien observa una bella flor, pero también como quien observa el más delicioso de los manjares. La Elfa de la Noche era una presa que merecía todo su respeto. Con uno de sus largos y pálidos dedos, el joven apartó un mechón de cabello del rostro de la elfa, casi con ternura. Realmente era un ser hermoso, aquella joven elfa de labios azules y rasgos delicados como el cristal. Con la delicadeza propia de los de su especie, el joven alzó un poco a la elfa entre sus brazos y dejó al descubierto su pálido y apetitoso cuello. Clavó los largos colmillos en la inmaculada piel inmortal y rápidamente sintió que el inmenso poder mágico de la elfa invadía su propio organismo como un éxtasis de vida, y se abandonó al dulce sabor de la sangre élfica. Unos instantes después, el punzante dolor que empezaba a atravesar su mente como hielo le anunció que aquella parte del trato acababa allí, y que debía dejar a la elfa si quería seguir viviendo. El joven se pasó la lengua por los labios y dejó a la inmortal otra vez entre la hierba. Momentos después, el cuerpo de su víctima se volvió completamente negro y se fundió con las demás sombras de la noche, invisible, protegida por su magia instintiva de Elfa de la Noche. Sin embargo, y aunque ya no podía verla, el joven la sentía y la olía, y siempre sabría dónde estaba ella porque su dulce sangre poderosa lo llamaría y lo atraería como el canto de una sirena, haciéndose irresistible.

El vampiro alzó la cabeza al oír unas voces en la noche, anunciando que alguien se acercaba entre la opaca espesura del bosque. Sonrió, consciente de que alguien más había movido los hilos de aquel entramado del destino para oponerse a sus actos.

—Un poco tarde, ¿no crees? —murmuró dirigiéndose a la elfa invisible.

Se alzó en toda su esbelta estatura. No parecía otra cosa que un atractivo y joven Alto humano, pero la mirada fría y ávida que dirigía a la elfa ensombrecida habría helado la sangre a cualquiera.

—Volveremos a vernos, hija de Siarta. Te lo prometo —dijo el íncubo con su voz dulce e hipnótica —. Y gracias por tu magia.

Luego se alejó y selló el pacto al que había accedido cumplir por la sangre de la elfa y por el que se había condenado tras probar su dulzura. Sabía que había caído en la trampa, pero no le importó; el premio bien lo merecía.

Y mientras el ser que la había atacado se alejaba en completo silencio y los destinos de muchos empezaban a hilarse bajo el complejo patrón que se escribía en los astros, Eyrien permaneció inconsciente en su forma nocturna, ajena a todo lo que sucedía a su alrededor.

2

Un desvío en el camino

—Aún no sé por qué hemos tenido que desviarnos de esta forma —dijo Killian algo enfurruñado—. Estoy cansado y quiero llegar a casa.

—Yo tampoco lo sé. Pero algo me ha dicho que había que venir por aquí, y tengo curiosidad.

—Qué raro eres, River —dijo Killian—. Recuérdame que no viaje con más Altos humanos.

River se rió, pues sabía que su amigo sólo bromeaba. Killian era un Bajo humano y, como tal, pensaba que la mayoría de Altos humanos eran casi tan extravagantes como sus antepasados élficos, pero Killian y River se conocían desde muy pequeños y se querían como hermanos.

—Así nos paseamos un poco —dijo River, intentando no perder la concentración para que la pequeña bola de luz que había conseguido conjurar no se extinguiese y los dejara completamente a oscuras en mitad del bosque—. Porque cuando lleguemos a Arsilon, ¡oh, futuro rey!, se te acabará rápidamente la autonomía para pasearte a tus anchas. Cuando los deberes como heredero del trono de tu tío te ahoguen, desearás incluso que te hubiese perdido por el camino.

—Como si no estuviéramos perdidos ya —murmuró Killian.

Luego se quedó callado, incapaz de decidir si el mago tenía razón o no. Su tío, el rey de Arsilon, lo había enviado hacía años a las tierras paternas cuando su madre había sido asesinada, y había permanecido a salvo en aquel lugar cercano a las Grandes Selvas. Y ahora volvía, tras quince años de ausencia, para enfrentarse a su proclamación como heredero del trono. Pero River sí había permanecido en el imperio durante todo aquel tiempo, y debía tener una idea más acertada de cómo funcionaban las cosas en el centro de operaciones de la Triple Alianza. Sin duda, las tensiones y las preocupaciones serían constantes tras conocer de primera mano todas las desgracias a que estaban sometidos los Reinos Libres. Aunque aquella idea le provocaba un cierto respeto, Killian estaba impaciente por involucrarse en la lucha contra el mal que los Reinos Cáusticos de Maelvania habían tendido sobre ellos desde hacía más de un milenio.

Y sin embargo, pensó Killian con cinismo, ahora permanecía medio perdido en lo profundo de un bosque, dando rodeos por una extraña intuición del hechicero, y alumbrado por una llama tan débil que no le permitía ver dos centímetros más allá de su propio cuerpo. Esperó que el bosque no estuviera infestado de kapres o cosas peores, pues, aunque la mayoría habían sido exterminados tras la Alianza Negra que impulsó, Esigion de Maelvania, algunos rondaban aún por Arsilon. Justo en aquel momento en que su mente estaba sembrada de pensamientos funestos, notó que su pie se trababa con algo invisible y casi cayó de cara al suelo.

—Lo que faltaba —murmuró moviendo los brazos como un bufón para recuperar el equilibrio.

—¿Pasa algo? —preguntó River un poco más allá, levantando su bolita de luz azulada.

—¡He tropezado con una sombra! —dijo Killian molesto, aunque rápidamente añadió—: Qué estupidez.

—¿Con una sombra? —repitió River, y su voz no sonaba jocosa sino más bien seria.

—¡Sí! —dijo Killian incrédulo—, ¡y sigue aquí! La estoy tocando con el pie.

—¡No la golpees! —exclamó River, súbitamente tenso.

Killian no pudo entender qué era lo que perturbaba tanto al mago, pero se retiró con cuidado de aquella cosa. En cuestiones de misterios, siempre era mejor atender a las razones de los Altos humanos. Killian notó que River pasaba por su lado para acercarse cautelosamente a la extraña sombra corpórea, y guardó silencio sintiendo los latidos de su corazón como si produjesen eco.

—Qué raro. Esto es imposible… —dijo el mago con la voz teñida por una tensión mal contenida—. Me parece que es un Elfo de la Luna inconsciente. Ups… —murmuró tras un momento de examen—, una Elfa de la Luna inconsciente más bien.

—Bromeas —dijo Killian.

—No, no bromeo. Ya sabes que los magos no bromeamos nunca con eso —dijo River con emoción—; la estoy tocando. Claramente es una Hija de la Noche inconsciente.

—No me lo puedo creer. Un Elfo de la Noche aquí, en Arsilon —dijo finalmente Killian—. ¿Qué pasará para que se aventure tan lejos de sus Tierras Altas?

—Supongo que alguno tenía que asistir a tu fiesta de presentación, Killian —dijo River aún serio—. A mí lo que más me preocupa es saber qué puede haber dejado en este estado a una Hija de la Noche. Incluso los más débiles son poderosos, y esquivos.

—Será mejor que nos la llevemos, ¿no crees? —dijo Killian—. Podría pasarle algo. Podría haberla pisado mi caballo si yo no hubiera tropezado primero con ella, sin ir más lejos.

—Tu caballo la habría percibido y la habría rodeado, porque los animales aman a los elfos. Y no es muy prudente mover a una elfa si ella no lo sabe, Killian —dijo River con sorna—. Podría enfadarse y estaríamos muertos sólo fracciones de segundo después de que hubiera recuperado la conciencia. Será mejor que montemos el campamento aquí y permanezcamos a su lado pero sin tocarla. A la luz de la mañana veremos lo que le ha pasado, si no ha despertado aún.

—Bien —dijo Killian—. Lo cierto es que tengo curiosidad por ver si los elfos son tan maravillosos como cuentan las leyendas.

—Y más —sonó la voz de River con un suspiro.

Killian sonrió. Sabía lo que significaba para el mago haberse encontrado con un elfo. Aunque los Altos humanos descendían de una antigua unión mixta de sus familiares con algún elfo, hacía tiempo que eran pocos los que llegaban a ver a un inmortal alguna vez, y River tenía por los elfos aquel extraño sentimiento de amor-odio que obsesionaba a todos los de su raza. Las uniones mixtas entre elfos y humanos no habían sido muy comunes ni siquiera en la antigüedad, y en cada saga familiar de Altos humanos solía haber un único antecesor elfo o a lo sumo dos, excepto en el caso de la familia de River, en la que había tres de las razas más poderosas, algo inaudito. Por aquellos tiempos los inmortales aceptaban a los Altos humanos aunque no les permitieran vivir en sus territorios, e incluso los instruían en sus artes. Pero, como había sucedido alguna vez entre todos los pueblos de la Tierra, las relaciones entre ellos se habían vuelto hostiles y habían entrado en guerra hasta distanciarse irremediablemente, para pena de los hechiceros humanos. Ahora, incluso muchos pueblos humanos creían que los elfos ya no existían, que sólo sobrevivían en las leyendas. El mismo Killian nunca habría pensado que llegaría a ver a un inmortal alguna vez, si no supiese que su tío mantenía contacto con ellos y que éstos visitaban Arsilon por cuestiones diplomáticas de vez en cuando. Sin embargo no se dejaban ver por cualquiera, y el mismo River no había visto a ninguno de los legados élficos, aunque vivía en el mismísimo castillo de su protector, el rey.

—Mi tío siempre me ha dicho que no hay que estereotipar a los elfos —dijo Killian al cabo de un rato, cuando ya habían cenado, sabiendo que River sería tan incapaz de dormir en aquellos momentos como él—. Que una cosa es la raza élfica como pueblo y que otra cosa son los elfos como individuos. Creo que él se lleva bastante bien con algunos, siempre me dijo que cuando conociese a su amiga Eyrien al volver a Arsilon entendería lo que quiere decir.

Aun antes de acabar la frase, Killian ya se había dado cuenta de que sus palabras habían causado una honda impresión a su amigo. Oyó cómo éste se incorporaba de golpe en la oscuridad; el susurro de las pieles con que se cubría al resbalar por su cuerpo había roto el silencio sepulcral del bosque.

—¿Has dicho «amiga» Eyrien? —preguntó River en un susurro incrédulo.

—Sí, así se llama la huésped siartana habitual a la que recibe mi tío —dijo Killian—. Pero que quede entre tú y yo, porque mi tío suele ser muy discreto al respecto y opina que no debo decir palabra a nadie. Aunque a ti no le importará que te lo haya dicho.

—¡Por supuesto que es discreto! —dijo River alzando la voz, incapaz de contener su emoción—. No sabes lo que estás diciendo, Killian. Eyrien de Siarta es la Hija de Siarta. Ese es el nombre de la tercera hija de Subinion, Señor de Siarta y de los Hijos de la Noche.

Killian se incorporó también, boquiabierto. Los elfos no gustaban de títulos como rey, emperador y demás símbolos de poder extremo, pero Subinion de la casa de Siarta era el Señor incuestionable del pueblo elfo, igual que su tío Ian de Arsilon era el rey de todos los Reinos Humanos Libres. Pero incluso los reyes de humanos y enanos rendían pleitesía al Señor de Siarta, y lo hacían con lealtad, admiración y respeto. Pues la misma esencia de la lucha por la libertad emanaba desde las Tierras Altas de Nórdica, y eran los Elfos de la Noche los que habían conseguido mantener en pie aquella batalla milenaria contra los Reinos Cáusticos y Esigion de Maelvania. Los humanos nacían y morían, se peleaban y se sucedían, pero la Casa de Siarta siempre se había mantenido fiel a la búsqueda de la libertad y la justicia para todos los pueblos libres y pacíficos de la Tierra. Subinion había dedicado más de un milenio de su vida a dirigir la defensa del Continente Norte, extendiendo su amistad y sus lazos de alianza a todos los Reinos Libres, olvidando las rencillas del pasado para enfrentar al enemigo común.

Pero Killian también sabía que, aunque los elfos defendían la libertad de todos, fuera cual fuera su pueblo o su condición, no por ello se avenían más a tratar con los que no fueran de su especie, y eran pocos los que se aventuraban a dejar sus tierras natales, especialmente los Elfos de la Noche. Por ello, Killian se había quedado estupefacto al saber que la amiga que visitaba a su tío en Arsilon era nada menos que la hija del soberano más omnipotente.

—No me lo puedo creer —dijo en un susurro—. Si me hubiesen dicho que esa doncella elfa que visita a mi tío era la mismísima Hija de Siarta no me lo hubiese creído nunca. ¿Te das cuenta? Sería peligroso que esa información llegara a oídos hostiles, Maelvania se nos echaría encima sin piedad de una vez por todas. Y también ella correría peligro.

—Es peligroso para ella hasta cierto punto, Killian —dijo River con algo de impaciencia—. Todo mago sabe que Subinion consagró a su primer hijo a la política y a la herencia del trono, al segundo a la guerra y la estrategia, y a la tercera a la hechicería pura. Así que, además de ser hábil con las armas como cualquier elfo, Eyrien de Siarta debe ser una hechicera magnífica. Créeme si te digo que no te gustaría que te cogiese ojeriza esa doncella elfa. Esta otra, sin embargo —dijo River refiriéndose a la elfa inconsciente que intuía a su lado—, no ha sido capaz de defenderse. Me pregunto qué hará por aquí, fuera del camino seguro hacia Arsilon.

—Lo mismo que nosotros, pasar desapercibida. Será una mensajera o una embajadora menor —aventuró Killian—. O quizás es una sirviente de la Hija de Siarta. Quién sabe, quizás Eyrien de Siarta ya está en Arsilon esperando a darme la bienvenida —dijo anhelante—. ¿Qué te parece?

—Que me muero de ganas de que llegue el momento de tu presentación, para ver si ella está allí o no. Si tiene que estar presente, no podrá esconderse de todos como ha hecho hasta ahora —dijo River con un leve resentimiento en la voz.

—Quizás incluso se digne a dirigirnos la palabra en agradecimiento de que hayamos socorrido a su doncella —dijo Killian esperanzado.

—Quizás, o quizás no. Los elfos son elfos. Sería bueno que descansáramos un poco —dijo River finalmente, pensando con sensatez—. No sé qué le ha pasado a esta elfa, pero te aseguro que no tendrá un buen despertar, y menos cuando nos vea a nosotros a su lado. Será mejor que estemos bien despiertos y preparados para lo que pueda pasar.

El príncipe arsiloniano oyó cómo River volvía a arrebujarse en sus pieles y cómo murmuraba en torno a todos ellos un conjuro de protección que los escudaría contra cualquiera que intentara acercarse. Sonrió para sus adentros. River debía tener razón en cuanto a lo peligrosa que podía resultar la elfa, pero Killian estaba convencido de que la curiosidad que sentía el mago por ver cómo era, cómo hablaba, cómo le miraría a él y si podría ganarse su respeto como Alto humano, era más fuerte que el temor por el destino al que pudiera someterlos la elfa.

Killian tenía razón en cuanto a los sentimientos de su amigo. River no pegó ojo en toda la noche pese a lo que había dicho, demasiado impaciente porque llegara el amanecer y pudiera observar a la elfa en su forma diurna. River de la Casa de los Tres Elfos, famoso en todos los reinos por sus tres ascendientes feéricos, había anhelado la llegada de aquel momento en que él y Killian fueran lo suficientemente mayores para alistarse en los Ejércitos Libres. Deseaba luchar con la Triple Alianza no sólo para defender la paz, sino también para ganarse el respeto de los elfos, como había hecho su padre. No olvidaba que sus mismos padres habían muerto buscando la libertad, ganando gloria pero dejando en el mundo a un huérfano más. Había sido el rey Ian de Arsilon, fiel amigo de su padre, quien le había protegido desde entonces. Así, si el rey de los humanos libres había adoptado a su sobrino como a un hijo, a River lo había adoptado como a un sobrino, y se había asegurado de que su educación mágica sacaba lo mejor de él para convertirlo en un gran guerrero hechicero. Quizás demasiado preocupado en convertirlo en un buen guerrero, pensó River mientras veía el cielo sonrosarse con la próxima salida del sol. Porque ahora era muy bueno creando escudos protectores y lanzando formidables ataques, pero era casi incapaz de hacer algo tan sencillo y vulgar como crear luz o secarse la ropa después de la lluvia.

Pronto todo pensamiento se esfumó de la mente de River. Conteniendo la emoción, giró cautamente la cara al percibir que el cuerpo de la elfa abandonaba su forma sombría que, si bien durante la noche la protegía de las miradas, durante el día y bajo el sol no haría otra cosa que llamar más la atención. Cuando advirtió que la inmortal seguía desvanecida, se incorporó y se acercó con cautela a una distancia prudente. La elfa tenía la cabeza apoyada sobre un brazo extendido. Su rostro quedaba oculto por la cascada de largos cabellos que se extendían más allá de los hombros delicados, y sólo dejaba intuir una parte de sus labios azulados. La muchacha vestía con un tejido de un marrón claro como la corteza de los árboles, con botas altas también del mismo tejido, y tenía todo el aspecto de ser una curtida viajera. Allí donde la ropa no ocultaba su cuerpo, lucía una piel tan pálida y lisa que invitaba a acariciarla para descubrir si realmente era tan suave como aparentaba. Sin embargo River no era ni tan tonto ni tan temerario como para dejarse llevar por la curiosidad y ponerle las manos encima a una doncella de la raza más poderosa de los feéricos inmortales. Se quedó un rato observando cómo los cabellos de la elfa iban variando de color para mimetizarse con el color azul del cielo, y ni siquiera se giró cuando notó que Killian se alzaba y se acercaba conteniendo la respiración.

—¿Qué le habrá pasado? —dijo el príncipe finalmente, después de observar un rato la belleza que irradiaba aquella figura inerte—. No es una posición normal para alguien que haya caído desfallecido súbitamente, ¿no crees? Parece como si alguien la hubiera dejado así con intención.

—Tienes razón —dijo River reprochándose el haberse embelesado con la magia de la elfa en vez de fijarse en aquellos detalles—. ¿Tienes prisa, futuro rey? Porque creo que sería mejor esperar a que despertara. No creo que a tu tío le importe que nos retrasemos si es por esto.

—Nos quedaremos —decidió Killian.

Volvió al lugar donde las ascuas de la noche anterior aún humeaban para preparar el desayuno. River lo siguió y se sentó frente a él, pero sin dar la espalda del todo a la elfa. Killian notó que el mago estaba tenso y que dirigía rápidas miradas a la inmortal, no con fascinación, como él hubiese esperado, sino con cautela. Frunció el ceño mientras reavivaba el fuego de la hoguera.

—¿De veras crees que puede atacarnos?

—Todo es posible —dijo River alzándose de hombros y tratando de parecer distendido—. Los elfos no son de fiar. A los humanos no nos consideran mucho más importantes que a cualquier otra bestia, y ésta no se sentirá nada cómoda cuando despierte y nos encuentre cerca de ella. Creo que si algo no soportan los elfos es sentirse debilitados.

—Explícame algo más de los elfos —dijo Killian mientras ponía a calentar la sopa sobrante de la noche anterior —. Lo único que sé yo de ellos es cómo tratarlos diplomáticamente, y eso sólo ya es complicadísimo. Es más fácil hacerse amigo de un Grifo que no ofender a un elfo.

River se rió, aunque la metáfora de Killian no se alejaba mucho de la realidad.

—Será mejor que no vuelvas a hablar así cuando ella despierte —dijo River con una sonrisa tensa—. Si te oye compararla con un animal… Bueno —dijo pensativo—, los elfos son muy diferentes entre sí, igual que lo somos los humanos. Todos comparten la magia, su lazo con la naturaleza, su agilidad, la inmortalidad y esas cosas, pero aparte de eso son muy diferentes entre las distintas razas. Tanto que alguna vez han entrado en guerra como hacemos los humanos.

—Algo sé de las guerras de los elfos —dijo Killian—, que acabaron por desconfiar tanto los unos de los poderes de los otros que acabaron estallando en guerra. Sólo ahora parecen llevarse bien otra vez, como hacemos nosotros para poder enfrentarnos a los Reinos Cáusticos. Ahora es Subinion de Siarta quien los gobierna a todos aunque no quiera llamarse rey, ¿verdad?

—Así es —dijo River con un suspiro, girándose a mirar a la elfa un momento—. Los Elfos de la Noche son los más poderosos de entre todos los feéricos. Son los más élficos, por así decirlo. Son muy inteligentes, más que cualquier otro pueblo de la Tierra. Además, ellos reciben su esencia de la Luna y las estrellas y no hay una magia que pueda compararse a ésa, porque es energía pura. Los Elfos de Noche se han consagrado desde hace milenios al estudio de la magia y son grandes hechiceros. También en las otras razas de elfos hay hechiceros, e incluso los más ineptos de éstos superan a la mayoría de los magos humanos, pero ningún otro elfo puede igualar en poder mágico a los Elfos de la Noche. He oído que los más hábiles incluso pueden encantar a los enanos, que son inmunes a la magia. Por eso son los señores indiscutibles del pueblo elfo. Subinion, sin ir más lejos, es ahora el más grande hechicero, y sus hijos no deben irle a la zaga. Pero los elfos también son hábiles con… los arcos.

River abrió mucho los ojos y se puso pálido. Killian dio un respingo. No habían tenido tiempo de asimilar el súbito movimiento que se había producido a su lado cuando vieron que la elfa ya estaba frente a ellos, aún arrodillada, observándolos con una mirada que helaba la sangre y apuntándolos con el arco de Killian. Pasaron unos largos segundos en que todos se estuvieron estudiando mutuamente. A la luz del sol naciente, vieron sus rasgos delicados y pálidos, adornados con unos labios azules y aterciopelados y unos ojos grandes y almendrados que los miraban con frialdad mientras cambiaban de color a la vez que lo hacían el cielo y sus cabellos. Parecía joven, una doncella solamente, pero la profundidad de su mirada delataba la sabiduría otorgada por los largos años que hacía que la muchacha habitaba el mundo. Y ahora, aunque sus ojos eran belleza pura, en ellos sólo se leía la ira y la frialdad que la embargaban.

3

El destino en el bosque

Mientras la mañana iba despertando a su alrededor, mientras Killian y River se preguntaban si iban a morir a manos de aquel ser maravilloso, Eyrien tenía sus propias dudas. Y eso era algo a lo que no estaba habituada y por lo que se sentía alterada como nunca, aunque su aspecto sólo emanara amenaza y seguridad. Se sentía desconcertada y confusa, pues no sabía cómo había llegado a aquella situación desamparada. No podía recordar nada, absolutamente nada. Mientras vigilaba a los dos inmóviles humanos, Eyrien luchó por rescatar el último recuerdo de su memoria. Y éste fue el de encontrarse en la sala de los Siete Ancianos, diciéndoles que la enviaran a Arsilon pero que cumpliría su misión cuando ella estuviera segura de lo que hacía. Y, sin embargo, ahora no estaba en Arsilon, de eso no había duda, sino en medio de un bosque con dos humanos atónitos por compañía. Y se sentía débil, muy débil.

—Has estado inconsciente —le dijo uno de los jóvenes—. Te encontramos en mitad de la noche ahí mismo, y decidimos velarte hasta que despertaras.

Eyrien lo miró detenidamente, ignorando el hecho de que estaba provocando un estremecimiento al chico. Aunque aguantó el escrutinio. El humano tenía los ojos verdes y muy brillantes, y sus cabellos lisos se componían de mechones de diversos tonos de rubio y marrón. Y aunque estaba sentado, Eyrien podía adivinar que era alto, quizás incluso más que ella. Era sin duda un Alto humano, y le resultaba familiar. El otro humano era más mundano, con rasgos menos delicados y el cabello de color marrón avellana; un Bajo humano, aunque su porte era regio y orgulloso.

—¿Dónde estamos? —preguntó Eyrien sin dejar de apuntarlos con el arco.

—Estamos en el bosque de Dreisar, a unas dos jornadas de la fortaleza de Arsilon —dijo el Alto humano frunciendo el entrecejo—. ¿Estás bien? —añadió.

—Lo suficiente —dijo molesta; ya había hablado suficiente con aquellos entrometidos—. Habéis sido muy amables. Dejaré que sigáis vuestro camino para que yo pueda seguir el mío.

River hubiese querido retenerla, pero no era tan estúpido como para importunar a una elfa ya molesta. La inmortal se alzó del suelo con aquella agilidad propia de los de su especie. Pero en cuanto estuvo de pie pareció desfallecer y sus ojos adoptaron un profundo color azul oscuro que River hubiese jurado que transmitía miedo. El arco y las flechas resbalaron de entre sus manos como si ya no tuviera fuerzas para sostenerlos y volvió a caer de rodillas.

—¡Oh, no! —exclamó Killian, y se levantó raudo a sostenerla.

River quiso gritarle que se detuviese, pero no tuvo tiempo de hacerlo. La elfa murmuró algo por lo bajo y Killian se estrelló contra un escudo invisible que lo hizo retroceder a trompicones y caer al suelo. La inmortal levantó los ojos hacia ellos pero sin verlos, como si estuviera mirando en su propia mente. Con lentitud temerosa se llevó una mano al cuello y, apartándose los cabellos azul claro hacia la espalda, posó la palma de la mano en el lado izquierdo de su garganta. Se puso más pálida incluso antes de mirarse la mano y descubrir en ella dos puntitos de su sangre granate con tintes dorados. También River sintió un vuelco en el corazón al ver las marcas de los colmillos de un íncubo en el delicado cuello de la pálida feérica, aunque pronto tuvo que preocuparse por su propia seguridad.

Recuperándose de la impresión, Eyrien volvió a clavar su mirada en los dos humanos. Su ira iba en aumento y era pareja al temor que despertaba el saberse víctima de un vampiro. River alzó los brazos en un gesto de defensa desesperada y creó un escudo alrededor de él y su amigo, sabiendo que no serviría de nada. Sin embargo, quizás fue aquel gesto el que los salvó, porque despertó la compasión de Eyrien; no le gustaba matar a nadie a sangre fría. Se relajó y los miró con más calma, consciente de que no eran necesariamente enemigos. Quizás sólo había sido el destino quien los había cruzado en su camino.

—Eso no te protegerá de mí, Alto humano —dijo Eyrien refiriéndose a su pantalla de protección—, si decido que debéis morir.

—Ya lo sé —reconoció el mago.

Eyrien pronto estuvo segura de que ellos no tenían nada que ver con el ataque que había sufrido; el Bajo humano la miraba con aquella preocupación propia de los caballeros que veían a una dama en apuros, y en la mirada del mago se adivinaba aquella fascinación revestida de envidia que se leía en el corazón de todos los Altos humanos cuando veían a un elfo. Aunque parecía que su inquietud era genuina. Eyrien se sentó en el suelo, para meditar en lo sucedido. Los humanos se limitaron a quedarse mirándola desde su prudencial distancia, cosa que agradeció. No le apetecía tener que atacarlos si se movían y distraerse de sus pensamientos. Al cabo de un rato, Killian desvió su mirada de ella y la dirigió a su compañero.

—¿Crees que esto tiene algo que ver con tu intuición de cambiar de rumbo? —le susurró.

Eyrien alzó la cabeza para mirar al Alto humano, que respondió mirándola a ella.

—No lo sé, pero podría ser —dijo lentamente, como pensando en sus propias palabras—. ¿Qué te ha pasado? —le preguntó a ella—. ¿Cómo has llegado aquí, y cómo te atrapó ese vampiro?

Aunque los humanos no pudieron percibirlo, Eyrien se estremeció al escuchar la palabra vampiro. Había estado completamente desvalida entre los brazos de un íncubo, el cual la habría observado y la habría estudiado antes de saciar con ella su sed, sorbiendo su sangre y su magia. Y ella no se había dado cuenta de nada de todo eso mientras su cuerpo era mancillado por unas manos y unos labios que no estaban ni vivos ni muertos.

—No lo tengo muy claro —dijo finalmente, hablando para sí misma—. Pero lo averiguaré.

—Te recuperarás —dijo River—. Y podrás hacerle frente si vuelve.

Eyrien suspiró. No le hacía ninguna gracia que el mago adivinara sus pensamientos. Los elfos, aunque eran el pueblo más poderoso, tenían una aprensión innata hacia los vampiros. Este temor inherente no se debía al miedo a morir en sus manos, sino a lo que podía implicar esa muerte. Los Altos Feéricos eran muy responsables con su magia, pues sabían que eran superiores a las demás razas y usaban esos dones con responsabilidad y cautela. Nunca se aprovechaban de sus poderes ni los usaban para someter a nadie, e incluso preferían alejarse de los demás pueblos antes que tener que enfrentarse a ellos y superarlos con facilidad. Incluso preferían morir. Por ello temían a los íncubos. Éstos eran sus depredadores naturales, si conseguían atraparlos, y con su sangre feérica hacían suya también su magia. Y eso los elfos no podían permitirlo, antes preferían morir. La silenciosa batalla entre elfos y vampiros era ya eterna, la máxima expresión de la lucha entre el bien y el mal, mientras los humanos, los eternos inanes, permanecían ajenos a esta natural pero cruel rivalidad.

River, como mago estudiante en un Centro Umbanda, sabía todo eso. Si realmente no sabía cómo había llegado a atraparla el vampiro, la elfa debía sentirse muy confusa.

—¿A dónde te dirigías? —le preguntó al ver que ella buscaba sus cosas a su alrededor.

La elfa le lanzó una mirada desdeñosa y fulminante y no se dignó a responderle.

—Nosotros podríamos acompañarte una parte del camino si vamos en la misma dirección y...

Pero Eyrien no le dejó acabar. Sus ojos se encendieron de un azul eléctrico y airado cuando dijo en una voz baja y amenazadora:

—¿Acaso crees que tú puedes proporcionarme algún tipo de protección, hechicero humano? ¿O tu amigo el caballero? Ninguno de los dos duraríais ni tres minutos ante el vampiro que me ha hecho esto. Además no me interesa la compañía humana ahora.

Antes de que River pudiese abrir la boca para replicar, molesto, Killian le puso una mano en el hombro e intervino con su serena diplomacia habitual.

—Por supuesto, no pensamos que podamos protegerte mejor de lo que lo haces tú misma, Hija de la Noche —dijo—. Seríamos nosotros los que nos sentiríamos más seguros si tuviéramos el privilegio de viajar bajo tu amparo. Nosotros nos dirigíamos a Arsilon —finalizó Killian.

—Yo me dirigía a Arsilon también —dijo Eyrien, satisfecha con aquellas palabras respetuosas—. Está bien, seguiremos juntos. Sería estúpido que tomáramos caminos separados para llegar al mismo destino. Recoged vuestras cosas, partiremos enseguida.

A River no le hizo ninguna gracia que la elfa se erigiese como líder del grupo, pero al ver que Killian la obedecía sin inmutarse optó por hacer lo mismo. Si el futuro rey de los Pueblos Libres veía clara aquella jerarquía, ¿qué iba a decir él? Mientras hacía su petate y empezaba a cargar sus cosas en las alforjas de su montura, se fijó en que la elfa los esperaba sin moverse.

—¿Y tu equipaje? ¿Y tu montura? —le preguntó, esperando que la elfa no volviera a ofenderse.

Ella le dirigió una mirada reprobadora. Se alejó un poco, se inclinó, recogió unas armas del suelo y se las cargó a la espalda.

—Éste es mi equipaje —dijo la elfa—. Y mi montura venía por otro camino y debe estar ya cerca de Arsilon.

River la miró sorprendido. Todo lo que llevaba eran las ropas que llevaba puestas, que estaban limpias y no sucias por el viaje, y sus armas: un elaborado arco élfico con un carcaj de flechas y una espada con la empuñadura de oro blanco, que también llevaba colgada de la espalda en una bella vaina de intrincados motivos feéricos. Y lo más chocante era el comentario de que su montura venía por otro camino.

—Pero, ¿cómo has llegado hasta aquí entonces? —preguntó asombrado—. No llevas ni siquiera víveres ni ropa. ¿Has llegado así desde lo más alto de Nórdica?

—Eso es cosa mía, Alto humano —dijo Eyrien con suavidad.

River seguía teniendo curiosidad, pero incluso él sabía que no era oportuno preguntar más. Los elfos eran por naturaleza incapaces de ante, ni siquiera ante un enemigo. Por eso, cuando alguien les preguntaba algo de forma directa, sólo podían ser sinceros o callar. Y se molestaban mucho si alguien insistía en preguntarles si habían decidido no hablar. Pero aquella sinceridad absoluta también era un arma de doble filo, pues, aunque incapaces de mentir, los elfos eran inteligentes y astutos, y muy hábiles en decir verdades tergiversadas o incompletas. Por ello y aunque no pudiesen mentir, los elfos eran quizás los seres de los que uno menos podía fiarse. El lema de los estudiantes de los Centros Umbanda era «no creas nunca a un Elfo, por mucho que te diga la verdad». Aunque todo aquello le quedaba muy lejano a River ahora. Tan sólo podía pensar en la hermosa elfa, y aceptar que se dejaría engañar.

—Acepta mi montura, por favor —dijo tendiéndole las riendas de su caballo—. Yo iré a pie.

—Entonces no llegaríamos ni en una semana a Arsilon, y tengo prisa —dijo Eyrien—. Yo puedo ir más rápido y cansarme menos que tu caballo, como quien dice. ¿Cuál es su nombre?

—Espira —dijo River.

—Ven, Espira —dijo la elfa mirando al caballo.

La yegua se acercó obediente a la elfa, y coceó contenta cuando ésta le acarició el morro.

—No te ofendas por mis palabras, Espira —dijo Eyrien sonriendo.

«Estupendo», pensó River con fastidio, «a mi puede tratarme de tonto pero al caballo no hay que ofenderlo».

—¿Nos vamos? —preguntó Killian.

Cuando River se giró a mirarlo, vio que el príncipe ya había empacado y montado en su caballo. Sonreía, lo que hizo pensar a River que se lo estaba pasando en grande con aquella situación. Se sintió un poco estúpido, al darse cuenta de que a Killian le parecían normales aquellos desaires degradantes de la elfa y que, por otra parte, el príncipe aún no la había provocado para que lo obsequiara con alguno de sus desplantes. Así que montó y dejó de preocuparse por la elfa, que parecía querer apañárselas sola.

Emprendieron la marcha a través del tupido y húmedo bosque de Dreisar, sumido aún en una fantasmagórica neblina que el sol aún no había conseguido levantar. Avanzaron entre la espesura verde durante toda la mañana sin detenerse, y River no pudo hacer otra cosa que admirar a la elfa, que seguía ágilmente el paso de los caballos sin mostrar debilidad. Sin embargo y aunque parecía que recuperada, se mostraba taciturna y su rostro reflejaba una expresión hondamente preocupada. Pero no habló, y ellos prefirieron no molestarla. Al mediodía se detuvieron para almorzar y dejar descansar a los caballos. La elfa no necesitaba ni descanso ni comida aunque aceptó un poco de agua. Permanecieron callados, lo que River aprovechó para mirar a su alrededor e intentar situarse. El sol estaba en su cenit pero el bosque estaba en penumbra; era tan denso que no dejaba pasar los rayos del sol. Tan sólo el sutil sendero que estaban siguiendo parecía un poco iluminado.

—No tenéis muy claro a dónde vamos, ¿verdad? —preguntó la elfa, que lo traspasaba con su penetrante mirada azul.

—Bueno... —dijo River azorado—. Lo tenía claro antes de desviarnos para encontrarte.

—¿Para encontrarme? —repitió la elfa con una media sonrisa.

—Sí —dijo River tajante—. Cada vez tengo más claro que alguien o algo nos condujo a ti.

—Podría ser —dijo ella, aunque no siguió hablando de sus sospechas.

—De todas formas tenemos que estar cerca de Arsilon, porque estamos en la parte lindante del bosque de Dreisar —dijo Killian—. El camino debe llevar a la ciudad fortaleza necesariamente.

—También puede ser obra de los kapres o los wendigos —dijo Eyrien con tranquilidad—. A mí no es que me importe, pero si tenemos que caer en su trampa nos retrasaríamos bastante, y tengo prisa. Si no os importa creo que a partir de ahora guiaré yo nuestro camino.

—No nos importa —dijo Killian—. Quizás a los elfos los Kapres no os parezcan más peligrosos que los lobos, pero yo preferiría no caer en su trampa.

—¿Cuál es tu nombre? —le preguntó River, sorprendiéndose de que llevaran tanto rato juntos y aún no supiesen cómo debían llamarse. Sin embargo, al ver que la elfa volvía a dirigirle una mirada de superioridad desdeñosa, optó por reestructurar la pregunta como lo hubiese hecho Killian—: Mi nombre es Erik y el de mi amigo es Kris —mintió—, y nos gustaría conocer tu nombre.

—Mi nombre es Erynie —dijo Eyrien. No estaba mintiendo, sólo estaba modificando la verdad cambiando las letras de su nombre de lugar. Tampoco ella podía permitirse confiar en los desconocidos.

—¿Vas a la presentación del príncipe Killian de Arsilon? —preguntó River, aunque al ver la expresión de cautela de la elfa, añadió—: Todos los que están en los caminos ahora se dirigen a Arsilon para ver la llegada del heredero del trono. Es un hecho histórico.

—Sí, los motivos de mi viaje están relacionados con ese evento —concedió Eyrien.

—¿Tú eres sirviente de Eyrien de Siarta? —preguntó River sin poder contenerse, aun sabiendo que estaba cometiendo un error.

La elfa se puso tensa aun estando sentada, se irguió tan larga como era y sus ojos se encendieron con un brillo interno que no presagiaba nada bueno. Antes de poder explicarse, River vio impotente cómo murmuraba algo inaudible y enseguida sintió que los músculos se le agarrotaban y que su cuerpo quedaba paralizado. Volvió los ojos hacia Killian, que se hallaba a su lado, e intuyó por su expresión crispada y tensa que el hechizo también lo había afectado a él.

—Quién te ha dicho eso, Mago —dijo Eyrien en voz baja y amenazadora.

—¡Nadie! —dijo River intentando parecer sincero—. Somos mozos del castillo. Trabajamos allí, y los cuchicheos corren como la espuma; es inevitable enterarse de cosas así.

River notó que la presión mágica que atenazaba su cuerpo se relajaba, y sacudió los brazos para aliviar el dolor. A su lado también Killian se removió. Miraron a la inmortal con temor, pues la expresión de su rostro había sido fría como el hielo.

—Pues sería mejor que vigilaras más lo que deja escapar tu boca, Humano —dijo Eyrien—, no sea que alguien decida que es mejor cerrártela para siempre por tu simpleza. Y más vale que os llevéis esa información a la tumba, si no queréis acabar en ella demasiado pronto. Los tiempos no están ahora para esa clase de indiscreciones, y la dama Eyrien necesita mantener su anonimato para sobrevivir fuera de Siarta.

—Lo sé, lo siento —dijo River sinceramente—. Pero para cualquier mago saber que tiene cerca a alguien de la casa de Siarta es algo apasionante.

Eyrien sonrió abiertamente. Le conmovía la emoción del mago, y también su inocencia. ¿Qué pensaría si supiese que la elfa a la que ansiaba ver era precisamente la que tenía delante?

—Sí, yo sirvo a la Hija de Siarta —dijo Eyrien, asimilando como una verdad que ella se servía a sí misma—.

Y sí, creo que la Dama acudirá a la celebración. De hecho ya debería estar allí —dijo suspirando—. Sin embargo no creo que vosotros lleguéis a verla, una vez estéis en Arsilon.

—Quién sabe, quizás nos sorprendamos —dijo Killian sonriendo a River.

Poco después recogieron sus pertenencias y se prepararon para seguir su camino, pues el ambiente se estaba volviendo aún más sombrío con el caer de la tarde. Eyrien se puso en cabeza y miró a su alrededor, sin duda buscando el camino a seguir. Se agachó, examinó la hierba, se acercó a un árbol y puso la mano en él. El tronco se estremeció como si tuviera cosquillas.

—Por aquí —dijo Eyrien empezando a caminar entre la maleza fuera del sendero.

Killian miró a River y alzó los hombros como diciendo que mejor sería seguir a la elfa que quedarse allí. Arrearon a los caballos y avanzaron tras ella, quien aunque no parecía dudar de su camino, de vez en cuando se detenía a examinar el suelo.

—Disculpa Erynie —dijo River cuando empezaba a oscurecer—. ¿Por qué haces eso?

—Pues porque resulta que esta vereda que estábamos siguiendo a elección vuestra no era obra de los kapres, sino de los wendigos —respondió Eyrien—. Tras la Alianza Negra aparecieron algunos en este bosque después de ser atacados por los chupasangres. Yo ya lo sabía, hicimos una batida poco después de expulsar a la Alianza. Aunque está claro que no acabamos con todos. Pero la senda lleva hacia Arsilon, así que ya nos va bien.

—Cuando la Alianza Negra yo tenía seis años —dijo Killian—. ¿Tú participaste en esa guerra?

—Sí, lo hice —dijo Eyrien girándose a mirarlo con sus brillantes ojos del color azul del cielo al atardecer—. ¿Por qué parece que eso te sorprende?

—Porque no pareces mayor que yo, y sin embargo…

—Y sin embargo multiplico con creces la edad que podéis sumar los dos juntos —finalizó Eyrien divertida—. Os sorprenderíais si supieseis la edad que tengo.

Siguieron avanzando durante un rato y, a medida que oscurecía, tanto River como Killian empezaron a sentirse tensos. La elfa, sin embargo, avanzaba sin dudar por entre la espesura en un silencio absoluto. Aunque sus pies pisaban el suelo como los de los caballos, no hacía crujir ni la más frágil de las hojas secas. A River aquello empezó a parecerle siniestro. Estaban siguiendo a una elfa desconocida que parecía un espectro al interior del corazón de Dreisar, donde ahora sabían que habitaban los wendigos, como dos marineros insensatos atraídos por el canto de una sirena. River no pudo evitar estremecerse al pensar en ellos. Los wendigos eran humanos bestiales que antaño habían sido hombres normales. Sin embargo, tras ser atacados por los chupasangres, habían recibido un virus a través de su mordedura que los hacía tan ávidos de carne humana como sus atacantes, convirtiéndolos en seres antropófagos. Los wendigos formaban entonces comunidades en los bosques, donde atacaban a los viajeros imprudentes para alimentarse de ellos.

—Creo que sería buena idea que pusieras un poco de luz aquí —le dijo Killian.

River asintió. Estaba claro que también Killian se sentía algo intimidado por el ambiente. Se concentró y alzó una mano con la palma hacia arriba. Poco después una pequeña llamita azulada y temblorosa apareció en el hueco de su mano. River se esforzó y masculló unos cuantos improperios, antes de que la llama ardiera con más fuerza.

—¡Por todos los dioses! —gritó Killian asustado mirando hacia delante.

River alzó la cabeza bruscamente y se encontró con que, a la luz débil de su llama, se veían dos brillantes ojos felinos, azules y de pupilas verticales, fulgurando donde tendrían que haber estado la elfa.

—¿Erynie? —preguntó recordando que los Elfos de la Noche podían ver en la oscuridad.

—Pues claro —respondió la elfa con desdén—. ¿Qué diablos es eso?

—Luz —dijo River molesto.

—Ya... —dijo Eyrien divertida antes de girarse y seguir andando.

Se estaba haciendo completamente de noche, y avanzar se hacía cada vez más difícil.

—¿No puedes hacer que tu bolita alumbre un poco más? No veo a Erynie —le dijo Killian.

—Hago lo que puedo —dijo River—. Yo no...

Se oyó un rugido que, aunque lejano, sonó espeluznante. River dio un respingo y perdió la concentración. La bola de luz desapareció y se quedaron completamente a oscuras.

—¡Enciende esa cosa otra vez! —gritó Killian alarmado.

—¡Ya lo intento!

—¿Pero se puede saber qué pasa aquí? Vais a despertar a todos los animales del bosque —se oyó la voz de la elfa a su lado, con lo que dieron un nuevo respingo—. ¿Y qué clase de mago eres tú que ni siquiera puedes crear una luz?

—Yo soy un guerrero —se defendió River—. Mi adiestramiento está destinado a proteger a los soldados en la batalla.

Se produjo un destello y la elfa se encendió, literalmente. Sus ojos habían adquirido un brillo amarillo como el de las estrellas, incluidas sus pupilas. También sus cabellos relucían brillantes y dorados y se agitaban debido a la energía luminosa que desprendían. River sabía que los Elfos de la Noche podían canalizar la luz de las estrellas, pero nunca se había esperado un espectáculo semejante.

—¿Suficiente luz? —preguntó Eyrien, y siguió andando con sus ojos y sus cabellos alumbrando el camino a unos metros de distancia.

—Suficiente —dijo Killian asombrado, y River asintió con la cabeza.

No avanzaron mucho más antes de que Eyrien, en conmiseración por el cansancio de los caballos, decidiera que podían detenerse en un claro del bosque. Rápidamente encendieron un fuego y se prepararon para pasar la noche, River y Killian a un lado del fuego y la elfa al otro. No era un lugar muy acogedor, pues el aspecto del bosque era siniestro y se oían multitud de sonidos y crujidos a su alrededor, como si estuvieran rodeados. Otra vez Eyrien aceptó sólo un poco de agua, y arrancó de un árbol cercano un racimo de frutas violetas que consideró suficiente cena.

Antes de volver a sentarse se acercó a tranquilizar a los caballos, que estaban tensos y coceaban el suelo mientras resoplaban y transpiraban de miedo.

—Hemos avanzado mucho —dijo Eyrien tras un largo silencio—. Hemos cortado recto en vez de dar el rodeo por el que sigue el camino humano, internándonos casi en el corazón del bosque. Así llegaremos mañana a Arsilon en vez de pasado mañana, y podremos descansar todos un poco antes del tumulto que se producirá por la celebración.

—Pero si el camino humano, como tú dices, bordea el centro de Dreisar debe ser por algo, ¿no? —dijo Killian, el terror de los caballos no le hacía presagiar nada bueno.

—Sí, claro que es por algo —dijo la elfa con obviedad insultante—. Los wendigos nos han rodeado.

River y Killian estaban tan atónitos como asustados. ¿Cómo podía la elfa decir con tanta tranquilidad que estaban rodeados por seres antropófagos que no dudarían en tratar de convertirlos en su cena? Era casi increíble encontrarse en una situación como aquella. Killian sintió como si un viento frío se le hubiese extendido por los huesos.

—¿Has dicho que los wendigos nos han rodeado?

—Sí, los oigo —dijo Eyrien mientras escuchaba y olía el aire como un depredador—. No son criaturas muy discretas.

River y Killian miraron a su alrededor con gesto sombrío, pero no eran capaces de detectar las sutilezas del ambiente tan bien como la elfa; lo único que podían percibir era la fronda que, bajo la oscuridad de la noche, se había vuelto negra. River se volvió para mirarla de nuevo. A la luz del fuego, los ojos felinos de la elfa, de pupilas verticales, brillaban azulados.

—¿Qué miras, humano? —le preguntó ella.

—Yo... nada —dijo River sintiéndose un poco violento y poniéndose algo colorado.

—¿Por qué no lanzas un escudo protector que rodee el claro? —le dijo Eyrien en el mismo tono de superioridad—. Me gustaría ver de lo que eres capaz. Espero que tu magia bélica sea tan buena como dices.

River, molesto, ni siquiera le contestó. Alzó las manos, murmuró su conjuro y envió el escudo circular a los extremos del claro con tanto ímpetu que hizo caer las hojas de algunos árboles. No apartó la mirada de la elfa.

—Está muy bien —dijo ella mirando a su alrededor como si pudiera ver la protección invisible—. Seguro que serás un buen hechicero humano cuando acabes tu educación.

—Ya sé que mi modesta capacidad para la magia siempre será inferior a la tuya, Hija de la Noche, si es lo que querías decir —dijo River con resentimiento.

— No, no es lo que quería decir —dijo ella alzando sus cejas azules—. Pero ya que lo comentas tú, sí es verdad que los humanos queréis compararos con nosotros, que somos seres mágicos, y eso es una estupidez.

River se la quedó mirando con cara de pocos amigos, aunque optó por no iniciar una discusión que podía acabar mal. Eyrien, por su parte, se fijó con total tranquilidad en la mirada verde y penetrante que el Alto humano le dirigía, y que le resultaba familiar, sobre todo ahora que estaba enfadado. Enfadado, pensó Eyrien sorprendida; pocos humanos se atrevían a enfadarse con un elfo. Al notar que los caballos empezaban a relinchar con pánico, dejó aquellos pensamientos de lado y se acercó a calmarlos.

—¿Quieres no airar a la elfa? —le dijo Killian en voz baja a River cuando la inmortal se hubo alejado —. Prefiero que si vienen los wendigos ella no nos abandone aquí por tu temperamento insolente.

River no respondió, porque sabía que su amigo tenía razón, aunque aún estaba enfadado; se giró a mirar cómo la inmortal acariciaba a los aterrados caballos y les cantaba una dulce melodía hasta que se deslizaron lentamente al suelo y se durmieron.

—¿Cómo es un wendigo? —le preguntó Killian a Eyrien cuando ésta regresó frente a ellos y tomó asiento.

—Pues es... —dijo Eyrien. Miró detrás de ellos, alzó el brazo y señaló—: Así.

Killian y River se giraron bruscamente para mirar en la dirección en que la elfa había señalado. Allí, en el límite del bosque, se alzaba una figura oscurecida y siniestra. Tenía aspecto de ser un humano tribal, con cabellos largos y alborotados. Vestía una especie de taparrabos andrajoso, un collar de huesos, cuyo origen ellos prefirieron no adivinar, y algunos brazaletes en ambas muñecas. En una mano sujetaba una lanza cuya punta, de bordes serrados, estaba cubierta de sangre seca y suciedad. Su expresión era tan feroz que lo hacía parecer más bestial que racional. Todos y cada uno de sus dientes estaban afilados en forma de colmillos, triangulares, amarillentos y claramente sucios de sus comidas anteriores. Y los miraba con voracidad, como si fueran algo así como un suculento venado. Era una visión que helaba la sangre, y Killian y River se alzaron instintivamente para recoger sus armas y acabar con aquel engendro de humano.

—¿Se puede saber qué hacéis? —les preguntó la elfa.

—¿Tú qué crees? —le dijo River sin dejar de observar al wendigo.

—Dejadlo y volveos a sentar. No puede alcanzarnos.

—Aun así es mejor matarlo —dijo Killian—. Esa cosa es horrible.

—Sentaos —dijo la elfa en un tono que no admitía discusión.

Al ver que los humanos le daban la espalda, el wendigo se lanzó contra ellos para atacar y chocó contra el campo de protección. Se quedó perplejo durante un momento, y volvió a intentarlo varias veces cada vez con más furia, chocando una y otra vez con la pantalla mágica.

—Ya veis que no son muy listos. Y debería daros pena —dijo Eyrien—. Una vez fueron como vosotros. Humanos, con una vida y una familia y un espíritu medianamente inteligente. Ellos no escogieron ser lo que son ahora. Os podría haber pasado a cualquiera de vosotros si hubierais tenido la mala suerte de caer bajo el ataque de la Alianza Negra.

—No lo había visto de esa forma —dijo Killian pensativo.

—Pero quieren comernos —dijo River. Sabía que sus padres, ambos, habían muerto defendiendo Arsilon durante aquella nefasta Alianza de seres antropófagos—. Es siniestro, casi le haríamos un favor matándolo.

—Casi todos los seres son más estúpidos y más lastimeros que los elfos —dijo Eyrien con seriedad—. Según tu teoría, ¿deberíamos matarlos nosotros a todos para hacerles un favor?

—No es lo mismo —dijo River girándose por fin a mirar a la elfa y olvidando al wendigo que seguía golpeándose contra su barrera mágica.

—Para nosotros sí —dijo ella, con crueldad pero sin mala intención—. Deberías ser más comprensivo con los que son inferiores a ti, Alto humano. Ellos no merecen, además, tu castigo por ser más desaventajados. Bueno, es suficiente; me está poniendo nerviosa.

Se levantó y se encaminó hacia él. Por el camino cogió del suelo su espada y se acercó al wendigo, deteniéndose a escasos centímetros de él. El ser humanoide la miró con avidez y le gruñó babeando. Eyrien ni siquiera alzó la espada, pero el wendigo la miró fijamente y salió huyendo como un perro apaleado. Eyrien volvió y se sentó de nuevo frente a ellos, como si la capacidad de asustar con su sola presencia a aquella bestia despiadada no fuera nada especial.

—No creo que vuelvan. Ese era el jefe de la tribu, por lo del collar de huesos, y se ha asustado lo suficiente como para decidir que no valemos la pena —dijo la elfa—. Ahora dormid, yo permaneceré despierta.

—No necesitamos que nos veles —dijo Killian—. ¿No necesitas dormir?

—Los elfos dormimos poco —dijo Eyrien con sus ojos profundos brillando a la luz del fuego—. Y lo que yo necesito es pensar.

Ni Killian ni River dijeron nada más, y se envolvieron en sus mantas para descansar. Se sentían más tranquilos protegidos por la elfa, un ser letal que podía mostrar benevolencia incluso con sus enemigos. Pero River tuvo aquella noche un sueño muy ligero y cada vez que despertaba, miraba a la elfa sentada, erguida e inmóvil, con la mirada clavada en el fuego.

Una de las veces que River se despertó y miró a la elfa, decidió que ya era hora de alzarse. La claridad no había aumentado bajo la densa cúpula del bosque, pero se sentó y se desperezó.

—Buenos días Erynie —dijo mientras se apartaba los mechones de cabellos de los ojos.

—¿Cómo sabes que es de día? —le dijo ella sonriendo.

—Porque tus cabellos tienen el mismo color azul desvaído de un amanecer claro y brumoso —dijo River señalando su melena—. Azul cielo. Cuántos matices tienen esas dos palabras, nunca lo había pensado; realmente los humanos somos demasiado simples para eso ¿verdad? Decimos: azul, y nos quedamos satisfechos. Pero desde que te conozco, me he dado cuenta de que el color azul no existe como tal, porque hay infinitos azules distintos en tus cabellos.

Eyrien se lo quedó mirando fijamente con una ambigua sonrisa en los labios. River se sintió algo azorado, la mirada de la elfa era turbadora. Para romper aquel silencio que a él le resultaba embarazoso, optó por comentarle algo que le intrigaba.

—¿Puedo hacerte una pregunta?

—No voy a impedírtelo, si es a eso a lo que te refieres —dijo la elfa.

—Eh... —dijo River confuso ante semejante respuesta—. ¿Vuestros cabellos se mimetizan con el color del cielo instintivamente o lo hacéis de forma consciente?

Eyrien lo miró largamente antes de contestar, aún sonriendo de forma condescendiente.

—Es inconsciente. En todos los elfos, aunque cada uno según su ambiente. Los Elfos de las Rocas, por ejemplo, poseen la gama de los grises, infinitos grises, como dirías tú; los de los Bosques los verdes, aunque hay algunas poblaciones de los bosques leñosos que tienen los cabellos marrones. Los Elfos Ígneos los tienen del amarillo al rojo, los del Mar los tienen de un color que va del turquesa al azul verdoso, y los Elfos del Cielo los tienen como nosotros, aunque a ellos los camuflan mejor porque realmente habitan en las alturas. Yo no quedo muy discreta aquí, ¿verdad? —dijo, y River sonrió—. Pero los hechiceros podemos cambiarlo a voluntad, y cuando me muevo fuera de mi hogar y sé que hay humanos alrededor, hago esto.

Entonces, sin que pareciera costarle ningún esfuerzo, viró el color de sus cabellos al negro de la noche profunda, y sus ojos se oscurecieron también a un azul casi negro. Sus labios se tornaron rojos, como los de cualquier mortal. River asintió, comprendiendo, aunque prefirió no decirle que seguía siendo demasiado hermosa para ser simplemente humana.

—También pueden virar involuntariamente según lo que sentís, ¿verdad? —preguntó River recordando su expresión de temor de la mañana anterior—. Como el sonrojo o la piel de gallina.

—Sí —dijo Eyrien—. Y hay elfos que adquieren un color determinado y lo mantienen, como una expresión de su identidad y su personalidad. Y ahora basta. —Se puso en pie—. Será mejor que nos pongamos en marcha. Despierta a tu amigo el caballero.

—Estoy despierto —dijo Killian, aún más dormido que despierto.

—Humanos… —dijo Eyrien sonriendo con su eterno aire de superioridad.

Durante el resto de la mañana siguieron a la elfa a través del bosque, que poco a poco empezaba a ser menos denso y de vez en cuando dejaba filtrarse algún rayo de luz que hacía brillar los cabellos de su guía con destellos azulados. Durante la pausa del mediodía, Eyrien observó divertida cómo el mago sudaba por el esfuerzo de encender su fuego mágico para calentar la comida. Cuando finalmente consiguió que las llamas fueran suficientemente potentes para no apagarse, se sentaron a su alrededor. Eyrien miró a River y sonrió.

—Ayer demostraste ser hábil con la magia bélica, al conjurar la barrera que el wendigo no pudo superar —dijo con expresión divertida—. Sin embargo, déjame aconsejarte que pidas a tus maestros que incluyan en tu adiestramiento un poco de magia más mundana y vulgar, porque serás muy hábil en la guerra cuando llegue el momento, pero puede ser que no llegues a ella debido a que te pierdas por el camino, te mueras de hambre, que caigas enfermo… —dijo alzando sus finas cejas azules—. Porque si tienes que defender a los soldados en una batalla, primero tendrás que llegar entero a ella, ¿verdad, hechicero?

River parpadeó perplejo, decidiendo si lo había ultrajado nuevamente o no. Pero Killian se echó a reír hasta que se le saltaron las lágrimas mientras le estrujaba un brazo con cariño y asentía con la cabeza para mostrar su acuerdo con la elfa. Finalmente también River sonrió.

—Ahora en serio —dijo la elfa mirándolo a los ojos con su sobrenatural mirada azul—. Te adiestras en el Centro Umbanda de la ciudad fortaleza, ¿verdad? Diles a tus maestros que Erynie la elfa ha mostrado un interés personal en tu instrucción. Ellos sabrán actuar en consecuencia.

Giró la cara hacia otro lado con determinación, dejando claro que se había acabado la conversación. Siguieron camino y poco a poco la espesura fue haciéndose menos impenetrable. Al cabo de varias horas llegaron a la linde del bosque, observaron el camino que discurría entre los campos cultivados y las pequeñas aldeas que se irían haciendo cada vez más numerosas hasta llegar a la ciudad fortaleza de Arsilon, la más esplendorosa de los Pueblos Libres.

—Ya llegamos —dijo Killian con un suspiro.

A su lado River asintió en silencio. Se miraron e intercambiaron una sonrisa. Ambos tenían ganas de llegar a casa, pero no podían negar que habían disfrutado de la última etapa del viaje. Se giraron a mirar a la elfa. Estaba desenrollando un manto oscuro que había mantenido sujeto junto a la espada. Se lo echó sobre los hombros y se puso la capucha.

—¿El anonimato ahora que estamos entre humanos? —le preguntó River—. Es una injusticia para aquellos que hubiesen tenido la excepcional oportunidad de verte.

—Sería una injusticia para mí convertirme en el centro de la atención como si fuese una atracción de una feria ambulante —le contestó ella.

—Eso también es verdad —dijo Killian.

—Me pregunto cuántas veces he tenido un elfo al lado y no lo he sabido —dijo River enfurruñado, pensando en todos los visitantes anónimos que pululaban por el castillo de Arsilon.

Eyrien sonrió, el mago empezaba a caerle bien. Además, aquel temperamento fogoso del muchacho le recordaba a un antiguo amigo desaparecido tiempo atrás.

—Al menos ahora me has conocido a mí. ¿No te parece suficiente eso?

—Por supuesto. Pero sé que tú desaparecerás dentro de poco y ya no volveré a verte.

—Sí, eso es lo más seguro —dijo la elfa, y estaba claro que aquello no le causaba pesar.

Pero River sonrió sin sentirse herido. Muy pronto conocería a otros elfos, quizás incluso a la Hija de Siarta, y observó satisfecho los campos cultivados y las pequeñas vaharadas de humo que salían de las chimeneas de las pequeñas casas redondas que flanqueaban el camino.

4

Ian de Arsilon

—Debéis de ser los mozos más famosos de todo el castillo de Arsilon —dijo Eyrien desde el interior de su capucha, con un tono de voz duro.

Killian dirigió una rápida mirada a River. Habían sido unos tontos por no haber pensado antes en seguir el ejemplo de la elfa y ocultarse a las miradas. Ahora que se acercaban a las aldeas más grandes que rodeaban la ciudad fortaleza, empezaban a cruzarse con gente en los caminos y con campesinos que araban sus campos colindantes. Muchos de ellos se los quedaban mirando, algunos saludaban desde lejos, y muchos otros se detenían a cuchichear excitados al verlos pasar. Killian había pasado demasiados años lejos de Arsilon como para ser reconocido por el pueblo, pero River sí era un personaje al que muchos reconocían: el ahijado del rey, el mago de los tres ancestros elfos. River iba y venía con asiduidad entre el pueblo llano, y éste ya estaba casi acostumbrado a verlo. Pero en aquel momento en que todos se emocionaban ante la inminente presentación del príncipe retornado, los aldeanos mostraban un interés especial en averiguar quiénes eran los dos acompañantes del joven mago. Por suerte, pensó River, todos desviaban su atención hacia la figura encapuchada y no hacia el joven caballero de la cara descubierta.

—Bueno, es que ahora que se acercan celebraciones importantes, todos quieren enterarse de algo, y los que trabajamos en el castillo nos convertimos en el centro de atención —dijo River alzándose de hombros con naturalidad—. Creen que podemos explicarles algo. Además, eres tú quien despiertas su curiosidad con ese aspecto misterioso.

—Despertaría mucho más la curiosidad si fuese descubierta, ¿no crees? —dijo Eyrien—. Pero pensaba que las gentes de aquí ya estaban acostumbradas a ver pasar personas que no quieren ser reconocidas. Las otras veces que he hecho este mismo camino no he llamado tanto la atención.

—Eso es porque ahora vas acompañada de dos chicos muy guapos —dijo Killian.

La elfa se rió a su costa, pero al menos había servido para desviar su atención de aquel efecto de atracción que estaban provocando en los arsilonianos. Cuando finalmente llegaron cerca de las murallas de la ciudad fortaleza, Killian suspiró aliviado. Sin embargo no había contado con que los guardianes de la puerta de la ciudad sí estarían enterados de su próxima llegada. De eso se dio cuenta cuando los guardias se pusieron firmes y sonrieron emocionados. Sin embargo ya no se podía hacer nada, no podían salir corriendo a encapucharse antes de volver a entrar. Se giró a mirar a River, el cual tenía la misma expresión de incomodidad que él; si la elfa descubría que la habían engañado, podía llegar a airarse mucho y poco le importaría estar ante el futuro rey. Cuando llegaron junto a las grandes puertas blancas que se adentraban en las murallas de aquel gris claro tan característico con que estaba construida Arsilon, los cuatro soldados que las guardaban se inclinaron ante ellos.

—Señor —dijo el mayor de todos ellos dirigiéndose a Killian—. Bienvenido a Arsilon. Me preguntaba si os reconocería después de tanto tiempo, pero os parecéis mucho a vuestra madre. Es un placer ver de nuevo al príncipe en casa.

—Gracias, caballero —dijo Killian reprimiendo las ganas de girarse a mirar a la elfa—. También para mí es un placer y un honor estar de vuelta.

—¿Como va todo, Gaiser? —dijo River.

—Bien, señor. Pero estábamos preocupados —dijo el soldado—. Ha habido movimiento wendigo en el bosque y vuestro tío estaba a punto de enviar a una patrulla a buscaros.

—Ian entenderá nuestro retraso cuando se lo expliquemos —dijo River orgulloso—. Por favor, proporcionad una montura a nuestro acompañante.

—¿Qué... acompañante, señor? —dijo Gaiser, intentando no parecer descortés.

Killian y River se giraron a la vez a mirar a la elfa, pero ésta ya no estaba con ellos. Se había desvanecido de su lado sin hacer ningún ruido, como si no hubiese estado allí momentos antes.

—¿Os referís a la figura encapuchada que venía tras ustedes? No creí que fuesen juntos —dijo Gaiser—. Se ha retirado como una sombra mientras hablábamos. ¿Quieren que lo haga detener?

—No, no —dijo River decepcionado—. Da igual. Seguiremos adelante.

Montaron de nuevo y alentaron a los caballos a seguir su camino, traspasando las grandes puertas que daban paso a la esplendorosa ciudad fortaleza de Arsilon. Sin embargo, ninguno de los dos pensaba en aquel momento en que por fin estaban en casa.

—Ha desaparecido sin más. Se podría haber despedido —dijo River con resentimiento.

—Ya sabíamos que nuestros caminos se separarían aquí —dijo Killian alzándose de hombros—. Y los elfos son así.

Sin embargo no pudieron enfrascarse en sus pensamientos durante mucho rato más, porque por la ciudad ya estaba corriendo el rumor de que el príncipe heredero había llegado de nuevo a casa. Poco a poco, como si se estuviese levantando un viento súbito, los clamores de la gente se alzaron por toda la ciudad para dar la bienvenida al futuro señor de los Pueblos Libres.

Mientras River y Killian cruzaban las puertas y se adentraban en la ciudad fortaleza, Eyrien permaneció apoyada en el muro de la muralla. Estaba en un rincón sombrío que se adentraba en el recodo que formaba la torre de la almena; ensombrecida, nadie podría haberla visto aunque Gaiser hubiera enviado a buscarla a todos los guardias del castillo. Clavó las uñas en las invisibles hendeduras de la pared de piedra mientras pensaba en lo que acababa de averiguar. Se había quedado de piedra al descubrir que aquellos dos muchachos con los que había viajado eran nada menos que los dos protegidos de Ian, aquellos a quien ella tenía que matar. ¿Pero cómo podía ser? Incluso antes de saber quiénes eran, cuando pensaba que no eran nada más que dos humanos simplones, le habían parecido agradables y buenas personas. Buenos ciudadanos de los Pueblos Libres, e incluso el mago parecía mínimamente consciente del deber de ayudar a mantener la paz. Y la habían socorrido. Además, pensó Eyrien enfadada consigo misma, había conocido suficientemente bien a los progenitores de ambos como para haber reconocido a sus hijos en aquellos dos chicos, especialmente al hechicero. Por supuesto que le habían resultado familiares. Y River, con su genio y sus brillantes ojos esmeralda, ciertamente le había recordado a su amigo desaparecido; era su hijo.

—Tendría que haberme dado cuenta —se reprochó.

En su propia defensa tenía que reconocer que el haberse encontrado perdida en el bosque y haber sido víctima de un íncubo le había dado otras cosas en las que pensar. En aquel momento empezaron a oírse los vítores de los ciudadanos ante la revelación de que su príncipe estaba llegando a la ciudad, y Eyrien pensó en el Bajo humano, tan diplomático, tan serenamente correcto. El príncipe de Arsilon, el futuro rey al que tendría que aconsejar y apoyar como legada de Siarta, si no fuera porque tenía que matarlo por traidor. Pero oyendo los gritos esperanzados y felices de aquella multitud de humanos que vivían con el constante temor a ser atacados y aniquilados por los Reinos Cáusticos, se preguntó cómo podía arrancarles aquella nueva esperanza que representaba el joven con el que había viajado.

Eyrien se incorporó con determinación. Miró a su alrededor y cuando estuvo segura de que no había nadie cerca, se separó de la pared, una sombra separándose súbitamente del resto de las sombras que la almena formaba sobre la hierba del suelo. Recuperó su forma diurna, se recolocó la capucha y se dirigió al otro extremo de las vastas murallas, donde estaba la puerta secreta que daba directamente a la zona posterior del castillo y que usaban aquellos pocos que tenían el honor de conocer su localización. Ahora tenía prisa, y avanzó con la ligereza propia de los elfos. Llegó a la entrada oculta cuando Killian y River aún no habían llegado ni a los patios del castillo.

Se detuvo ante una porción de muro que no parecía diferente a las demás y estiró de una pequeña liana artificial que casi no se diferenciaba del resto de las enredaderas que decoraban la muralla en aquella zona, más agreste y solitaria. Poco después alguien activó un mecanismo al otro lado y se abrió silenciosamente un segmento del muro, que volvió a cerrarse cuando ella hubo desaparecido en el interior. En el cavernoso corredor, alumbrado por antorchas y decorado con ricas alfombras moradas, la esperaba el comité de bienvenida: Un batallón de seis de los más eficientes soldados de Arsilon, los que pertenecían a la Guardia Gris, y cuatro hechiceros humanos. La miraron con expresión tensa y dispuestos a usar sus respectivas armas, raudos a morir luchando si era necesario, hasta que ella se bajó la capucha descubriendo su rostro. Entonces los soldados se inclinaron y se hicieron a un lado, y los magos le hicieron una profunda reverencia. El jefe de los hechiceros, que vestía una túnica del color gris de las murallas con motivos en blanco, fiel al escudo de Arsilon, se acercó a ella con una sonrisa. Pocos sabían que los colores blanco sobre gris del escudo de Arsilon eran una clara muestra de las verdaderas lealtades de la ciudad fortaleza: el gris de la muralla por su amistad con los enanos del clan de Riskaben, los reyes de los enanos, y el blanco por el oro blanco que era el emblema de la Casa élfica de Siarta. La Triple Alianza, de la que Arsilon era el eslabón más frágil. Por ello Eyrien se sentía tan unida desde siempre a los dignatarios de Arsilon; eran humanos, pero eran valientes.

—Bienvenida a Arsilon, Eyrien de Siarta —dijo el anciano mago—. Es para mí un placer volver a veros.

—Para mí también, mago Hedar —dijo Eyrien.

Aunque no gustaba del contacto con los humanos, aceptó el brazo que le tendía el mago con cordialidad. Hacía tanto tiempo que conocía al jefe de los hechiceros del castillo de Arsilon que ya no sabía los años, aunque entonces el hechicero era joven y aún tenía los cabellos negros como el azabache y una actitud enérgica. Pero ahora el anciano Alto humano se deleitaba en obsequiar a Eyrien con un cálido trato de abuelo afectuoso. Y ella, consciente como era de que la vida de su antiguo compañero de batalla se apagaba mientras que ella seguía siendo muy joven, no podía negarle al anciano aquella dulce alegría.

—No sabíamos si debíamos esperaros para la celebración, Hija de Siarta —dijo el mago—. Pensábamos que no conseguiríamos avisaros a tiempo. Nos hubiese gustado poder planear las cosas con más anticipo, pero necesitábamos contar con el factor sorpresa para traer al príncipe Killian aquí. Si hubiésemos sido menos prudentes con el regreso del heredero de Arsilon, seguro que le habrían tendido una emboscada por el camino. Así que se nos ocurrió la brillante idea de seguir vuestro ejemplo, Eyrien —dijo Hedar con una sonrisa traviesa, dando unos golpecitos cariñosos en la mano que ella apoyaba en su antebrazo—, y enviamos al joven River como único acompañante del príncipe. Es un buen hechicero y, además, nadie se fijaría en dos simples muchachos viajeros que buscasen aventuras en los caminos. Yo no las tenía todas conmigo, pero felizmente el asunto ha concluido y el príncipe ya está en casa. De hecho, habéis llegado a la vez. Qué grata casualidad, ¿verdad?

Eyrien no contestó. Siguieron avanzando por el corredor hasta la puerta que se abría al fondo y que daba a un salón de la parte trasera del castillo. Estaba lujosamente amueblado pero era acogedor, como todas las estancias del baluarte de Arsilon. A Eyrien le agradaba aquel lugar, se sentía cómoda, pues era casi como su segunda casa. De hecho, desde que iniciara su vida de viajera en nombre de su padre, había pasado más tiempo entre aquellas paredes que en Siarta.

—¿Podrías decirle a Ian que tengo que hablar con él urgentemente? —le dijo Eyrien a Hedar—. Se que está muy ocupado pero hay asuntos… importantes que atender.

—Ian vendrá en cuanto sepa que estáis aquí, mi dama —dijo Hedar—. Ya sabéis que para él vos sois lo primero. Me alegro de veros, joven Eyrien.

—Yo también, Hedar —dijo Eyrien devolviéndole una cálida sonrisa.

Se quedó mirando la gran puerta de madera de alerce, por donde el hechicero había salido hacia el interior del castillo. Se sentía extrañamente sensible, y supo que se debía a aquella mezcla de sensaciones caóticas y no del todo comprensibles de los últimos días. Así que se relajó y respiró hondo, y descubrió que tenía muchas ganas de ver de nuevo al rey Ian, al que hacía ya tres años que no visitaba. Para ella era muy poco tiempo, pero sabía que descubriría en el rey las huellas del paso del tiempo; los Bajos humanos eran algo menos longevos que los Altos, e Ian ya había sobrepasado la mediana edad. Quizás sólo algunas arruguitas más en el borde de los ojos, o el atisbo de alguna cana en sus cabellos castaños, pero incluso aquellos cambios sutiles le recordarían la brevedad de la vida humana. Se sentó en un sillón forrado a esperar. Por mucha prisa que se diese, Ian tardaría en llegar, aquella parte del castillo era la reservada a los visitantes especiales y por tanto la más lejana, la zona prohibida a todos salvo a unos pocos elegidos.

Al cabo de unos veinte minutos la puerta se abrió de nuevo, y entró por ella un hombre de unos cuarenta años, guapo, para ser humano, y enérgico, con los ojos y los cabellos de un intenso color avellana. Iba ricamente ataviado, aunque de forma sencilla y elegante, como se acostumbraba en Arsilon, y sonrió alegremente cuando se dirigió directo hacia ella.

—Eyrien de Siarta, mi más querida invitada —dijo extendiendo los brazos.

Eyrien le tomó las manos que él le ofrecía y se acercó para besarlo en una mejilla. Como había adivinado, la frente de Ian estaba surcada de algunas marcas más, resultado de las tantas veces que el rey había fruncido el entrecejo con preocupación en aquellos tres años. A Eyrien no le extrañaba, los tiempos se estaban volviendo difíciles para todos.

—Hola, Ian —dijo con una sonrisa—. Me alegro mucho de verte, no has cambiado casi nada.

El rey de Arsilon hizo una mueca divertida.

—Qué tontería. Soy tres años más viejo, y lo sabes —dijo soltando una carcajada—. Aquí la única que no ha cambiado nada eres tú, Eyrien. Sigues siendo la joven más bella de cuantas he conocido. Tan joven y tan bella como cuando te conocí hace veinte años. Sin embargo te veo un poco... pálida. Sí, pálida. ¿Ha sido largo el viaje?

—Eh... no —dijo Eyrien—. ¿Nos sentamos? Sé que estás deseando ver a tu sobrino pero debes saber lo que me ha pasado, porque ha sucedido en las tierras que tú regentas.

Ian frunció un poco el ceño y se acercó a los sillones que descansaban junto a una mesita. Esperó hasta que ella se hubo acomodado frente a él, y entonces se sentó y la miró expectante. Eyrien se apartó los cabellos del lado izquierdo del cuello, dejando al descubierto las marcas rojizas de los colmillos del vampiro. Ian se puso blanco y apretó los brazos del sillón hasta que se le pusieron los nudillos blancos, pero mantuvo caballerosamente la calma.

—¿Estás bien, Eyrien? —preguntó centrándose en lo más importante.

—Podría haber sido peor.

—Y cómo... —dijo Ian, buscando la forma de entender lo que había sucedido—. Eyrien, tú eres una oponente imbatible. ¿Cómo ha podido atraparte un íncubo? ¿Qué te ha pasado?

—Si tengo que decirte la verdad...

—Intenta no hacerlo, a ver si puedes —bromeó Ian.

—Cierto, que tontería. Empiezo a hablar como un humano —dijo Eyrien con un suspiro—. Bueno, no sé lo que sucedió. Yo… ya estaba inconsciente cuando me debió encontrar el vampiro. Así que ni tuve oportunidad de defenderme ni de enterarme siquiera de lo que estaba sucediendo. Ni siquiera lo vi.

—Entonces, ¿cómo es que sigues viva?

—Aparecieron por allí dos chicos humanos.

—¿Tú crees que el vampiro iba a retirarse sólo por eso? —dijo Ian escéptico.

—No —suspiró Eyrien—, pero es la única explicación que tengo en este instante.

Luego le explicó lo que había sucedido tras despertar y encontrarse con los dos muchachos, aunque no le dijo quiénes eran.

—Me alegro de que esos chicos estuvieran contigo —dijo Ian—. Sé que no te hubiesen sido de ninguna ayuda, pero si realmente ahuyentaron de alguna forma a ese maldito ser… Me gustaría saber quiénes son para premiarlos por su demostración de valentía y nobleza.

—No te preocupes, lo sabrás —dijo Eyrien con una sonrisa enigmática.

Sin embargo no dijo nada más, e Ian no preguntó.

—Me alegro muchísimo de que estés bien, Eyrien —le dijo poniendo una mano sobre la de ella—. Si te hubiese sucedido algo, yo…

—Estoy bien —aseguró Eyrien—. Aunque ahora iré a descansar un rato. Realmente me siento un poco débil.

Ian se levantó también y se acercó a ella.

—Descansa tranquila, joven Hija de Siarta. Aquí estarás a salvo.

Ella le sonrió, sabiendo que aquellas eran palabras banales, pero igualmente agradecida de la intención del humano de protegerla; como River, que sin duda se hubiese enfrentado al vampiro por ella. Qué estupidez humana, querer enfrentarse a alguien a quien no podían superar, a un rival al que no le llegaban ni a la suela de los zapatos. Pero lo hacían de corazón, y eso era lo que importaba.

—Gracias, Ian.

—Bien, la cena de mañana será una gran fiesta y conocerás a mis muchachos —dijo Ian contento de nuevo y claramente orgulloso—. Ya verás qué dos chicos. Incluso a ti te van a gustar.

—No lo dudo —dijo Eyrien acentuando su sonrisa.

—También estará aquí Eriesh de Greisan, vendrá con los enanos de Riskaben —dijo Ian.

—¿Eriesh? Quiero verle ahora —dijo Eyrien—. Hay cosas que me gustaría hablar con él.

—Me temo que no puede ser, Eyrien —dijo Ian—. No llegarán aquí hasta mañana.

—Bueno, ya habrá tiempo, también hace mucho tiempo que no lo veo —dijo Eyrien, consolada ante el hecho de que fuera a haber un elfo más en Arsilon, sobre todo uno de confianza—. Ian, ¿podrías traer a un mensajero para que lo envíe rápidamente a Siarta? Tengo que explicar lo sucedido a mi padre. Y hay cosas que tienen que aclararme algunos siartanos a mí.

Ian se quedó algo sorprendido ante el tono duro de las últimas palabras de Eyrien, pero no indagó. Le prometió enviarle al mensajero inmediatamente. Acompañó a la dama élfica hasta la puerta de los aposentos privados que ella tenía en Arsilon, y se separaron.

En el vestíbulo principal del castillo hacía rato que se sucedían las muestras de regocijo de los mayordomos y criados. La mayoría había visto por última vez al príncipe cuando era un niño.

—¡Killian! ¡Mi muchacho! —dijo el rey Ian interrumpiendo los saludos y acercándose como un vendaval a su sobrino—. Cómo te he echado de menos. Mírate, qué alto y guapo y apuesto estás. —Lo estrujó entre sus brazos—. ¡El terror de las doncellas!

— Tío, por favor —dijo Killian sonrojándose un poco—. Yo también te he echado mucho de menos y me alegro de estar en casa. En casa —repitió, y suspiró con júbilo.

—River… —dijo Ian atrayendo al mago de un tirón y abrazándolo también con cariño—. Siento haberos hecho esperar, pero tenía asuntos urgentes que atender. Seguro que sabréis perdonarme.

Ambos jóvenes lo disculparon sin problemas.

—Habéis tardado mucho, chicos —dijo Ian pasando un brazo por el hombro de cada muchacho y llevándolos hacia los sillones de la sala de audiencias principal, donde los había citado—. Ya se me estaba empezando a caer el pelo de la preocupación.

—Espera a que te expliquemos lo que nos ha retenido, tío —dijo Killian emocionado—. River, haz los honores.

—No te lo vas a creer, Ian —dijo River con sus ojos verdes brillando con aquella anormal intensidad que delataba su emoción—. ¡Nos topamos con una Elfa de la Noche en apuros!

—¡No me digas! —dijo Ian soltando una sonora carcajada.

Ahora entendía la divertida expresión de Eyrien, y dejó que los dos muchachos volvieran a explicarle el suceso. Sobre todo entendía lo que significaba para River; todos los Altos humanos sentían una obsesiva fijación por los elfos. Cuando acabó de explicarle el suceso, con la triste y repentina desaparición de la elfa, Ian no pudo evitar sonreír y mirarlo con mucho cariño.

—Bueno muchachos, tengo que decir que sabía ya algo de eso —dijo—. No puedo deciros más ahora, pero sabed que vuestro acto desinteresado cambiará muchas cosas en el camino futuro. Sí, sin duda —dijo, sin saber realmente cuánta razón tenía.

5

Investidura

La primera mañana que Killian pasó en el castillo se levantó muy temprano. Antes de la salida del Sol ya estaba con River desayunando en el salón principal, esperando la llegada del maestro de ceremonias que les diría todo lo que tendrían que hacer en aquel histórico día en que sería investido como príncipe heredero al trono de Arsilon. Al cabo de un rato entró Ian y se sentó a desayunar con ellos, y los tres contemplaron en silencio cómo el sol rojizo amanecía tras el gran ventanal. River no pudo evitar tener un pensamiento para los cabellos de Erynie, que en aquel momento y en algún lugar estarían recibiendo al sol con sus mágicos cambios de color.

—Bueno, bueno —se oyó una voz, demasiado enérgica para aquella hora de la mañana, entrando por la puerta—. Hay mucho que hacer, así que se acabó el desayuno. ¡Señor River! Haz el favor de sentarte erguido, como un caballero y no como un vulgar campesino.

River suspiró sonoramente y se irguió. Se giró para mirar a Killian, pues el príncipe aún no tenía el dudoso gusto de conocer al maestro de ceremonias. Éste lo miraba con gesto aturdido mientras el hombre entraba y desplegaba una enorme tabla cronológica sobre la mesa, murmurando cosas ininteligibles pero con evidente emoción. Yinser, el maestro de ceremonias de la casa de Arsilon, era un hombre alto y demasiado delgado que, pese a la fragilidad de su figura, tenía una energía excesiva que ponía al servicio de un celoso fervor por la etiqueta y la ceremonia. Ian soportaba a su relaciones públicas con diplomacia y buen humor, pero River lo aborrecía hasta extremos insospechados.

—Bien, vamos a ver —dijo Yinser con su agudo tono de voz—. A las doce Ian pronunciará su discurso a la multitudinaria plebe que se habrá concentrado en…

—¿Por qué los llamas plebe? —interrumpió River. Yinser apoyó las manos en la mesa con aspecto irritado—. No son plebe, son personas. No los trates como si valieran menos que tú o que yo.

—Yo estoy de acuerdo —lo apoyó rápidamente Killian al ver la mirada asesina del maestro.

Yinser siguió con su lista de eventos sin decir nada más al respecto, aunque estaba claro que parte de la excitación inicial se había esfumado.

—Bien. La *gente* se habrá reunido en los jardines delanteros del castillo a escuchar el discurso de su rey. Cuando éste finalice a las doce y quince, tú, Killian, saldrás a la terraza acompañado de River y saludarás a la gente hasta las doce y treinta.

—¿Voy a estar saludando en la terraza durante quince minutos como un pasmarote?

Yinser suspiró exasperado. Y siguió la lista de actividades: La comida con los nobles y burgueses; por la tarde, paseo a caballo por la ciudad y un pequeño entrenamiento bélico en el patio de armas de la ciudadela con los soldados, para deleite de la gente y para demostrar las formidables aptitudes bélicas del futuro rey; otro paseo por las afueras; la distribución de buen vino a los ciudadanos para brindar por el príncipe y, al fin, el retorno al castillo para el banquete y el baile. Fue aquí donde River y Killian empezaron a prestar atención de verdad.

—Bien, vamos a ver… —dijo Yinser rebuscando una lista de invitados que tenía escondida por alguna parte—. Veamos a quién hemos conseguido avisar… Vaya, bien, hemos conseguido avisar a Eriesh de Greisan.

—¿Quién es Eriesh de Greisan? —preguntó River muerto de curiosidad.

Yinser le dirigió una mirada fulminante, por lo que River se aclaró la garganta con afectación.

—Perdonad que os interrumpa, señores —dijo con voz atiplada—. ¿Pero podríais decirme quién es Eriesh de Greisan, por favor?

—¡No me hagas burla! —contestó Yinser en un tono tan brusco que se habría censurado a sí mismo—. Ejem. Eriesh de Greisan es el legado del pueblo élfico de Greisan, los señores de los Hijos de las Rocas —dijo—. Y espero, River, que sepas controlar esa lengua en su presencia, porque los elfos son aliados a los que no nos podemos permitir ofender.

—Ya nos hemos dado cuenta de lo difícil que es no ofenderlos —murmuró River.

—¡Siéntate recto! —exclamó Yinser.

Mientras River refunfuñaba y se sentaba erguido, Ian miró la lista.

—Eriesh estaba en Riskaben con los enanos así que llegará con ellos. Eyrien ya está aquí.

—¿Entonces conoceremos a la hija de Subinion? —preguntó Killian maravillado.

Yinser los fulminó a ambos con la mirada.

—Pues sí —dijo—. Y espero que sepáis comportaros ambos a la altura de las circunstancias. A los elfos les estrecharéis la mano, pero a las elfas sólo se la estrecharéis si ellas os la ofrecen antes. Si no, os inclinaréis caballerosamente y punto. Nunca, y digo nunca, abuséis de la confianza de una elfa. Os mantendréis siempre al menos a un metro de ellas, y sólo reduciréis esa distancia si ella lo hace primero. Incluso tu tío el rey rinde pleitesía a Siarta, así que ten en cuenta, Killian, que ella te supera en inteligencia, sin duda en edad, y en rango social...

—Bueno, bueno, Yinser —lo detuvo Ian—. No asustes a los muchachos antes de tiempo. Lo harán bien, y además la Dama de Siarta los verá sin duda con muy buenos ojos. Así que no los amenaces más. Eyrien es mi amiga, hijos. Y es una buena chica, si no se la provoca.

—Una buena chica... —dijo Yinser, horrorizado ante aquel epíteto para la doncella políticamente más importante de aquellos tiempos.

Sin embargo a Ian no se atrevió a reprenderlo, así que siguió listando a los invitados del banquete. Enseguida quedó claro que aquella reunión serviría para involucrar a los dos jóvenes señores de Arsilon en el más alto y secreto círculo de dirigentes de la Triple Alianza. Estarían presentes, además de algunos escogidos fieles líderes locales de Arsilon, algunos de los representantes de los Pueblos Libres que se enfrentaban sin tapujos a la tiranía de Esigion de Maelvania y sus Reinos Cáusticos. Junto a los dos elfos, que representaban a todos los feéricos, estarían presentes los representantes del Pueblo Enano de Riskaben, también los del valle de Enadar, los gobernadores humanos de los Reinos Libres de Fernost, Sentrist, Udrian y Niaranden, además de los hechiceros jefes de los cuatro principales Centros de enseñanza de la magia Umbanda que aún eran fieles a los Pueblos Libres.

—Una reunión de traidores en toda regla, a ojos de Esigion —dijo Killian.

—Sí, Killian —dijo Ian—. Pero a mucha honra.

—Desde luego —dijo River con determinación.

Aunque River no le diera importancia al asunto, pues era poco vanidoso en lo que se refería a su magia, todos los Reinos Libres habían celebrado en secreto que el último Alto humano de la Casa de los Tres Elfos estuviera de su lado. Quizás aún era joven y no había sido lo suficientemente adiestrado, pero River llegaría a ser el mago más poderoso de entre todos los humanos algún día, y era una pieza de valor incalculable para el Ejército Libre. Hasta enanos y elfos habían celebrado que el joven mago no se hubiese dejado seducir por el poder que podía haberle dado Esigion de Maelvania cuando, años atrás, siendo un niño, había intentado atraerlo.

—Realmente es algo curioso que los elfos se esfuercen tanto por libertar a todos los pueblos cuando podrían cuidar sólo del suyo propio y no sufrir más de la cuenta, ¿verdad tío? —dijo Killian pensativo.

—Sí, hijo —dijo Ian—. Los elfos son peligrosos, son ariscos y altaneros, y nos insultan casi en cada conversación, pero son un pueblo noble y valiente dispuesto a arriesgar su seguridad por los que son menos favorecidos que ellos. Eso no hay que olvidarlo —dijo, y le dedicó una sonrisa maliciosa—. Es lo que yo me recuerdo a mí mismo cada vez que alguno de ellos me saca de quicio recordándome lo poca cosa que soy como humano.

—Yo sé de un mago que debería hacer lo mismo —dijo Yinser sin mirar a nadie, porque todos sabían de sobra a quién se refería.

—Pues mira, tienes razón —dijo River mirando al maestro, y por aquella vez no discutió.

—Y tú, príncipe Killian, ¿qué tal han evolucionado tus clases de baile allá en las tierras paternas? —dijo Yinser.

—Pues bien… Un momento —dijo Killian, y se puso rojo—. Yo no quiero bailar.

—Ah, sí. Y tanto que vas a bailar —dijo Yinser afirmando categóricamente con la cabeza.

—¡Bueno, amigo! —dijo River riéndose—. Ya te veo ofreciendo tu mano a alguna joven emperifollada de lo más fino de la sociedad.

—Tú también vas a ofrecer tu mano a las jóvenes emperifolladas esta vez, River —dijo Yinser con malevolencia—. Ahora ya eres miembro oficial de esta casa real, y me voy a asegurar de que cumples como señor de Arsilon aunque tenga que arrastrarte hasta la pista de baile del pescuezo.

Esta vez, incluso River llegó a ponerse rojo.

El día pasó lento y turbador para Killian, a quien desde primera hora le subió un claro sonrojo de vergüenza al rostro que ya no lo abandonó durante todo el día. Y sin embargo cumplió con rectitud su papel de personaje público, consciente, como le habían enseñado, de que se debía a su pueblo en cuerpo y alma. River lo acompañaba en todo momento, pero estaba claro que el Alto humano ya estaba más acostumbrado a aquellos baños de muchedumbre y a que lo observaran, y se comportaba con naturalidad. Podía sacar de quicio a Yinser, pero a la hora de la verdad el joven hechicero sabía comportarse como era debido.

Al llegar el anochecer volvieron al castillo por fin, y a ambos se les quitó el cansancio para ser sustituido por la misma sensación de impaciencia y emoción. Ahora se presentaba la verdadera prueba. Fueron a sus nuevos aposentos en la parte posterior del castillo a prepararse para la cena. Como ya habían esperado, las ropas que debían llevar estaban dispuestas sobre sus percheros y lo único que tenían que hacer era vestirse y esperar a que Yinser acudiera a darles el visto bueno. Al menos los modistos tenían el detalle de atender a los gustos personales de sus clientes y, más o menos, se sentían cómodos con sus ropas. Una vez aprobado por el exigente maestro de ceremonias, River salió al pequeño rellano que comunicaba su puerta con la de Killian y lo esperó. Vestía de gris, como todo hechicero de Arsilon, con detalles en verde esmeralda porque a las costureras les encantaba resaltar el color de sus ojos. Y aunque era un hechicero, llevaba pantalones, camisa y botas de montar, pues River siempre se había negado a llevar la túnica propia de los magos, aduciendo que era incómoda para alguien que tenía que realizar sus conjuros en el campo de batalla. Aunque tenía espada tampoco la llevaba, porque en Arsilon, y aunque se estuviera en guerra, las armas estaban de más.

Poco después salió Killian, vestido de gris y blanco, los emblemas de la casa de Arsilon. Era la primera vez que vestía así, con los colores de su casa.

—Qué guapetón estás —bromeó River mientras se dirigían a la sala de banquetes—. ¡El terror de las doncellas, sin duda!

—¡Cállate! —le espetó Killian poniéndose rojo de nuevo—. La hora de la verdad —dijo cuando se detuvieron ante la puerta cerrada.

—Tranquilo, futuro rey de los Pueblos Libres, yo estoy a tu lado. No es mucho, pero…

—Para mí es lo más valioso, amigo —dijo Killian.

Se abrazaron un momento, con emoción. Miraron al soldado de la Guardia Gris que guardaba la puerta. La cruzó, los anunció con dos golpes de báculo sobre el suelo de piedra y se hizo a un lado. En el salón ya había unas quince personas, todas humanas, y rápidamente los convirtieron en el centro de atención. River ya conocía a muchos de los presentes, pero Killian fue presentado a cada uno de ellos y al final se fue acostumbrando a que todos se inclinaran ante él con reverencia. Al fin y al cabo, era miembro de la Casa de Arsilon. Un rato después Ian se acercó a River, que parecía un tanto distraído e impaciente. El rey le pasó una mano por la espalda, puesto que no llegaba a rodearle los hombros, y le dijo con afabilidad:

—¿Esperas a alguien?

—Yo... —dijo River devolviéndole una mirada intensa que no podía ocultar nada—. Sólo tengo curiosidad.

—Te entiendo, hijo —dijo Ian—. También yo recuerdo el día en que supe que iba a conocer a Eyrien de Siarta, cuando tenía sólo dieciocho años. Y ahora que tengo cuarenta y uno, aún me emociono cuando sé que voy a verla.

—Se me hace tan extraño pensar que hace veinte años que tú la conoces, y que a mi va a seguir pareciéndome alguien muy joven.

—A mi me pasa lo mismo —dijo Killian, que se había ido acercando para descansar un rato de la agobiante charla de los invitados.

—Uno nunca se acostumbra del todo a la invariabilidad de los elfos —dijo Ian alzándose de hombros—. Yo conozco a varios desde hace mucho tiempo, y lo que hago es recordarme siempre que ellos ya estuvieron aquí tratando con mi padre y con mi abuelo. Eyrien es joven, incluso para los elfos, pero a mí y a tu madre nos vio nacer y crecer, Killian.

—¡Ah, ahí vienen! —dijo Yinser acercándose a ellos.

En aquel momento el soldado de la puerta volvía a entrar y a picar sonoramente con el báculo en el suelo para reclamar la atención.

—La legada del pueblo élfico, la dama Eyrien de Siarta.

El soldado se hizo a un lado y en la puerta apareció una elfa alta y muy hermosa, envuelta en un liviano vestido azul aguamarina que caía hasta el suelo y que dejaba sus delicados hombros al descubierto. Por todo adorno llevaba un cinturón de oro blanco que rodeaba sus caderas, pero no necesitaba nada más. Sus cabellos ondulados caían sobre sus hombros con un color azul intenso como el de una noche de luna llena y sus labios azul oscuro mostraban una sonrisa luminosa. Sin embargo, se erguía en actitud regia y permanecía en la puerta esperando a que Ian se acercase a ofrecerle su brazo, lo que el rey hizo con presteza.

—¡Cerrad esas bocas, brutos! —les susurró Yinser a sus pupilos.

Pero tanto uno como otro tardaron en reaccionar porque, de repente, su compañera de viaje, Erynie, se había convertido nada menos que en la Hija de la Casa de Siarta, uno de los seres más poderosos de entre todos los Pueblos Libres o Cáusticos de la Tierra.

Ian se acercó a ellos llevando a la elfa del brazo. Yinser resopló. El resto de los presentes se habían acercado a ellos, pues todos querían ver aquel momento histórico en que la representante de los Hijos de la Noche iba a conocer al nuevo futuro rey de los Hombres Libres.

—No los amonestes, Yinser —dijo Eyrien, demostrando cuán fino era su oído y manteniendo su sonrisa, que era inquietante y adorable a partes iguales—. El príncipe, el mago y yo ya nos conocíamos aunque ellos no lo supieran.

—¿Ya os conocíais, mi dama? —preguntó Suinen, el gobernador de Sentrist. Era, como todos los habitantes del Sur, un hombre de tez morena, cabellos negros y rasgos aguileños.

—Sí, Suinen. Nuestros caminos coincidieron cuando nos acercábamos a Arsilon —dijo Eyrien, y luego alzó un poco más la voz—. Y he de decir que mi esperanza en estos dos chicos se ha visto inesperadamente acrecentada por su actitud honesta y valiente. Sin duda los tiempos que vienen serán duros y siniestros, pero podremos afrontarlos con la unión de nuestras fuerzas. Killian de Arsilon, es un placer reconocerte —finalizó la elfa, tendiendo su mano al joven.

Mientras Killian estrechaba la mano de Eyrien, los presentes se reunieron en grupitos a comentar regocijados las palabras de la Hija de Siarta, orgullosos de lo que fuera que ambos jóvenes hubiesen hecho para ganarse el respeto de la exigente elfa. Aunque joven, la inmortal había vivido más batallas que ninguno de los presentes y sus palabras eran siempre escuchadas con atención y seriedad. Luego Eyrien dirigió su atención a River, que aún la miraba fijamente.

—También es un placer reconocerte a ti, River, hijo de Lander y Robin —dijo, y River se sobresaltó al oír en boca de la Hija de Siarta los nombres de sus desaparecidos padres—. Estoy segura de que podemos esperar grandes cosas de ti. De momento no hemos sido muy sinceros entre nosotros, pero espero que eso cambie.

—Sin duda. Es un honor para nosotros el poder luchar por la libertad —dijo Killian, y se inclinó de nuevo antes de volverse hacia los invitados que reclamaban su atención.

También Ian se retiró, y River y Eyrien se quedaron momentáneamente solos, frente a frente. Eyrien le devolvió una mirada sagaz mientras River seguía mirándola tan fijamente como lo había hecho desde que había entrado.

—Y dime mago, ¿qué opinas ahora de la Hija de Siarta a la que tanto ansiabas conocer? —preguntó Eyrien en voz baja—. ¿Cumple con tus expectativas?

—Ya lo había hecho aun cuando pensaba que no la conocía —dijo.

Eyrien acentuó su ambigua e indescifrable sonrisa, pero ya no pudieron seguir hablando porque en aquel momento volvió a entrar el guardia de la puerta con su ruido atronador.

—El consejo real del clan enano de Riskaben y el legado de la casa élfica de Greisan.

El guardia se hizo a un lado y entró un grupo de gente no humana en el salón. También se quedaron parados en la puerta para mirar a su alrededor. Cinco de ellos eran enanos y tenían la mitad de la altura de un humano, no obstante todos parecían magnánimos y lucían largas barbas y ropas suntuosas. Cuatro de ellos eran claramente veteranos y el quinto parecía más joven, aunque rondaba los doscientos años de los alrededor de cuatrocientos que solía vivir un enano. A su lado iba un elfo que casi lo triplicaba en estatura, claramente un Hijo de las Rocas. Su tez era pálida pero más grisácea y mate que la de Eyrien, que era un tanto resplandeciente, y sus ojos y sus largos cabellos lisos mostraban el color gris claro de la piedra que los rodeaba. Sin embargo, su rostro se mostraba más jovial que el rostro sosegado de la Elfa de la Noche, y sonrió cuando el enano joven le dijo:

— Oye, Eriesh, cambia de aspecto, que te confundes con la pared.

—Ah, bueno, Freyn —respondió el elfo con su etérea voz, y rápidamente viró el color de sus cabellos y sus ojos a un gris más oscuro que el de sus labios. Su mirada se desvió hacia Eyrien y su expresión se iluminó—. ¡Pero mirad quién está aquí también!

Los enanos se fijaron en Eyrien y acudieron a su encuentro.

—¡Eyrien, pequeña!, es un placer verte de nuevo —dijo uno de los enanos más ancianos, estrechándole la mano con el cariño propio de un abuelo bondadoso.

—También para mí es un placer, rey Trenzor.

Para River estuvo claro que todo el grupo se conocía y se apreciaba desde hacía tiempo, porque cuando Eyrien hubo saludado a los otros tres ancianos de mayor edad, se giró hacia el enano más joven y se inclinó frente a él, aunque aún así seguía sobrepasándolo un poco.

—Hola Freyn, cuánto me alegro de verte —dijo, y le besó la frente poniendo ambas manos en las mejillas barbudas del enano.

El enano se sonrojó un tanto, pero pareció claramente complacido.

—Yo también tenía ganas de verte, Eyrien, jovencita.

—Me hace gracia que me llame jovencita alguien a quien he visto dar sus primeros e inseguros pasos, y llevando nada más que pañales —dijo Eyrien mientras se erguía y le guiñaba un ojo al otro elfo.

—Inmortales... —dijo el enano dirigiéndole a River una falsa mirada de exasperación.

River sonrió ante la actitud del enano y luego fijó la atención en el alto y apuesto Elfo de las Rocas, que en aquel momento besaba la mano de Eyrien con galantería, sus brillantes ojos grises fijos en los de ella. Eyrien hizo una mueca y rodeando el cuello del elfo con un brazo, se puso de puntillas y lo besó en la mejilla. Él sonrió y rodeó cariñosamente la cintura de su dama con un brazo; parecía claro que también los dos elfos se conocían desde hacía tiempo.

—Cuánto me alegro de haberte encontrado aquí, Eriesh —dijo Eyrien.

—Lo mismo digo, hace tres años que no nos veíamos —respondió el elfo—. Y no sabíamos si debíamos esperar encontrarte. La última noticia que tenía era que reemprendías el camino a casa. Pero pareces un poco... cansada. ¿Ha sido largo el viaje?

—Ha sido intenso —dijo Eyrien desviando la mirada y fijándola en River.

El mago se dio cuenta de que la elfa no quería desvelar en aquel momento su encuentro con el íncubo. Sin embargo, el elfo de Greisan, perspicaz, siguió mirando inquisitivamente a Eyrien e incluso interrogó a River con la mirada, pero no pudo hacer nada más porque en aquel momento Ian se acercó con Killian y se sucedieron las presentaciones: El rey Trenzor de Riskaben, rey entre reyes de los enanos, los dos representantes del consejo real que lo habían acompañado, el embajador del reino enano del Valle, Urist de Enadar, y luego el más joven, Freyn que era hijo de la prima de Trenzor y un buen guerrero entre los enanos. Todos ellos hicieron profundas reverencias y les aventuraron buena fortuna y largos años de vida. Por último se presentó a Eriesh de Greisan, quien se mostraba mucho más afable que su compañera.

—Es un placer conocer a la nueva generación de la casa de Arsilon, joven Killian —dijo Eriesh estrechándole la mano.

—El placer es mío.

—Y éste sabrás quién es sin que te lo presente —dijo Ian tomando a River del brazo.

—Claro —dijo Eriesh, tendiéndole la mano al mago con una sonrisa—. El hijo de Lander, imposible no reconocerlo. Tiene los mismos ojos que su padre, ¿verdad Eyrien?

—Sí —se limitó a decir ella.

—Cómo pasa el tiempo —dijo Freyn—. Ya hace veinte años que estuvo aquí reunido con nosotros, como ahora lo está su hijo.

—El tiempo pasa para los mortales, Freyn, pero para mí ha sido sólo un suspiro —dijo la elfa—. Aunque a Lander sí lo hecho de menos.

—¿Tú conociste a mi padre? —preguntó al fin River, sin poder contenerse.

—Como ahora te conozco a ti —dijo Eyrien.

—Eyrien, querida —llamó Ian desde la cabecera de la mesa—. ¿Te importa que hoy siente a Trenzor y a Urist a mi lado? Hay algo que tengo que comentar con ellos.

—No —dijo Eyrien—. Yo me sentaré aquí con Freyn y Eriesh, y con tus jóvenes herederos.

—Está decidido entonces —dijo Ian—. Pero hace mucho que no nos vemos y no quiero que desaparezcas rápido otra vez. Aún tenemos que hablar de muchas cosas.

Cuando todos estuvieron dispuestos llegaron las viandas del banquete. Había caza y pescado, verduras, hortalizas especiadas, cremas y budines y, sin duda en honor a los elfos presentes, platos hechos sólo de setas, huevos y frutos de la tierra, pues los feéricos, aunque no tenían ninguna norma moral que se lo impidiera, raramente consumían carne. Al principio todos comieron y se habló poco, pues la vista de aquellos manjares les había despertado el apetito, pero poco a poco los murmullos empezaron a subir de tono y las conversaciones se hicieron más graves y ruidosas a lo largo de la mesa.

—Estás comiendo muy poco, Eyrien —dijo Freyn con la boca medio llena.

Los ojos de Eriesh de Greisan se alzaron rápidamente y volvieron a quedar fijos en el rostro de la Dama de Siarta. River podía comprender a Eyrien; estaba seguro de que en cuanto nombrara al íncubo, se formaría un revuelo escandaloso. Así que habló para desviar la atención.

—Aclárame, maestro Freyn —dijo—. ¿Desde cuando conoces a la Dama Eyrien?

Freyn carraspeó, contento de que la atención se centrara en él. A los enanos les encantaba explicar sus historias, y más si habían sido interrogados previamente sobre ellas, pues eso demostraba una buena predisposición de sus oyentes a escuchar sus largas disertaciones.

—Como Eyrien ha dicho antes, aunque de una forma un tanto bochornosa para mí, nos conocemos prácticamente desde que nacimos; más bien desde que yo nací, porque Eyrien tiene cuarenta años más que yo aunque ya no lo parezca. Yo me fui a vivir con mi tío el rey Trenzor casi inmediatamente, y como tiene muy buenas relaciones con Subinion de Siarta nos veíamos muy a menudo. Se puede decir que prácticamente Eyrien y yo hemos crecido juntos, y la considero casi una hermana. Primero una hermana mayor, y ahora una hermana pequeña, ya ves qué curioso. Aunque no creas que por eso me salvo de las iras endiabladas de los elfos.

Soltó el tenedor y se arremangó el brazo izquierdo para mostrárselo a River y a Killian, que eran los únicos presentes que aún no conocían sus vivencias. En su brazo fuerte y musculoso pudieron ver la cicatriz de un largo cardenal.

—Esto me lo hizo Eyrien cuando éramos pequeños, porque cuando se hizo más alta que yo la llamé larguirucha —dijo Freyn y todos se rieron, incluso Eyrien—. Ya ves que no puedes fiarte de un elfo por mucha confianza que le tengas.

—¡Pero yo pensaba que los enanos eran inmunes a la magia de los elfos! —dijo Killian.

—A la magia sí —dijo Freyn molesto—, pero no a las dagas escondidas bajo la manga.

—Y los enanos son inmunes a la magia —intervino Eriesh—, pero no a la de los hechiceros elfos más poderosos. Freyn sería inmune a los hechizos que yo pudiera lanzar, pero no a los de un hechicero de alto poder. Hasta ahora yo he visto a dos elfos capaces de lanzar su magia a un enano: Uno fue el Señor Subinion, que es un gran hechicero y se enfrentó a los enanos en las Guerras de Sangre, y la otra es su hija Eyrien, su mejor discípula.

—Debes de ser una hechicera muy poderosa —dijo River, sabiendo que muy pocos en la Tierra podían llegar a ser capaces de hechizar a un enano. Además parecía tan joven y tan frágil...

Eriesh lo estaba mirando a él y sin duda se dio cuenta de lo que le pasaba por la cabeza, porque sonrió y dijo:

—Ay, humano, mucho cuidado con dejarte engañar por el aspecto de una elfa. Sobre todo si esa elfa es Eyrien, porque eso puedes pagarlo caro.

—Y que lo digas, Eriesh —dijo Freyn, ignorando el hecho de que Eyrien permanecía callada—. ¿Os acordáis de la incursión en la tierra de los Femorianos hace cincuenta años? Aquello sí fue algo para rememorar toda la vida.

Tanto Killian como River imaginaron batallas con gigantes, peligrosas situaciones en nombre de la libertad de los Pueblos Libres, y tuvieron el mismo sentimiento de impaciencia por participar en aquellas aventuras en el nombre del bien y del honor.

—Yo conocí a Eyrien aquí mismo —dijo Eriesh—, durante la lucha contra los primeros gólems de Maelvania que cruzaron al Continente Norte.

—Me pregunto qué dirían en su casa si supiesen en todos los embrollos en los que se mete su querida heredera —dijo Freyn, con una carcajada.

—Mi padre conoce todos mis embrollos, Freyn, ya lo sabes —dijo Eyrien.

—Tu padre, y tu hermano Asier, que también es un temerario. Y entiendo que quieras ser discreta con tus asuntos ante el celo protector de tu hermano Kenion —siguió Freyn—, pero no entiendo por qué no quieres hablarnos a nosotros.

—Tanto tú como Eriesh estáis al tanto de mis cosas —dijo Eyrien—. Y ambos habéis estado conmigo en muchas ocasiones.

—Sí, pero no en tu segundo encuentro con los guls —replicó Freyn con fastidio.

—¿Los guls? —dijo River.

Ahora aquellos monstruos antropófagos que podían adoptar el aspecto de bellos y lampiños jóvenes se concentraban sobre todo en las tierras del oeste de Niaranden, al otro lado del mar, pero sabía que había habido un tiempo en que habían sido un peligro en todo el mundo libre.

—Sí —dijo Eriesh—. ¿No habéis visto bien esa espada que lleva Eyrien?

—Ah, una espada única, desde luego —dijo Freyn con la emoción propia de un artesano.

—Sí —dijo Eriesh —. Y esa espada la consiguió Eyrien enfrentándose a los guls, pues son los únicos capaces de encontrar esas reliquias. Ahora, los que sobreviven todavía la odian muchísimo, quién sabe por qué. Pero ella no quiere contarnos nada.

—Ya sabéis que yo no hablo de los asuntos que atañen a terceras... a terceros seres —respondió ella—. Así que no preguntéis más. Y creo que ya basta de hablar de mí.

Eriesh y Freyn se miraron y sonrieron, aunque cambiaron de tema y se interesaron por las vivencias de Killian y River y de sus planes futuros. Tanto uno como otro mostraron su interés en seguir con sus adiestramientos respectivos y se adentraron en una larga conversación sobre cuáles eran sus habilidades hasta el momento.

—Bueno —dijo Freyn mesándose la barba—, yo creo que mañana podríamos organizar una pequeña sesión de entrenamiento y demostrar nuestras respectivas habilidades. ¿Qué os parece? ¿Y vosotros qué decís, elfos?

—A mi me parece bien —dijo Eyrien sin despegar la vista de Eriesh—. ¿Y a ti?

—Sí, claro —dijo él, algo distraído.

Eriesh tenía la mirada clavada en el extremo de la mesa, donde Ian estaba inclinado hacia Trenzor y Urist y les decía algo en un susurro. La expresión de Ian era seria, y la de Trenzor se ensombreció mientras clavaba una mirada en la dama elfa.

—¡Eyrien! —exclamó de pronto Eriesh alzándose como un resorte.

Todos miraron a Eyrien, que había desviado la mirada hacia abajo y mostraba una expresión de profunda resignación.

—Ian, agradecería que no ensombrecieses la velada de nuestros acompañantes con mis sórdidos asuntos pasados —dijo.

—Nunca se habla demasiado bajo para un elfo, ¿verdad? —dijo Ian en tono pacificador, mirando a Eriesh.

Pero el elfo no apartó su mirada severa de la heredera de su pueblo.

—¿Pero cómo te callas una cosa así? —le dijo a Eyrien.

—Pues entre otras cosas para que no reaccionéis como lo has hecho tú —dijo Eyrien en tono acusador, empezando a enfadarse también.

—Por favor, seguid todos con vuestras conversaciones, no pasa nada —dijo Ian a los del otro lado de la mesa, que aún los miraban—. Lo siento Eyrien, pero es un asunto de importancia y como tú misma has dicho, ha sucedido en mis tierras. Trenzor ha venido con muchos enanos y enseguida se ha ofrecido a enviar a un batallón a hacer una batida. Ya sabes que los humanos no tenemos ninguna posibilidad frente a esta situación y su ayuda me viene bien.

En aquel momento uno de los consejeros de Trenzor, que había acudido junto a su señor, asintió y se dispuso a salir de la sala para organizar la batida.

—Iré con ellos —dijo Eriesh resuelto.

De su rostro había desaparecido toda jovialidad y ahora se mostraba tan serio y severo como podía llegar a mostrarse un elfo, y provocaba verdadero respeto.

—No, Eriesh. Quédate aquí —le ordenó Eyrien.

—No, ni hablar. Me voy con los enanos —dio un paso atrás. Se quedó quieto de repente.

—He dicho que te quedes, Eriesh —dijo Eyrien muy severamente, y cuando la miraron vieron que sus ojos refulgían mientras mantenía fija su atención en el Elfo de las Rocas.

Eriesh entrecerró los ojos amenazadoramente mientras devolvía la mirada a Eyrien. Estaba muy tenso, sin duda molesto por el hechizo de parálisis al que lo había sometido la Elfa de la Noche. River se preguntó si entre los elfos era normal el comportarse así unos con otros, pasando rápidamente de la profunda amistad a la ira contenida.

—Estamos celebrando un hecho que es motivo de alegría y regocijo para todos —dijo Eyrien con calma—. Y no puedes ausentarte por algo que ya no tiene tanta importancia; he pasado tantos días con humanos que habrá perdido mi rastro. Y no puedes dejar la compañía del joven príncipe al que hemos venido a apoyar con nuestra presencia como embajadores.

—A mí... —empezó a decir Killian, pero se calló al recibir la gélida mirada de la elfa.

—Así que, Eriesh, quédate. Ese vampiro tiene mi magia, poco podrías hacer frente a él —dijo Eyrien, y telepáticamente añadió, de forma que sólo Eriesh pudiera oírla—: No me dejes sola. Me gustaría hablar de ello contigo, pero luego.

Ajenos a las últimas palabras de la Dama de Siarta, los demás vieron a Eriesh mostrar su acuerdo con un asentimiento de cabeza. Volvió a sentarse en su sitio, liberado ya del hechizo. A una señal de Trenzor, su consejero salió al fin de la sala e Ian se giró hacia Eyrien.

—Mi dama, te agradecería que no hechizases a mis comensales porque luego no querrán volver a visitarme sabiendo lo que les espera.

Eyrien sonrió pero no se disculpó, aunque tampoco lo habría esperado nadie que la conociera.

—Además es tarde para mí —dijo Eriesh—. Estoy hechizado desde el primer día en que la vi.

Los cabellos de Eyrien viraron brevemente a un azul más oscuro; tal debía ser la forma de sonrojarse de un Elfo de la Noche, supuso River. Freyn, airado, aprovechó para preguntar:

—¿Pero puede explicarme alguien qué está pasando aquí?

Al ver que la elfa no contestaba, el enano se giró hacia Eriesh. Éste miró con reprobación a Eyrien y luego centró su mirada en Freyn, y sus ojos se iluminaron un poco en un tono azul cristalino que contrastaba mucho con su gris habitual. El enano hizo una mueca de molestia, pero River concluyó rápidamente que el elfo se había conseguido poner en contacto telepático con él porque el enano puso cara de horror, se cogió al borde de la mesa con ambas manos y se giró hacia Eyrien. Ella suspiró y hablo antes de que pudiese hacerlo el enano.

—Eriesh, Freyn, ahora estoy bien —dijo, y puso la mano cariñosamente sobre la del enano—. Lo único que necesito de verdad es olvidarme de ese asunto por un rato.

—Lo entendemos —dijo Freyn, estrechándole la mano—. Pero no creas que esta vez vamos a dejar que te vayas sola y sin compañía.

—No hace falta —dijo Eyrien—, creo que me quedaré una temporada aquí, en Arsilon. Tengo asuntos que atender.

River sintió que el corazón le daba un vuelco al saber que Eyrien pensaba permanecer allí con ellos. Ella vio la sonrisa que se dibujaba en el rostro del mago, y pensó con ironía que el joven Alto humano no sonreiría tanto si supiese cuáles eran aquellos asuntos que la retenían en Arsilon. En aquel momento se abrían las puertas del salón para el baile y todos se encontraron pronto rodeados de gente y de la melodía de los músicos que iban a amenizar la velada. Eyrien se tomó un momento para ver cómo Ian, Killian y River abrían el baile, como era su obligación, y sonrió. Ian disfrutaba claramente, pero saltaba a la vista que sus jóvenes protegidos no estaban demasiado contentos con la atención que se les brindaba, aunque supieron estar a la altura de las circunstancias. Después se reunió con Eriesh.

En cuanto la pista se llenó de gente, River se disculpó ante la que había sido su pareja de baile y se escurrió rápidamente de la pista, dejando atrás a una joven profundamente decepcionada. Se dirigió hacia donde Ian permanecía también observando a sus invitados, y Killian no tardó en encontrarse con ellos.

—Odio bailar —murmuró solamente el joven príncipe.

River se giró a ver qué hacían los elfos, pero no los vio. Una rápida mirada a su alrededor le confirmó que ninguno de los dos estaba ya en el salón. Mientras tanto, en el dormitorio de Eriesh, Eyrien le explicaba a su amigo cuanto había ocurrido desde que había vuelto tan brevemente a Siarta. El Elfo de las Rocas fue sumiéndose en un estado cada vez más sombrío.

6

Un ejercicio revelador

A la mañana siguiente, los distintos invitados que habían acudido al banquete la noche anterior fueron reuniéndose poco a poco para gozar de un magnífico desayuno. River ya estaba acostumbrado a la falta de protocolo que reinaba en el castillo, pero Killian, cuya educación social había sido exhaustiva en las tierras paternas, aún se sorprendía de la familiaridad con que se trataban invitados y anfitriones en Arsilon. Killian pensó que sin duda ése era el motivo de que la Triple Alianza entre humanos, enanos y elfos se hubiera mantenido unida incluso en los peores momentos de su historia. No sólo eran reinos que obtenían poderes unos de otros, eran amigos y camaradas como soldados en una guerra.

Los enanos llegaron más tarde, pues eran bastante menos madrugadores y más reposados, y pasaron largo rato desayunando en silencio. Todos ellos iban ya pertrechados para el encuentro bélico que habían decidido la noche anterior, y Freyn parecía especialmente motivado y tamborileaba en la mesa con impaciencia.

—¿Dónde están esos elfos? —dijo Suinen, que había sido uno de los primeros en llegar.

—Quizás se han olvidado. Recuerdo que ambos estaban bastante pendientes de Ian y Trenzor cuando hablasteis de ello —dijo Jarn de Udrian. Como habitante del frío norte, sus rasgos eran pálidos y sus ojos claros. Sus cabellos eran pelirrojos, lo que era un rasgo único del pueblo udriano, compuesto en su mayoría por Altos humanos—. Quizás alguien debería ir a avisarlos.

—Si los conozco bien a ambos —dijo Freyn con una sonrisa indescifrable—, a Eyrien no la encontraréis en sus aposentos sino en los de Eriesh. Y yo no los molestaría hasta que decidan salir ellos mismos.

Todos intercambiaron una mirada de complicidad, aunque Ian se fijó, no sin cierta compasión, en que el rostro de River se ensombrecía un poco. Pero pudo entenderlo, porque el padre del muchacho había tenido aquella misma fijación por la dama élfica. Al fin decidieron dejar el salón y dirigirse al patio de armas. A River se le pasó rápido el enfurruñamiento cuando vio cómo Killian se enfrentaba a Freyn con ímpetu y habilidad. Alguien hubiese podido pensar que la desventaja de estatura sería demasiado grande para el enano, pero pronto saltó a la vista que los enanos no tenían fama de fieros guerreros por nada. Freyn era capaz de saltar muy alto para lo bajo que era, y su habilidad con el hacha hacía que Killian tuviera que concentrarse al máximo para detener sus envestidas, hasta que fue vencido. Sin embargo, el enano aseguró que había sido uno de sus mejores oponentes humanos y le hizo una reverencia muy sentida.

—Bueno días —se oyó una voz resonante a sus espaldas.

Se giraron para ver llegar a Eyrien. En aquella ocasión llevaba de nuevo ropas de tela élfica apropiadas para la lucha, y llevaba cargados a la espalda su arco y su famosa espada que, aunque bella, seguía sin parecer que tuviera nada de especial. Con los cabellos recogidos en una cola baja que arremolinaba su cabellera azul intenso por delante de su hombro izquierdo, ocultaba las señales de la mordedura del vampiro. Miró al cielo y frunció un poco el entrecejo al ver las nubes de tormenta que se acercaban por el horizonte, pero siguió avanzando con resolución.

—Eriesh bajará enseguida, está desayunando —dijo mientras dejaba su arco en el suelo.

—Recuperando fuerzas más bien —murmuró Freyn con malicia.

Al oír el comentario, Eyrien se irguió y sin siquiera girarse a mirarlo, alzó una mano hacia el enano y murmuró una palabra en élfico. Aunque los elfos eran feéricos, y por tanto mágicos de forma inherente, el control consciente de la magia requería un proceso de adiestramiento y el uso verbal de la lengua feérica antigua. Sin embargo los magos humanos conocían ya muy poco del lenguaje feérico, debido a que las relaciones con los elfos se habían vuelto hostiles tiempo atrás.

Y River olvidó sus incipientes celos para concentrarse en memorizar la palabra que había dicho la elfa, pues sería muy útil en caso de que tuviese que enfrentarse a otros magos. Porque Eyrien había dejado afónico a Freyn. Vocalizaba colérico alzando un puño en el aire, aunque de su boca no salía ni el más mínimo sonido.

—Para murmurar indiscreciones, Freyn, mejor no digas nada —le dijo Eyrien.

Muchos alrededor se rieron mientras el enano cruzaba los brazos y tamborileaba con un pie en el suelo, henchido de indignación. Sin embargo la elfa era severa y no se apiadó de él.

—Bueno —dijo dirigiéndose al resto de los presentes—, como tengo curiosidad por saber qué saben hacer estos dos jóvenes humanos, voy a enfrentarme a ellos. Atacadme.

—¿Quieres que te ataquemos —dijo Killian mientras los demás se retiraban—, los dos a la vez?

—Por supuesto —dijo Eyrien con una sonrisa un tanto feroz.

Killian y River se miraron poco convencidos. Sin embargo Eyrien ya tenía su espada en la mano y esperaba con impaciencia. River se alzó de hombros y se alejó un poco de Killian, para amenazarla cada uno de un costado. Como ni uno ni otro hicieron ademán de atacar, Eyrien les lanzó un hechizo a ambos que los golpeó haciendo que se tambalearan. River se fijó en que Eyrien murmuraba sus hechizos en voz muy baja, sólo lo suficientemente alta como para que tuviera efecto. Pretendía así no dar ideas a su oponente mago, que era él. Estaba claro que la elfa se lo tomaba en serio, y ellos tendrían que hacer lo mismo.

—Venga, ¿listos? Otra vez —dijo Eyrien, y esperó de nuevo a que la atacaran.

River le lanzó un anillo de energía suave, para que no causara a la elfa nada más que un arañazo si la alcanzaba, mientras, Killian alzaba la espada y se acercaba a Eyrien con demasiada lentitud, como avisándola de que la atacaba. Ella, sin ningún esfuerzo, devolvió a River su hechizo con un movimiento de la mano y un murmullo, a la vez que aumentaba su potencia, e hizo un gesto como de arañazo hacia Killian, al que alcanzó con magia. Aquella vez el mago salió ganando una quemadura en la pierna y Killian un profundo arañazo en el brazo con el que se había tapado la cara. Eyrien suspiró con impaciencia.

—A la próxima —dijo—, me aseguraré de haceros el suficiente daño como para que no olvidéis durante unos cuantos días vuestra estupidez.

Eyrien vio con satisfacción cómo los ojos verdes de River se encendían airados. También Killian se irguió en toda su altura, avergonzado e indignado, y ambos se prepararon para defenderse de los violentos ataques de la elfa. Esta vez ambos atacaron a la vez y con resolución. Mientras Killian la atacaba con la espada, River sólo sujetó la suya para atacarla con la magia. Pero Eyrien era una rival imbatible. Sus movimientos eran tan rápidos que Killian se veía en apuros para detener sus estocadas, y River sentía tan fijos los ojos brillantes de la elfa en los suyos que no veía oportunidad de sorprenderla. Llevaban luchando con Eyrien unos diez minutos, cuando creyeron que la habían arrinconado; Killian la atacaba desde muy cerca, estocada tras estocada, mientras que River le había lanzado un conjuro que Eyrien se veía obligada a mantener alejado con un escudo protector que no podría seguir manteniendo eternamente. Orgullosos, creyeron en su victoria, pero al momento tuvieron que reconocer que la Dama de Siarta sólo había estado jugando con ellos.

River llevaba demasiado tiempo manteniendo el conjuro contra el escudo de Eyrien, por lo que cuando ella aumentó un poco la potencia de su campo protector, River respondió inconscientemente aumentando la potencia de su ataque y acabó cayendo al suelo de rodillas sin energía. Killian se fijó en que Eyrien desviaba su penetrante mirada para ver si había dejado fuera de combate al mago, así que aprovechó para realizar un ataque circular, pensando en coger desprevenida a la elfa. Cuando cometió el error de alzar ambos brazos para preparar su estocada, la elfa le lanzó un golpe a las costillas con el puño de la espada que dejó a Killian sin resuello.

Los observadores aplaudieron a su alrededor, pero Eyrien, como siempre, los ignoró. Se giró para mirar a River, que estaba aún de rodillas intentando recuperar fuerzas, y a Killian, que se doblaba sobre sí mismo con una mano en el pecho, intentando recuperar el aliento.

—Mago, nunca mantengas un conjuro tanto tiempo como para acabar consumiéndote. Si ni siquiera mi energía feérica es ilimitada, ¿cómo crees que será la tuya? —dijo como si fuera una maestra severa en una lección—. Y tú, caballero, nunca olvides que la vista de un elfo es amplia y más rápida de lo que pueden percibir tus ojos. Pero lo habéis hecho bien —dijo al cabo de un momento—. Aún sois jóvenes y os falta experiencia.

—No os preocupéis, chicos —les dijo Seren de Fernost, un hombre corpulento y barbudo, con aspecto de leñador bonachón habituado a los tiempos duros—. Todos hemos pasado por la ridiculización ritual a la que Eyrien de Siarta somete a todos los recién llegados. Nadie de los que estamos aquí hemos conseguido mantenernos mucho rato en pie frente a ella.

—Ah, bueno —dijo Ian mirando hacia las puertas del castillo que daban a aquel patio de armas que aún estaba en sombra—. Aquí llega el único capaz de plantarle cara.

Eriesh de Greisan se acercaba desde el castillo, con actitud resuelta y su espada colgada del cinto. El mango de aquella arma era una gran gema en forma de lágrima y de un azul intenso y brillante que todos pudieron reconocer como un zafiro, el origen de la esencia de aquel elfo. El Hijo de las Rocas se acercó a rápidas zancadas.

—Buenos días —dijo cuando pasó junto a Freyn. Se detuvo y miró—. He dicho buenos días, Freyn.

El enano señaló a Eyrien por toda explicación y se cruzó de brazos, tamborileando con un pie en el suelo. Los ojos grises de Eriesh brillaron de diversión.

—¿Te ha hechizado? —dijo Eriesh—. ¿Pero qué le has dicho?

Eriesh miró a los presentes esperando a que alguien se lo explicara, pero nadie estaba dispuesto a arriesgarse a molestar a la elfa y ganarse uno de sus castigos.

—¿Qué te ha dicho? —le preguntó Eriesh.

—No te incumbe —dijo Eyrien, y Freyn cambió de posición con gesto claramente exasperado.

—Enfréntate a mí —dijo Eriesh —. Si yo gano, liberas al enano del conjuro.

—¿Y si venzo yo qué obtendré a cambio? —dijo Eyrien alzando las cejas mientras se alejaba.

— Tú misma —dijo Eriesh con una sonrisa que a River le provocó inquina.

Los que estaban por allí se hicieron a un lado, pues no tenían ningunas ganas de ponerse en la trayectoria de ninguno de los dos elfos. Eriesh desenvainó su espada de metal claro y pomo de zafiro y echó a correr hacia Eyrien a una velocidad pasmosa. Ella permaneció a la espera, y puso una rodilla en tierra. Posó una mano extendida sobre el suelo y murmuró algo. Una especie de onda sacudió sus cabellos, recorrió su cuerpo hasta tocar el suelo a través de la palma de su mano, y creó una suave onda sísmica. El pequeño terremoto fue directo al encuentro del elfo, que lo vigiló y en el último momento extendió los brazos y dio una voltereta en el aire. Cuando sus pies volvieron a tocar el suelo la onda ya había pasado, pero el ligero temblor residual lo obligó a recuperar el equilibrio. Eyrien aprovechó aquella pequeña dificultad para lanzar otro hechizo directo al elfo, que se petrificó pareciendo una escultura de piedra, tal era la magia innata de los Hijos de las Rocas. Cuando recuperó su aspecto normal Eyrien le lanzó otro hechizo, pero Eriesh volvió a evitar sus efectos convirtiéndose en una escultura pétrea.

—Por eso no me gustan los Elfos de las Rocas —dijo Eyrien, renunciando a atacar al Elfo mediante la magia y sacando la espada de su tahalí.

Eriesh sonrió y alzó su espada mientras Eyrien volteaba la suya con maestría. Killian gritó con sorpresa cuando vio que, tras devolverla a su posición inicial, la espada de Eyrien ya no era tal como había sido hasta aquel momento, una espada bella pero vulgar. Parecía que la espada se hubiera duplicado desde su empuñadura, porque ésta era ahora el doble de larga, como para poder sostenerla con ambas manos, y de cada lado salía la hoja de una espada que brillaba con una tenue luz dorada, sin duda proveniente de la mano mágica que la empuñaba.

—¡Una antigua espada feérica! —murmuró Killian sorprendido.

Como caballero conocía la existencia de aquellas armas, fabricadas por los enanos para los elfos hacía centurias. Pero no se veían desde que hacía más de dos mil años las dos especies se habían enfrentado en las Guerras Sangrientas, y las pocas que quedaban estaban perdidas o almacenadas por los guls.

—¿Recuerdas las esposas feéricas de River? —le dijo Ian, aunque miraba al mago—. También fue Eyrien quien las recuperó de los guls. Se las regaló a Lander como presente de bodas.

Eriesh y Eyrien se lanzaron el uno contra el otro e iniciaron una lucha sin cuartel que hizo que River casi se olvidara de seguir respirando. Era impresionante ver cómo los dos elfos se atacaban con fiereza, a una velocidad que hacía que los ojos humanos se perdieran la mitad de los movimientos, mientras se movían de un lado al otro intentando cogerse desprevenidos. En aquel momento una nube negra de las que se arremolinaban en el cielo tapó el sol, sumiendo aquella zona del patio en una atmósfera mucho más sombría. Eyrien sonrió y miró al cielo, antes de volver a fijar una mirada maliciosa en Eriesh. De pronto sus ojos empezaron a teñirse de negro, como una mancha de tinta extendiéndose en un vaso de agua. Poco después toda la figura de la elfa se difuminó en la sombra gris oscuro que cubría el césped.

—Cómo odio que puedan hacer eso —dijo Eriesh fastidiado.

El elfo dirigió su mirada penetrante a su alrededor, en absoluto silencio, intentando captar cualquier sensación que le permitiera averiguar dónde estaba Eyrien. Por su expresión tensa y alerta parecía un humano rodeado de una manada de lobos, pero todos sabían que estar bajo el acecho de una Elfa de la Noche podía ser algo mucho peor. De pronto Eriesh levantó la espada y la acercó mucho a su propio cuerpo, y un instante después se escuchó el sonido de metales chocando. Luego el silencio de nuevo y un murmullo, tras lo cual Eriesh se petrificó para evitar el hechizo que venía desde las sombras. Pasaron varios minutos.

—Durante las Guerras Feéricas, cuando las razas élficas se enfrentaron unas a otras, las batallas podían durar semanas mientras se acechaban así mutuamente —comentó entonces Trenzor a los dos muchachos. Luego alzó la voz—: Pero ahora resulta aburrido y empezará a llover pronto.

—Está bien —reconoció Eyrien, que apareció de repente junto a Seren de Fernost, sobresaltándolo—. Como vuestra vida es corta y no os sobra el tiempo, no os lo haremos perder.

Eriesh se despetrificó al momento y volvió a alzar la espada, asintiendo con la cabeza. Eyrien sujeto su espada con las dos manos, como si sujetara una lanza, y llegó hasta Eriesh de un salto para atacarlo con los dos filos de su espada feérica. La elfa tenía una gran destreza con aquella arma, cuyo manejo era sumamente difícil, porque hacía falta estar pendiente de ambos filos para evitar cercenarse un miembro uno mismo con un lado mientras atacaba a su oponente con el otro. Pasaron unos minutos frenéticos, llenos de destellos metálicos y hechizos desviados, casi imposibles de seguir por los fascinados espectadores. Después tanto Eyrien como Eriesh se encendieron, la elfa en dorado brillante y el elfo en azul zafiro, con un brillo cegador que hizo girar el rostro a más de uno.

De improviso, hubo un destello como un rayo y todo se detuvo. Cuando pudieron mirar de nuevo a los contrincantes, las espadas de ambos estaban en el suelo. Eriesh sostenía a Eyrien mientras ella se apoyaba en él con los ojos cerrados, intentando reorientarse.

—¡Eyrien! —exclamó Freyn; el hechizo de afonía había perdido su fuerza y había caído.

La Hija de Siarta miraba al suelo, con una dureza asombrosa.

—Estoy bien —dijo con rabia—. Sólo... sólo estoy un poco débil todavía.

Eriesh intercambió una mirada dura con Ian, y River lo entendió. La Hija de Siarta aún sufría los efectos del ataque del íncubo. Pero no estaba dispuesta a sentirse el centro de atención por aquella causa y volvió a exclamar que estaba bien con tanta brusquedad que todos se sintieron obligados a dejarla en paz. Eriesh la soltó y recogió las espadas de ambos del suelo, como si no hubiese sucedido nada.

—¿Puedo verla? —dijo Killian con timidez, señalando la espada de Eyrien.

—Por supuesto —dijo ella, pero no le tendió la espada a Killian sino a River—. A ver qué tal equipo formáis vosotros dos. Tú, mago, puedes intentar abrirla, y tú Killian, puedes intentar usarla luego. Pero cuidado, no vayas a rebanarte un brazo.

River cogió la espada y la observó con gesto concentrado.

—Y River —dijo Eyrien; era la primera vez que lo llamaba por su nombre y no «mago»—. Ten cuidado no te consumas en el intento.

River asintió y se concentró en la espada mientras Eriesh retaba a Killian a enfrentarse a él y todos devolvían su atención al espectáculo. Lo primero que pensó River es que era imposible que él consiguiera abrir la espada, porque respondía a la magia feérica y por tanto a la propia de los elfos, aunque si Eyrien lo había retado a abrirla significaba que alguna forma había. Entonces pensó en qué palabra feérica conocía él que pudiera abrir la espada. Tenía que ser algo simple, porque la elfa era capaz de abrirla sin formular ningún conjuro, así que la espada no respondía a hechizos complicados. Siguió meditando un rato, decidido a demostrar que era un gran mago.

Un rato después, mientras observaban a Killian intentar defenderse de Eriesh, se oyó un grito ahogado y todos se giraron hacia River. Vieron al mago caer de rodillas de nuevo, con peor aspecto que antes. Sin embargo cuando alzó la cabeza sonreía, y le tendió a Killian la espada de Eyrien, que estaba activada y mostraba sus dos hojas resplandecientes en un tono verdoso. Todos murmuraron su asombro y River vio, aunque borrosamente, que los dos elfos se miraban.

—Increíble —dijo Trenzor acercándose y tomando a River de un brazo para alzarlo del suelo—. ¿Sabes que sólo otro humano ha conseguido abrir alguna vez la espada feérica de Eyrien?

—Tu padre —le dijo Ian, y sus ojos brillaban con intensidad—. Aunque él tardó mucho más tiempo y casi se mata en el intento.

—¿Por qué ahora es verde? —preguntó Killian volteándola con cuidado.

—Porque River recibe su esencia mágica de uno sólo de sus tres ancestros elfos, el mismo que le da el color de los ojos.

—No hay duda de que tenemos ante nosotros a un Alto humano poderoso como pocos —dijo Jarn de Udrian, quien también era un Alto humano. Casi todos los descendientes mixtos de los elfos habitaban en las tierras del Norte que lindaban con los territorios élficos.

—Será un gran mago —aseveró Eyrien con gesto serio.

River oyó su comentario con orgullo, aunque se sintió algo incómodo, no supo por qué. Dejó el tema de lado cuando Eriesh lo retó a él también. En un último vistazo vio que la Hija de Siarta se alejaba de todos ellos caminando lentamente, ya no volvería a verla en varios días.

7

Explicaciones

Pasada la conmoción del regreso del príncipe Killian a su futuro reino, la vida empezó a normalizarse y a seguir su curso invariable. Los gobernantes y embajadores de las ciudades humanas volvieron a sus hogares, así como tres de los directores de los Centros Umbanda que habían asistido al castillo. El cuarto era Hedar, y lo único que hizo fue volver a sus lecciones en el centro que se encontraba al otro lado del pequeño bosque interior de Arsilon. También Urist de Enadar y los consejeros de Trenzor volvieron a sus respectivos hogares, pero el mismo rey de Riskaben y Freyn permanecieron en el castillo junto a los elfos una temporada más. Al principio River se sintió en una nube cuando Ian les dijo a Killian y a él que Eriesh se encargaría durante algún tiempo de su entrenamiento bélico y que Eyrien supervisaría el aprendizaje mágico de River, pero parte de la ilusión no tardó en convertirse en desasosiego.

Eyrien no lo adiestraba personalmente (de hecho la veían poco), sino que había dado una lista de conjuros de ataque y protección a sus maestros del Centro Umbanda, conminándolos a conseguir que River fuera diestro con todos ellos. También a petición de Eyrien, Hedar se ocupó personalmente de enseñar a River algunos conjuros de magia común, como encender fuego y luz y secarse las ropas, para que, como había dicho un día Eyrien, consiguiera llegar al campo de batalla y no perderse por el camino. Pero la elfa en ningún momento fue al Centro a comprobar cómo avanzaban sus conocimientos, y River se sentía abandonado. Sin embargo, tampoco tenía mucho tiempo para compadecerse a sí mismo. Además del adiestramiento mágico también tenía que participar en las sesiones que Eriesh impartía a Killian, y estudiar la historia de la Triple Alianza y de la lucha contra Esigion de Maelvania. Así, cuando salía del Centro Umbanda iba rápidamente en busca de Eriesh y Killian al castillo y se sometía a los mismos entrenamientos que éste, de forma que cada día River se sentía más cansado y más fuerte, y el tiempo parecía pasar volando.

Por eso, sólo cuando toda Arsilon se rindió a las repentinas tormentas primaverales que lavaban piedra y hierba para luego dejarlas secar bajo la luz de un sol flamante, se dio cuenta River de que la vida había seguido su curso fuera de los muros de la ciudad fortaleza. Lo había hecho para lo bueno y para lo malo, y la vuelta a la realidad fue tan repentina como inquietante.

Cuando un atardecer dorado y perfumado estaban Ian y Killian jugando una larga partida de ajedrez, observados por Trenzor, Freyn y River, las malas noticias empezaron a llegar a Arsilon de la mano del tercero de los elfos que River y Killian tenían que conocer todavía. En el pabellón del jardín donde estaban instalados reinaba el silencio, roto sólo por el suave sonido metálico que hacía Freyn al pulir la hoja de su hacha y por los esporádicos movimientos de las piezas sobre el tablero de caoba. River observaba la partida de ajedrez mientras descansaba de sus lecciones, aunque el motivo real de su presencia allí era la oportunidad de ver a Eyrien. Los elfos, cada tarde, paseaban por el jardín de la fortaleza durante varias horas. Ian le había explicado a River que los elfos necesitaban de la naturaleza, casi más que de la comida y el descanso. De hecho, el bosquecillo de Arsilon se había mantenido y protegido para ellos, para que se sintieran cómodos en aquel mundo humano. Y sabiéndolo, River esperaba su regreso para poder ver a Eyrien, mientras todos descansaban en aquel lugar apartado y silencioso.

—Jaque —murmuró Killian, pero no llegó a mover su reina.

Se oyó el sonido de unos pies caminando sobre la grava del sendero que llevaba hasta el pabellón desde el castillo, y todos se giraron con curiosidad a ver quién era el recién llegado. Era Hedar el que aparecía entre los arbustos del caminito. El hechicero jefe saludó y miró a su alrededor antes de hacerse a un lado reverentemente para dejar paso a quien lo seguía por el sendero. Tanto River como Killian se quedaron pasmados al ver llegar a una elfa desconocida con paso rápido y enérgico, como si su vida infinita no fuese suficientemente larga como para permitirle realizar todas sus tareas. Era una Elfa de las Rocas, y no había duda de que era Hija del Rubí, ya que sus ojos y sus cabellos brillaban indiscretamente en el tono granate del vino tinto; su gris habitual debía parecerle a la elfa demasiado anodino. Su mirada encarnada se posó rápidamente en el rey y la inmortal se detuvo.

—Hola Ian. ¿Dónde está Eyrien? —exigió sin más ceremonia mientras saludaba con un gesto de la mano a los enanos.

—Hola Tirenia, bienvenida. Eyrien está en algún lugar del jardín —respondió Ian sin hacer preguntas, señalando la espesura vegetal que empezaba al otro lado del pabellón.

La elfa estaba a punto de reanudar su camino cuando su mirada pasó velozmente sobre River y se detuvo de nuevo, fijando sus ojos granates en los de él.

—Vaya, el hijo de Lander —dijo sin ningún tipo de emoción. Luego observó a Killian, que la miraba boquiabierto—. Y tú eres el sobrino de Ian —aseveró.

Siguió caminando, y River y Killian intercambiaron una mirada de asombro; comparada con ella, incluso Eyrien era toda dulzura y educación.

—¡Tirenia! —exclamó Eriesh, que regresaba con Eyrien en aquel momento.

—¡Eriesh!

Tirenia se lanzó al cuello de Eriesh y le dio un breve beso en los labios, aunque a Eyrien no pareció importarle porque también ella abrazó a la recién llegada con alegría. Mientras los elfos estaban ocupados con su feliz reencuentro, River aprovechó para acercarse a Ian.

—No se puede decir que Tirenia sea muy... accesible. ¿Verdad?

—Tirenia es una Cazadora de Profecías —le susurró Ian a su vez, provocando el asombro de sus dos ahijados—. Tirenia es una de esas elfas que piensan que hay demasiados humanos en el mundo, y que hemos roto la paz de los elfos. Desde su punto de vista no podemos reprochárselo, ¿verdad? Se ha pasado décadas cazando traidores humanos por sus fechorías y crueldades, así que es normal que piense que no somos mejores que los guls.

—¿Y siempre es así de indiscreta? —preguntó Killian.

—Sí. Tirenia está muy orgullosa de ser lo que es, y cree que los elfos no deberían ocultar la pureza de su esencia —dijo Ian—. Y tiene razón; es un mundo triste éste en el que los seres más bellos tienen que intentar pasar desapercibidos y ocultarse a todas las miradas, sepultando su esplendor. Hay muchos elfos que piensan como ella, aunque la mayoría ni siquiera lo medita. Son pocos los elfos que salen de sus reductos y ven a un humano alguna vez.

River se quedó mirando a los elfos mientras hablaban. Tirenia era una elfa muy hermosa. Sus ceñidas ropas de viaje de color gris ceniza contrastaban con sus cabellos granates y brillantes, y su presencia emanaba pura energía. Y aunque River consideraba que Eyrien era el ser más bello que habían visto nunca sus ojos, en aquel momento tanto ella como Eriesh se veían eclipsados ante aquel reflejo de poder y magia que emanaba de la Hija del Rubí. Su belleza era incluso dolorosa para el ojo humano; y River adivinó sabiamente que si Eyrien y Eriesh no se mostraban en toda su esencia era precisamente por respeto a sus anfitriones. Al poco rato Eriesh dejó a las elfas solas, y su expresión seria y taciturna mientras volvía con el resto hizo que River volviera a la realizad. Porque ahora que lo pensaba, ¿qué hacía aquella elfa, una Cazadora además, de pronto en el castillo? ¿Y por qué buscaba a la Hija de Siarta con tanto apuro?

Eyrien exhaló una exclamación de angustia y se llevó las finas manos a la boca. Estaba claro que los motivos que habían llevado a Tirenia a Arsilon no eran buenos. Todos observaron con inquietud e impaciencia cómo las elfas hablaban telepáticamente con gesto atribulado, hasta que Eyrien se fue hacia el castillo a paso rápido. Cuando pasó por su lado, pudieron ver que sus ojos estaban húmedos por el llanto. Tirenia, sin embargo, volvió a acercarse a ellos con lentitud.

—¿Qué sucede, Tirenia? —le preguntó Ian.

Ella lo miró en silencio, y finalmente suspiró.

—Imran a muerto —dijo con pesar.

River se dio cuenta de que aquello debía ser muy grave, porque Eriesh se levantó para seguir a Eyrien sin decir palabra. Ian abrió mucho los ojos, y se oyó un fuerte sonido metálico cuando el hacha de Freyn cayó hasta el suelo.

—No puede ser —dijo Trenzor asombrado.

—Es, rey Trenzor —corroboró Tirenia—. Parece que finalmente los Sabios han descuidado demasiado sus cuerpos y que el agotamiento ha podido con uno de ellos. Al menos es lo que cree Subinion, porque el cuerpo de Imran estaba inmaculado. Un asunto triste y grave para todos, elfos, enanos o humanos. Y las cosas pueden ir a peor. Yo me voy a Siarta, sólo he pasado por aquí para darle la noticia a Eyrien y pedirle… un favor relacionado con la ciudad de Gevinen.

—¿Quieres pasar la noche aquí, Tirenia? —le preguntó Ian—. O, al menos, descansar un poco y comer antes de seguir camino.

—No, Ian —dijo Tirenia, quien de repente pareció tener aspecto cansado—. Me iré enseguida, ya me he demorado demasiado. Hace ya más de dos semanas que Imran falleció, y esperan en Siarta a casi todos los Cazadores. Me despediré de Eriesh y Eyrien y seguiré mi camino ahora mismo. Adiós —dijo, y se alejó por el sendero.

—¿Quién es Imran? —preguntó Killian en cuanto el decoro se lo permitió y la regia Cazadora se hubo ido.

—Es… era uno de los Sabios Videntes de Siarta —dijo Freyn—: También era un buen amigo del rey Subinion y fue maestro de hechicería de Eyrien y su amigo Konogan durante largo tiempo. Era muy querido para la Casa de Siarta y para Eyrien ha sido un golpe duro.

—¿Y cómo puede morir un elfo de muerte natural? —insistió Killian confundido.

—Lo que voy a deciros ahora es secreto absoluto, así que deberéis guardar silencio sobre ello —dijo Trenzor—. Los Sabios Videntes son muy poderosos pero han soportado demasiados años y demasiadas tensiones. Se puede decir que sus cuerpos se han vuelto mortales en beneficio de una mayor fuerza mental, y cuanto más poderosos son esos Sabios, más débiles son físicamente. No sé si lo sabéis, pero aunque los elfos no mueren, cuando se cansan de la vida descuidan sus cuerpos y se convierten en energía, en la esencia que les da vida. Eso le ha pasado a Imran, aunque no debe haber sido voluntario. Es la unión la que da tanta fuerza a los Sabios; ahora que son uno menos, quién sabe qué pasará. Es una pérdida terrible. Hacía más de mil años que no moría un Sabio, y habrá que esperar a ver lo que sucede ahora en Siarta. Supongo que buscarán a un nuevo iniciado entre los muchos elfos que se entrenan para ello, pero por un tiempo es posible que su fuerza se vea disminuida. Éste es un momento histórico, aunque pocos lo conocerán hasta que haya pasado mucho tiempo; no podemos permitirnos que llegue a oídos del enemigo esta noticia funesta.

River estuvo ausente de pensamiento durante toda la cena. Después de consolar a Eyrien, Eriesh había vuelto con ellos y les había explicado algo que aclaraba algunas cosas sobre su encuentro en el bosque con Eyrien. Porque parecía ser que Imran había muerto en el mismo momento en que los Sabios transportaban a Eyrien a Arsilon mágicamente, y que el esfuerzo podía haber matado al Sabio y el hechizo haber caído antes de que Eyrien llegara a salvo a la fortaleza. Pero algo en el rostro grisáceo del elfo parecía decir que no creía del todo esa explicación y los pensamientos de River se arremolinaron. ¿Cómo podía ser casualidad que Eyrien apareciera justo en una parte del bosque donde había un íncubo rondando? ¿Y cómo la habían encontrado viva ellos después? Por no hablar del hecho de que los Ancianos se hubiesen avenido a transportar a la heredera de Subinion a Arsilon por aquel medio costoso y delicado.

Aprovechando la bonanza de aquella noche, dejó a su familia y a los enanos en el salón y salió a la terraza. El parloteo incesante de los grillos era arrullador, e invitaba a meditar los problemas con calma. Se apoyó en la balaustrada de piedra y observó el cielo, aunque un momento después se puso tenso y se giró rápidamente, descubriendo que no estaba solo en la terraza. Se giró para ver cómo unos ojos grandes y ambarinos lo miraban desde una silueta negra. Se estaba preparando para lanzar un hechizo a la fiera cuando la voz de Eyrien lo detuvo.

—No podrías matar a ese jaguar aunque quisieras —dijo de pronto desde la otra esquina de la terraza—. Es Umbra, es mi protector. Llegó ayer con mi montura, Elarha. Umbra, éste es River.

Primero aparecieron sus ojos nocturnos, azules y brillantes, y después se hizo visible. Estaba sentada en la balaustrada, su vestido oscuro extendido a ambos lados y ondeando con la brisa nocturna.

—Eh... —dijo River, sin saber muy bien qué hacer o qué decir.

—Puedes quedarte —le dijo Eyrien, que se levantó para acercarse a él—. Y puedes preguntarme sobre Umbra. Por cierto, ¿qué hechizo habrías lanzado?

—Sólo una red mágica, no hubiese querido matarlo —respondió River, sorprendido ante la suspicacia de Eyrien. Se sintió un poco alarmado cuando el gran jaguar negro se le acercó y lo husmeó de cerca—. Es tu protector... ¿Quieres decir que ese gato gigante es inmortal?

—No exactamente —dijo Eyrien, observándolo con la misma curiosidad con que él observaba a Umbra—. Como es mi protector, vivirá tanto tiempo como lo haga yo.

—Es fascinante —dijo River mientras le acariciaba las orejas—. Parece que le gusto.

—Tu esencia mágica es intensa, River. Reconoce en ti a un Hijo de la Casa de los Tres Elfos —respondió Eyrien con suavidad—. También le tenía mucho aprecio a tu padre.

River volvió a sentirse violento sin saber por qué. Eyrien parecía haberse puesto más seria.

—Siento lo de tu maestro —le dijo River—. Sé que es duro perder a alguien cercano, aunque supongo que es más duro aún si lo conocías bien.

—Lo es. Pero he visto morir a mucha gente a lo largo de los años y en multitud de batallas. Aunque es la primera vez que muere un elfo al que yo conocía, y eso me ha dado qué pensar.

—¿Pensar en qué? —preguntó River, aún no muy seguro de si aquello ofendería a la elfa o si ella necesitaba hablar.

—En que ni siquiera los elfos vivimos eternamente —dijo Eyrien—. Yo misma debería estar muerta y sólo vivo porque un vampiro de conducta extraña me ha perdonado la vida. Pero por su culpa estoy débil y no se han podido poner en contacto telepáticamente conmigo desde lejos, si Tirenia no hubiese venido no me hubiese enterado de la muerte de Imran.

River no supo qué decir, los pensamientos de Eyrien eran muy sombríos.

—Así que Tirenia es una Cazadora de Profecías —comentó.

Eyrien lo miró, pero no dijo nada; a su lado Umbra movía la cola con sinuosidad.

—Creo que me los imaginaba diferentes, a los Cazadores —insistió River, y esta vez Eyrien sonrió con aquella sonrisa inquietante propia de los elfos, como un depredador.

—¿Y cómo te los imaginabas? —le preguntó.

—No lo sé. Supongo que más siniestros —dijo River. «Y masculinos» pensó, aunque eso no lo dijo para no enfurecerla—. Y Tirenia es…

—Tirenia es muy hermosa, ¿verdad? —dijo Eyrien volviendo a mirar al cielo—. Es una elfa muy, muy bella. Y sin embargo es peligrosa. Tanto como bella. Haz caso a Eriesh, mago —suspiró Eyrien—. Nunca te fíes del aspecto de un ser para juzgarlo; porque lo más hermoso puede ser también lo más peligroso. No confíes nunca en un feérico, o en una feérica, sólo por su belleza; podrías llevarte una sorpresa.

Luego se giró y, dándole las buenas noches con suavidad, se perdió en el interior del castillo.

—¿Tú consigues entenderla? —le preguntó River al jaguar.

Le pareció ver un destello divertido en la expresión penetrante que el felino le devolvía, y que le recordó vivamente a la expresión que Eyrien le dirigía siempre que se reía de él.

Pocos días después, las malas noticias que llegaban a Arsilon volvieron a acaparar los pensamientos de todos los que se reunían en el castillo. Una tarde Ian se entrevistó con un mensajero que venía desde las tierras del Sur, y poco después del atardecer irrumpía en la biblioteca de estudio donde Killian y River pasaban el rato charlando.

—Chicos, tenemos asuntos urgentes que tratar —dijo—. Killian, ve a buscar a los enanos a la armería. River, tú busca a los elfos; estaban paseando por los claustros del patio la última vez que los he visto. Nos reuniremos en la sala de reuniones del subterráneo en media hora.

Luego se fue. Killian y River se miraron mientras se levantaban a cumplir con sus órdenes. Ambos sabían lo que significaba aquella reunión urgente en la sala de la planta baja: que había problemas lo suficientemente graves como para que la Triple Alianza decidiera intervenir en el asunto. Killian se despidió antes de dirigirse a la escalera de caracol que lo llevaría a la zona sur del patio mientras River se dirigía a las escaleras principales en dirección a los claustros. Estuvo dando vueltas durante más de quince minutos antes de dar con los feéricos, y cuando los hubo encontrado quiso haber sido él el encargado de buscar a los enanos. Desde la primera noche que habían pasado ambos en el castillo, Eriesh y Eyrien no parecían haber vuelto a pasar la noche juntos, o habían sido muy discretos al respecto. Pero ahora, en el sombrío corredor Eriesh apoyaba una mano contra el muro y se inclinaba hacia Eyrien, su rostro muy cerca del de la Elfa de la Noche mientras charlaban en voz muy baja. River hubiese querido tirarse a un pozo antes que interrumpirlos o ver lo que iba a pasar, pero no podía volver a subir sin los elfos, aduciendo que ellos tenían sin duda cosas más interesantes que tratar. Haciendo de tripas corazón, se tragó su orgullo y carraspeó sonoramente.

—Siento… molestar —dijo, pues la palabra interrumpir le hubiese sonado demasiado amarga—. Pero ha llegado un mensajero de Sentrist y el rey Ian quiere vernos a todos en la sala de reuniones del subterráneo. Si a vosotros no os parece mal —añadió, presintiendo que su tono había sido demasiado brusco.

—Esto ya empieza —dijo Eyrien moviéndose ágilmente para salir de entre Eriesh y la pared.

—¿Tú ya sabes de qué va? —le preguntó Eriesh mientras ambos se acercaban a River, como si momentos antes no hubiesen estado flirteando—. No sé si te has fijado, hechicero —añadió mirando a River—. Pero nuestra Eyrien parece ir siempre un poco por delante de los demás. Sin duda ella ya sabe qué es lo que va a comunicarnos Ian, y se lo ha estado callando hasta ahora.

—Sí, algo sabía. Pero si no he dicho nada ha sido porque tenía la esperanza de no tener que preocuparme por ello —dijo Eyrien, encabezando la comitiva hacia las escaleras que conducían al subsuelo del castillo—. Me parece que mis antiguos conocidos los guls están de regreso en el Continente Norte.

River miró a Eriesh, quien le devolvió una mirada gris teñida de inquietud.

—Bueno, ahora ya estamos todos los que podíamos ser —dijo Ian, cuando el soldado que guardaba la puerta de la sala concedió el paso a River y los feéricos.

En la sala, tenuemente iluminada por antorchas, ya había un grupo numeroso de gente. Era la primera vez que River accedía a aquel secreto centro de operaciones, así que se concedió un momento para estudiar su entorno. La sala era grande y ovalada, y estaba presidida por una gran mesa redonda rodeada de cómodas sillas de madera. Por todas partes había mesillas accesorias y estanterías cubiertas de libros, legajos de pergaminos amarillentos, notas manuscritas y mapas de las diversas regiones de ambos continentes, algunos con anotaciones o miniaturas encima, y otros claramente antiguos. Saltaba a la vista que en aquella habitación se habían planeado estrategias y se habían tomado decisiones históricas desde hacía centurias. El ambiente estaba impregnado de una sobriedad que ponía la piel de gallina.

Al acercarse a la mesa, River observó a los que estaban allí reunidos. Eyrien tomó asiento junto a Ian, quien tenía a Trenzor al otro lado; eran el poder, las mentes que movían los hilos de la Triple Alianza en representación de los Pueblos Libres. Ian por los humanos, Altos y Bajos, Trenzor por los enanos, y Eyrien, como representante de su padre Subinion, por los elfos y todos los pueblos feéricos. Alrededor de ellos se sentaban, algo más desordenadamente, Freyn, Eriesh, Killian, el hechicero Hedar, Verel, el jefe de la Guardia gris, tres de los nobles de Arsilon más implicados en la Alianza, y algunos humanos extranjeros que sin duda eran embajadores de algunas de las ciudades cercanas. También estaban presentes los arsilonianos de confianza, que llevarían las noticias y decisiones que se tomasen al resto de los dirigentes aliados, y el mensajero que había venido desde el Sur. El sentristiano, de tez morena como la de su señor Suinen, tenía aspecto cansado pero resoluto. Debía de ser la primera vez que veía elfos porque tenía la mirada perdida en la figura de Eyrien, como si estuviese viendo un bello espejismo. Sonriendo comprensivo, River tomó asiento junto a Eriesh, que le ofrecía amistosamente la silla vacía que estaba a su lado. Cuando todos estuvieron instalados, Ian tomó la palabra con gesto grave.

—En primer lugar me gustaría dar la bienvenida a los nuevos componentes de nuestra Alianza, mi sobrino

Killian y mi ahijado River —dijo con orgullo—. Espero que me sucedan cuando yo ya no esté o me pesen los años.

El resto de los presentes les sonrió amistosamente y Hedar les dio la bienvenida con gesto emocionado. Parecía que sólo River se daba cuenta de que Eyrien suspiraba y de que Eriesh miraba a la mesa con gesto pensativo.

—Y ahora quisiera presentaros a Teron de Sentrist, quien ha arriesgado su vida para venir aquí con la mayor presteza posible —prosiguió Ian, señalando con un gesto del brazo al abochornado sentristiano—. Todos sabemos lo difícil que es cruzar actualmente los territorios, incluso en el Continente Norte, pues los espías y aliados Cáusticos están siempre al acecho. Teron, por favor, explícales a los presentes lo que me has dicho a mí, sin ocultar nada.

—Caballeros, señora —dijo Teron alzándose y saludando con la cabeza a tan imponentes mandatarios—. Desgraciadamente, las noticias que traigo a Arsilon son de horror y malos presagios, y de una urgente necesidad de ayuda por parte de…

—Habla sin temor, sentristiano —interrumpió Eyrien, haciendo que Teron diese un respingo y se ruborizase—. La ayuda a tu hogar estaría asegurada aunque vinieses a decirnos que es Esigion en persona el que ha decidido atacaros. Sin embargo creo que no me equivoco si digo que son simples guls los que os acechan.

—Así que tú, para variar, ya lo sabías —dijo Freyn—. ¿Por qué esta elfa siempre se guarda las cosas sin decirnos nada?

—Resulta que para muchas cosas, Freyn, mi lealtad debe ser, ante todo, fiel a mi padre y señor, y hay cosas que le explicaré a él primero o me las llevaré conmigo a la tumba. Pero esto si lo sé es porque Tirenia, que venía del Sur, me dijo que había movimiento gul en Niaranden.

Parecía mentira que la elfa tuviese aquella sangre fría para decirles a los demás que les ocultaba cosas y quedarse tan tranquila, pensó River.

—Yo lo que subrayaría es que, aunque a nuestra querida Hija de Siarta los guls no le parezcan dignos de preocupación —dijo Ian sonriendo a Eyrien—, a los humanos nos provocan bastante más que terror. Dejemos seguir a Teron con su explicación.

Teron se había quedado perplejo. Carraspeó para recuperar su aplomo y siguió exponiendo sus noticias valiéndose de un mapa que extendió sobre la mesa. Momentos después, todos los presentes se inclinaban sobre él para observarlo.

—Las noticias que ha recibido mi señor Suinen nos hablan de un inminente ataque gul en las poblaciones norteñas que fueron obligadas a retroceder hasta la península cercana a Niaranden hace cien años, tras la Primera Invasión Gul…

—Lo recordamos —lo atajó Eriesh esta vez; para ser inmortales, los elfos destacaban por su impaciencia—. Eyrien y yo mismo estuvimos presentes en aquella batalla, y los demás nos han oído explicar hasta el último detalle con atención.

—Eh… bien —dijo Teron mirando a los dos elfos como si los viera por primera vez, incapaz de creer que aquellos dos seres de aspecto joven hubiesen participado en una batalla que se había desarrollado un siglo atrás—.

Bien. Pues parece que los guls de Niaranden intentan regresar al Continente Norte, y atacar Sentrist. De momento, no obstante, se han detenido en la isla de Coralia y parecen estar ultimando sus propios... planes.

Freyn pidió la palabra y se giró hacia Eyrien.

—Tú que te has enfrentado dos veces a ellos, Eyrien, explícanos... ¡No te voy a pedir que hables de ese misterioso segundo encuentro y de la obtención de tu maldita espada! —exclamó exasperado al ver que Eyrien componía una resoluta expresión hermética—. Lo que quería preguntarte es si crees que los guls son suficientemente inteligentes como para hacer planes.

—Lo son —dijo Eyrien—. No sé por qué todos os empeñáis en pensar que los guls son estúpidos, cuando son rematadamente listos. O más bien son un ente listo, porque como son una especie colonial, hay un gul padre que piensa por todos en cada colonia. Cada gul puede independizarse y pensar por sí mismo, pero al estar unidos en una sola mente son aún más peligrosos que siendo individuos propiamente libres. Porque piensan y luchan como uno sólo, y en sus filas no hay desorden ni errores; son un único y sincronizado brazo armado.

—El secreto está en destruir a su jefe, porque así se les obliga a pensar individualmente —dijo Eriesh.

—Sin embargo el jefe gul siempre está muy bien protegido, no es tan fácil llegar hasta él —apuntilló Trenzor—. Durante la Primera Invasión Gul no conseguimos dar con él.

—Eriesh y yo nos encargaremos de aniquilar a su jefe —dijo Eyrien resoluta, y Eriesh asintió con la cabeza—. Además, para mí esto es algo personal. Yo no he olvidado a los guls de Niaranden, ni ellos me han olvidado a mí —dijo en un tono tan frío que a muchos se les puso la piel de gallina—. Y tenemos una cuenta pendiente.

—Bien —dijo Ian dubitativo, antes de girarse hacia Teron—. ¿Sabemos cuantos guls son?

—No exactamente —dijo Teron suspirando—. De los seis exploradores que se enviaron, sólo dos han vuelto y uno de ellos es incapaz de hablar porque está conmocionado. Pero creemos que su número está entre los quinientos y los dos mil guls. Nuestro ejército es numeroso, con mil soldados valerosos, y nuestras murallas poderosas, pero aún así...

—Tienes razón —dijo Trenzor—. Y con dos elfos tampoco haremos mucho. Aunque a primera vista parecen jóvenes humanos hermosos, lampiños y risueños, los guls son criaturas verdaderamente letales y crueles. En su forma natural, sus potentes extremidades tienen garras largas, afiladas y cargadas con una sustancia que impide la coagulación de la sangre. Su cara se afila en una especie de hocico con largos dientes caninos, y sus ojos se ennegrecen como pozos insondables provistos de gran maldad. Generalmente se alimentan de los cadáveres de los cementerios, pero cuando tienen oportunidad se lanzan sobre humanos, elfos y enanos para devorarlos sin compasión. Ni siquiera se molestan en matar a sus víctimas antes de clavar los colmillos y las garras en sus cuerpos, que rápidamente son despedazados aun en medio de la lucha. Es algo realmente horripilante, que desmoraliza hasta al más recio de los enanos.

Muchos expresaron su desagrado y su odio hacia los guls, excepto Eyrien y Eriesh, que se mantuvieron al margen. Los elfos nunca juzgaban al resto de las criaturas, considerando que ninguna era culpable de la naturaleza de su existencia; ni siquiera mostraban desdén hacia los íncubos, quienes los tenían por su presa más preciada y eran sus mayores enemigos, sino que los observaban como a seres poderosos a los que por tanto había que respetar como especie.

—Sin embargo yo pienso... —dijo Killian, que carraspeó algo cohibido por el hecho de expresar su opinión—. ¿No hubiese sido más lógico por parte de los guls atacar Niaranden, antes que cruzar todo el océano y rodear la Isla Bruma hasta Sentrist?

—Yo estoy de acuerdo —dijo River—. Al decidir atacar el Continente Norte han perdido completamente el factor sorpresa que tan exitosamente les hubiese servido en Niaranden.

—Tengo que decir que yo también estoy de acuerdo con los muchachos —dijo Eyrien, toqueteándose los labios con aspecto pensativo—. Conozco a esos guls y son listos, así que algún motivo debe haber para ese avance a través del mar. Quizás vosotros no lo sepáis, pero los Elfos del Aire de Boreanas han informado de que ha habido Espías Cáusticos en la región Gul.

—¡Eso querría decir que los guls se han unido a las filas de Maelvania! —exclamó sorprendido Verel, el jefe de la Guardia Gris.

—No necesariamente —dijo Trenzor—, porque los guls no necesitan ni quieren aliados. Nunca los han deseado. Pero sí podría significar que este ataque a Sentrist es una operación cooperativa cuyos motivos se nos escapan, y que debe reportar beneficio a ambos pueblos. Eyrien, ¿no hay noticias de Siarta? De… profecías, al respecto.

—No. Desde la muerte de Imran seguramente su capacidad de predicción se ha visto reducida, y además tampoco he podido comunicarme con ellos hasta ahora por mi… debilidad —finalizó con rabia. Sin embargo enseguida alzó la barbilla—. Pero trampa o no trampa, lo que sí es cierto es que los sentristianos, y sobre todo los aldeanos del sur que no gozan de la seguridad de las murallas, estarán en peligro en cuanto los guls reanuden su avance. Yo me voy a Sentrist.

—Y yo, por supuesto —dijo Eriesh.

—Y yo —dijo Freyn.

—¡Y nosotros! —exclamó River mientras Killian asentía vehemente con la cabeza.

Ian los miró con aspecto dubitativo, pero River se le anticipó.

—Ian, no puedes impedirnos implicarnos en la lucha si ya formaos parte de ella —dijo.

—Pero River, hijo, aún sois muy jóvenes —dijo Ian enfatizando sus palabras con un movimiento aplacador de las manos—. Y quizás en otro tipo de situación no hubiese dudado en dejaros ir, pero los guls son peligrosos…

—¡Tío! —dijo Killian molesto—. ¿Sabes que la gente me aclama en las calles como si fuese su salvador en cuanto me asomo a la ciudad? Quiero demostrar que valgo lo que la gente cree.

—Eyrien, por favor, pon un poco de sensatez aquí —dijo Ian dirigiéndose a la elfa, buscando un poco de apoyo—. Al fin y al cabo, eres la representante de más poder de la Alianza aquí.

Eyrien permaneció en silencio un rato, para luego observar a River y a Killian.

—Lo pensaré más adelante. Antes hay otros asuntos que debemos tratar, Ian —dijo apoyando las manos en la mesa y poniéndose en pie—. Sugiero que dejemos la reunión para mañana. Ahora necesito meditar algunas cosas antes de tomar ninguna decisión más. Eriesh, Freyn, por favor, venid conmigo. Buenas noches al resto.

Nadie preguntó qué era lo que tenía que pensar la Dama de Siarta ni por qué iba a hacer partícipes de ello al Elfo de las Rocas y al enano. River se sintió algo molesto. Si todos estaban del mismo bando, ¿por qué la elfa seguía mostrándose tan reservada incluso frente al rey de Arsilon, que además de poner su vida a merced de la libertad ponía también la casa en que la elfa habitaba ahora? Una vez más, aquella superioridad manifiesta que mostraba Eyrien hizo que la admiración que River sentía por ella se revistiera de un tinte amargo. Sólo tuvo que ver la expresión ceñuda de Killian para saber que, aunque de una forma más diplomática y reservada, su amigo le daba la razón.

A la mañana siguiente River empezó a sentirse claramente molesto. Después de pasar largo rato en el salón desayunando con Killian, sólo llegaron a acompañarlos el mensajero de Sentrist, los nobles de Arsilon y alguno de los embajadores extranjeros. Ni el rey ni los elfos ni los enanos aparecieron por el salón.

—¿Se puede saber dónde están todos? —le preguntó Killian a Verel cuando llegó al salón.

—La Hija de Siarta los ha convocado a una reunión —dijo el jefe de la Guardia Gris.

—¿Y a nosotros no? —preguntó River—. ¿Se puede saber qué pasa?

—Nunca te metas en los asuntos de Eyrien de Siarta, joven River —le dijo uno de los nobles de Arsilon—. Ella debe tener sus motivos, como siempre. Aunque… mejor no intentes entender la compleja mente de un elfo. Pero no te preocupes, ya nos enteraremos tarde o temprano.

River no se quedó tranquilo con aquella aseveración. El único motivo que se le ocurría para que no hubiesen sido invitados a aquella nueva entrevista era que ésta tratara en torno a ellos.

Ian se sintió algo inquieto cuando fue despertado e informado antes del amanecer de que Eyrien requería su presencia en la sala de reuniones. Se vistió diligentemente y se encaminó sin perder tiempo al subterráneo, preguntándose qué tendría la Hija de Siarta en mente. Por el camino se encontró a Freyn, y al ver el rostro demudado del enano recordó que él ya había seguido charlando con Eyrien después de la reunión de la noche anterior.

—¿Qué sucede, amigo? —le preguntó—. Eyrien parecía ayer más seria de lo normal.

Freyn trató de decir algo, pero de su boca no emergió sonido alguno. El enano simplemente apretó el brazo de Ian con cariño, lo que hizo que éste no se sintiera más tranquilo. El camino hasta la sala se le hizo eterno, y cuando llegó observó a quienes ya estaban allí. Además de Eyrien y Eriesh, que tenían la misma expresión grave que el enano, estaban el rey Trenzor, el hechicero Hedar y el mensajero que tendría como misión llevar las noticias a

Siarta, un Alto humano de la Guardia Gris que gozaba de una gran confianza entre todos por su discreción. Al observar sus rostros, Ian se dio cuenta de que ellos estaban tan expectantes como él, por lo que tampoco sabían por qué se les convocaba de aquella forma tan exclusiva.

—Bien —dijo Eyrien, levantando finalmente la vista hacia él—. Por favor, Ian, siéntate. Tú y yo hemos sido amigos durante mucho tiempo. Y nuestra mutua lealtad ha sido probada en multitud de situaciones difíciles. Yo confío en ti y tú confías en mí.

—Claro —dijo el rey de Arsilon sobrecogido ante las palabras de la elfa.

—Por eso he decidido, tras meditarlo largamente y contando con el consejo de Freyn y Eriesh, quienes han sido nuestros mejores amigos desde hace décadas, explicarte algo por lo que podrían acusarme de ser una traidora a mi pueblo.

—Eyrien, por todos los dioses, me estás asustando —dijo Ian—. Háblame sin reparos.

—Ian, antes de morir Imran se alzó una nueva profecía que hubiese sacudido los cimientos de toda la Tierra si su contenido se hubiese difundido entre los elfos —dijo Eyrien—. Esa profecía hablaba del derrocamiento de los líderes elfos por parte de unos humanos.

—¡Imposible! —exclamó Trenzor mientras los demás se sobresaltaban, presas del asombro y del temor—. ¿Humanos? Me pregunto qué humano podría provocar ni siquiera que la cúpula política élfica se tambalease —dijo escéptico—. Ni siquiera todos los Esigion de Maelvania que han existido han podido provocar semejante cosa, pese a que llevan centurias intentándolo.

—¿Sabemos quiénes son esos traidores a la paz? —preguntó Ian, quien suponía que los Cazadores podrían encargarse de ello, la misma Eyrien sin ir más lejos.

—Lo sabemos, Ian —dijo Eyrien con piedad—. Esos humanos de los que habla la profecía son tu sobrino y tu ahijado, Killian de Arsilon y River de la Casa de los Tres Elfos.

Ian notó que el color abandonaba su rostro y se sintió mareado, como si estuviese preso en una pesadilla que, aunque sabía irreal, no podía abandonar. Notó que una mano cálida se posaba sobre la suya con suavidad.

—¿Por eso estás aquí, Cazadora? —logró preguntar angustiado y con la voz quebrada—. ¿Para acabar con lo que queda de mi familia y de la familia de Lander?

—Sí —contestó ella con suavidad, sin ambigüedades ni vacilaciones.

Ian no fue capaz de decir nada más. Se sentía sobrecogido, como si alguien le hubiese arrancado el corazón del pecho y lo hubiese estrujado hasta despojarlo de todo rastro de humanidad. Siempre había dado todo por la libertad, siempre había estado dispuesto a sacrificarlo todo por el bien de los Pueblos Libres, pero ahora se sentía incapaz de pensar, afligido y abrumado, con mil preguntas cruzando por su mente en desorden. Agradeció que fuera Trenzor el que consiguiera exponer en palabras lo que corría por su propia mente desbocada.

—No puede ser —dijo el rey de Riskaben como si hubiese llegado a una conclusión inamovible—. ¿Killian y River, Eyrien? Es imposible, es absurdo. Tú misma los conoces.

—Sabes que no puedo mentir, Trenzor —dijo Eyrien con voz cansina.

—Tienes razón. Lo siento, Eyrien. Yo... —empezó a decir Trenzor, aunque ella hizo un gesto de la mano para expresar que no importaba.

—¡Pero son mis chicos! —exclamó Ian con la voz tomada—. Eyrien, no puede ser. Ninguno de los dos puede ser un traidor. Ellos han nacido en el seno de la Alianza, y ya has visto la pasión que sienten por nuestros ideales. ¡Si los acusas a ellos me acusas a mí, Eyrien!

Eyrien se mostraba silenciosa, dejándolo desahogar todas sus emociones, porque era su amigo, aunque Ian sabía que la inmortal se mantendría indiferente a todo lo que él pudiera decirle. Los ojos del rey de Arsilon se humedecieron, pues en el fondo sabía que nada ni nadie podría detener a la Cazadora de Siarta si ésta se había fijado ya un objetivo y creía que era su deber cumplirlo. No, si Eyrien decidía que Killian y River debían morir, él no podría impedirlo. Pero lo que más le dolía a Ian era la voz interior que le decía que no sólo no podía detenerla sino que no debía hacerlo, porque el destino de todos los traidores era perecer a manos de los justicieros elfos. Elfos como la siartana que en aquel momento le sostenía la mano con cariño.

—¿Y por qué entonces Eriesh y tú os habéis ocupado de su adiestramiento? —dijo sin importarle que las lágrimas afloraran a sus ojos.

—Soy una Cazadora, no una asesina, Ian —respondió Eyrien—. Por eso Eriesh y yo les hemos dado armas con que defenderse, aun de mí. Jamás he matado a nadie que no pudiera defenderse, ni lo haría ahora. Al menos, ahora, podrán enfrentarse a mí si lo desean.

—Son sólo unos críos, Eyrien —dijo Ian, sabiendo que sus chicos no serían rivales para Eyrien —. Sólo unos chicos honestos y de buen corazón.

—Lo sé, Ian —dijo Eyrien con suavidad —. Lo he visto con mis propios ojos. Y recuerda que en mi conciencia pesan las promesas que hice a tu hermana y a Robin antes de que ambas murieran dejando atrás a sus hijos. Por eso he decidido no cumplir con mi misión por el momento.

—¿De veras? —dijo Ian, incapaz de creerla.

—Ian, querido —dijo Eyrien ya un tanto exasperada —. ¿Acaso puedo mentir? Si te digo que por ahora no voy a hacerlo, es que por ahora no voy a hacerlo.

—Tienes razón, lo siento. Lo siento —dijo Ian, cuando al fin entendió que la elfa estaba perdonando la vida a sus chicos. Le apretó la mano con más fuerza y con el alivio impreso en su rostro empalidecido—. Gracias, Eyrien. Sin duda eres la mejor amiga que un hombre puede tener, y la más amable de todas las elfas. Gracias.

—Ian —dijo la elfa en tono cortante—, ten en cuenta que he dicho por el momento. Tus chicos son buenas personas ahora. Pero los caminos del futuro dan muchas vueltas y todos podemos tropezar en él y caer, sobre todo vosotros los humanos. Y las estrellas nunca mienten. Si te sirve de consuelo, Ian... si nos traicionan quizás los veas de forma diferente.

—Si ellos tienen que morir, Eyrien —dijo Ian con una sonrisa triste—, mátame antes a mí, porque no quiero seguir viviendo para verlo. No me enfrentaré a ti si nos traicionan y decides matarlos, pero tampoco podré perdonarme el haber permitido su muerte. Son lo único que me queda en este mundo además de la libertad, y si no puedo luchar por esas dos cosas a la vez no quiero seguir viviendo.

—Te comprendo, porque he compartido muchas de tus pérdidas. Y espero que entiendas por qué he querido explicártelo. Sabes que te aprecio y que confío en ti, por eso me he arriesgado a desvelaros a todos un secreto por el que podría poner en peligro a mi pueblo. Yo pongo esa esperanza en ellos, y si no pensase que hago bien, sabes que no lo haría. —Miró fijamente a todos los presentes—. Recordad todos que es muy peligroso desvelar las profecías, porque no se debe forzar el cambio del destino que se observa en ellas —dijo—. Vuestra propia desconfianza hacia ellos podría ser la causante misma de su futura deslealtad, así que cuidaos de comportaros de forma diferente por lo que sabéis ahora.

—No te preocupes, Eyrien —dijo Trenzor—. Yo sigo siendo tan incapaz de creer en esa profecía que no voy a variar ni un ápice la confianza que tengo en esos chicos.

—Lo mismo que yo —dijo Freyn—. He tomado cariño a esos chicos como a muy pocos humanos.

—Eyrien —dijo Ian preocupado de nuevo—, ¿no te causará problemas a ti esa decisión de postergar la misión que te han encomendado los Sabios? ¿No será peligroso para ti, como Cazadora y como heredera de los elfos?

—Eso es cosa mía —dijo Eyrien con determinación, aunque no dejaba de preguntarse si sus propios problemas no habrían empezado ya—. Soy dueña de mis actos por encima de todo. Ahora debemos decidir qué vamos a hacer una vez hemos oído estas explicaciones.

La reunión aún duró varias horas, y de lo que allí se habló poco trascendió fuera.

8

El centro mágico de Arsilon

El día después de la reunión a la que no se le había invitado, olvidado ya del rencor que lo había ofuscado, River se quedó estupefacto cuando, mientras descansaba en los bancos del jardín del Centro Umbanda, empezó a extenderse el rumor de que había un elfo en las instalaciones. No era la primera vez que aquel tipo de rumores se diseminaban entre los alumnos del centro, debido al ansia obsesiva que tenían la mayoría de Altos humanos por ver un feérico, y River y sus compañeros, que eran los discípulos más antiguos del centro, no le dieron crédito.

Además del Centro Umbanda de Arsilon había otros tres centros de enseñanza mágica en los territorios libres. Dos de ellos estaban en las norteñas tierras de Udrian, debido a que la mayoría de Altos humanos eran udrianos, y el otro estaba dentro del bosque de Quersia y cerca de la ciudad capital de los Elfos de los Bosques, lo que lo convertía en la única instalación humana situada en territorios élficos. Así, a los centros del norte acudían principalmente udrianos y al de Quersia aquellos que estaban más interesados en la magia relacionada con la naturaleza, por lo que el de Arsilon era el centro más cosmopolita y accesible, y al estar en el centro estratégico de los Reinos Libres, el más versado en las artes guerreras. A Arsilon acudían Altos humanos de todas las ciudades del sur y el oeste, y había representantes de las más diversas ciudades y los más recónditos lugares. Y muchos de aquellos alumnos tenían historias personales verdaderamente sorprendentes o trágicas, pero siempre afectadas de alguna forma por las muchas guerras que habían asolado a los Reinos Libres. Al ser tan pocos los Altos humanos y tan necesarios sus poderes, muchos de los magos que estudiaban allí habían perdido a algún familiar cercano o habían sufrido persecución por enemigos encubiertos. Hasta los niños más pequeños tenían una gran conciencia de lo necesarios que serían sus esfuerzos y sus conocimientos en las dificultades que se avecinaban en el futuro, cuando tuvieran que defender su tierra.

River era especialmente conocido en toda la escuela por ser quien era, el último mago de la Casa de los Tres Elfos y el ahijado del rey de Arsilon, pero también los estudiantes que habían visto a un elfo alguna vez gozaban de una gran fama entre sus compañeros; eran pocos los que habían visto a un inmortal y, los que lo habían hecho, generalmente no podían explicar mucho de ellos porque siempre había sucedido en la penumbra de un bosque o la oscuridad de una noche sombría. Por aquel motivo y cada vez que corría por el centro el rumor de que uno de los elfos que visitaban Arsilon había sido visto, se formaba un revuelo tal que a veces obligaba a los impotentes maestros a interrumpir sus lecciones mágicas.

Por eso cuando una de sus propias compañeras llegó corriendo hasta los bancos donde River estaba con sus compañeros, con las mejillas coloradas y los ojos brillantes de emoción, todos se quedaron mirándola expectantes.

—¡Es cierto, hay un inmortal en el centro! —dijo la chica, presa de una gran excitación—. Me lo ha dicho el maestro Obiun. Parece ser que está hablando con el director Hedar.

River se quedó sorprendido. Él ya estaba casi acostumbrado a ver elfos, pues veía a Eyrien a veces y a Eriesh casi a diario, pero que un elfo se hubiese personado en el Centro Umbanda era algo inaudito. Todos miraron hacia el amplio pasillo de piedra cuando empezaron a escucharse exclamaciones ahogadas por aquella zona. Enseguida los estudiantes empezaron a salir por la esquina del fondo dejando sitio y sin dejar de mirar atrás, como si fuese el rey Subinion de los elfos con su escolta el que se acercaba por aquel pasadizo.

River se quedó perplejo al ver a la mismísima Hija de Siarta aparecer por la esquina, con su paso majestuoso y altivo, ajena a que todos la miraban con reverencia y sorpresa, y algunos incluso con temor. Iba vestida, como acostumbraba, con un ceñido vestido de color violeta y una capa a juego que contrastaban con los cabellos de un azul eléctrico que mostraba aquella mañana. Por todo complemento llevaba un cinturón de oro blanco que le rodeaba las caderas y una daga prendida de un tahalí. Los ojos de Eyrien enseguida se posaron en los suyos, y River se ruborizó un poco; si la Elfa de la Noche demostraba que le conocía, él ya no volvería a pasar desapercibido nunca más.

Además ahora que la veía rodeada de anodinos humanos, River se estaba dando cuenta de lo realmente hermosa que era la elfa; casi había olvidado las enormes diferencias que había entre el pueblo inmortal y el suyo propio.

Lo mismo debían estar pensando sus compañeros, porque mientras Eyrien avanzaba por el pasillo se oían murmullos y cuchicheos, y dos muchachos algo mayores que River se dijeron algo en voz baja y empezaron a reírse. Seguramente habían olvidado lo finos que eran los oídos puntiagudos de la elfa, que les echó un conjuro. Los dos chicos pusieron cara de horror y se llevaron las manos a la garganta, al darse cuenta de que, aunque habían seguido riéndose, ya no salía ningún sonido de su boca.

—Si hay algo que me guste tan poco como las indiscreciones, son las obscenidades —dijo Eyrien con su voz sobrenatural creando ecos en el corredor, antes de guiñarle un ojo a River.

Los compañeros que lo rodeaban se giraron a mirarlo lentamente, con asombro, al ver que la Elfa de la Noche se había dirigido a él. Pero enseguida devolvieron la atención a la inmortal, al ver que un niño pequeño que había acudido corriendo por el pasillo lateral a ver qué sucedía chocaba contra las largas piernas de la elfa. El niño levantó la mirada hacia la hechicera feérica.

—¡Vaya…! —dijo como si hubiese descubierto un tesoro bajo una piedra.

La elfa miró al niño con intensa curiosidad, y se agachó para observarlo de cerca.

—Me llamo Dorian, señora. No, no tengo miedo —respondió el niño a una pregunta telepática—. Mi padre era jefe de los hechiceros del oeste. Me dijo que un elfo le salvó de morir en manos de los kapres.

—¿Tu ancestro era un Elfo de las Rocas?

—No lo sé —dijo el niño algo apenado—. Fue un secreto entre mis antepasados.

—Entonces vamos a descubrirlo —dijo Eyrien, poniendo una mano sobre los cabellos pajizos del niño—. Desprendes tanta energía feérica que debes tener uno de los ancestros más recientes.

Muchos a su alrededor fruncieron el entrecejo al ver a la elfa poner su mano sobre la cabeza del niño. River se dio cuenta de que la mayoría de Altos humanos realmente desconfiaban de los elfos y de que, aunque los admiraban, no se sentían cómodos junto a ellos. Algunos de los alumnos mayores miraron rápidamente a los maestros que se habían acercado hasta allí, como preguntando si debían actuar, pero ellos no se movieron ni siquiera cuando los ojos de la elfa empezaron a ponerse dorados y a destellar. Así que todos permanecieron expectantes observando cómo empezaba a manar energía, hasta que ésta se transmitió al niño. El pequeño mago soltó una exclamación de sorpresa al sentir que canalizaba la magia, y que sus cabellos y sus ojos se encendían en un color naranja intenso y brillante por un momento, antes de volver a apagarse. También Eyrien devolvió sus rasgos a la normalidad y relajó los músculos.

—Bueno, ahora ya lo sabes, pequeño —le dijo al niño—. Eres descendiente de un Elfo del Ópalo de fuego. Maestro Obiun —llamó Eyrien mientras se alzaba—, este niño tiene una intensa naturaleza feérica. Es mi deseo que se le traslade al Centro Umbanda de Quersia con el maestro Jon, para maximizar el uso de esa energía de los Elfos de las Rocas que posee. Será un gran hechicero, sin duda.

—Como deseéis, mi dama —dijo Obiun con un solícito asentimiento de la cabeza.

—Sólo conozco a un Alto humano que tenga más poder que este niño —dijo la feérica—. Uno que desciende de un Elfo de la Noche, un Elfo de las Rocas y un Ígneo. Algo inaudito de veras.

Cuando Eyrien se hubo acercado hasta ellos, los compañeros de River dieron un paso atrás. River se quedó sentado solo en el respaldo del banco de piedra, sintiéndose el blanco de todas las miradas humanas además de la de la elfa.

—Hola, River —dijo Eyrien.

—Hola… Erynie —dijo River, y Eyrien sonrió.

—Acompáñame —dijo la elfa, y se giró hacia una de las salas de prácticas. Se fijó en que todos los compañeros de River los miraban y añadió—: Podéis venir.

Todos los presentes empezaron a seguir a la elfa. River se preguntaba qué demonios se le habría pasado a la dama élfica por la cabeza y qué consecuencias tendría eso sobre él. Llegaron a la sala de entrenamiento y Eyrien se fue hacia el extremo del fondo mientras decía en voz alta:

—Vamos a ver cuánto has aprendido desde que decidí ocuparme de tu educación, mago. He venido a examinarte hoy.

Los murmullos aumentaron y River vio que los estudiantes del centro se concentraban junto a las paredes con expresión expectante y emocionada. Cuando vio que los maestros conjuraban barreras protectoras a todo lo largo del perímetro del público, recordó lo severa que podía ser Eyrien en sus enseñanzas y se esforzó en olvidarse de la gente que lo miraba para concentrarse únicamente en la elfa. La veía muy capaz de matarlo con sus ataques si suspendía su examen.

—Te agrediré suavemente al principio —le comentó Eyrien desde el otro extremo de la sala—. Y aumentaré la complejidad y la potencia de mis conjuros según cómo respondas a ellos.

Se quitó la capa con un rápido movimiento del brazo y quedó al descubierto la parte de arriba de su vestido, un ajustado corsé que se sostenía por una sola manga y dejaba su suave y pálido hombro izquierdo al descubierto. River hizo un esfuerzo por concentrarse y apartar la mirada.

—¿Preparado? —le preguntó Eyrien.

—Preparado —dijo River, desafiante.

Eyrien no esperó para atacar. A River le resultaba casi imposible saber con qué hechizos lo acometía la elfa porque no oía su voz, y sólo conseguía descifrar algunos a través del movimiento de sus labios azules. Por lo que River pudo discernir, en cinco minutos la Hija de Siarta ya había intentado dejarlo afónico, paralizarlo y dormirlo. Y al ver que había podido defenderse de aquellos suaves conjuros, ya estaba empezando a intentar arañarlo, quemarlo y romperle algún hueso. Aunque le estaba costando un gran esfuerzo mantenerse ileso, a base de barreras, contraataques y desvíos, River sabía sin ninguna duda que la elfa estaba controlando sus fuerzas y que podría alcanzarlo si quisiera. Así que River, no queriendo que Eyrien lo viera como un ser débil e inferior a ella, decidió atacarla él a su vez y cuando le lanzó el primer hechizo, Eyrien lo esquivó sin dificultad pero sonrió satisfecha.

A partir de aquel momento River olvidó que la Dama de Siarta era algo más que una contrincante y los ataques empezaron a ser más fieros por parte de ambos. Los observadores los miraban con asombro y de vez en cuando exclamaban sus emociones al unísono. Cuando hicieron una pequeña pausa tras un enfrentamiento de fuerzas especialmente intenso en que habían intentado dejarse ciegos mutuamente, River aprovechó para recuperar el aliento doblando el cuerpo y apoyando las manos en las rodillas. Miró a Eyrien, que parecía completamente descansada todavía, y se fijó en la inquietante mirada que ella le dirigía.

—Ya hemos visto qué puedes hacer contra otro vulgar hechicero —dijo, y mientras decía esto su sonrisa lobuna se ensanchó y sus ojos empezaron a oscurecerse hasta parecer dos pozos negros—. Veamos ahora qué puedes hacer contra un Elfo de la Noche.

Muchos de los presentes lanzaron gemidos de temor al ver transformarse los ojos de la elfa en dos pozos completamente negros. Eyrien alzó las manos para conjurar su ataque y River enseguida se dispuso a defenderse, pero la elfa no dirigió su energía contra él sino hacia algunas de las luces de la sala. Murmuró «viento» en el antiguo idioma feérico.

Algunas antorchas se apagaron y la sala se sumió en una débil penumbra, pero River no necesitaba oír la exclamación de sorpresa del público para saber que la elfa se había ensombrecido hasta ser invisible. Tuvo que darle la razón a Eriesh en cuanto a lo fastidioso que era que aquellos feéricos pudieran desaparecer así, porque ahora estaba indefenso contra una Elfa de la Noche que lo acechaba desde cualquier lugar de la estancia. Miró a su alrededor como si le fuera la vida en ello, intentando percibir de alguna forma a Eyrien como había hecho el Elfo de las Rocas, pero se veía incapaz de distinguirla de ninguna manera. Lo único que veía a su alrededor eran las caras de inquietud y admiración que le dirigían los alumnos del centro.

—Venga mago, no hagas que me aburra —dijo de pronto la voz reverberante de Eyrien, alarmantemente cerca—. Seguro que se te ocurre algo, algo muy simple.

River pensó en qué era aquello tan sencillo que podía hacer en aquel momento, y enseguida se hizo la luz en su mente.

—Qué estúpido —murmuró para sí.

Precisamente era luz lo que necesitaba. Conjuró una bola de fuego en su mano y la lanzó a la antorcha apagada más cercana, que chisporroteó y volvió a encenderse con una cálida luz anaranjada; menos mal que al fin había aprendido a defenderse con el fuego. Se oyeron algunos aplausos, pero se tornaron en exclamaciones de temor cuando River encendió otras dos antorchas y la elfa se hizo visible. Él más que verla la sintió, porque Eyrien estaba pegada a su espalda y le apoyaba la daga que había llevado al cinto en la garganta.

—Estás muerto, mago —dijo Eyrien cerca de su oído con una suavidad teñida de amenaza. Luego alzó la voz para que todos la oyeran y dijo—: Recuerda que a veces algo tan simple como la luz puede llegar a salvarte la vida. Sobre todo si te enfrentas a mí.

Instintivamente, tal como le había enseñado Eriesh, River hizo un rápido movimiento para apartar la daga de su cuello y sin darse tiempo a pensar se giró y agarró a la elfa de ambas muñecas, inmovilizándoselas a la espalda. Ella simplemente sonrió, y River no supo si la había sorprendido o si había dejado que la atrapara.

—Me alegro de ver que también has aprovechado las lecciones de Eriesh —dijo Eyrien mientras el público murmuraba—. Sin embargo, eso no ha sido una buena idea.

—Por qué —dijo River en un susurro, demasiado animado como para vigilar sus palabras—. ¿Vas a ofenderte por mi osadía?

Eyrien dibujó aquella sonrisa estremecedora tan propia de ella.

—No; tu osadía me resulta solamente graciosa —susurró, antes de decir en voz alta—: ¿Te da una pista si te digo que no es buena idea porque tú no eres un ser frío, como un Elfo de las Rocas o del Agua o un gólem de Maelvania? Bien, entonces por las malas.

Sus ojos empezaron a dorarse y a brillar, y sus cabellos se movieron como una cascada encendiéndose de luz dorada. Mientras la intensidad de la luz de la elfa aumentaba, River sintió que se calentaba hasta el punto de que tuvo que soltarla y sacudir las manos.

—Ay... ¡Me has quemado! —dijo sorprendido; no sabía que la elfa también podía hacer eso.

Mientras algunos alumnos cuchicheaban asustados, el maestro Obiun alzó la voz y dijo:

—River, desde ahora tendré en cuenta que no me escuchas cuando doy lecciones y te echaré un conjuro de atención permanente. ¿No he intentado aleccionaros yo sobre que los feéricos de magia caliente pueden desprender calor con su cuerpo mientras que los feéricos de magia fría pueden producir frío sin necesidad de conjuro alguno?

Los alumnos volvieron a cuchichear mientras Eyrien se alejaba de River y volvía a situarse frente a él. La lucha aún duró unos diez minutos más, pero acabó bruscamente con la segunda muerte imaginaria de River por aquel día. Mientras se defendía como podía de sus incansables ataques mágicos, no vio que con un movimiento rápido de su mano élfica Eyrien volvía a sacar la daga del cinto. Se la lanzó con un hechizo de combustión. El mago pudo deshacerse del conjuro, pero se encontró con la punta de la daga suspendida a escasos centímetros de la nariz.

—Un hechicero no tiene por qué atacarte sólo con la magia, mago —dijo Eyrien, y dejó que la daga cayera al suelo—. Cógela y atácame tú.

River se inclinó para coger la daga e hizo lo que la elfa le decía. Le lanzó un potente anillo de energía y la daga pocos segundos después, de forma que ésta resultara invisible tras la fuerza energética que brillaba delante. Eyrien disipó el anillo de energía sin mucho esfuerzo y en voz alta conjuró la daga que se le echaba encima. «¡Ralentízate!», exclamó en lengua élfica, de forma que la daga avanzó más lentamente. Luego la ordenó volver atrás con tanta potencia que la daga salió despedida de nuevo hacia River. Él se apartó de su trayectoria y quedó clavada en la pared mientras los alumnos del centro aplaudían con entusiasmo.

—Buenos reflejos. Pero recuerda, mago, que siempre hay que ralentizar las armas antes de hacerlas volver, porque si no lo haces así no tendrás éxito y estarás muerto —dijo Eyrien—. Bien, por hoy ya ha sido suficiente. Has aprendido mucho; estoy satisfecha con tus avances. —Se giró hacia el grupo de maestros que estaba cerca de la puerta antes de añadir—: Le pongo un notable.

Mientras sus compañeros le aplaudían y River sonreía sin poder evitar que lo desbordara una inmensa satisfacción y un orgullo profundo hacia sí mismo, Obiun alzó la voz y dijo:

—¡Muy bien, River! Ya casi igualas a tu padre.

A River se le congeló la sonrisa. Se puso bien la camisa con desgana, evitando mirar a Eyrien porque notaba sus ojos eléctricos e inquisitivos fijos en él. Los maestros arengaron a sus discípulos a volver a sus respectivas aulas mientras éstos cuchicheaban emocionados ante la posibilidad de luchar por el bien y la gloria. River se encaminó hacia donde estaban sus compañeros, que lo felicitaron y lo acribillaron a preguntas sobre la elfa misteriosa. Pero River ya no estaba de humor, se sentía desinflado de nuevo.

—¡River! —oyó que lo llamaba Eyrien, y se giró hacia ella—. Tú quédate un momento.

River fue hasta donde estaba Eyrien y se sentó junto a ella pero no muy cerca, manteniendo la vista al frente. Era muy consciente de que la elfa lo observaba con atención, pero no le apetecía ver compasión en sus ojos.

—Lo has hecho muy bien —dijo Eyrien, que había virado el color de sus ojos y sus cabellos a su habitual azul oscuro.

—Ya, claro —dijo River cansado —. Casi tan bien como lo habría hecho mi padre.

Era incapaz de averiguar si la elfa se habría preocupado así por él de no haber sido hijo de su padre. Ella, de nuevo, pareció leer sus pensamientos como un libro abierto.

—Tú eres el hijo de Lander, River, pero no eres Lander mismo. Si tú me gustas, es sólo por lo que eres como individuo, y ya me caíste bien antes siquiera de saber quién eras, cuando nos conocimos en el bosque. River, yo apreciaba mucho a tu padre. Si le menciono a menudo es porque le conocía, y sé que si te hubiese visto ahora estaría muy orgulloso de ti. Y eso tienes derecho a saberlo, porque Lander fue un gran guerrero que murió por la libertad que aún buscamos todos y que sobre todo quería conseguir para ti. Así que deja de preocuparte y alégrate, porque pocos se ganan mi estima entre los humanos como lo has hecho tú en tan poco tiempo —dijo la elfa, dando por finalizada la conversación—. Y River —dijo antes de irse—, reúnete conmigo esta tarde en la sala de juntas.

Luego se fue, dejándolo solo con sus pensamientos. River, mientras volvía con el maestro Obiun y se preparaba para enfrentarse a las preguntas y comentarios de sus conmocionados compañeros, fue incapaz de dejar de pensar que Eyrien de Siarta no sentía por él la total indiferencia que aparentaba sentir por todos los humanos. Aquel pensamiento lo acompañó todo ese día y hasta que por la tarde fue a la sala de juntas, aunque allí descubrió que Eriesh, Frerik y Killian también habían sido invitados. Verel custodiaba la puerta. El príncipe de Arsilon se había enterado de la apoteósica visita de Eyrien al Centro Umbanda, y le preguntó a su amigo cómo le había ido, pero ambos enmudecieron cuando Eriesh tomó la palabra.

—Como recordaréis —dijo el Elfo sacando un mapa celeste—, Sentrist está aquí —dijo señalando la ciudad costera que demarcaba el fin del Continente Norte en algún punto entre el millar de cuerpos celestes que estaban dibujados en el mapa astrológico—, casi en línea recta por debajo de Albireo. Y aunque en los mapas humanos no están marcadas, como ya sois parte de la Alianza, os informaré de que Riskaben se sitúa aquí, en Altaïr de El Águila, y Greisan, mi tierra, algo por encima en La Flecha. Por eso…

—Un momento, un momento —dijo Killian sacudiendo la cabeza. Miró a River, que tenía la misma cara de confusión que él, por lo que se convenció de que no se lo había imaginado—. ¿En qué idioma nos estás hablando, Eriesh? ¿Y por qué estamos mirando el mapa de un astrónomo?

Eriesh se los quedó mirando con extrañeza mientras Eyrien sonreía con diversión.

—¿Aún no sabéis cómo están dispuestas las ciudades principales de los Reinos Libres? —preguntó Eriesh, y Killian y River se miraron sin comprender—. Bueno, da igual. Seguro que Eyrien os lo explicará encantada cuando iniciéis el viaje con ella —dijo el elfo enrollando de nuevo el mapa celeste—. Lo difícil será hacerla callar, porque cuando empiezan a hablar de sus queridas constelaciones, no hay alma que pueda hacer callar a un Elfo de la Noche.

—Espera, espera —dijo River, antes de que la elfa pudiera replicarle—. ¿Has dicho que cuando nosotros iniciemos el viaje con Eyrien?

—Sí —dijo ella—. Hemos decidido…

—Eyrien ha decidido —la corrigió Eriesh.

—No empecemos de nuevo, Elfo de las Rocas —dijo Eyrien con un deje amenazante.

—Venga, dejadlo ya los dos —los interrumpió Freyn—. Eriesh, sabes que no vas a conseguir que Eyrien cambie de opinión, así que vamos a dejar las discusiones a un lado. En fin, chicos. No vamos a llevar más humanos a Sentrist, porque ya hay muchos allí y acabarían con los recursos de la ciudad si ésta fuera sitiada. Vamos a llevar elfos. Elfos de las Rocas, para ser más concretos; unos cinco o seis, que ya es todo un ejército frente a los guls. Tanto Riskaben como Greisan se encuentran entre Arsilon y Sentrist, aunque un poco más hacia el Oeste, por lo que hay que hacer un pequeño desvío para llegar a nuestros hogares. Como mucho tardaremos una semana más. Pero no podemos demorarnos tanto porque en línea recta se tarda tanto tiempo desde Arsilon a Sentrist por tierra como desde Coralia a Sentrist por mar. Por eso hemos decidido, o ha decidido la obstinada de Eyrien, da igual —dijo con evidente hastío—, que ella no se desviará hacia Greisan sino que bajará directamente a Sentrist, para sumar su poder a la defensa de la ciudad. Vosotros acompañaréis a Eyrien, para que no vaya sola y para sumar las manos del mago y el apoyo del príncipe de Arsilon a las huestes sentristianas, que necesitarán ante todo mantener la moral alta.

Ni Killian ni River pudieron ocultar su emoción ante la inminencia del viaje, ni ante la posibilidad de acompañar a la Hija de Siarta y verla en la acción de la batalla. Ella, sin embargo, se mantenía imperturbable, como siempre, incluso cuando se giró hacia ellos y les dijo:

—Evitaremos en lo posible las grandes concentraciones humanas, pues aunque puedo camuflarme entre los humanos con una cierta eficiencia, no puedo ocultarme a los Rastreadores de feéricos. Lo que me recuerda... Verel, ¿podrías ir a buscar a Ennia?

—Por supuesto —dijo el Guardia Gris, y salió raudamente por la puerta.

—Bien —siguió Eyrien—. Mago, atiéndeme cuando yo te hable —añadió, pues River se había quedado pensando en que él conocía a una Ennia y que no se le ocurría qué podía querer Eyrien de ella—. Se os proporcionarán otras monturas, pues vuestros caballos no podrán soportar la tensión y los peligros que se avecinan. Así que montaréis caballos de crianza élfica, a quienes los guls no asustan con facilidad. Tenemos a una manada viviendo aquí, en Arsilon, y seguro que se avienen a acompañarnos. La única ciudad que sí cruzaremos será la ciudad neutral de Gevinen, que se interpone en nuestro camino.

—¿Por qué? —preguntó River—. Podríamos rodearla también.

—Porque sí —se limitó a decir Eyrien de forma tajante, y River se obligó a desistir.

La puerta de la sala volvió a abrirse y entró Verel de nuevo.

—Ennia, dama Erynie —dijo el Guardia.

River no se había equivocado. Aquella Ennia era la misma que él conocía, una muchacha udriana que estudiaba con él en el centro Umbanda. Aunque parecía bastante cohibida, entró en la sala con resolución y se inclinó reverente dirigiendo miradas disimuladas a River.

—Puedes saludar a tu compañero, Ennia —dijo Eyrien gentilmente—. No nos enfadaremos.

La muchacha sonrió y saludó a River con una sonrisa y un gesto de la mano.

—¿Qué haces tú aquí? —le preguntó River sorprendido, devolviéndole el saludo.

La muchacha se encogió de hombros y miró a Eyrien.

—Ennia, mañana partiremos en una misión importante y necesitamos algunos voluntarios que estén dispuestos a entrar en batalla con los guls —dijo Eyrien.

La maga se estremeció, pero asintió, asegurando a Eyrien que cumpliría con su mandato. Volvió a salir silenciosamente de la penumbrosa habitación.

—¿Qué hacía Ennia aquí? —le preguntó River a Eyrien mientras levantaban la reunión.

—La familia de Ennia se ha ocupado de los caballos élficos de Arsilon desde hace generaciones. Es una buena chica —dijo Eyrien mirando a River fijamente—. Inteligente y cariñosa, además de bella, en términos humanos, claro. Y además tú no le disgustas.

—No me interesa —dijo River molesto.

—Pues debería —dijo Eyrien con una mirada de compasión.

—Eso es cosa mía —dijo River molesto y sonrojado, y se alejó mientras notaba la mirada de la elfa aún fija en él.

Fuera de la sala, Ennia esperaba a River. Lo miró y le preguntó:

—¿No te da miedo?

—¿El qué?

—Enfrentarte a los guls, y viajar con los elfos. Erynie parece una buena elfa, a mí siempre me trata con amabilidad y cortesía. Pero no me metería con ella ¿entiendes? Y menos después de ver la forma en que te atacó en el Centro... Parecía tan frágil, tan delicada. Es... —dijo la muchacha, incapaz de encontrar las palabras adecuadas.

—Tan peligrosa como bella —dijo River sonriendo—. Letal, diría yo. Pero no, no tengo miedo —añadió, volviendo a mirar a Ennia—. Es mi misión y mi destino servir en el Ejército Libre. Y es un honor luchar en semejante compañía.

—Desde luego lo es —reconoció la maga—. ¡Elfos y enanos!, me gustaría verlos luchar.

—Mejor que no —dijo River—. Porque si llegas a verlos luchar, querrá decir que la guerra ha llegado hasta Arsilon.

Ennia asintió en silencio; era realmente difícil decidir qué cosas se querían ver y cuáles era mejor no llegar a ver nunca, por mucha curiosidad que se sintiera. Así era como muchos caían en las garras del dominio de Esigion de Maelvania, inducidos por la incapacidad de mantener su curiosidad por lo desconocido bajo control.

Eriesh salió acompañado de Killian, y se detuvieron junto a ellos.

—Señor Eriesh —dijo Ennia sonrojada—, Debris está preparado para la marcha. Se muestra ansioso, hace días que no salís con él.

—Es cierto, Ennia —dijo Eriesh sonriendo a la maga, con lo que ésta enrojeció más—. Pero ya no tendrá que seguir esperando. Chicos —añadió mirando a Killian y River—, ultimad vuestros preparativos. Partiremos mañana al atardecer.

River y Killian se miraron sin poder contener una sonrisa de emoción. A partir de aquel día sus vidas tomarían un rumbo distinto, un camino desconocido que los llevaría a la gloria o a la muerte, pero siempre por el bien de la libertad que todos ansiaban. Era un honor, y una posibilidad de ver el mundo por el que iban a luchar y dar sus vidas si hacía falta. Sin embargo, ni River ni Killian sabían hasta qué punto iban a involucrarse en el curso de un futuro oscuro que ya estaba escrito en las estrellas.

9

Expedición

Al atardecer del día siguiente ya se habían reunido en el porche del patio todos los que tenían que partir hacia Sentrist. Ian y Hedar los acompañaban para despedirse, e intercambiaron algunas ideas de último momento con Eriesh y Trenzor. Cuando ya estuvieron listos, cargaron sus fardos en las alforjas de sus monturas y se pertrecharon con sus armas y los mantos para el camino. También Umbra estaba allí, ya que los acompañaría en aquel viaje, y ahora permanecía sentado y quieto como si fuera una esfinge de azabache.

Llevaban poco equipaje, pues esperaban cubrir el camino rápidamente y de la forma más discreta posible, por lo que habían decidido llevar sólo lo que cupiese en las alforjas de sus caballos. Con la ayuda de Ennia, River y Killian habían escogido dos caballos élficos para la expedición, aunque River tenía la sensación de que había sido al revés, que a él lo había escogido Adrastea. Era una yegua negra como la obsidiana, de cuerpo esbelto y quietud regia que a River le recordó de alguna manera a Eyrien. El caballo de

Killian era Jano, un potro joven de color bayo que parecía tan impaciente e impetuoso como él mismo. Los enanos llevaban falabellas, que eran ponis de pequeño tamaño y pelo más bien largo de color moteado, y Eriesh iba acompañado de su caballo Debris, un semental de imponente estatura y pelaje gris moteado. Todos aquellos caballos élficos tenían una inteligencia viva y despierta, y de alguna forma parecía que entendían cuando se les hablaba, pero ninguno llamaba tanto la atención como la yegua de la Hija de Siarta. Elarha era una yegua inmensa, de patas robustas y algo peludas en sus extremos. Era un hermoso animal de un color blanco grisáceo muy puro, y sus largas y sedosas crines eran grises y extrañamente brillantes, igual que la tupida cola que llegaba casi hasta el suelo. Tenía algo de especial y diferente, pero River era incapaz de fijarse en ello; no podía apartar sus ojos de Eyrien. La elfa había vuelto a vestir ropas oscuras de viaje y acariciaba el cuello poderoso de su montura, aparentemente ajena a la actividad de su alrededor. Cuando decidió que era la hora de la partida, se cargó la espada feérica y el arco y el carcaj a la espalda.

—¿Estamos listos? Pues vamos —dijo con su habitual autoridad.

Ian se acercó a la elfa para despedirse, y aunque no pudieron oír lo que se decían, era evidente que el rey estaba preocupado. Cuando se hubo despedido del resto de los viajeros, Ian se acercó a Killian y a River y los abrazó con tanta fuerza que tuvieron la sensación de que iba a romperles alguna costilla. Luego los cogió a cada uno de un brazo, y los miró con más súplica que ánimo.

—Ante todo cuidaos mucho y no enfadéis a los elfos. ¿Entendido? —dijo, y miró al mago antes de repetir—: ¿Entendido, River? Hacedles caso, pues son sabios y hace mucho tiempo que recorren el mundo. Y sólo unas palabras más, muchachos, pues aunque no soy padre de ninguno de los dos, os quiero a ambos como a mis propios hijos. Ahora empieza una etapa de vuestra vida en la que ya no vais a pensar más como individuos, sino como parte de un mismo ente que intenta encontrar la libertad para todos los habitantes de la Tierra. Ha llegado el momento de demostrar que, aunque los tiempos sean difíciles, aunque los obstáculos sean grandes y amargos, vuestra voluntad es fuerte y vuestra alma es pura. Luchad y sed fieles a vosotros mismos, y sé que no me fallaréis, ni a mí, ni a la Alianza, ni a la libertad. Sabed que siempre, siempre, estaré orgulloso de vosotros. Y sé que vuestros padres también lo estarían.

—Gracias, tío —dijo Killian emocionado, dándole un último abrazo.

River también lo abrazó de nuevo y sonrió cuando Ian volvió a recordarle que procurara controlar su temperamento ante los elfos; pues sí que le conocían bien, pensó mientras regresaba junto a Adrastea. A Ian le costó, pero finalmente dejó montar a los muchachos y dirigió una última mirada a Eyrien antes de apartarse a un lado. A River le sorprendió la cantidad de emociones que reflejó aquel último intercambio mudo de pensamientos entre el humano y la elfa; nunca se le ocurrió que podía estar relacionado con él. Eyrien dio la señal de partida y se encaminaron hacia las puertas que debían llevarlos lejos de Arsilon.

Cabalgaron con rapidez durante varias horas, viendo cómo el sol se ponía rojizo para dar paso a una nueva noche.

Los elfos se habían cubierto con sus mantos ocultando sus rostros y se mantuvieron en silencio mucho tiempo, hasta que se hubieron internado en uno de los pequeños senderos que llevaban al sur del bosque de Dreisar. Aquella zona del bosque era muy transitada por comerciantes y vecinos, y los soldados se encargaban de que fueran caminos seguros para todos los que hacían uso de ellos. Por ello, sólo cuando se hubieron alejado de las zonas más pobladas de Arsilon, se atrevieron a charlar entre susurros y Eriesh se bajó la capucha dejando al descubierto sus largos y lisos cabellos grises, resplandecientes a la luz del atardecer.

—Viajaremos juntos durante las dos primeras jornadas —dijo el elfo—. Después nosotros nos desviaremos hacia el Oeste mientras vosotros seguís hacia el Sur.

—¿Y cómo sabes que tus congéneres van a querer acompañarte a Sentrist? —le preguntó Killian, que le había cogido confianza tras sus muchas sesiones de entrenamiento.

—¿Y por qué no iban a querer? —preguntó a su vez el elfo sorprendido.

Eyrien se giró a mirar a Killian, claramente interesada en el argumento del muchacho, y el príncipe tuvo que armarse de todo su valor antes de responder.

—Vosotros los elfos... —dijo tratando de ser pragmático— no acostumbráis a participar muy a menudo en las batallas. Y como sólo es Sentrist, una ciudad humana, la que está en peligro...

—Los humanos tenéis un concepto muy equivocado de los elfos —lo interrumpió Eyrien girándose de nuevo hacia el frente.

—Eyrien tiene razón —dijo Eriesh —. Los elfos sí nos implicamos, pero lo hacemos con justicia. Si os ofrecemos la mano, los humanos queréis todo el brazo —dijo riéndose—; querríais que os libráramos de los lobos, de los vecinos molestos y hasta de los grillos que no os dejan dormir por las noches. No, cada uno debe solucionarse sus propios problemas, desde sus propias posibilidades. La lucha contra los Pueblos Cáusticos, sin embargo, es otra cosa. Nos afecta a todos y hace ya mucho tiempo que acordamos luchar juntos. Además nos sentimos responsables; si los elfos no nos hubiéramos unido jamás a los humanos, los Nigromantes como Esigion de Maelvania no habrían existido nunca. Conocemos tan poco de nuestros enemigos que no sabemos en realidad cuán fuertes son, así que nos vemos en la obligación de mantenerlos a raya para que no se adueñen del mundo libre.

—¿Por qué los llamamos si no Pueblos Cáusticos? —intervino el rey Trenzor desde su falabella—. Porque la historia ha demostrado que son así: corrosivos, nocivos, destructores; ni las ratas son tan dañinas, pues ellas al menos sólo responden de forma inconsciente a aquel instinto que la naturaleza les ha dado. Pero los humanos y demás reinos de Maelvania… ah, eso ya es otra cosa. Simplemente se apropian de aquello que no es suyo y lo constriñen hasta sacarle todo el jugo.

—Pero los elfos somos seres pacíficos por naturaleza —añadió Eriesh—, como cualquier otro pueblo feérico. Sólo luchamos cuando es necesario, y en el número justo y suficiente. Los demás elfos viven en paz en nuestros hogares, como deberíamos hacer todos los feéricos. Por eso nosotros nos sacrificamos; para que los demás puedan tener una vida pacífica y plena. Mirad si no a Eyrien, heredera de su pueblo. Podría estar en Siarta con todo el lujo de su palacio.

—Eso no me gustaría, Eriesh. Ya lo sabes —dijo Eyrien—. Prefiero ser legada en Arsilon.

—Pero que seas la embajadora de Arsilon no implica necesariamente que tengas que recorrer todo el mundo, ¿no? —preguntó River—. Quiero decir que parece que hayas estado en todas partes. ¿De verdad es sólo por ser la poderosa hechicera y legada de la casa de Siarta?

River se resignó a quedarse sin respuesta a su pregunta cuando Eriesh se limitó a sonreír y Eyrien, que iba al frente, ni siquiera se giró a mirarlo. De nuevo tuvo River la sensación de que tardaría mucho tiempo en averiguar los verdaderos roles de todos los miembros de la Alianza, pero se obligó a sí mismo a cumplir la promesa de no airar a Eyrien, al menos por el momento. Ya tendría tiempo de averiguar qué mareas se revolvían bajo la aparentemente calma.

Acamparon muy entrada la noche y, tras cenar alrededor del fuego, cada uno montó su pequeña tienda de campaña de manufactura élfica. Eran muy livianas, impermeables a la lluvia y el viento. Killian y River compartían la suya, así como Trenzor y Freyn, pero Eyrien y Eriesh tenían una para cada uno. Después de cenar, Eriesh y Freyn se alejaron para dar un paseo, y Eyrien se encaró con ellos cuando volvieron.

—No quiero que volváis a hacer eso —dijo.

—¿El qué? —preguntó Freyn, tratando de parecer indiferente, mientras se sentaban de nuevo junto al fuego.

—Buscar al íncubo —dijo.

Killian y River se estremecieron, hasta aquel momento no se les había ocurrido que el vampiro que la había atacado pudiese estar acechándolos.

—No estábamos buscando vampiros —dijo Freyn; Eriesh permanecía callado, él no podía mentir—. Estábamos asegurándonos de que no hubiese... basiliscos. Basiliscos, sí.

El rey Trenzor se rió largamente; al poco Eriesh se le unió. Eyrien, por el contrario, permanecía impasible.

—Basiliscos —repitió Trenzor con su voz cavernosa, riéndose aún—. Eyrien, explícale a River aquella anécdota de la boda de sus padres.

—No tengo ganas —respondió la elfa—. Necesito ver las estrellas.

Se levantó; de nuevo y ante la mención de Lander, Eyrien había adquirido una actitud un tanto sombría. Se alejó un poco del campamento y se sentó a mirar al cielo; pronto pareció que se había olvidado de todo y de todos.

—Os lo explicaré yo —decidió Freyn.

—¿Eyrien no se enfadará? —susurró Killian dubitativo, mirando de reojo a Eyrien.

—Ella tiene un oído estupendo y te ha oído —dijo Eriesh—. Pero no se enfadará, sabe que River tiene derecho a saberlo. Sólo es que... algunos recuerdos son más dolorosos para ella que para los demás.

River se quedó con ganas de saber por qué, pero puso toda su atención en el relato de Freyn.

—Esto sucedió hace más de veinte años. Fue el año en que tu padre y tu madre se casaron, así que ambos tenían... —dijo Freyn, y se concentró intentando recordar—.

Veintidós años humanos. Por aquel entonces Ian y Lander nos acompañaban a menudo, pero Ian se quedó en Arsilon aquella vez. Recuerdo que en aquella ocasión estábamos Eyrien, Eriesh, Tirenia, Lander, algunos soldados enanos y yo. Volvíamos desde Selbast para la boda, cuando, de repente, cerca del camino del norte, el suelo se hundió bajo los pies de Eyrien y Lander y ambos se perdieron de vista. Lo único que pudimos hacer fue asomarnos al borde del agujero para ver cómo estaban y qué había sucedido —dijo Freyn, y soltó una carcajada—. Y allá abajo estaban el mago y la elfa, levantándose indignados del suelo en medio de un nido de basiliscos, cuyos huevos inmensos los rodeaban como grandes setas. Y empezó la discusión —dijo Freyn como si fuese obvio, haciendo pensar a River que su padre y Eyrien discutían constantemente—. Lander proponía acabar con todos los huevos para evitar que aquellos monstruos se diseminasen por toda Arsilon, pero Eyrien se oponía rotundamente a matar fríamente a aquellos seres indefensos que ni siquiera habían llegado a ver el mundo. Los elfos, tan raros ellos, se niegan a matar a nada que no pueda defenderse, por peligroso que sea. Y si de algo pecaba tu padre, River, era de exceso de temeridad, porque siempre estaba dispuesto a hacer enfadar a Eyrien. Más de una vez lo pagó caro —dijo Freyn—. En fin, se pasaron tanto tiempo discutiendo allá abajo, cada vez en voz más alta, que al final llegó la hembra basilisco, y ya os podéis imaginar que no le hizo ninguna gracia ver a una elfa y a un humano peleándose en su nido. Así que nosotros vimos impotentes como el inmenso ofidio arremetía furioso contra ellos con toda la intención de hacerlos pedazos.

»Como los basiliscos pueden matar con la mirada, a Lander y a Eyrien no les quedó más remedio que cerrar los ojos, y ya os lo podéis imaginar —dijo Freyn mientras todos se reían—: No podían usar la magia porque podían matarse el uno al otro, y el basilisco intentaba destrozarlos mientras Eyrien aún exhortaba a Lander a tener cuidado con los huevos. Sin embargo los basiliscos son inteligentes, y aquella hembra sabía que podían acabar dañando sus huevos, así que envió de un coletazo a Eyrien y a Lander al túnel gigantesco por donde ella había venido. Lo último que vimos de ellos fue como echaban a correr por el fangoso corredor. No supimos nada más hasta tres días después.

—¿Tres días después? —dijo River, que estaba disfrutando con la historia y se imaginaba a su padre, del que sólo recordaba los ojos verdes como los suyos, huyendo junto a Eyrien de una serpiente gigante a través del subsuelo.

—Sí —dijo Freyn riéndose—. Fue el tiempo que tardaron en despistar al basilisco y encontrar la salida del laberinto de túneles. Nosotros estábamos esperando impacientes en el campamento cuando, en la mañana del tercer día, por fin los vimos aparecer. Ambos estaban hoscos, heridos y cansados, pero Eyrien estaba limpia como una patena mientras que Lander estaba cubierto de barro hasta arriba. Eso nos indicó que seguían enfadados, porque Eyrien no se había dignado a incluir a Lander en el hechizo de limpieza o lo fuese que con que se había conjurado a sí misma.

—¿Por qué, qué pasó? —preguntó Killian divertido.

—No lo sabemos —dijo Freyn alzándose de hombros—. Los dos estaban de tan mal humor que no conseguimos que soltaran palabra en todo el camino de regreso a Arsilon. A Eyrien no le gusta que le lleven la contraria cuando tiene razón, y según ella siempre la tiene. En realidad se llevaban muy bien, Eyrien y Lander. Pero los dos eran casi igual de tercos.

—Tendrías que haber visto la cara de tu madre, River —dijo Trenzor—, cuando vio aparecer a su prometido con tres días de retraso, sucio y herido, y dirigiéndole miradas hurañas a la Dama de Siarta. Tu padre casi hubiese preferido estar de regreso bajo tierra con Eyrien y el basilisco. Tu madre, Killian, y la misma Eyrien, tuvieron mucho que ver con el final feliz de aquella historia.

—Pobre Robin —dijo Eriesh—, no se merecía todas aquellas preocupaciones.

A River empezaba a darle la sensación de que la relación entre su madre y su padre no había sido del todo maravillosa, y Eyrien de alguna forma parecía formar parte de aquel problema familiar. Se giró a mirarla, pero ella ya había desaparecido dentro de su tienda o se había ensombrecido; imposible saber lo que estaba pensando o sintiendo la Dama de Siarta.

El día siguiente fue muy parecido al anterior, y aunque charlaban de cosas muy diversas, River se dio cuenta de lo herméticos que eran los elfos, quienes con una habilidad pasmosa conseguían descentrar la atención de sus asuntos personales. Además trenzaban, anudaban y estiraban el hilo de las conversaciones de tal forma que uno al final nunca sabía qué había averiguado realmente de lo que les habían dicho éstos. Eyrien permanecía muchas horas en silencio, ensimismada en sus propios pensamientos, como si se olvidara a veces de que iba acompañada de otros seres racionales. El Elfo de las Rocas y los enanos parecían estar ya acostumbrados a aquella especie de retraimiento intermitente de la Elfa de la Noche, porque simplemente dejaban a Eyrien tranquila hasta que se mostraba de nuevo comunicativa. A Killian se le antojaba que Eyrien no sería una compañera de viaje muy entretenida, pero a River le fascinaba como si fuera un complejo acertijo por resolver.

Al tercer día, inmersos en la zona en que el bosque de Dreisar se transformaba en los bosques sureños, algo más leñosos y secos, llegó el momento de la despedida. Los elfos se mostraban muy poco emotivos en aquel tipo de situaciones, sin duda debido a las muchas separaciones temporales que ya habían vivido en su larga existencia. Intercambiaron algunas palabras telepáticamente, con un rostro serio que a River le resultaba un poco extraño; como si además de los guls fuesen a enfrentarse a algo más en aquel viaje. Antes de irse, Eriesh cogió una orquídea de entre las enredaderas, y la cubrió con su otra mano. Sus ojos y sus cabellos relampaguearon brevemente con aquel color azul intenso del zafiro y luego abrió las manos de nuevo, mostrando la orquídea y ofreciéndosela a Eyrien. La Hija de Siarta sonrió cuando cogió de manos del Elfo de las Rocas la joya, un pequeño zafiro con la forma perfecta de la orquídea que había sido.

—Cuídate mucho, Eyrien —le dijo el elfo con suavidad.

—No te preocupes —dijo Eyrien sonriendo—. Llevo muchos, muchos años cuidando de mí misma, y ni siquiera tú sabes a cuántos peligros me he enfrentado realmente.

—Estoy más que seguro de eso —dijo el elfo con amargura—. Y creo que prefiero no saberlo.

Eyrien sonrió y ella y Eriesh se besaron brevemente en los labios. Mientras Eyrien se despedía de los enanos y sus monturas, Eriesh se acercó a River.

—No te pediré que cuides de Eyrien, pues no podrías hacerlo —dijo mentalmente el elfo—. Pero me preocupa que ese íncubo vuelva a acecharla de nuevo. Y no sólo me preocupa que quiera matarla, pues el hecho de que ella siga viva todavía podría implicar que el vampiro esté interesado en ella en otros... sentidos. Así que por favor, ten siempre un ojo puesto en Eyrien. No te lo pediría si no supiese que eres suficientemente valiente como para hacerlo. Aunque será mejor que ella no se dé cuenta, porque podría no ser agradable para ti si lo descubre.

—Descuida —dijo River—. Defenderé a Eyrien con mi propia vida si es necesario.

En aquel momento Eyrien se giró hacia ellos después de despedirse de Umbra, que viajaría con el elfo y los enanos para que éstos pudiesen asegurarse de que ella estaba bien. Frunció el ceño, pero nada dijo. Eyrien, River y Killian permanecieron entre la espesura observando cómo los demás se alejaban entre la arboleda en dirección a Greisan, hasta que se perdieron de vista.

—¿Seguimos? —dijo Eyrien, montando de un ágil salto en el lomo de Elarha.

Dos días tardaron en abandonar el bosque de Dreisar para empezar a avanzar por las espaciosas arboledas que se extendían en Centria, donde el terreno ascendía del valle húmedo en el que se hallaba Arsilon y el clima se hacía más seco y leñoso. Como intentaban evitar las poblaciones humanas, ya hacía varios días que no se cruzaban con ninguna alma humana y poco a poco empezaron a relajarse y a disfrutar del viaje, y a aprender cosas de la extensa sabiduría de Eyrien las pocas veces en que ésta se mostraba comunicativa. Además era asombroso ver cómo la vida del bosque parecía arremolinarse en torno a ella, pues los pájaros parecían cantar más bellamente cuando la elfa pasaba junto a ellos y les sonreía, e incluso algunos árboles parecían apartar sus ramas al paso de la bella elfa de Siarta. Durante la tarde del tercer día empezaron a cubrir el cielo densos nubarrones que amenazaban tormenta, pero aun así no se detuvieron. Cuando al atardecer destelló el primer relámpago y un trueno rompió el silencio con su grave tamborileo, Eyrien miró al cielo. Fue un movimiento tan expresivo y feérico que a River le pareció que no sólo miraba al cielo, sino que también parecía olerlo y tocarlo con su cuerpo. Luego ella volvió a bajar la mirada y murmuró algo para sí antes de seguir camino en silencio.

De repente el cielo descargó todo el agua densificada en sus nubes con la furia de un diluvio, y pronto los truenos y los relámpagos se sucedieron sin descanso iluminando su camino con latigazos de luz. River palmeó con cariño el cuello de Adrastea, que pareció resignarse, bajando la cabeza para que el agua no se le metiera en los ojos. Luego echó una rápida ojeada a Eyrien antes de mirar a Killian, aunque se quedó parado y volvió a mirarla con atención. La elfa, increíblemente, no se estaba mojando. Las gotas de lluvia parecían rebotar contra una capa milimétrica que la rodeaba por entero y chorreaba a su alrededor como si se tratara de un cristal. River se quedó maravillado, aunque pronto lo único que sintió fue envidia; ella seguía perfectamente seca y caliente mientras que él y Killian estaban empapados como si hubieran cruzado a nado un lago. Ni siquiera cuando se detuvieron a cenar y acampar, hizo Eyrien comentario alguno sobre el hecho de que ella estaba seca mientras Killian y River tenían que apartarse constantemente los cabellos mojados de los ojos para ver lo que hacían. No fue hasta que Killian se cortó con el cuchillo al intentar pelar una manzana resbaladiza, cuando se atrevieron a comentarle aquel ínfimo detalle en el que la elfa no parecía haber reparado.

—Oye, Eyrien, tú no te mojas —dijo Killian, por empezar la conversación de alguna manera.

—No —corroboró la Dama de Siarta, sentada al otro lado de la fogata inexistente.

—Bueno —dijo Killian, en vista de que no iba a ofrecer ninguna ayuda—. Yo me pregunto si por una vez no podrías... —dijo señalando a River y a sí mismo elocuentemente.

—¿Qué? —dijo Eyrien mientras sus ojos gatunos se iluminaban siniestramente con cada rayo.

—Estamos calados hasta los huesos, Eyrien —dijo River impaciente—. Podrías sentir un poco de compasión por nosotros, simples humanos que no pueden detener la lluvia.

Eyrien suspiró exasperada, aunque a sus labios azules afloró una sonrisa. Se levantó ágilmente, sin apoyar las manos en el suelo, y se acercó a ellos.

—Está bien —dijo—, pero sólo porque no he hecho nada por vosotros como recompensa por haberme ayudado cuando nos conocimos. Pero recordad que no soy el genio de una lámpara para servir a vuestros caprichos. A Killian le extenderé un hechizo. Pero a ti, River, te lo enseñaré.

—¿De veras? —dijo River sorprendido; los elfos nunca enseñaban nada a los humanos, así que Eyrien estaba pagando con creces la dudosa ayuda que le habían proporcionado.

—¡Pero aunque le enseñes ahora el conjuro, para cuando consiga controlarlo ya se habrá ahogado! —dijo Killian riéndose.

—Bueno, hay otra manera de enseñárselo —dijo Eyrien lentamente—. Yo puedo... despertar la parte de su memoria genética que sabe realizar ese conjuro. Despertar la parte de tu sangre que sabe protegerse de la lluvia, por así decirlo. Yo no lo he hecho nunca, pero sé que puede hacerse, si eres un buen elfo hechicero. Y yo lo soy. ¿Te atreves a dejarte conjurar?

—Por ti, sí —dijo River sin pensárselo.

Eyrien lanzó el hechizo sobre Killian, quien en seguida se sintió aliviado al notar que la lluvia dejaba de golpearlo incansable para rebotar imperceptiblemente sobre él.

—Me han dicho que duele —dijo la elfa de Siarta, mirando a River de una forma inquietante.

Apartó los cabellos mojados del rostro de River y puso una mano en su sien. Cerró los ojos y se concentró, hasta que sus cabellos empezaron a iluminarse con aquel tono dorado que indicaba que estaba canalizando mucha energía. Un momento después, River se removió incómodo, y exclamó «¡ay!» sin poder contenerse. Eyrien apartó entonces los largos dedos de su piel mojada y River sacudió la cabeza mientras la elfa lo miraba con curiosidad.

—¿Ha dolido? —le preguntó sin ocultar su burla.

—Ha sido como si me clavaran alfileres en el cerebro —dijo River aún aturdido.

—Pero ahora ya sabes realizar ese conjuro —dijo la Hija de la Noche con una sonrisa.

River pensó un momento.

—¡Sí! —dijo incrédulo, descubriendo que conocía una palabra en élfico que antes desconocía completamente, y cómo usarla—: ¡Impermeabilízanos!

Sin embargo, no sucedió nada.

—Pues vaya —dijo Killian mientras se ponía una camisa seca.

—Bueno, yo creo que el problema está en la gramática —dijo Eyrien tranquilamente mientras River aún seguía mojándose—. Yo soy magia y la magia está en mí, porque soy feérica. Por eso digo «impermeabilízanos», porque la magia y yo somos una misma cosa. Sin embargo tú, aunque parte de tu memoria genética sea élfica, sigues siendo humano y no posees la magia en tu naturaleza. Por eso vosotros pedís a la magia las cosas, absorbiéndola desde fuera. Así que, en definitiva —dijo la elfa con una sonrisa—, deberías cambiar el sufijo del conjuro.

—O seguir mojándote eternamente —dijo Killian, como si también le estuviese aleccionando.

—Bien —dijo River, y murmuró—: «Impermeabilízame»

Aquella vez sí funcionó, aunque sólo en parte. Tras dos intentos más por fin consiguió dominar el conjuro y para practicar impermeabilizó a los caballos, a la hoguera que no habían encendido y al árbol bajo el que se habían cobijado. River estaba exultante.

—Es increíble —dijo mientras sus ojos verdes chispeaban de la emoción—. Antes ni siquiera sabía que existía esa palabra feérica, y ahora creo que podría impermeabilizar una ciudad entera.

Eyrien soltó una carcajada.

—No podrías, River; ni siquiera sé si yo podría —dijo—. Y después de lo del árbol mañana te sentirás como si hubieses cruzado todo el continente corriendo. Nunca olvides, mago, que eres humano y no un elfo; así que procura siempre no excederte y encontrarte después con que estás demasiado débil como para poder defenderte. Te lo digo por experiencia. Tras el ataque del íncubo... ha sido la primera vez en mis más de doscientos años de vida en que me he sentido frágil. Cuando te acostumbras a vivir con la magia, luego te sientes vacío sin ella.

Eyrien se quedó pensativa mirando hacia la oscuridad.

—No olvidaré tus palabras, Eyrien —dijo River—. Gracias por compartir conmigo tu sabiduría.

—De nada —dijo ella volviendo a la realidad—. Y ahora vamos a dormir, mañana reanudaremos el camino temprano, llueva o no.

Eyrien tomó su forma sombría, como cada noche antes de acostarse. Era la mejor forma en que la elfa podía tener intimidad, pues para Killian y River era como si hubiese dejado de estar con ellos; ni la veían, ni la oían, ni sentían siquiera su silenciosa y suave respiración feérica.

River se dio cuenta pronto, cuando al amanecer empacaron de nuevo sus cosas y siguieron camino bajo la lluvia, de que la elfa había tenido razón. Se sentía terriblemente cansado y Killian había tenido que sacudirlo varias veces para conseguir que se levantase de sus cálidas mantas. Eyrien no le dijo nada, pero le dirigió tal mirada de burla que ni falta que hizo; había quedado demostrado que, una vez más, la elfa tenía la razón.

—¿Y por qué los elfos no hacéis eso que le hiciste tú a River a todos los Altos humanos? —preguntó Killian durante la hora de comer.

Eyrien se lo quedó mirando de una forma que hizo que a Killian se le atragantara el pan.

—¿Y por qué vosotros no vais hasta Maelvania y dejáis vuestras mejores armas a los pies de Esigion? —replicó la elfa con mordacidad—. Suficiente tenemos con haber entregado la magia a los humanos, Killian. Ni locos los haríamos más poderosos además.

—No, bueno, ya lo entiendo —dijo Killian—. Pero a los de fiar, como River…

Eyrien se puso seria de pronto y permaneció callada. Después pareció despertar.

—Que te lo responda el mago —dijo, y se giró hacia River con malicia—. Si para despertar tu memoria genética para hacer un simple hechizo de impermeabilización ya te dolió, ¿cómo crees que sería despertar generaciones de conocimientos élficos enterrados en tus genes?

Por toda respuesta, River se estremeció. Pensó en el dolor punzante que había sentido la noche anterior, como si los dedos de Eyrien se hubiesen convertido en una aguja gélida que hubiese penetrado en su cerebro provocando una sacudida en todas las células de su cuerpo. No quería ni imaginar lo que podría provocarle un intento de despertar todos los conocimientos élficos que podía poseer hasta el momento el antiquísimo pueblo imperecedero.

—Creo que moriría —dijo sorprendiéndose a si mismo por su aseveración—. Sí, no creo que sobreviviese a ello.

Eyrien se giró hacia Killian alzando sus finas cejas azules.

—Creo que eso responde a tu pregunta, ¿verdad? —dijo Eyrien—. En el hipotético y surrealista caso de que los elfos quisiéramos dar tanto poder a un humano, no podríamos porque seguramente lo mataríamos en el intento y de una forma tan dolorosa que hasta los torturadores de Maelvania nos admirarían por ello. No, ni queremos ni podemos —concluyó Eyrien—. Además, vosotros tenéis vuestros hábitos y nosotros los nuestros. Si la sabiduría no requiriese un esfuerzo y un sacrificio, que obligase a pensar en el coste que tiene, se haría un mal uso de ella. El mundo tiene su propio equilibrio, y no hay que desnivelar la balanza natural de las cosas; ni a favor del mal ni tampoco a favor del bien, porque eso depende mucho del ángulo en que se mire. Los humanos destruisteis el Continente Sur, ahora estáis en el Norte, en el que en un tiempo vivieron en paz los feéricos. No os dejaremos corroer nuestros hogares si manteniéndoos en la ignorancia podemos impedíroslo.

—Creo que te entiendo —suspiró Killian—. Los humanos debemos seguir el camino que los dioses nos han indicado.

—Falacias —dijo Eyrien con desdén—. Los dioses, tal como los entendéis lo mortales, no existen. Si no, ¿cómo puede ser que cada pueblo tenga sus dioses y sus propias creencias, y su propia y diferente visión de todas las cosas? Para los enanos los dioses son enanos, y para los humanos son élficos como la más pura y bella de las visiones, como la perfección inalcanzable. Por eso nos llamáis Hijos de los Dioses. Menuda estupidez; sólo es evolución. Los altísimos creadores no existen y por tanto no obrarán milagros, Killian. No hay más creadores que los que personalizan a los elementos y nos dan la vida, y tampoco necesitamos otros.

—¿Estás insinuando que no necesitamos que nadie rija nuestro comportamiento y nos impulse a hacer el bien o el mal? —dijo Killian.

—En efecto, príncipe —dijo Eyrien—. No habrá un juez supremo frente al que expiar nuestras culpas ni un premio eterno por nuestros sacrificios. Sólo nuestra propia conciencia. Nadie puede prever lo que vamos a hacer, sólo nosotros mismos, y las estrellas.

—Y los Sabios Videntes de Siarta —dijo River, pensando en lo que sabía él de los Elfos de la Noche.

—Sí —le corroboró Eyrien, y el tono de su respuesta estremeció sin saber por qué a los muchachos.

Cabalgaron varias jornadas más en silencio, haciendo rodeos para evitar los caminos, ocupados cada uno en sus propios pensamientos. River pensaba en lo extraño que resultaba que los elfos pudieran sentirse atraídos por los vampiros, quienes eran su principal amenaza. Sin embargo, eso le dio por pensar en que no era tan insólito, pues a todos los seres les seducía el peligro, lo desconocido y lo salvaje. Si no ¿por qué los guerreros se mostraban impacientes por presentarse en las batallas en que sabían que podían perder la vida? ¿Y por qué a la gente la extasiaba el fuego aunque sabía que podían quemarse con él? Sí, en todos latía un sentimiento siniestro que los empujaba hacia el peligro. Sin embargo a River no le parecía que Eyrien fuera pasto potencial de aquel tipo de debilidades. No la veía capaz de dejarse llevar por emoción personal alguna, ni pasión, ni amor, ni siquiera odio. A River aquello le entristecía por una parte, pero por otra lo tranquilizaba; de esa forma la atracción que sentía por ella era tan inofensiva que no tenía que preocuparse por sus propios sentimientos. Ya se ocuparía la elfa de que las olas que emanaran de él rompieran en dique seco. Se la quedó mirando un rato, observando cómo giraba ensimismada la flor de zafiro que le había regalado Eriesh entre las manos.

—Eyrien —dijo—, ¿puedo hacerte una pregunta?

—No debí responder nunca a la primera, porque ahora ya te has excitado y vas a acribillarme con dudas por resolver. Menos mal que eres mortal y tu insistencia no durará siempre. Puedes hacerla —consintió—, pero yo puedo también no responderla. Así que decide tú mismo.

River frunció el entrecejo, incapaz de acostumbrarse a las salidas de la feérica.

—¿Cómo es un íncubo? —le preguntó River.

—Y esta vez no vuelvas a señalar y a decir que «así», por favor —añadió Killian.

Eyrien aminoró la marcha de Elarha para situarse junto a ellos y compuso una expresión pensativa. Sus labios azules dibujaron una sonrisa ambigua.

—No lo sé realmente, porque nunca he visto a ninguno. Curioso, ¿verdad? Es la primera vez que no puedo decir cómo es un ser que me ha atacado y me ha... —calló, pero enseguida se repuso —. Pero sé cómo me han dicho y he leído que son. Los íncubos son seres que, aunque no son feéricos, poseen una magia propia. Una magia no viva, por decirlo de alguna forma. Sin embargo, no son muy diferentes a los humanos y se camuflan bien entre vosotros, lo que no es de extrañar porque los cazadores tienen que adaptarse a sus presas para aumentar su eficacia en la caza. Y de la misma forma, en agilidad se parecen a los elfos, y son casi tan rápidos y hábiles como nosotros. Además, generalmente son guapos, o guapas en el caso de las súcubos. Son altos y esbeltos, con un aspecto eternamente joven de Altos humanos, y son muy pálidos y de ojos grises o negros. Sus labios son finos y sus manos delicadas, disimulando su gran fuerza interior. Supongo que este aspecto les facilita la obtención de comida humana, ya que las presas se atraen solas —dijo de una forma un tanto cruel, aunque pronto incluyó a los elfos entre los incautos—: Y para los elfos, desgraciadamente, también son atractivos. Por ejemplo, un gul en su forma humana es guapo. Es verdad, es guapo —dijo Eyrien, al escuchar las protestas de los dos chicos—, pero no es atractivo. Es hermoso como una flor, pero nada más. Sin embargo los vampiros son… diferentes. Tienen algo que los hace atrayentes, magia seguramente, pero no dejan indiferente a ninguno de los grandes feéricos. De hecho los vampiros de alta estirpe son hijos de elfos.

—Vale, lo hemos entendido —la atajó River—. ¿Y cómo son en su forma no humana?

—De eso sé menos todavía, porque no hay… muchos elfos o humanos que hayan sobrevivido a ello para explicarlo —dijo la elfa—. Lo único que sé, por lo que he leído en la biblioteca de mi palacio, es que sus ojos se vuelven de un color rojo sangre cuando usan su magia, y que sus colmillos son retractiles y sólo se alargan cuando van a usarlos para atacar. Parece ser que también pueden producir sustancias coagulantes y aplicarlas con los labios, si no quieren matar a su presa inmediatamente. Por eso yo no me desangré cuando me dejó abandonada en el bosque.

—Así que anticoagulantes los guls y coagulantes los íncubos —dijo Killian para memorizarlo correctamente—. Es importante saberlo. ¿Y hay muchos vampiros? —prosiguió el príncipe de Arsilon —. Porque si se vuelven una plaga como los guls, estamos todos listos.

—No, no hay muchos. Los inmortales acostumbramos a mantener nuestras poblaciones a raya, y vampiros hay aún menos que elfos. Además están muy diseminados por el Continente Norte, así que en realidad es muy difícil encontrarse con uno de ellos.

—Pues que casualidad que hubiese uno justamente en el bosque de Dreisar, en el mismo momento en que tú apareciste indefensa en él —dijo River irónicamente.

Se arrepintió enseguida de haber hecho aquel comentario, porque había echado sal a la herida. El rostro de la elfa aparecía ahora sombrío y taciturno, y River se recordó a sí mismo que Eyrien era, sin duda, la más interesada en conocer las respuestas a aquellos enigmas.

—¿Y conoces a alguien que haya visto a un vampiro? —le preguntó para distraerla.

—Sí —respondió Eyrien—. Fereya, la novia de mi hermano Asier y antigua Cazadora. Fue en Selbast, hace algunas décadas. Ella se había conjurado a sí misma para parecer humana y transitaba por las calles abarrotadas buscando a su objetivo, un cazador de pequeños feéricos. Paseaba por entre los muchos humanos que compraban en los mercados cuando de repente su mirada se vio atraída por un joven alto de movimientos felinos, que también la miraba fijamente a ella como si allí no hubiese nadie más. Enseguida notó Fereya que había algo extraño en aquel joven, además de que era demasiado apuesto para ser un simple humano, ni siquiera un Alto humano de ascendientes recientes. Fereya acabó por darse cuenta de que lo extraño de aquel muchacho era que no emanaba ningún tipo de vida; ni siquiera respiraba.

—Vaya —dijo Killian con un escalofrío, imaginándose ser objeto de la atención de un ser que lo miraba sin estar vivo—. ¿Y qué hizo para escapar? Porque escapó, ¿verdad?

—Claro. Si no, no podría habérmelo explicado —dijo—. Lo cierto es que Fereya y el vampiro se habían atraído mutuamente en aquel mar humano, así somos los inmortales. Pero ni siquiera los vampiros son tan sanguinarios como para provocar la masacre que habrían acabado perpetrando en aquel lugar atestado si hubiese obligado a Fereya a luchar para defender su vida. Así que se observaron desde lejos largamente, sin moverse y sin ser conscientes de cuanto les rodeaba, hasta que finalmente el íncubo sonrió, saludó caballerosamente y se alejó entre los humanos.

»Pero Fereya había captado en la última mirada del vampiro que volverían a verse, que la Cazadora se había convertido de pronto en presa a su vez. Así que Fereya cumplió su misión sin miramientos y huyó de Selbast tan pronto como pudo. Me temo que ahora en esa ciudad los elfos no estamos muy bien vistos, porque mi cuñada no fue muy discreta a la hora de acometer su misión, pero ante todo era importante que se alejara del vampiro; si la hubiese atrapado hubiese sido mucho peor para todos los selbastianos. Lo que nunca explicó Fereya a nadie más que a mí, y mucho menos a mi hermano —dijo Eyrien con una sonrisa disimulada—, es que el vampiro había intentado seducirla mentalmente para que fuera con él voluntariamente, y que ella había llegado a tener suficiente curiosidad como para sentirse tentada a acompañarlo —dijo, aunque luego chasqueó la lengua y añadió—: Pero en cuanto se alejó se dio cuenta de que había sido una necia y que casi había caído en el señuelo, así que se prometió que nunca volvería a sucederle. Fereya descubrió así que ni siquiera los elfos somos tan inquebrantables.

—Ya sé que no viene al caso —dijo Killian cuando la elfa acabó—. Pero acabo de darme cuenta de algo. No te ofendas, pero… Eyrien, ¿tu lengua también es azul?

Eyrien, extrañada por el comentario, le sacó la lengua. Era tan azul como sus labios.

—¡Qué chocante! —dijo Killian—. Y supongo que Eriesh tiene la lengua gris.

—¡Pues claro! —dijo Eyrien riéndose—. Lo verdaderamente sorprendente es que aún sigas viéndome desde una perspectiva tan humana. Voy a empezar a sentirme ofendida, joven príncipe, si no asimilas de una vez que no puedes observar el mundo sólo como un humano.

Exasperado, haciendo caso omiso de las insólitas averiguaciones de Killian, River retomó la palabra, preocupado como estaba por las inquietantes palabras de Eyrien.

—¿Y tú no tienes miedo de que a ti te suceda lo mismo que a Fereya? —le preguntó River—. ¿Que el vampiro intente seducirte?

Ella lo miró fijamente, borrando la sonrisa jovial de su rostro, como si se hubiese dado cuenta de que bajo aquella inocente preocupación yacía algún otro sentimiento inoportuno y ofensivo. River le aguantó la mirada desafiante, ¿por qué iban sus sentimientos a turbarla, por mucho que ella pudiera descifrarlos?

—No, no me preocupa —dijo Eyrien finalmente—. Yo aprendí la lección de Fereya, y no necesito verme envuelta en la misma situación para saberlo. Tengo demasiadas cosas que hacer para perder el tiempo con esa clase de pasiones destructivas y sin fundamento.

—¿Y qué sucederá si volvemos... si vuelves a encontrártelo? —preguntó Killian.

—Que lucharemos hasta que uno de los dos muera. Porque si quiere algo de mí tendrá que atraparme primero —dijo Eyrien en tono frío como el hielo—. Y ésta vez no le resultará tan fácil.

Luego ya no habló más, y como volvía a parecer más peligrosa de lo que a Killian y River les resultaba cómodo estando junto a ella, ya no volvieron a molestarla más aquel día.

Una noche más, incapaz de dormir debido a la multitud de pensamientos nuevos que ocupaban su mente, River se irguió y se quedó sentado mirando a Eyrien, que también permanecía despierta y miraba al cielo como un gato melancólico. Armándose de valor se alzó para ir a su lado, aunque se quedó parado viendo cómo la elfa se giraba hacia él rápidamente, con una mirada depredadora que le heló la sangre en las venas.

—Eyrien, ¿qué pasa? —le dijo en un susurro para no despertar a Killian.

—Nada —dijo Eyrien devolviendo a su mirada su serenidad habitual—. Puedes acercarte.

—¿Te preocupa que nos sigan? —le preguntó sentándose a una cierta distancia de la elfa—. ¿Crees que el íncubo ha recuperado tu rastro?

—Aunque nos siguiese yo no podría saberlo, River —dijo Eyrien con su sempiterna impaciencia—. Los vampiros no están vivos, no de una forma que los elfos podamos entender, así que yo no podría percibirlo. No emanan ni frío ni calor, ni ningún tipo de signo de vida o de magia, así que podría tener uno junto a mi espalda y yo no lo sabría hasta que me tocara. Así que si me alerto no será por el vampiro, eso seguro —dijo con una sonrisa que, a entender de River, no venía al caso—. Es sólo que a veces siento que nos observan, pero podría ser cualquier cosa; en estos territorios viven muchas cosas, buenas y malas. Así que no te preocupes, mago, pero intenta evitar hacer movimientos bruscos en mi presencia, sobre todo por la noche. ¿Y tú por qué estas despierto? —le preguntó cambiando radicalmente de tema.

—Pensaba en todo lo que nos has explicado hoy. Tú sabes muchas cosas —dijo River, dejando translucir su envidia—. Podrías explicarme, ya que es de noche y que ninguno de los dos estamos durmiendo, qué demonios es lo que trató de explicarnos Eriesh con aquel mapa celeste.

Eyrien lo miró extrañada. River pensó que, al menos por una vez, había conseguido sorprenderla él a ella y no al revés.

—¿Tú de verdad quieres que te dé una lección de astronomía? —le preguntó Eyrien—. ¿O es que quieres ver hasta qué punto es verdad lo que decía Eriesh sobre lo cargantes que podemos ser los Elfos de la Noche?

—¿Por qué te sorprende tanto? —le preguntó River un poco molesto—. Por muy humano que sea, también puedo tener curiosidad por las cosas que desconozco; ése no es un sentimiento único de los elfos. Y tú dijiste que podíamos aprender cosas de ti, así que estoy aprovechando esa fuente de información mientras la tenga a mi alcance.

—Está bien —dijo finalmente Eyrien. Giró la cabeza hacia el cielo y señaló sin dudar a un punto de la bóveda celeste—. Mira allí. ¿Puedes reconocer alguna constelación?

—Creo… —respondió, haciendo un esfuerzo por reconocer algo familiar—. Sí, veo El Delfín.

—Bien —dijo Eyrien satisfecha—. Ahora intenta dibujar en tu mente un mapa del Continente Norte. En ese mapa, la constelación del Delfín sería el bosque de Quersia. En la estrella gamma del Delfín estaría Quersis, la capital de los Elfos del Bosque, y por debajo, en epsilon , estaría el Centro Umbanda de Quersia.

—Vaya, entonces, si miro un mapa, ¡casi puedo saber dónde se esconden los Elfos Silvanos! —dijo River, estudiando la disposición de las estrellas en la constelación y trasladando su forma mentalmente a un mapa geográfico—. ¿Y por qué esa disposición? No será por casualidad.

—Claro que no —dijo Eyrien—. Fuimos los elfos los primeros en habitar estas tierras, los que dispusimos los territorios de esa forma. Responde a una necesidad de poder ubicar mentalmente cualquier territorio conocido y poder llegar a él sin necesidad de tener un mapa que pudiese llegar a malas manos. Como seguir la Estrella del Norte, pero más complejo. Además esa disposición favorece la renovación de la energía telúrica de los lugares que habitamos. Incluso Arsilon, aunque sea una ciudad humana, representa el astro bajo el que se encontraba cuando se fundó; así lo dispusimos los elfos. Eso facilita, por ejemplo, que los telépatas podamos comunicarnos de una ciudad a otra. De esa forma es posible hacer llegar un mensaje desde Sentrist hasta Siarta pasando por telépatas de las diferentes regiones.

—Ya lo entiendo. Es fascinante… —dijo River—. Explícame más.

—A la izquierda —preguntó Eyrien sonriéndole abiertamente —: ¿Puedes reconocer La Flecha?

—Vale, la veo. Algo por encima de la constelación del Águila —dijo River.

—Sí, muy bien. Entonces entenderás rápidamente por qué los Enanos de las Montañas y los Elfos de las Rocas son vecinos: Riskaben está edificada bajo las tres primeras estrellas de El Águila, en Altaïr o alfa, y Greisan se sitúa en la estrella delta La Flecha; es decir, que están una muy cerca de la otra. Sobre todo teniendo en cuenta que hace miles de años, cuando se construyeron ambas ciudades, sus constelaciones se hallaban más cercanas que ahora.

—Es desconcertante —dijo River —. Las estrellas parecen estar siempre en el mismo sitio.

—Eso es porque la vida humana es demasiado corta para apreciar las diferencias.

Antes de que las estrellas empezaran a desvanecerse bajo el influjo del sol naciente, la Elfa de la Noche aún tuvo tiempo de explicarle a River que Sentrist estaba algo por debajo y en línea recta de la estrella epsilon de El Águila, es decir por debajo también de Albireo, que representaba a Arsilon. Ésta se encontraba en el centro del llamado Triángulo de Verano, una de las más hermosas visiones del cielo nocturno y que aunaba a Altaïr de El Águila, Vega de La Lira y la norteña Deneb de El Cisne, en aquel descomunal cuerpo geométrico que alumbraba desde el cielo. La Hija de Siarta le explicó que, siendo Siarta la estrella de Deneb y Vega la capital de Udrian, elfos, enanos y Altos humanos rodeaban a la Arsilon de los Bajos humanos y la convertían en un centro estratégicamente protegido y bien comunicado para todos los Reinos Libres que luchaban por la libertad. Quizás los Bajos humanos eran los menos fuertes, pero por su número y su ímpetu guerrero eran una pieza principal.

Killian, futuro rey de la facción más numerosa de la Alianza, despertó bajo el influjo luminoso del sol naciente y se asustó al ver que las mantas de River estaban vacías a su lado. Se incorporó, ya despejado de los últimos rastros del sueño, y vio que su amigo estaba sentado junto a la elfa, charlando de una forma tan relajada que parecía que llevaran horas en el mismo lugar.

—¿Os habéis pasado despiertos toda la noche? —les preguntó, sacudiéndose las mantas de encima y empezando a encender el fuego para el desayuno.

—Me temo que he estado aburriendo a tu amigo con mis disertaciones de astrónoma despiadada —dijo Eyrien, quien, a diferencia de River, parecía completamente descansada.

—Me ha estado enseñando a leer los mapas de Arsilon en el cielo —la corrigió River mientras se restregaba los ojos—. ¿Seguirás enseñándome el cielo la próxima noche? Quiero saberlo todo.

—¿Todo? —dijo Eyrien—. Conozco el nombre de cada estrella y de cada satélite de hasta el último de los planetas. Y conozco sus movimientos y puedo leer algunas cosas en su constante deambular. Los Elfos de la Noche miramos al cielo cada atardecer, y cuando llevas 221 años mirando cada día la oscuridad del cielo —dijo Eyrien, y observó de reojo la expresión que cruzaba el rostro de River al conocer su verdadera edad—, acabas considerando que el firmamento es tu mejor amigo, pues aunque estés en el lugar más recóndito y solitario de la Tierra, los astros siempre te acompañan y te iluminan desde la lejanía. Todo es demasiado para un mortal, mago. Pero ya veremos, quizás te revele algo más.

Después de desayunar siguieron camino, cruzando ahora una región más rocosa que se extendía cerca de Gevinen, y a la que llamaban la Llanura Quebrada por tratarse de una región volcánica surcada de profundas grietas y pequeños abismos. Sin embargo el suelo volcánico era muy rico en nutrientes, y allí donde crecía la hierba lo hacía con un verde tan intenso que parecía de esmeralda, y los pequeños bosquecillos estaban saturados de especies exóticas que parecían la obra de un pintor surrealista. Pero aquel suelo fértil también estaba sembrado de cultivos y campos agrícolas, y Eyrien no tardó en colocarse su larga capa sobre los hombros, ocultando su rostro y su cuerpo a los ojos humanos. Aún siguieron avanzando un rato antes de que Eyrien empezara a observar el aire como si lo husmeara.

—A partir de ahora avanzaremos en silencio —susurró la inmortal, tranquila pero alerta.

—Pero qué… —dijo River, aunque la mirada afilada que Eyrien le dirigió lo silenció.

—He dicho en silencio. Aprende a obedecerme, mago, si quieres llegar a Sentrist y quieres salir vivo luego de allí —dijo la elfa con severidad—. No hagas que me arrepienta ya de haber dejado que me toméis una cierta amistad.

Luego añadió algo en lengua élfica, hablándoles a los caballos. Debido a que los conocimientos que tenía River de la lengua inmortal eran palabras aisladas, sólo llegó a entender los nombres de los caballos y las palabras «peligro» y «protección», por lo que dedujo que Eyrien instaba a sus caballos élficos a protegerlos a ellos en caso de peligro.

Avanzaron en silencio, apreciando cada vez con mayor precisión los sonidos que se sucedían a su alrededor. Pronto ambos humanos se dieron cuenta de que lo que habían creído un apacible y natural silencio, estaba sembrado de los sonidos que producía la vida oculta de aquel bosque tropical. Como si ahora ellos mismos tuviesen el sutil oído de los elfos, escuchaban con chocante claridad el zumbido de los insectos, el crujido de la hierba bajo las patas de los roedores e incluso el viento, tan intangible e invisible pero casi físico entre las hojas. Sin embargo no escucharon lo que llevó a la elfa a gritar de pronto:

—¡Al suelo!

River no tuvo tiempo de agacharse antes de descubrir que Eyrien les había hablado a los caballos y no a ellos. De una sacudida Jano y Adrastea los habían lanzado a él y a Killian sobre la hierba, y los protegían con sus enormes y fibrosos cuerpos. Mientras tanto, Eyrien había lanzado un conjuro de protección a su alrededor, y miraba en torno sujetando una flecha en la mano. River se quedó asombrado al descubrir que Eyrien no había sacado su arco, y que la flecha que sostenía en la mano ni siquiera era suya. Algo tosca y tocada con plumas de cuervo, la saeta que Eyrien sostenía en su mano derecha era una flecha de trasgo.

10

Entre uldras y trasgos

La calma volvió a extenderse sobre el bosque; Jano relinchó. Killian, que tras recuperarse de la sorpresa se había alzado como un resorte espada en mano, se fijó también en la flecha que sostenía Eyrien.

—¿La has cogido al vuelo? —le preguntó asombrado.

—Sólo he estado atenta —dijo Eyrien, observando la flecha que sostenía en su mano.

—Sólo ha estado atenta —repitió Killian mirando a River, dirigiéndole una mirada irónica.

—Es una flecha trasgo de los Trasgos de la Quebrada —dijo Eyrien haciendo caso omiso al comentario—. Esto supone un problema, porque alguien debe habernos visto y los habrán alertado —dijo la elfa. Luego añadió—: Killian, envaina esa espada.

El príncipe frunció el entrecejo, le parecía paradójico que les dijera que los estaban atacando y a la vez lo conminase a guardar su arma. Pero, como sabía que era mejor no importunarla, obedeció. La elfa ya había demostrado ser muy poco paciente en aquel aspecto.

—Pediremos información —añadió Eyrien.

Mientras ella volvía a avanzar a pie, con la silenciosa Elarha a su lado, Killian y River no dejaban de preguntarse íntimamente si la inmortal pensaba pedir esa información a los árboles o directamente a los trasgos. Como había hecho cuando se habían sabido inmersos en un territorio wendigo, la feérica estudió el suelo, el aire y un sinfín de señales que sólo ella sabía ver. Killian tuvo la sensación de que pocas presas debían escapársele a aquella rastreadora. De pronto se detuvo en un pequeño claro que se abría entre la espesura del bosque.

—Es aquí —dijo; sus cabellos azules destacaban contra el verde de la fronda selvática.

Se acercó a un árbol grande, centenario, de madera nudosa. Resueltamente, Eyrien alzó el brazo y golpeó la corteza con los nudillos como si estuviese llamando a la puerta de una casa. Produjo una serie de ruiditos y silbidos indescifrables mientras River y Killian la miraban boquiabiertos, y aguardó junto al árbol.

—Puede que no estén en casa… —murmuró para sí.

Pero sí estaban en casa, porque poco después salió de un pequeño agujero a ras de suelo, un pequeño ser feérico.

—¡Un uldra! —dijo River sorprendido.

La elfa se agachó junto al pequeño uldra e inició una conversación con él un aquel extraño idioma, que sin duda era el Uldaran. Mientras tanto, River y Killian se fijaron en el pequeño duende, pues nunca hubiesen creído que verían uno. Casi no habían creído que existiese aquella especie siquiera. Era un hombrecillo de un palmo de altura, y aunque su cabeza, que adornaba con un gorro cónico, poseía rasgos humanoides normales con ojos grandes y barba, sus extremidades terminaban en tres gruesos y largos dedos que en los pies poseían unas uñas como garras, gruesas y afiladas, mientras que en las manos eran los mismos dedos los que acababan en punta. Tenían un aspecto extraño, pero mientras no se dañara a sus árboles los uldras eran seres amistosos y amables, tímidos aunque solidarios. Solían mostrarse sólo a los elfos, con quien compartían su amor por la naturaleza, de ahí que pocos humanos creyeran realmente en su existencia. En aquel momento, el pequeño feérico alzó las largas manos en el universal gesto de espera y volvió a desaparecer por el agujero del árbol.

—El uldra dice que hay una sola patrulla de trasgos en esta zona —dijo Eyrien—. Nos mostrará cuál es la ruta a seguir para que tengamos más probabilidades de caer en su trampa.

Mientras Killian y River se plateaban si habían oído mal, el uldra volvió a emerger del tronco del árbol cargando con una gran corteza pulida que parecía un mapa. Le dio unas cuantas indicaciones a Eyrien mientras ésta asentía y hacía de vez en cuando alguna pregunta. Finalmente el uldra bajó el trozo de corteza y desapareció en el interior de su hogar.

—Bueno, ya podemos seguir adelante —dijo Eyrien.

Los dos chicos reanudaron el camino tras ella, con sus monturas avanzando detrás. Cuando había pasado un rato, Killian ya no pudo contenerse.

—Disculpa, Eyrien…

—Los trasgos son bastante estúpidos. Muy malévolos y astutos, pero estúpidos en general —lo interrumpió Eyrien avanzándose a su pregunta—. Antes de dar la alarma a los destacamentos cáusticos de Gevinen intentarán matarnos. Así que lo que tenemos que hacer es acabar con todos cuando nos ataquen, y no dejar escapar a ninguno. Esperaremos a que nos ataquen ellos, ya que cuando se lancen sobre nosotros lo harán todos a la vez, y así podremos verlos a todos e impedir que escape alguno. Los trasgos siempre viajan en columnas de veinte, y el uldra me ha dicho que hay sólo un batallón. Lo que haremos será seguir adelante, porque cuando nos vean movernos de nuevo intentarán matarnos a flechazos antes que entrar en combate directo. He lanzado un hechizo protector. No miréis las flechas, haced como que no os sentís atacados. Tenemos que parecer lo suficientemente idiotas como para que piensen que pueden cogernos desprevenidos, y así gastarán hasta la última flecha buscando un punto flojo en mi pantalla de protección. Son así de estúpidos, ya lo he visto otras veces. Cuando se les acaben las flechas, preparaos para desenvainar. Y tú, mago, ves decidiendo qué hechizos te serán útiles esta vez; nada de arañazos y golpes suaves, porque seremos tres contra veinte. Pero no temáis y estad tranquilos, yo estoy con vosotros. Sigamos.

Montaron de nuevo. River acarició con cariño el cuello de Adrastea; descubrir que un caballo tan inteligente decidía interponerse entre él y el peligro le había enternecido hasta ver al animal de una forma diferente. Cuando habían avanzado pocos metros, empezaron a emerger las primeras flechas desde la espesura. Con un sonido deslizante y sutil, las saetas irrumpían desde cualquier punto a su alrededor. Pero todas caían irremediablemente en las veredas del camino, y River pronto se dio cuenta de que los trasgos realmente intentaban buscar agujeros en la pantalla mágica de la elfa cual si se tratase de los puntos de unión de las diferentes partes de una armadura. Algunas flechas venían altas, otras casi rozando el suelo, algunas en parejas y otras desde dos puntos opuestos a la vez. River pensó, mientras avanzaba haciendo ver que no veía las flechas que iban cayendo a su alrededor como aves alcanzadas en pleno vuelo, que hasta el momento aquella era la situación más extraña y sorprendente en que se había visto envuelto.

Siguieron avanzando aproximadamente una hora entre las irritantes flechas y la cada vez más clara idea de que los trasgos eran verdaderamente necios. ¿Acaso no se daban cuenta de que los tres tenían que haber estado ciegos y sordos para no darse cuenta de que los estaban atacando a traición? Finalmente, las flechas dejaron de irrumpir en el camino. Eyrien se detuvo y desmontó, le susurró algo a Elarha y luego se giró hacia ellos, todo eso a una velocidad imposible.

—Desmontad y desenvainad, porque voy a proteger a los caballos para impedir que los trasgos intenten convertirlos en su cena —dijo dejando su carcaj en el suelo—. Estad preparados, porque contra veinte trasgos un muro mágico no sirve para nada y voy a levantarlo.

Killian y River hicieron lo que Eyrien les había dicho. Aunque pensaba valerse de la magia cuanto le fuera posible, River no olvidaba que todo mago debe acordarse de su espada tanto como de sus hechizos; muchos magos indecisos optaban por abandonar la espada en bien de la magia, y acababan muertos cuando algún enemigo conseguía salvar sus barreras mágicas. Estuvieron mirando a su alrededor unos minutos, hasta que Eyrien alzó la cabeza y murmuró:

—Ya vienen.

Aún pasaron unos minutos antes de que River y Killian oyeran los movimientos de cuerpos entre la fronda que se extendía a su alrededor como una red verde y marrón. Cuando River vio al primer trasgo emerger en el claro, su imagen se quedó grabada en su memoria como el recuerdo de un cuadro impactante. El trasgo era un ser alto y esbelto, de largas extremidades y un color grisáceo parduzco. Parecía la caricatura de un elfo. Su rostro habría matado de un infarto a cualquier pueblerino de haberlo encontrado una noche oscura y su expresión irradiaba una intensa malevolencia revestida de estupidez. El trasgo se irguió en sus más de dos metros de altura, mostrando los colmillos. River se sintió paralizado ante el descubrimiento de que existiese tanta maldad concentrada en un solo ser, hasta que al verlo caer con un destello energético clavándose en su pecho recordó que debía defenderse y no dejarle todo el trabajo a la elfa.

De repente, como en respuesta a una orden muda, diecinueve trasgos los rodearon. Eyrien, que parecía estar más que familiarizada con aquel tipo de encuentros desagradables, no perdió el tiempo; lanzando un conjuro demoledor, derribó a tres trasgos de una vez con un sonoro crujir de huesos. Aquello enfureció visiblemente a los otros. Se abalanzaron sobre ellos y Eyrien sacó la espada, la activó. Los dos chicos la perdieron de vista cuando fue rodeada por siete trasgos altos y delgados como árboles.

River y Killian tuvieron que preocuparse pronto por su propia seguridad, pues había trasgos más que suficientes para atacarlos a todos a la vez. Ninguno de los dos se había enfrentado todavía en la batalla a un adversario de verdad, así que les costó un poco superar la inercia natural a no hacer verdadero daño al oponente. Sólo cuando estuvieron a punto de perder algún miembro e incluso la vida acabaron por despojarse de cualquier rastro de conmiseración con sus oponentes. Killian se quedó mirando un momento, parpadeando, al primer trasgo que derribó, descubriendo por vez primera que él también podía ser letal, que no sólo los temidos súbditos de los Reinos Cáusticos o los elfos tenían el poder de arrebatar la vida a sus oponentes. Enseguida su rostro se convirtió en una máscara templada y calculadora, y enarboló de nuevo su larga espada y gritando «¡Libertad!», dispuesto a interceptar al segundo trasgo que se le venía encima.

River tuvo pronto sus propios descubrimientos. Cuando usó un conjuro abrasador para defenderse del trasgo que le atacaba, cuatro trasgos más se giraron hacia él con sus ojos alargados y mortíferos cargados de odio. Enseguida le quedó claro al mago que, después de los elfos, eran los Altos humanos los que encabezaban la lista de enemigos de los Servidores Cáusticos. Al verse de repente rodeado por tres trasgos que le sacaban casi una cabeza de estatura, River empezó a actuar por instinto, decidido a salvar su vida en aquel momento en que ésta pendía de un hilo muy fino. Allí no había nadie para ayudarle, pues Eyrien tenía sus propios problemas debido a que la mitad de los trasgos se habían echado encima a ella. Como hechicero, River había aprendido a usar la espada con la mano izquierda, reservando su mano más hábil para el uso de la magia. Fríamente fue usando las armas de ambas como el instinto le dictaba, sin piedad. Cuando pudo respirar un momento, al darse cuenta de que era capaz de ver de nuevo el verde del bosque y no sólo la piel manchada y las ropas mugrientas de los trasgos que lo habían rodeado como un muro inexpugnable, River echó un vistazo a sus dos compañeros. Killian se batía con un trasgo que sangraba profusamente por una herida en el costado, intentando ambos no tropezar con los cuerpos que ya estaban caídos en el suelo. Eyrien luchaba a la vez con un trasgo que la atacaba de cara y otro que trataba de sorprenderla por la espalda. El rostro de la feérica mostraba una impasibilidad y una ferocidad que estremecían, y a River no le cupo duda de que no debía preocuparse; estaba empezando a quedarle claro lo formidable que podía ser aquella inmortal de aspecto tan delicado.

—¡River! —le gritó Eyrien de pronto, aunque en ningún momento parecía haber apartado la vista del trasgo que tenía delante—. Si no tienes nada que hacer no dejes escapar a aquel de allí. ¡Persíguelo!, los trasgos no dan la vuelta cuando deciden huir del enemigo para dar la alarma.

Mientras Eyrien se interponía delante de un trasgo que había decidido atacar al mago en respuesta a sus palabras, River se giró para mirar al que iniciaba una carrera desbocada a través del sinuoso sendero. Echó a correr tras él pero el trasgo, impulsado por aquellas largas y musculosas piernas que recordaban a las patas de un saltamontes, era inalcanzable. Aún así lo siguió. Mientras corría perdiéndose por el bosque, se dio cuenta de que estaba demasiado cansado para lanzar un solo hechizo más. Aun así no dejó de correr, no estaba dispuesto a fallarle a Eyrien; alcanzaría al trasgo aunque fuera en las mismísimas puertas de Gevinen. Oyó el sonido de unos cascos retumbando a sus espaldas y se giró sólo unos segundos para descubrir que Adrastea se le echaba encima como un alud negro. Sólo cuando estuvo junto a él y la yegua aminoró un poco el paso sin detenerse, River descubrió con fastidio que el animal pretendía que montase como lo hubiese hecho un elfo.

Farfullando y sin dejar de correr hasta que sintió que sus pulmones se quejaban a gritos, River envainó la espada y agarrándose a las crines de Adrastea, saltó todo lo alto que pudo para encaramarse a su lomo. Estuvo a punto de resbalarse por el otro lado, pero consiguió mantener el equilibrio. Adrastea resopló y corrió más rápido, haciendo que a River se le empañaran los ojos bajo el aire cortante. Sin embargo pronto apareció de nuevo el trasgo a la vista, corriendo como una exhalación al sentirse perseguido, y River se dispuso a lanzarse sobre él en cuanto lo tuviera al alcance. Por la libertad, se dijo, sabiéndose dispuesto a morir antes que fallarle a Eyrien.

En el claro de la pequeña batalla, ya sólo estaban en pie Eyrien y Killian rodeados de cadáveres sangrantes de trasgos. Fue entonces cuando empezaron a preocuparse por River, pero éste no tardó en aparecer. Tenía diversos arañazos en la ropa y una herida profunda en el brazo, pero parecía satisfecho. Eyrien suspiró aliviada; había empezado a pensar que no había sido buena idea enviar al joven mago tras el trasgo desertor.

—¿Has acabado con él? —le preguntó mientras River desmontaba y se acercaba a ellos.

—Sí, aunque no lo habría conseguido de no ser por Adrastea —dijo River sentándose en el suelo al otro lado del claro—. Y el trasgo casi se me lleva el brazo con él, pero sobreviviré.

—Tu primera herida de guerra —dijo Eyrien sonriendo—. Pero ambos lo habéis hecho muy bien; habéis aprovechado bien las lecciones de Eriesh. Venga, déjame ver ese corte.

La elfa lanzó un hechizo de limpieza sobre todos ellos, eliminando las manchas ajenas de sus ropas y su piel. River dejó que Eyrien le alzara con cuidado la manga del brazo herido, dejando al descubierto el largo corte. Les explicó que el trasgo, al verse cercado por el inmenso caballo y el hechicero que lo montaba, había sacado una burda daga de la nada.

—No es grave —dijo Eyrien tras limpiarle la herida—. Pero hay que desinfectarla.

Se alzó y se acercó a las alforjas de Elarha. Mientras tanto, Killian tomó asiento al lado de River y le dio una palmada en la espalda a su amigo. El príncipe sólo tenía unos cuantos arañazos y estaba exultante de emoción.

—¿A cuántos has matado tú? —le preguntó al hechicero en un susurro.

—A cinco, con el que ha huido —dijo River.

—Yo he matado a tres —dijo Killian—. Eso implica que ella ha matado a los doce restantes.

Eyrien se acercó a ellos de nuevo, llevando una botellita en las manos. Se fijó en que ambos la miraban ahora con una mezcla de respeto y temor, como si la vieran por primera vez.

—Me alegro de que al menos esto haya servido para que empecéis a verme tal como soy —dijo mientras se acuclillaba frente a River.

Eyrien aplicó un poco del contenido de la botella sobre la herida del brazo de River. Ni ella ni Killian hablaron más y permanecieron mirándolo. River se soplaba la herida con insistencia.

—¿Acabas de enfrentarte a muerte a una horda de trasgos y ahora resoplas como un niño por un poco de escozor? —le dijo Killian con guasa—. Pues menudo mago guerrero estás hecho tú.

—Que te eche esa cosa encima a ti, a ver que te parece —le dijo River con los ojos enrojecidos—. ¿Se puede saber a qué clase de tortura me estás sometiendo, Eyrien?

—Es savia curativa —dijo Eyrien reprimiendo una sonrisa—. La preparan los Elfos de Quersia y si duele es porque te está cicatrizando y cauterizando la herida. Mañana, ya no tendrás ni siquiera una cicatriz. Imagina como estaríamos los elfos tras tantas batallas si no pudiéramos curarnos las heridas. Te aseguro que dejaríamos de ser el Pueblo Hermoso rápidamente.

Sin embargo a River no le pareció que Eyrien pudiera dejar de ser hermosa en ninguna circunstancia, aunque se abstuvo de hacer ningún comentario al respecto. Cuando acabó de protegerle la herida con vendas de lino, la elfa miró hacia la creciente oscuridad del cielo.

—Será mejor que nos alejemos de aquí cuanto antes. Enseguida vendrán los chupasangres atraídos por los cadáveres, y debemos dejar que reciclen esos cuerpos en paz. Además —dijo alzándose y recuperando sus armas del suelo—, mañana llegaremos a Gevinen, y debemos evitar cuanto podamos los problemas.

Al día siguiente iniciaron la última jornada de aquella parte del viaje, con el agradable pensamiento de que al anochecer cenarían un buen plato caliente y dormirían en un lecho cómodo y abrigado. Tanto a Killian como a River les había gustado aquella vida montaraz, pero el encuentro con los trasgos les había dejado un regusto amargo y una sensación de peligro que animaba a buscar el cobijo de un techo y unas paredes que no fueran las hojas del bosque. Como Killian se había atrevido a reconocer frente a su amigo, el descubrimiento de que Eyrien era capaz de deshacerse ella sola de una columna de trasgos les causaba una molesta inquietud, pues se daban cuenta de que estaban viajando a merced de un ser muy peligroso. Confiaban en ella, pero era una elfa, la conocían demasiado poco, y además ella misma hacía a veces unos comentarios o los miraba de una forma que les hacía pensar que ocultaba algo. Así que siguieron marchando tras aquella fascinante arma de doble filo que era la misteriosa Hija de la Noche, acercándose cada vez más al camino principal que desembocaba en las puertas del norte de la ciudad amurallada de Gevinen.

—¿Por qué las Ciudades Neutrales permiten la presencia de sirvientes de los Ejércitos Cáusticos entre sus murallas? —preguntó Killian poco después del mediodía.

—Porque, si no, no las llamaríamos Ciudades Neutrales. Si sólo permitiesen la entrada a habitantes de los Reinos Libres las llamaríamos Ciudades Libres y si sólo la permitiesen a los Sirvientes Cáusticos las llamaríamos Reinos Cáusticos —dijo Eyrien con su lógica obviedad.

River sonrió al ver que Killian fruncía el entrecejo. Al mago le gustaban en parte aquellas respuestas cortantes que lo invitaban a uno a pensar la próxima vez antes de preguntar. Incluso sabía ya lo que iba a hacer la elfa luego: cuando hubiese dado suficiente tiempo a Killian para reconsiderar la forma de expresar sus dudas, se avendría a hablarles e introducirlos un poco más en el conocimiento de la historia política que los había llevado a aquel tiempo y aquellos lugares. Momentos después River observaba complacido como Elarha se detenía para que la alcanzaran.

—Las Ciudades Neutrales, de las cuales las principales son Hermas, Gevinen y Selbast —empezó a explicar la elfa como una maestra de historia—, se corresponden a territorios cuyos gobernantes han decidido dar albergue y medios tanto a los Sirvientes Cáusticos como a los Habitantes Libres. Y aunque no están enemistados con los Reinos Libres, dejan que los Sirvientes Cáusticos se inmiscuyan en su política y su administración, y que den caza a los siervos del Ejército Libre dentro de sus murallas, sin hacer nada por evitarlo. Sin embargo —dijo al oír refunfuñar a Killian—, no podemos reprochárselo ni odiarlos por ello, ni abandonar a sus habitantes a su destino funesto. Esos gobernantes, como Guilfrid de Gevinen, sólo han actuado así por miedo. ¿Acaso creéis que es fácil rechazar una mano tan poderosa y letal como la de Esigion de Maelvania, si éste os la ofrece con una velada amenaza de destrucción? No, Guilfrid sólo ha hecho lo que cree mejor para su pueblo y su persona, aunque no sabe que lo único que ha conseguido es condenarlos a todos. Porque Esigion no hace aliados, sólo se sirve de sus huestes hasta que dejan de serle útiles, abandonándolas después u ofreciéndoselas como premio a otros sirvientes más insaciables que los humanos.

—¿Es verdad que el Continente Sur fue alguna vez rico y fértil? —preguntó River.

—Sí —dijo Eyrien con tristeza—. ¿Por qué si no llamamos a la región de Niaranden Antigua Suria? Antes era tan grande como Nórdica o Centria, y casi todos los humanos del mundo vivían allí; sólo las Amazonas y algunos pueblos cazadores vivían en el Continente Norte. Ahora sólo Niaranden queda en el Continente Sur, y también ésta desaparecerá bajo la presión de los crecientes Reinos Cáusticos que se apiñan entre el mar y el desierto que avanza. Quién sabe, quizás incluso los Elfos del Aire tendrán que dejar sus hogares en Boreanas.

—Vaya —dijo Killian, que parecía hondamente consternado—. Es... muy triste. Muy triste, realmente. Ahora entiendo un poco mejor a los territorios neutrales; supongo que el miedo hace débiles a nuestros corazones, no somos como vosotros.

—Sin embargo también hay humanos valientes, Killian —dijo Eyrien sonriéndole—. Lo más importante es que no desfallezcáis, ¿comprendes? Debéis manteneros firmes por difíciles que se presenten los tiempos. Sólo así conseguiréis la libertad, y nosotros no os abandonaremos.

Killian asintió sintiéndose algo sorprendido por la vehemencia de la elfa, que parecía creer que ellos podían llegar a titubear en algún momento. El joven príncipe se ensimismó en sus propias meditaciones, y no atendió cuando River volvió a hablar a la elfa.

— ¿Crees que si los humanos renegados caemos, los elfos correréis peligro? —dijo River.

—Los elfos somos más poderosos —dijo Eyrien —. Pero Esigion puede concentrar tropas y tropas y construir más gólems, y los elfos somos pocos y estamos muy dispersos, de forma que no formamos un bloque unido que demuestre nuestra superioridad. Seguramente resistiríamos cada raza en nuestros recónditos hogares, pero perderíamos la paz que tan necesaria es en nuestras vidas. Además, si viéramos convertirse a nuestros hogares en un erial estéril y marchito como el Continente Sur —dijo la elfa con los ojos oscurecidos como pozos de melancolía—, el dolor sería insoportable y la pena desgarraría nuestras almas. Moriríamos con el debilitamiento de nuestras tierras… nuestros dioses, como tú los llamas.

—Sería una pérdida terrible para el mundo si a los elfos os sucediese algo —dijo River.

Eyrien se giró a mirarlo, descubriendo en la intensidad de la mirada del Alto humano todo lo que no habían dicho sus palabras. Y se descubrió devolviéndole una sonrisa cálida y sincera que antes jamás se habría permitido. Rápida pero serenamente desvió la mirada, centrándose de nuevo en la vereda que se abría entre los árboles cada vez más escasos. «No debo permitir que el muchacho se forje falsas esperanzas» se dijo recobrando su fría serenidad, dispuesta a romperle el corazón al mago si era necesario por su propio bien. Aunque de pronto se le heló la sangre. ¿Y si era el despecho por su indiferencia lo que provocaba que River se volviera contra ella y lo que tenía que ver con ella, respaldado y comprendido por su amigo del alma, el príncipe de Arsilon?

Eyrien sabía que los humanos eran capaces de dejarse llevar por los arrebatos de los sentimientos pasionales, cegándose a la justicia y apartándose de la integridad. Y no cabía duda, sobre todo después de aquellas últimas palabras teñidas de sentimientos ocultos, de que el mago, como muchos otros, la había dejado entrar en su corazón sin ambages. Pero River no era un humano cualquiera que pudiese vivir con el dolor de un amor imposible, sino que era el Alto humano con mayor poder innato de cuantos albergaban los Reinos Libres y el futuro consejero del rey de Arsilon. Algo angustiada por aquel pensamiento, Eyrien optó por mantener a partir de aquel momento las distancias con el mago mientras estuviesen juntos, y que River mismo se diera cuenta del profundo abismo que los separaba sin que tuviera que sentirse herido.

Lo que no sabía Eyrien, mientras volvía a adelantar a Elarha para situarse por delante de ellos, era que River había estado meditando también aquellos mismos asuntos y que ya había llegado a apreciar aquella barrera insalvable que lo mantenía lejos de ella. No quería perder la amistad de la elfa por ganarse un cariño que no tenía futuro alguno. Por no pensar siquiera en que Eyrien era muchísimo mayor que él y que, paradójicamente, seguiría siendo muy joven cuando él envejeciese y muriese. Además, aquéllos no eran tiempos para dar rienda suelta a los sentimientos, sobre todo si éstos podían alterar las avenencias políticas de dos pueblos que necesitaban mantenerse unidos. Por ello, y para cuando las inmensas puertas de la muralla del norte de Gevinen aparecieron a su vista en el fondo del valle, iluminado por el sol rojizo del atardecer, River ya había decidido que no sería él quien provocara que la elfa acabara cansándose de los débiles y molestos humanos.

Elarha se detuvo y Adrastea y Jano hicieron lo mismo, mientras Eyrien se giraba sobre sí misma para sacar de la alforja la capa de viaje que la protegía de las miradas indiscretas.

—La mayoría de gentes que entran a estas horas por las puertas de Gevinen son aldeanos y campesinos. No tenemos que preocuparnos de ellos, pues la mayoría nos apoyan íntimamente, pero a mí me temerían —dijo la elfa—. A partir de ahora seguiremos a pie, porque nuestros caballos élficos resultan demasiado vistosos. Dentro de la ciudad encontraremos gente de confianza y un lugar seguro para pasar la noche. Cuando salgamos por las puertas del sur de aquí a unos días tras despachar nuestros asuntos, nos estarán esperando.

—¿Tenemos asuntos que atender en Gevinen? —preguntó Killian, pero Eyrien parecía ocupada y el joven príncipe pensó que no le había oído.

River no cayó en ese fácil error, porque él no olvidó que el oído de la elfa era lo suficientemente fino. No había duda de que sí le había oído con total claridad, y River se preguntó por qué Eyrien no había querido contestar tan descaradamente. Pero no se preocupó demasiado, ya que cuando llegaran a Gevinen descubriría el problema tarde o temprano. Tanto si ella quería como si no, se dijo River desafiante. Siguieron andando camino abajo, y para despejar la angustia River decidió aclarar un tema que le aguijoneaba la curiosidad desde hacía días.

—Oye, Eyrien —dijo avanzando junto a la figura encapuchada de la elfa—. Freyn dijo un día que, como Umbra, Elarha llevaba largo tiempo a tu lado. ¿Cómo puede ser? Umbra es tu protector inmortal, pero los caballos no viven más de veinte años.

Eyrien se giró hacia él, pero para variar no contestó. Y aunque sus rasgos quedaban ocultos bajo su capucha, River se imaginó la ambigua sonrisa de sus labios azules y la chispa de burlona diversión en los ojos de la inmortal tan claramente como si los estuviera viendo. Sonrió encantado, sin saber que cada paso que lo acercaba a aquella ciudad lo abocaba a un destino en que tendría que tomar decisiones que harían cambiar sus vidas para siempre.

11

Gevinen

Mientras se acercaban cada vez más a las murallas de Gevinen y empezaban a ver a la gente que se acumulaba fuera como un hormiguero humano, River empezó a darle vueltas a algo que empezó a inquietarle en cuanto vio a los guardias que, vestidos de negro, se apostaban vigilantes a ambos lados de las puertas.

—Eyrien ¿cómo vas a conseguir tú pasar desapercibida? —dijo—. No vas a poder ocultarte bajo ese manto para siempre y, no te ofendas, tu aspecto inhumano llamará bastante la atención.

—No te preocupes, joven Humano —dijo la elfa encabezando la marcha con determinación—. He hecho esto durante décadas. Cuando tu abuelo aún correteaba en pañales por algún rincón de la inmadura Udrian, yo ya me dedicaba a entrar clandestinamente en las Ciudades Neutrales.

—Visto así —dijo Killian alzándose de hombros, y aceleró el paso para seguir el ritmo de las largas piernas de la elfa.

Cuando ya estaban cerca de la pequeña multitud, que aprovechaba los últimos momentos del día para entrar en la ciudad antes de que se cerraran las puertas, River y Killian se pusieron también sus mantos. A ellos la capucha no les ocultaba el rostro como a Eyrien, pero servía para que los tres fuesen uniformados de forma similar y ella no llamara tanto la atención. Cuando ya estaban en la senda empedrada se vieron obligados a detenerse tras una pequeña caravana de carros de heno. En la puerta, los guardias revisaban un carro.

—Bueno, al menos somos los últimos de la fila y no nos tocará esperar entre un carro de cerdos y otro de estiércol —dijo Killian, mirando el lado bueno.

—¿Tendremos problemas con los guardias? —preguntó River, que como era alto podía ver entre las cabezas de la gente lo que sucedía en la puerta.

—Si tienes oro no tienes problemas —dijo Eyrien—. Es lo bueno de esa gentuza poco escrupulosa de los Reinos…

No acabó la frase al oír unos pasos a su espalda. Al cabo de un momento apareció a su lado una aldeana joven que, a juzgar por las manchas de barro y clorofila que adornaban sus sandalias y los bajos de su vestido, llegaba tarde de trabajar en los campos de las afueras. Era una chica joven y de aspecto humilde, y sujetaba en brazos a un niño de unos cuatro años que era tan rubio como ella y que estaba sucio pero satisfecho; seguramente habría estado todo el día jugando feliz entre la hierba mientras su madre trabajaba los campos bajo el sol abrasador. La muchacha observó con muda desconfianza a la figura encapuchada que se hallaba a su lado, y se sintió visiblemente incómoda; en aquellos tiempos no podía confiarse en mucha gente de la que se veía por los caminos, y menos en los que no querían dejarse ver.

—Buenas tardes tengas —le dijo Eyrien, ocultando el timbre sobrenatural de su voz.

—Buenas tardes tengáis vos —dijo la aldeana, mucho más relajada al adivinar por la voz dulce de su interlocutora que bajo aquel manto oscuro se ocultaba una joven dama.

Luego dirigió una rápida y tímida mirada a los dos acompañantes de la joven, y como vio rostros amables y reconoció la ascendencia élfica de River, sonrió. River sonrió también un rato después cuando, como solían hacer todos los aldeanos de todos los imperios, la muchacha empezó a dar conversación a su compañera de espera como si fuesen ya viejas amigas; al fin y al cabo, la comunicación humana seguía siendo gratis y el único entretenimiento para los que no tenían nada. Eyrien acabó hablando con ella sobre el tiempo, las cosechas y las incomodidades de la ocupación de la ciudad. Cuando descubrió dos de sus largos dedos para acariciar la mejilla del niño y adular su hermosura, la muchacha sonrió con el orgullo arraigado y desmedido de la madre primeriza y le explicó todas las maravillosas ocurrencias con que la agasajaba su hijo, haciendo que aquella vida tan sacrificada y menesterosa valiera la pena.

—¿Y vos tenéis hijos? —acabó preguntándole la muchacha a Eyrien.

Aquella vez Eyrien se tomó su tiempo para contestar, y River adivinó que se había quedado aturdida por la pregunta.

—No, no —dijo finalmente la elfa con tono divertido—. En… mis tierras se me considera demasiado joven para pensar en tener hijos.

Mientras la aldeana asentía comprensiva, River pensó que desde luego a Eyrien se la debía considerar demasiado joven para tener hijos en «sus tierras». Unos cuatrocientos años demasiado joven, pensó, y soltó una carcajada ganándose un codazo de Killian en las costillas. Así siguieron avanzando y deteniéndose, mientras, el niño iba poniéndose nervioso considerando que llevaba ya demasiado tiempo inactivo en brazos de su madre. De pronto estiró uno de sus brazitos y le arrancó la capucha a Eyrien de un tirón. A River le dio la sensación de que alguien había lanzado un conjuro para ralentizar el tiempo mientras veía cómo la joven aldeana se quedaba blanca al ver los rasgos delicados y los cabellos, los ojos, las cejas y los labios azules de la elfa. Eyrien se giró tan rápido hacia ellos y debía tener tal expresión de descontento que el niño se puso a llorar aterrado y su madre no hizo lo mismo porque la detuvo el dedo que Eyrien se llevó a los labios.

Todo esto, sin embargo, ocurrió en pocos segundos, porque para cuando los carreteros que tenían delante se giraron a ver qué sucedía, sólo vieron a una Alta humana muy bella y a una aldeana pálida y deslustrada a su lado que sostenía a un niño que se desgañitaba llorando. Cuando estuvo seguro de que los campesinos volvían a sus propias cosas considerando que no había nada digno de ver salvo una mujer hermosa, River miró algo angustiado a Eyrien. Temió que, molesta como estaba por aquel percance, tomase decisiones drásticas para silenciar a la aldeana. Se sorprendió al descubrir que en el rostro ilusionado de Eyrien no había ira sino sincera compasión. La aldeana estaba al borde de las lágrimas y se había quedado paralizada mientras abrazaba a su hijo con fuerza, en un intento vano pero instintivo de protegerlo.

—No voy a hacerte daño —le dijo Eyrien.

La muchacha aún seguía clavada al suelo, respirando entrecortadamente y oponiéndose al instinto de huir tan lejos como pudiese. En sus brazos el niño seguía llorando desconsolado y aterrado, enterrando el rostro en el cuello de su madre y agarrándose a sus cabellos como si tuviese miedo de que fueran a separarlo de ellos.

—De veras, no tienes que temerme —le dijo Eyrien a la muchacha, que aún la miraba con terror—. Pero tienes que guardarme el secreto. Si los soldados de la puerta me descubren, mis compañeros y yo estaremos en peligro.

La muchacha volvió a mirar entonces a River y Killian, reparando en que ellos sí eran humanos y considerando que si se atrevían a viajar con la elfa, ésta no podía ser tan malvada. Cuando volvió a mirar a Eyrien y ésta le dedicó una de aquellas sonrisas cálidas y luminosas, la chica acabó por asentir valerosamente y seguir andando, aunque algo más alejada de ellos y sosteniendo a su hijo al otro lado, intentando tranquilizarlo para que dejara de llorar. River y Killian dirigieron una última mirada vigilante a la aldeana cuando llegaron a las puertas, pero enseguida centraron su atención en el jefe de los soldados cuando éste les ordenó que se bajaran las capuchas también. Era un hombre corpulento como un armario y de aspecto burdo, y enseguida fijó en Eyrien sus pequeños ojos malévolos.

—¿Que hacen dos Altos humanos y un caballero entrando en la ciudad a estas horas de la noche? —preguntó el soldado con un acento extranjero que enseguida adivinaron maelvaniense—. No es que me importe que tú entres, desde luego, aunque quizás después me cueste más dejarte salir —le dijo a Eyrien pasándose la lengua por los labios y riéndose de su propia gracia.

—No preguntes y no tendremos que negarnos a responder —le dijo ella ignorando su último comentario mientras ponía cinco monedas de oro norteño en la mano callosa del soldado.

Éste las miró y se las metió en un bolsillo oculto de la pechera del uniforme, haciendo una parodia de reverencia para invitarlos a cruzar las puertas. Sin embargo ni siquiera despegó su mirada del rostro de Eyrien cuando alargó el brazo para detener a la joven aldeana, golpeándola en el pecho sin ningún miramiento. Killian, River y Eyrien se detuvieron a un tiempo y se giraron a ver lo que sucedía con la joven.

—¿Por qué llora tanto ese mocoso? —le preguntó el soldado a la muchacha.

—Es que ha visto una serpiente y se ha asustado.

—Pues lo que yo creo —dijo el soldado, rascándose la barba con una uña larga y sucia—, es que ese niño está enfermo y que si lo dejo entrar infestará a toda la ciudad con su peste.

—¡Eso es mentira! —exclamó la aldeana, con tal mueca de odio que en seguida resultó claro que sufría los abusos de los soldados maelvanienses por enésima vez.

—Bueno, quizás... —dijo el soldado, haciendo ver que meditaba algo concienzudamente—. Quizás, yo podría hacer la vista gorda por digamos... dos piezas de oro.

—¡Yo no tengo dinero! —exclamó la muchacha impotente y al borde de las lágrimas, abrazando nuevamente a su hijo con toda la fuerza de que era capaz.

—Entonces pasarás la noche fuera con los chupasangres —le dijo el soldado con diversión.

Cuando a una seña de su capitán los soldados se dispusieron a cerrar las puertas dejando a la chica fuera, Eyrien se interpuso en su camino a tal velocidad que, si los soldados lo hubiesen pensado, sin duda les hubiera parecido extraño. Sin embargo aquellos hombres sólo tenían ojos para ver a una jovencita hermosa que les barraba el paso con graciosa aunque, según ellos, vana determinación.

—Dejadla en paz —dijo Eyrien en voz baja—. ¿Es oro lo que queréis? Pues tened oro.

Sacó de su alforja un puñado de oro tan grande que quitaba la respiración. Alargó el brazo, pero cuando el jefe de la guardia abría su mano para recoger las monedas ella las dejó caer al suelo, donde rodaron y se mezclaron con el polvo del camino. Fue una visión triste y muy esclarecedora el ver a aquellos soldados arrastrándose por el suelo y rebuscando las monedas como si fueran perros famélicos en busca de alguna migaja de pan. Incluso la joven aldeana se quedó mirándolos con más repulsión que respeto; acababa de descubrir que aquellos soldados eran aún más míseros que ella. Sin embargo el cabecilla seguía en pie, sabiendo que luego podría despojar a sus hombres de todos sus hallazgos con total impunidad, y miraba a Eyrien.

—Parece que tienes bienes de sobra de los que despojarte, Alta humana —dijo—. Aunque podrías quedarte con tu valioso oro si me ofrecieras otro tipo de... bienes, de los cuales pareces estar bien servida también. Las noches de un capitán de la guardia son aburridas y solitarias.

Eyrien fijó en el soldado su mirada casi negra y alzó una ceja con lentitud mientras se iba esbozando en su rostro una expresión de gélida cólera. Temiendo que la elfa perdiera finalmente los estribos y casi sin pensar, River la agarró de los brazos y la separó del soldado con firmeza.

—La doncella ya tiene compañía —le espetó al maelvaniense—. Coge el oro y déjanos en paz.

—Tienes suerte de ser un «respetable», gallito —dijo el soldado con desdén—. No sé por qué se supone que a los magos de pacotilla hay que respetaros como si fueseis de la nobleza. ¡Venga! Salid todos de mi vista, antes de que decida que vale la pena desobedecer las leyes y darte una paliza.

—Me gustaría verte intentarlo, imbécil —murmuró Killian para sí mientras se apresuraba a rodear con un brazo protector a la aldeana y a su hijo lloroso para llevárselos.

Se dirigieron en silencio a un callejón cercano para desaparecer de la vista de los soldados de las puertas. Cuando torcieron la esquina y se encontraron en una calle solitaria se detuvieron y Eyrien se acercó a la aldeana antes de que ésta encontrara el momento de salir huyendo.

—Gracias —le dijo con sinceridad, sonriéndole cordialmente—. Tu conducta ha sido más valerosa y honorable que la de muchos hombres que se hacen llamar caballeros.

La muchacha se irguió de orgullo.

—Seguro que por mucho que seáis una elfa, vos no sois tan malvada como esos cerdos mezquinos —dijo con ímpetu, aunque enseguida se arrepintió y miró a Eyrien con temor.

Sin embargo ella volvía a buscar algo entre sus pertenencias, hasta que encontró lo que buscaba. Cuando abrió la mano, la orquídea de zafiro que le hubiera regalado Eriesh refulgía en su mano bajo la tenue luz de las antorchas cercanas. Se la ofreció a la aldeana.

—Yo... ¡no puedo aceptarla, señora! —dijo la muchacha, aunque su mirada de desesperada avidez delataba lo mucho que ansiaba aquella joya para acabar con las penurias de su familia.

—No te estoy pagando por tu silencio, humana —le dijo Eyrien, manteniendo la joya en su larga palma abierta—. Te estoy haciendo un regalo y me ofenderías si no lo aceptaras.

No volver a afrentar a una elfa le pareció a la muchacha una excusa más que suficiente para alargar una mano temblorosa y coger el zafiro de mano de Eyrien. Les dio mil gracias a todos y juró guardar silencio para siempre, después se apresuró a tomar el camino a su casa ocultando tan valioso regalo entre lo más profundo de sus ropas. Y pensar que para Eyrien aquella joya no tenía más valor que el cariño con que se la había dado Eriesh...

—Vamos —dijo Eyrien sacándolos de su ensimismamiento.

—Hoy he aprendido tres cosas que recordaré toda mi vida —dijo Killian mientras enfilaban una calle algo más concurrida—. Que el oro realmente compra a todos los descerebrados, y que ni los humanos somos tan maleables ni los elfos tan despiadados.

—Es una buena lección —dijo Eyrien con una sonrisa en sus labios falsamente encarnados.

A ellos llegaban las voces y los aromas típicos de una gran ciudad mientras veían a los últimos comerciantes recoger sus paradas por aquel día antes de volver al calor del hogar. Eyrien llamaba sin quererlo la atención de todos los hombres con que se cruzaban, que se la quedaban mirando hasta que la posibilidad de darse contra un poste los obligaba a mirar de nuevo delante.

—Incluso como Alta humana eres demasiado llamativa y vamos a acabar teniendo un disgusto —dijo River poniéndole la capucha y volviendo a ocultar su rostro.

Eyrien se giró hacia él en la creciente oscuridad y lo miró con sus brillantes y azulados ojos gatunos reluciendo en la negrura del interior de su capucha.

—¡Y no hagas eso! —dijo River nervioso, mirando a su alrededor por si alguien lo había visto.

—¿Quieres calmarte, mago? —dijo la elfa con guasa—. ¿Acaso crees que es la primera vez que los hombres se me quedan mirando como tú crees haber descubierto ahora? Deja de comportarte como si fueras mi guardaespaldas, porque si alguien tiene que acabar haciendo de niñera aquí seré yo.

Killian se rió mientras miraba los comercios y las tabernas que iban dejando atrás. Después del susto de la puerta se sentía más tranquilo y confiado. Mientras se dejaba guiar por las calles abarrotadas de personajes exóticos, pensó que viajando con Eyrien casi no hacía falta ni pensar; sólo dejarse llevar y aprovechar para observar las tonalidades del mundo.

Cuando ya los últimos rayos del sol se perdían tras los muros de la muralla, Eyrien les señaló una taberna de aspecto pulcro y acogedor que se levantaba al otro lado de la calle adoquinada. Sorteando a las gentes que, tras la dura jornada de trabajo, buscaban el mejor lugar para olvidar las penas y entonar un par de canciones, llegaron hasta su puerta. En cuanto entraron les llegó el olor de la leña del fuego y de la cena a medio hacer, y las voces de los gevinianos que charlaban, reían y cantaban una canción al son del piano. Era un lugar ruidoso y abarrotado de gente, pero los inquilinos parecían gentes de bien. Eyrien se acercó hasta la sala principal y se detuvo a un extremo del mostrador, aún con la capucha puesta. Un mozo que servía bebidas reparó en ella y se acercó corriendo a un hombre fondón de aspecto sencillo que charlaba con unos comensales. El mozo le cuchicheó algo y el tabernero miró a Eyrien, se limpió las manos en el delantal que le colgaba de la panza y se acercó.

—Buenas noches, Druon —dijo Eyrien, en voz baja pero sin ocultar el timbre élfico de su voz.

—¡Ah…! —dijo el posadero, e inclinó la cabeza con respeto—. Es un honor, como siempre.

—Gracias, posadero —respondió Eyrien—. Necesitaré el alojamiento habitual, más una habitación contigua para mis acompañantes.

El posadero reparó entonces en Killian y River, y no ocultó su sorpresa al ver que eran humanos. Entonces se los quedó mirando más fijamente, especialmente a River.

—Te presentaré a mis acompañantes en otro momento —le dijo Eyrien—. Si nos llevases ahora a nuestros aposentos, podríamos refrescarnos tras el viaje.

—Enseguida.

Se fue hacia el mostrador y llamó a su mozo, pero ni Killian ni River supieron qué le decía porque siguieron a Eyrien por un pasillo lateral hasta detenerse ante una solitaria puerta. El posadero llegó enseguida con un manojo de llaves y abrió la puerta, asegurándose de que ningún huésped pasaba por allí en aquel momento. En el interior de la estancia sólo había un escritorio y un par de anaqueles de libros, pero de las paredes colgaban más antorchas de las que habrían sido necesarias en un lugar tan pequeño. El hombre cogió una y pidió amablemente a River que cogiera otra, entonces retiró una estantería de la pared para descubrir una puerta disimulada. Tras bajar una escalera con la única luz de sus antorchas, recorrieron un túnel subterráneo que, por los cálculos que hizo River, debía llevar casi hasta la muralla sudeste de la ciudad. Luego volvieron a subir unas escaleras y, tras otra puerta, encontraron un amplio recibidor con varias puertas.

—Gracias, Druon —dijo Eyrien–. Permaneceremos dos o tres días en la ciudad, así que ten dispuesta gente que pueda traernos información. ¿Hay alguien más alojado aquí?

—No señora, sólo ustedes —dijo solícito el posadero—. ¿Sois... la dama Tirenia?

—No, soy Erynie —dijo Eyrien descubriéndose al fin.

—Ah, un honor teneros como huésped, mi dama —dijo Druon entrecruzando los dedos en un raro gesto de plegaria—. Se hará como decís, no tenéis más que ordenar lo que necesitéis. En seguida haré llamar al mago libre que se encuentra más cerca. —Luego se giró hacia River y Killian y, mirándolos a ellos con gesto bonachón, dijo—: En mi humilde posada gozaréis de buenas comidas y buenas conversaciones, pues no hay lugar para las malas compañías. ¿Me equivoco al pensar que este joven es hijo de la Casa de los Tres Elfos?

—Pues no te equivocas Druon, es el hijo de Lander —reconoció Eyrien—. Y también tienes el honor de hospedar al heredero de Arsilon.

Druon abrió mucho los ojos e hizo una nueva y respetuosa inclinación de cabeza.

—Es un verdadero honor hospedar en mi casa a dos futuros caudillos de la Alianza.

—Eres muy amable —dijo Eyrien—. En caso de que nos vayamos sin avisar te dejaremos aquí una bolsa de oro.

—Ya sabéis que no es necesario, mi dama —dijo el posadero.

—Insisto —dijo Eyrien en tono terminante.

Druon asintió agradecido con la cabeza y, tras despedirse cortésmente, se fue por donde había venido, dejando las llaves en una mesilla junto a la puerta. Eyrien se giró hacia ellos y sonrió.

—Bienvenidos a la Gevinen clandestina —dijo.

—¿Por qué te ha preguntado si eras Tirenia? —le dijo River con el ceño fruncido.

—Porque ella viene también por aquí a veces —dijo Eyrien con un claro tono de no querer seguir hablando del tema—. Acomodaos y cambiaos de ropa. Luego iremos a la taberna a cenar y podréis relajaros un rato. Como ha dicho Druon, la gente de aquí es de confianza, así que podéis beber hasta hartaros —dijo creyendo conocer las costumbres de los jóvenes barones humanos.

Ella entró en su propio dormitorio, sin mirar a River de nuevo ni una sola vez, quizás para no tener que admitir que se había dado cuenta del aspecto molesto y desconfiado del mago. Una vez más la elfa había rodeado una pregunta directa con grosera impunidad. Y River, que se daba cuenta de que había muchas más preguntas que respuestas, empezaba a sentirse ya molesto de verdad. Allí era Eyrien solamente la que decidía lo que ellos debían saber, pero River ya no estaba dispuesto a seguir acatando aquella norma impuesta.

Después de husmear un poco en todas las habitaciones, River y Killian se quedaron juntos en una grande y espaciosa que tenía dos lechos y una ventana de cortinas opacas que daba, como había adivinado River, al extremo sudeste de la ciudad de Gevinen. Que ya no estaban en la posada era un hecho claro, y mientras River desempacaba sus cosas para cambiarse de ropa y refrescarse en la jofaina de agua que tenía junto al lecho, se preguntó si el posadero sería un geviniano renegado o un aldeano libre infiltrado. Killian se había tumbado un rato en la cama a descansar y miraba al techo de vigas de madera pulida.

—¿Por qué tengo cada vez más la sensación de que Eyrien nos oculta cosas? —preguntó mientras River se quitaba las botas y las lanzaba a un lado de la habitación.

El mago se lo quedó mirando un momento, contento de que ambos se hubieran dado cuenta y no fuesen sólo imaginaciones suyas.

—Porque una de dos: o cada vez nos oculta más cosas, o cada vez se molesta menos en ocultar lo que no quiere que sepamos —contestó—. Me gusta Eyrien, pero debería ser un poco más clara. Así no podremos confiar nunca en ella.

Luego se levantó, se quitó la camisa y fue a lavarse la cara antes de ponerse ropa limpia.

—Es que yo creo que *no* quiere que confiemos más en ella —dijo Killian—. Parece como una prueba de lealtad, o de paciencia. Me pregunto si con mi tío también fue así de reservada; ahora parecen llevarse estupendamente.

—Pues no lo sé —dijo River sentándose en el borde de su cama para ponerse otras botas—. Pero yo no estoy dispuesto a seguir siendo la sombra ignorante de Eyrien. Si no fuera porque es quien es, diría que es una jovencita mimada y demasiado acostumbrada a salirse con la suya.

En aquel momento sonaron unos suaves golpes en la puerta.

—La jovencita mimada se ha cansado de esperaros aquí fuera, así que irá adelantándose hacia la taberna —resonó la voz de Eyrien en el exterior—. Os dejaré la antorcha, pues yo no la necesito. Y coged las llaves antes de salir.

Poco después se oyó la puerta principal al cerrarse y luego sólo más silencio. Cuando tuvieron claro que Eyrien no iba a chamuscarles los dedos como castigo, se relajaron un poco y River se llevó turbado una mano a la nuca.

—Desde luego, tus dotes de conquistador son insuperables, River —le dijo Killian con sorna—. Tú sigue así y conseguirás que Eyrien nos eche a los guls en cuanto lleguemos a Sentrist.

River ni siquiera respondió, estaba demasiado ocupado en dedicarse unos cuantos improperios a sí mismo y decidiendo de qué manera podría mirar de nuevo a Eyrien a la cara sin enrojecer o sin sentirse un crío maleducado. Mientras esperaba sentado en el borde de la cama a que Killian se cambiara de ropa, acabó decidiendo que él sólo había dicho lo que pensaba y que, si a Eyrien no le gustaba, podía sincerarse un poco con ellos. Así que, para cuando abandonaban la habitación y enfilaban de nuevo el largo pasillo, River ya estaba del todo convencido de que no tenía nada que reprocharse a sí mismo.

Cuando llegaron a la taberna y no vieron a Eyrien se dirigieron al salón principal a preguntar al tabernero. La sala estaba ahora más concurrida y el ruido era atronador, pues a aquellas horas de la noche ya se habían juntado los clientes que habían ido a cenar con los que habían ido a tomar un par de cervezas tras la comida nocturna. Les costó un rato localizar al posadero, que iba de aquí para allá con jarras llenas y vacías en las manos, sorteando las mesas y las sillas que se acumulaban por doquier. Cuando al fin consiguieron llamar su atención, el hombre dejó rápidamente lo que estaba haciendo y se acercó a ellos limpiándose las manos.

—Buenas noches tengan, señores —dijo inclinando la cabeza—. Espero que el alojamiento sea de su agrado.

—Lo es —dijo Killian amablemente.

—¿Sabes dónde está nuestra acompañante? —le preguntó River.

—Sí, está allá, hablando con un conocido —dijo el posadero señalando hacia un ala del salón algo más despejada de gente, y en la cual la figura ilusionada de Eyrien se sentaba a la mesa con un Alto humano de edad avanzada—. Pero me ha ordenado que les reserve a ustedes una buena mesa y les sirva la cena. Se unirá a ustedes después.

—Bien, gracias —dijo River, que se sentía de nuevo excluido, pero prefería no importunar a Eyrien después de haberla llamado jovencita mimada.

Siguieron al posadero hasta una mesa que, aunque cercana a la de Eyrien, estaba lo suficientemente separada de ésta por otros clientes como para no poder atender a su conversación con el desconocido. Comieron sopa, verduras, jugoso lechón asado acompañado de dátiles y frutas marinadas, todo ello acompañado de un buen vino que casi se les subió a la cabeza. Luego se arrellanaron en sus sillas con satisfacción, y ya no les importó mucho lo que fuera que Eyrien estuviera decidiendo sin hacerles partícipes a ellos.

Al cabo de un rato la elfa y su acompañante abandonaron su mesa y, mientras el desconocido se dirigía a la puerta de salida con discreción, Eyrien se acercó a ellos envuelta en un liviano vestido oscuro e ignorando las miradas que se alzaban a su paso entre las diversas mesas. Cuando llegó junto a ellos se sentó, taladrando a River con la mirada por sus últimas palabras.

—Espero que os halla agradado la cena. Druon peca de ofrecer a un solo comensal comida para todo un regimiento —dijo.

—¿Quién era ese Alto humano con el que hablabas? —le preguntó River intentando que su voz no sonara acusadora.

—Un informador —dijo Eyrien con naturalidad—. Es bueno saber las cosas que suceden en la ciudad en que uno se alberga. También ha venido a informarme sobre los movimientos de los guardias de la puerta, por si habían cambiado de opinión respecto a nosotros. No podemos permitir que ninguno de los nuestros se meta en esta ratonera sin saber si el gato lo está vigilando. Y menos si la que entra en la ratonera soy yo.

Luego la elfa les explicó cómo estaban las cosas en la ciudad, los agravios que sufría el pueblo, el clima de inminente subversión por parte del populacho desfavorecido, y varias cosas más de las que acontecían en una ciudad como aquella. Estuvieron charlando alrededor de una hora, hasta que algo captó la atención de Eyrien.

—Disculpadme —dijo alzándose y yendo al encuentro de un Alto humano más joven que acababa de entrar en la taberna.

Intercambiaron algunas palabras y luego el joven se fue, mientras Eyrien volvía junto a ellos. Sin hacer ningún comentario volvió a sentarse, ignorando la ácida observación de River sobre que parecía tener muchos conocidos en la ciudad. Volvió a charlar con Killian un rato sobre la política de las ciudades neutrales y poco después se excusó para volver a su habitación.

—Vosotros podéis quedaros si queréis —dijo poniéndose de nuevo en pie con aquella gracia tan poco propia de los humanos comunes a los que intentaba imitar—.

Mientras os mantengáis serenos y no habléis más de la cuenta, no tengo inconveniente en que disfrutéis de la estancia en la ciudad.

—Bien —dijo River en tono seco—. Pero yo voy a acostarme ya. También estoy cansado.

—Como quieras —dijo Eyrien.

—Yo me quedaré un rato aquí —dijo Killian, que estaba tan repantigado en la silla que parecía que iba a caerse hasta el suelo.

—Buenas noches entonces —dijo Eyrien sonriendo al príncipe, y se fue con River pisándole los talones.

Enfilaron el camino hasta la casa oculta sin hablar, en un silencio tenso y cargado de reproches. Era como si el aire vibrara a su alrededor ante la inminencia de una tormenta. Cuando abandonaron el túnel subterráneo Eyrien miró a River, cuyas facciones estaban apretadas en un rictus severo.

—¿Te sucede algo, mago? —le preguntó finalmente, rompiendo el silencio—. Pareces tenso.

—No me sucede nada —dijo River con una calma que estaba lejos de sentir, furioso como estaba con los juegos ocultos de la elfa—. Es sólo que tengo ganas de acostarme para ver si puedo consultar con la almohada lo que no puedo consultar con seres algo más racionales. Buenas noches —finalizó en un tono educado que no admitía reproche.

Se fue a su habitación. Sólo cuando cerró la puerta tras de sí y se apoyó en ella, se dejó invadir por los sentimientos que le había provocado la última mirada de Eyrien, que más que enfado había expresado solamente dolida decepción. Consideraba que la elfa tenía que aprender a no tratar como títeres a sus compañeros y amigos, pero había tenido que mantenerse firme y huir antes de acabar cayendo de rodillas y confesándole a Eyrien que podía doblegarlo y manipularlo cuanto quisiera, a cambio de que no dejara de alumbrarlo con sus hermosos ojos élficos.

Pero la duda y el arrepentimiento le duraron poco. Al cabo de un rato oyó el suave ruido de la puerta principal al cerrase, lo que indicaba que la elfa había vuelto a salir furtivamente de la casa.

River esperó un rato antes de seguir a Eyrien. Mientras tomaba de nuevo el camino por el oscuro corredor, se repitió a sí mismo que aquello lo hacía para cumplir la promesa que le había hecho a Eriesh de cuidar de los pasos de su dama. Pero no podía engañarse del todo a sí mismo, porque otra parte de su mente insistía en hacerle ver que aquello lo hacía para descubrir de una vez por todas qué se traía entre manos, y que no había nada de malo en ello porque él no sólo tenía que cuidar de sí mismo sino también del futuro rey de Arsilon. Cuando llegó a la taberna tuvo buen cuidado de no ponerse a la vista de Eyrien ni de Killian, pero a la elfa no se la veía por ninguna parte y el príncipe estaba enfrascado en una partida de cartas con el mozo del tabernero. River buscó a Druon y lo llevó a un rincón solitario.

—¿Hay algún problema, señor? —le preguntó el tabernero preocupado.

—Necesito saber a dónde ha ido la dama Erynie —le dijo River en un tono que esperó que sonara suficientemente autoritario.

El posadero titubeó, restregándose las manos con aspecto angustiado. River comprendió que estaba poniendo al pobre hombre entre la espada y la pared.

—¿Sabes quién es Eriesh de Greisan? —le preguntó.

—Por supuesto —dijo el tabernero con respeto —, el señor ha acompañado a la dama Erynie muchas veces en su estancia aquí.

—Pues ese elfo me pidió como un favor personal que cuidara de su compañera, porque ha sido descubierto un íncubo por las cercanías —dijo River, viendo satisfecho como el Bajo humano abría unos ojos como platos—. Así que dime dónde ha ido, pero mantenme el secreto.

El posadero decidió decirle a River que debía dirigirse a los establecimientos de la zona sur de la ciudad, aunque no fue más explícito porque tampoco él quería meterse en líos con la inmortal. Así que River se encaminó hacia la parte baja de la ciudad y descubrió atónito que los establecimientos a los que se había referido el posadero eran en su mayoría burdeles y centros de ocio de dudosas actividades. Por la calle había poca gente, porque la mayoría de los transeúntes estaba ya dentro de alguno de los llamativos negocios, pero los pocos que iban aún de un lado a otro eran soldados borrachos o rústicos aldeanos que aún no se habían decidido por una mercancía en concreto o no tenían dinero para pagar. Preguntándose qué habría ido a hacer Eyrien a un lugar como aquél, River se ajustó bien la capucha de la capa para que le ocultase el rostro lo más posible y empezó a recorrer las sinuosas calles en su busca.

Intentó preguntar un par de veces si alguien había visto a una joven muy hermosa y de cabellos oscuros, pero sus interlocutores eran borrachos que le decían que si finalmente la encontraba, los avisara a ellos también, o comerciantes que intentaban convencerlo de que el tipo de chica que buscaba lo encontraría en sus locales. Transitó entre las calles sinuosas y llenas de sonidos grotescos hasta que se adentró en las vías más sucias y donde se encontraban los negocios que, por sus precios y su falta de higiene, estaban dedicados a los clientes más pobres. Al torcer una esquina River casi gritó de la sorpresa. Eyrien se materializó al otro lado de la calle como si hubiese surgido de la nada. Por supuesto, había sido un tonto; a River no se le había ocurrido que la elfa optaría por circular en aquellas calles en su forma sombría. Pero ahora se había hecho visible, con el mismo vestido fino y oscuro que había llevado durante la cena, a la vista de un grupo de tres hombres borrachos y bastante grandes que, aun con la cogorza que llevaban, repararon en ella como si hubiesen sido buitres atraídos por el olor a sangre. Se arreglaron las ropas cuanto pudieron, lo que le pareció a River un sinsentido porque también se estaban separando para impedir a la supuesta muchacha escapar de ellos.

—¿Buscas compañía, hermosura? —dijo el más grande de todos, un hombre barbudo que para ser un Bajo humano casi superaba en estatura a River.

—Pues de hecho te buscaba a ti —dijo Eyrien, y añadió sin ambigüedades—: Pero sólo a ti.

River tuvo un presentimiento que le puso la piel de gallina mientras seguía observando cómo el Bajo humano ahuyentaba a los que hasta aquel momento habían sido sus compañeros de jarana. River pensó que realmente la imbecilidad masculina era grande si aquel hombretón no era capaz de ver el peligro oculto en una muchacha que, habiendo salido de la nada y pareciendo la encarnación de una diosa, reparaba con tanto interés en él. Eyrien echó a andar hacia las calles más periféricas dirigiendo una última mirada al hombre, que la siguió dando traspiés como si estuviera hipnotizado. También River los siguió manteniéndose oculto, incapaz de decidir si quería ver o no lo que estaba casi seguro que iba a suceder cuando la elfa considerara que había llegado a un lugar lo suficientemente apartado y solitario.

Al cabo de un breve trayecto en el que el Bajo humano intentaba alcanzar a su inesperada captura sin conseguirlo, Eyrien se detuvo y se giró. El hombre estaba ya cegado por el convencimiento de que iba a conseguir lo que quería sin tener que forzar a la muchacha, pero acabó por detenerse y avanzar más lentamente. Incluso embotado por el alcohol como estaba, su instinto le advertía del peligro que encerraba la situación.

—¿Te parece éste un buen lugar? —dijo el hombre con la lengua pastosa.

River se encogió contra la pared junto a la que se ocultaba cuando oyó la seca respuesta de Eyrien, cuya voz volvía a sonar tan extraña y reverberante como lo era en realidad.

—Depende —dijo—. ¿Te parece éste un buen lugar para morir?

El hombre tardó un momento en asimilar las palabras de la muchacha. Frunció el ceño y cerró los puños con ira al descubrir que la promesa del placer se había diluido entre sus manos.

—Te voy a cerrar esa boca de un puñetazo antes de saciarme contigo y de que me supliques que pare a gritos —dijo el labriego con una voz que a cualquier otra la hubiera hecho huir con pánico.

Eyrien se mantuvo impertérrita, quieta como una estatua de alabastro y tranquila como un mar en calma.

—Rezumas maldad, estúpido —le dijo—. ¿Acaso crees de veras que alguna chica va a querer acercarse a ti por propia voluntad? Las únicas que lo han hecho son las siete muchachas a las que has violado y asesinado con absoluta frialdad.

—Y tú qué eres, ¿la hermanita vengativa de alguna de esas mocosas que se pudren en algún rincón de la ciudad que ya no recuerdo? —dijo el hombre soltando una carcajada, empecinado en no ver que el hálito de la muerte lo sobrevolaba sin posibilidad de escapatoria.

—No —dijo Eyrien con claridad—. Soy una Cazadora y estoy aquí para evitar que cometas tu próximo asesinato; para que tu propia sobrina pueda vivir los años que le quedan y no acabe torturada y muerta como las demás. Puedes intentar defenderte con esa daga que tratas de mantener oculta a mis ojos. No puedes ocultarme nada, Bajo humano. Aunque seré justa contigo y lucharé con tus mismas armas.

Eyrien no se movió cuando el hombretón se lanzó contra ella enarbolando un machete sucio y rugiendo como un toro furioso. Sólo cuando lo tuvo casi encima se movió unos centímetros para evitar la hoja del cuchillo. Giró sobre sí misma, sacó una fina daga y se la clavó en el corazón con perfecta precisión. El hombre inhaló aire abruptamente, con más sorpresa que dolor o certeza de que estaba muriendo, y cuando finalmente se derrumbó ya estaba muerto. Había sido así de fácil. Así de fácil, rápido y limpio.

River observó sintiéndose inmerso en una pesadilla cómo Eyrien sacaba un sobre de entre sus ropas y lo dejaba caer sin ninguna ceremonia sobre el cuerpo muerto de aquel asesino. No dudaba que el hombre merecía morir, y que había tenido una muerte más rápida y compasiva de la que realmente merecía, pero las imágenes de lo que acababa de ver se repetían en su mente con angustia. Así que ése era el secreto de Eyrien. Era una Cazadora, como Tirenia, que se dedicaba a matar humanos como un verdugo justiciero. River apreciaba la labor de los Cazadores, pero siempre los había considerado algo muy lejano y ajeno. Descubrir que Eyrien, la delicada Hija de Siarta, era una de ellas, le provocaba un torrente de sentimientos confusos que era incapaz de analizar. Se quedó pegado a la pared mientras observaba a Eyrien, que permanecía de pie en el callejón como si esperara algo, ignorando por completo el cuerpo del hombre al que acababa de matar.

Al cabo de lo que a River le parecieron horas eternas, un rayo cruzó el cielo como un latigazo de luz. Eyrien alzó la mirada y se iluminó brevemente con su luz dorada, como si estuviera respondiendo a alguna señal. Entonces también River miró al cielo, y se dio cuenta de que ninguna nube cubría la bóveda estrellada que se cernía sobre ellos. Al ver caer otro rayo en el suelo, muy cerca de Eyrien, River comprendió lo que estaba sucediendo. Como esperaba, vio transformarse el haz luminoso en un elfo delgado, de aspecto enérgico y de cabellos anaranjados. Era un Elfo Ígneo, capaz de convertirse en energía ignífuga pura.

—Dama Eyrien —dijo inclinándose mientras sus cabellos anaranjados revoloteaban aún a su alrededor cargados de electricidad.

—Buenas noches, Freyo —dijo Eyrien—. ¿Podrías ir a Siarta e informar a Tirenia y a los Sabios de que la profecía que se hilaba alrededor de este hombre ya ha sido neutralizada?

—Por supuesto —dijo el elfo inclinando de nuevo la cabeza, aunque luego se quedó mirando a Eyrien con aspecto preocupado—. ¿Estáis bien, mi dama? Parecéis un poco angustiada. ¿Ha habido algún problema con el objetivo?

—No, no. Estos asesinos nunca se arrepienten de sus actos ni ven llegar la muerte cuando la tienen delante —dijo Eyrien mirando el cadáver sin rastro de emoción—. Es fácil acabar con su vida. ¿Pero cómo voy a neutralizar una profecía cuyos objetivos son dos jóvenes inocentes que no sólo no han hecho mal a nadie, sino que además me han confiado su vida y han salvado la mía? —dijo la elfa más para sí misma que para el Elfo Ígneo que tenía delante.

River se sintió palidecer y resbaló hasta el suelo, sintiendo que las fuerzas lo abandonaban. Con dolorosa certeza, supo que los objetivos de los que hablaba Eyrien eran él y el bueno de Killian. Ya ni siquiera se fijó en que Eyrien y el Hijo del Fuego se alejaban por el callejón que se abría frente a ellos, ni reparó en que se había quedado sólo con el cuerpo muerto del asesino. Se quedó varias horas allí sentado, intentando comprender qué era lo que había sucedido aquella noche y dejando que se filtrara en su mente la idea aterradora de que estaba condenado a morir como aquel desgraciado. Y multitud de preguntas, cada una más surrealista e incontestable que la anterior, se iban formulando en su mente colapsada. Parecía que la insensible crueldad de la elfa podía llegar a extremos insospechados, si podía primero considerarlos sus amigos y matarlos después con tanta frialdad como había hecho con aquel geviniano. Pero lo que más angustia le provocaba a River en aquel momento era la ignorancia que tenía sobre el motivo por el cuál tanto él como Killian eran considerados un peligro. Ninguno de los dos eran violadores ni asesinos, desde luego, y ninguno de los dos era un enemigo de los pueblos feéricos.

Mientras se acercaba a la taberna con las primeras luces del amanecer, sintiendo que avanzaba a través de una nebulosa como las que tanto admiraba Eyrien, sólo le cupo una aterradora y angustiosa explicación posible. Que quedarían abandonados, si no directamente condenados, por los aliados más poderosos y letales de cuya ayuda habían gozado tanto tiempo. Que el pueblo humano iba a pagar al fin por el constante dolor y desgaste que provocaba impunemente a la tierra y a los elfos. Que finalmente había sucedido aquello que todos los Reinos Humanos temían: que los feéricos, definitivamente, se habían vuelto contra todos ellos.

Cuando finalmente River hizo acopio de valor para entrar en la taberna, ya se había hecho de día. No le sorprendió ver que Eyrien y Killian estaban sentados a una mesa desayunando. La Dama de Siarta se había cambiado de ropa y charlaba amistosamente con Killian, lo que hizo que a River se le encogiera el corazón. Parecía tan dulce en su aspecto de humana, sonriendo mientras Killian le explicaba a saber qué ocurrencia sin temer por su seguridad...

Al verlo junto a la entrada, Druon, el posadero, se apresuró a acercarse a él, limpiándose las manos en su delantal.

—Señor, me habéis hecho pasar un mal rato —dijo angustiado—. Tanto el príncipe como la dama se han mostrado muy asustados al ver que no estabais en vuestra habitación al despertar, y han venido corriendo a ver si yo sabía algo. Les he dicho que os habíais levantado muy temprano y habíais salido a pasear, señor —dijo el posadero, incómodo ante sus propias mentiras.

—Has hecho bien, posadero —dijo River.

Eyrien reparó en su presencia y alzó la mano para pedirle que se acercara, con el alivio impreso en el rostro. También Killian se giró y movió su silla para que River pudiera acomodarse junto a él. Cuando se sentó a la mesa, River se descubrió incapaz de apartar su mirada del rostro de Eyrien, sintiéndose cada vez más traicionado y triste. ¿Por qué tristeza? se preguntó mientras ella le devolvía una mirada de extrañeza.

—¿Dónde has estado, bribón? —le preguntó Killian dándole una palmada en la espalda—. Casi me muero del susto. Y a Eyrien también la has preocupado, River —dijo, como si aquello fuera lo más grave e imperdonable de cuanto había hecho nunca.

Ella, ignorando que su otra identidad había sido bruscamente descubierta, se sintió extrañada ante la mirada dura que le dirigió el mago. Se preguntaba qué cambio se había producido en los pensamientos del Alto humano. Se sintió inquieta ante la posibilidad de que sus temores se convirtiesen en realidad y River se estuviera dejando seducir por el poder de la oscuridad.

—¿Te pasa algo, River? —le preguntó.

—¿Debería? —le respondió él, mirándola fijamente con sus ojos verde intenso.

—¡River! —exclamó Killian.

No siguieron hablando porque el mismo Alto humano con el que Eyrien había estado conversando el día anterior había entrado en el comedor y se dirigía hacia ellos con premura.

—Mi dama Erynie, caballeros —dijo saludando—, me temo que deberéis apresurar vuestra partida de la ciudad.

—¿Por qué, alguien nos ha reconocido? —dijo Killian alerta—. La muchacha...

—No, no —dijo el mago—. Pero van a identificar a todos los Altos humanos de la ciudad.

—¿Por qué? —preguntó River con sequedad.

—Porque... —dijo el mago, mirando a Eyrien—. Porque ha sucedido algún incidente esta noche que les ha hecho desconfiar de nosotros. Además, de aquí a dos noches hay eclipse de Luna.

—Bien, gracias —dijo Eyrien atajando la conversación—. Nos iremos inmediatamente.

Se levantaron y se dirigieron a la casa oculta con rapidez, seguidos por el atribulado posadero y el mago. Tras empacar sus cosas fueron a otra de las habitaciones de la casa, donde una escalera estrecha llevaba a un pequeño desván. Había allí un ventanuco excavado que daba a la muralla, en la zona más inaccesible de ésta. El suelo se hallaba a unos cuatro metros de distancia, y allí crecían los matorrales salvajes con total libertad. Eyrien se asomó a la ventana y llamó quedamente a Elarha, como si no estuviera a más de un metro de distancia, y volvió a girarse hacia sus acompañantes. Sacó de entre sus pertenencias un saquito que tintineaba de oro y se lo entregó al posadero, que ni siquiera se molestó en intentar rechazarlo. Eyrien saltó por la ventana y cayó de pie con la agilidad de un gato, pero River y Killian usaron una cuerda que los gevinianos sujetaron para poder deslizarse hasta el suelo. Una vez estuvieron todos abajo, saludaron con la mano a los que quedaban arriba y empezaron a caminar tras Eyrien.

River y Killian jadeaban para seguir el paso de la elfa por el relieve rocoso. Poco después Killian aminoró el paso, llevándose una mano al costado. Siguieron en silencio hasta que llegaron a la linde del bosquecillo que se extendía a los lados de la vereda que llegaba del sur a Gevinen. Aunque los árboles y arbustos de aquella zona de ambiente cálido y seco eran bastante frondosos, tardaron poco en ver a los caballos que esperaban impacientes algo más allá. Eyrien se abrazó al cuello de Elarha. Mientras acariciaba a Adrastea con cariño, River se fijó en que Eyrien apoyaba la frente en el pelaje grisáceo de Elarha con aspecto contrito. Realmente parecía afligida, pero River tenía demasiado viva en la mente la imagen de Eyrien asesinando al Bajo humano y recordando que él o Killian podían ser los siguientes como para sentir pena por ella. La ternura que le había despertado la elfa, haciéndole descubrir sentimientos que no había sentido nunca hasta aquel momento, se había evaporado como el rocío al sol de la mañana.

En un silencio más hondo de lo habitual, montaron y siguieron camino a través del bosquecillo, oyendo únicamente el canto de los pájaros y el sonido del viento en las hojas; parecía que no los seguían. Killian también estaba en silencio, seguía demasiado sorprendido por la conducta de River, sin poder hallar explicación, y meditaba sobre ello. Como sabía que no podía preguntarle porque la elfa lo oiría con total seguridad, prefirió hacerla hablar a ella.

—Eyrien —dijo adelantando a Jano—, ¿ese posadero geviniano pertenece a los Ejércitos Libres o sólo nos ayuda por el oro?

—Es un ciudadano libre —dijo la elfa con la mente en otra parte—. Ya os dije que también en las Ciudades Neutrales hay quien apoya a la libertad. Y ya visteis que no quería dinero alguno, pero la gente como él arriesga mucho ayudándonos y hay que devolverles el favor.

—¿Les damos un poco de oro y así ya nos sentimos tranquilos? —preguntó River rompiendo su silencio.

—No —dijo Eyrien alzando sus cejas azules en aquel gesto que indicaba que empezaba a molestarse—. Les proporcionamos un seguro de vida. Si finalmente son descubiertos y tienen que huir de sus hogares, tendrán el dinero suficiente como para poder seguir viviendo con tranquilidad en cualquier lugar que les plazca. Además de toda la protección y ayuda que soliciten de nuestra parte, por supuesto.

—Querrás decir *nuestra* ayuda —dijo River—. Porque seremos los arsilonianos los que tengamos que proteger a todos los exiliados cuando llegue el momento de la guerra, convirtiendo a Arsilon en un hormiguero asediado mientras los elfos mantenéis vuestras tierras intactas.

Eyrien le dirigió una mirada que literalmente destelló de ira, haciendo que tanto River como Killian sintieran el calor que desprendía. Sin embargo Eyrien se controló y se obligó a volver a mirar al frente mientras Killian se enfurecía también, incapaz de creer que aquel viaje que había empezado tan amistosamente se estuviera desarrollando ya en aquellos términos.

—¿Se puede saber qué te pasa, River? —le dijo con más incomprensión que enojo—. Pídele disculpas a Eyrien inmediatamente.

River estuvo a punto de replicarle, pero se obligó a recordar que aún no había compartido su funesto descubrimiento con su amigo.

—Tienes razón, Killian —dijo, y se giró a mirar a Eyrien—. Lo siento. Me reprocho a mí mismo el haberte hablado con tanta falta de diplomacia, Hija de Siarta.

Eyrien sólo se giró a mirarlo el tiempo justo de comprobar que su expresión no acompañaba a sus palabras y que estaba utilizando la mentira, tan habitual entre los suyos. No había conseguido averiguar la causa de aquel cambio, pero los pensamientos de River empezaban a rezumar intolerancia hacia la forma en que elfos y humanos se habían tratado desde hacía tantos años. También la incomodaba lo mucho que empezaba a brillar la chispa de ira en los ojos verdes de River, que estaba despertando sus instintivos sentidos heredados de los elfos. Como la adrenalina antes de una batalla, también las capacidades mágicas aumentaban en respuesta al estado del hechicero que las poseía.

—Parece que te hayas levantado con el pie izquierdo hoy —le dijo Killian a River con un reproche cariñoso, intentando apaciguar su incomprensible actitud agresiva.

Eyrien se adelantó un poco a ellos. Creía empezar a ver con dolorosa claridad el camino que llevaba al final de aquella odiosa profecía: su relación con el mago empeoraría hasta que alguno de los dos estallase, Eyrien vería claro el peligro en que, como decían las predicciones astrológicas, se convertiría el hijo de Lander para la estabilidad de los elfos, y se vería obligada a matarlo al fin. Killian no soportaría la realidad de su muerte, se enfrentaría a ella y tendría que matarlo también. Sin embargo, ésos no eran los únicos pensamientos aterradores que atenazaban su mente. ¿Qué pasaría cuando ella cumpliera con su deber, siendo además la culpable de su desencadenamiento? Arsilon sin duda abandonaría la Alianza. Los enanos quizás se replantearían sus relaciones con elfos y humanos, y la fuerza compacta que componían todos ellos contra los Reinos Cáusticos de Maelvania se rompería en mil pedazos. Eyrien no podía entender cómo, pero ella era la responsable y tendría que vivir con su remordimiento eterno mientras vería tambalearse el mundo que la rodeaba bajo la amenaza de la guerra. Tuvo que parpadear repetidamente para evitar que emergieran las lágrimas.

— Eh... Eyrien —oyó que la llamaba Killian con insistencia.

Se giró a mirarlo aún un poco distraída.

—No se si te has dado cuenta —dijo Killian con una sonrisa—, pero tus pupilas son verticales.

Eyrien alzó la mirada al cielo, que se mostraba de aquel color negro un tanto granate que indicaba que acababa de anochecer.

—Llevamos todo el día cabalgando sin parar, y ya no podemos más —dijo el arsiloniano palmeando el cuello de Jano—. ¿Podríamos detenernos ya? Ni siquiera hemos comido y recuerda que nosotros somos humanos; hacemos tres comidas al día y ya nos hemos saltado una.

—Ah, sí claro —dijo Eyrien, encaminando a Elarha a un descampado que se adivinaba un poco más allá—. Me he distraído y no me he dado cuenta.

Se detuvieron momentos después y establecieron el fugaz campamento, tras lo cual Killian se apresuró a preparar la cena para él y para River, ya que Eyrien adujo estar desganada. El mago ayudaba a su amigo en silencio, aunque era evidente que él no había olvidado las tensiones del día tan rápido como su amigo; como Eyrien, había tenido todo el día para pensar. La cena se produjo casi en silencio, hasta que Killian reparó en lo mucho que Eyrien miraba al cielo.

— ¿Por qué parecía un dato importante el hecho de que mañana por la noche haya un eclipse lunar? —le preguntó mientras empezaba a desenrollar su lío de mantas para acostarse.

—Los Elfos de la Noche recibimos nuestra energía de la Luna —dijo, y Killian asintió mientras River se limitaba a mirarla con sus ojos verdes brillando anormalmente en la oscuridad—. Si ella es bloqueada por el Sol se pierde su esencia y nosotros nos debilitamos.

—Ya —dijo Killian dándole la razón a la elfa, porque era incapaz de encontrar un razonamiento lógico a lo que ella estaba explicando—. ¿Y qué sucederá entonces?

—Que mis poderes mágicos se verán diezmados —reconoció Eyrien.

—¿Serás como una Alta humana entonces? —preguntó Killian mientras se estiraba entre sus mantas al otro lado del fuego, casi vencido por el sueño—. Pues vaya. ¿Y quién nos protegerá de los wendigos?

Eyrien se giró para mirar a River, y le pareció descubrir una mirada fría y calculadora fija en ella. Pero al momento sólo era inexpresividad lo que transmitía la mirada del mago, y empezó a pensar que se estaba volviendo paranoica. Killian, algo más allá, ya estaba dormido.

—¿Nos protegerás tú? —le preguntó Eyrien a River intentando recuperar la calidez perdida.

—Lo haré, seguro —dijo River; el verde de sus ojos nunca había parecido tan evidente.

—¿Que te pasa, River? —le preguntó Eyrien con menos diplomacia—. ¿Me lo vas a decir?

—Me temo que no, Eyrien —le dijo—. Tú no eres la única que tienes el derecho a guardarte tus secretos para ti misma. La intimidad no es un bien limitado a los elfos. Cuando decidamos sincerarnos el uno con el otro, entonces hablaremos sin tapujos todos. ¿No te parece más justo?

—Te estás acercando demasiado al fuego y vas a acabar quemándote, mago —dijo la elfa gélidamente—. No sé a qué juegas, pero estoy empezando a cansarme. Así que te lo advierto y ten muy en cuenta mis palabras: no me provoques.

—¿O qué? —le dijo River con más frialdad que ella.

Eyrien no respondió, pero entrecerró sus ojos gatunos de tal manera que a River le provocó un escalofrío. Eyrien se ensombreció y él se tumbó entre sus mantas. Ninguno de los dos durmió.

Al día siguiente, casi inmediatamente después de alzarse bajo los primeros rayos del sol, Killian empezó a tener la certeza de que por la noche, cuando él dormía, los acontecimientos se precipitaban a su alrededor. Mientras desayunaban y recogían sus pertenencias, River y Eyrien ni tan siquiera cruzaron una mirada y la tensión entre ellos era tan obvia que Killian tenía la sensación de que si extendía la mano entre ambos podría llegar a palparla. Mientras montaban de nuevo con una celeridad pasmosa que evidenciaba las ansias generales de acabar por fin aquel viaje, el príncipe meditó sobre la posible causa de aquella repentina tirantez entre ambos hechiceros, cuando parecían haberse llevado tan bien sólo dos días antes. Al fin y al cabo, parecía que iba a ser verdad la creencia común de los Bajos humanos, que pensaban que la magia acababa por afectar al intelecto de los que la manipulaban y que tarde o temprano los Altos humanos acababan por ganarse la antipatía de los elfos. Cerca del mediodía, cuando se detuvieron a hacer una comida frugal, Killian ya había comprendido que no se trataba sólo de que River se hubiera excedido en sus atenciones y que Eyrien le hubiera dado calabazas. Algo más profundo y peligroso se había gestado entre ambos.

Aquella tarde las miradas gélidas y calculadoras que ambos se dirigían cuando creían que el otro no los veía aumentaron en intensidad y amenaza. Killian sabía que nada podría hacer para interponerse entre ellos si iniciaban una pelea, así que se limitó a rezar a los dioses para que pudieran llegar a Sentrist sin que sucediera algo malo. Sin embargo, ya fuera porque estaban demasiado ocupados o porque, tal como decía Eyrien, los dioses simplemente no tenían conciencia, sus súplicas no fueron escuchadas.

12

Quién es el traidor

Con la llegada del anochecer del eclipse, Eyrien empezó a sufrir signos de debilidad, aunque se guardó mucho de traslucirlo. Sabía que su energía se estaba debilitando, pues empezaba a sentirse vacía y desprotegida. La sombra más oscura entre las sombras del cielo que se acercaba a la Luna para amenazarla, también apagaba su magia. Al cabo de un rato, cuando el reborde oscuro del Sol empezó a interponerse frente al astro nocturno, Eyrien detuvo la marcha.

—Acamparemos ya —dijo mientras bajaba del lomo de Elarha—. Hoy necesito dormir.

—Bien, como tú desees —dijo Killian, que intentaba compensar la brusquedad de River con una mayor diplomacia.

Montaron el campamento en aquel silencio sepulcral que se había adueñado permanentemente del grupo. Eyrien casi no apartaba su mirada profunda del cielo, donde la Luna iba desapareciendo poco a poco, consumida por el disco solar. A la luz del fuego, el rostro de la elfa aparecía cansado, algo poco habitual en la infatigable inmortal.

—¿Te encuentras bien, Eyrien? —le preguntó Killian.

—Estoy bien, gracias —dijo Eyrien devolviendo a la tierra su mirada felina—. River, ¿podrías lanzar un escudo protector esta noche? Me sentiré más tranquila.

—Por supuesto —le respondió River, e hizo prestamente lo que le pedía.

—Bien, gracias —dijo Eyrien frunciendo el entrecejo—. Buenas noches.

—Buenas noches, Eyrien —le dijo Killian mientras veía ensombrecerse el cuerpo de la elfa.

Luego dirigió una mirada ceñuda a River, incapaz de entender qué le pasaba a su amigo. Al menos tenía el consuelo de que cuando llegaran a Sentrist y la elfa se ocupara de sus cosas, él podría hablar con el mago y descubrir qué era lo que le inquietaba. Se recostó entre sus mantas y se quedó dormido mirando el lugar donde ahora se ocultaba la Luna.

River se quedó despierto mucho rato más, hasta que oyó la respiración regular de Killian a su lado. Entonces se fijó de nuevo en el lugar donde estaba la forma ensombrecida de la elfa.

—¿Eyrien?—la llamó en un susurro.

Ella no respondió. La elfa no acostumbraba a descansar tan profundamente, sino que tenía una especie de sueño ligero que no cruzaba del todo el límite de la inconsciencia. Pero en aquel momento sí dormía de verdad, necesitada como estaba de descanso debido a la debilidad que la atenazaba aquella noche. En aquel momento no era nada más que una joven como todas las demás, pensó River, tan susceptible a los peligros del mundo como las otras. Luchó contra el sentimiento de protección que le despertaban aquellos pensamientos y se obligó a recordar lo que era la elfa en realidad: un ser muy peligroso cuya intención era asesinarlos por una causa de dudosa justicia.

Se levantó y, tan silenciosamente como pudo, se acercó al otro lado del débil resplandor que producían las ascuas del fuego. Cuando pensó que estaba cerca del cuerpo de Eyrien alargó lentamente una mano, intentando hallar a la elfa. Pronto sus dedos encontraron unos cabellos suaves y sedosos que se extendían sobre las mantas. River no pudo evitar un estremecimiento al acariciar los cabellos de Eyrien. Pero ahora que sabía dónde estaba, lanzó sobre ella el conjuro para el que se había estado preparando todo el día.

—Duérmela —le indicó a la magia en lengua feérica, concentrando todas sus capacidades mágicas en la forma oscura que tenía delante.

Incluso débil y dormida como estaba, River sintió que la mente de Eyrien luchaba instintivamente contra la profunda inconsciencia que él intentaba imponerle. Finalmente se rindió al sopor mágico, y River suspiró aliviado cuando supo que Eyrien ya no despertaría aquella noche. Sin duda al día siguiente, cuando hubiese recuperado sus fuerzas y su mente intentara despertar, rompería el conjuro como si fuera un fino cristal, pero de momento River tenía vía libre para hacer lo que se había propuesto. Volvió hacia sus alforjas y sacó de ellas un largo pañuelo y sus esposas feéricas, que habían sido una herencia recibida de su padre. Aquellas esposas feéricas que Eyrien misma le había regalado a su padre como un presente de bodas. River luchó por dejar de lado aquel pensamiento y centrarse en el uso de las esposas. Eran muy útiles porque eran irrompibles aun por la magia, y los grilletes no se abrían más que por orden del mago que las utilizaba. Sus cadenas podían alargarse o acortarse cuanto uno quisiese, y abrirse por cualquier eslabón para después volver a unirse de nuevo. Con el pañuelo y las esposas en las manos, River volvió junto a Eyrien. Lo primero que hizo fue amordazar a la elfa para impedirle usar la magia, que era su arma más peligrosa, y tanteando le unió las manos a la espalda para ponerle las esposas. Luego se sentó frente a la figura sombría y la observó.

«Ya está», pensó respirando hondo. Acababa de convertir a Eyrien de Siarta en una prisionera y una enemiga declarada. Mientras miraba a la elfa sin verla, le pasó por la mente la idea de volverse atrás, de desatarla de nuevo y hacer como si nada hubiese sucedido. Pero ¿y qué?, pensó luego. ¿Dejar entonces que fuera ella la que los matara con quién sabía qué finalidad? Miró a Killian, que dormía tranquilo y relajado entre sus mantas, y se lo imaginó muriendo igual que lo había hecho el geviniano, y a la elfa diciendo luego con tranquilidad: «es una pena, éste me caía bien; igual que el mago...». No, no podía permitir que eso sucediese. Al menos no sin saber primero cuál era la causa de aquel castigo. Si se comprobaba que los elfos seguían siendo leales a los humanos y que seguirían protegiéndolos y respetándolos, entonces River mismo liberaría a Eyrien y dejaría que lo matara sin oponer resistencia por su terrible osadía. Pero hasta entonces cumpliría su misión de mantener al heredero del trono de los Reinos Libres sano y salvo. Suspiró para relajarse y consiguió poner fin a todo pensamiento angustioso. Volvió a sus mantas, sabiendo que el día siguiente sería duro y peligroso; descubriría si había sido suficientemente escrupuloso con el amordazamiento de la elfa. Si no lo había sido, moriría sin remedio.

Al amanecer River se despertó bruscamente. Eyrien estaba intentando despertar y se había encontrado con que un conjuro se interponía entre ella y la conciencia. Se removió bruscamente e hizo añicos el hechizo con la fuerza de su mente mientras River se incorporaba. Alertado por los súbitos movimientos que se producían a su alrededor, Killian se incorporó también de golpe, completamente despierto. Buscaba a su alrededor el peligro mientras tanteaba con la mano derecha en busca de la espada. No encontró nada raro al principio, sólo a River y a Eyrien que volvían a mirarse con expresión de odio y a los caballos que relinchaban nerviosos. Pero en cuanto su cerebro acabó de asimilar la fugaz imagen que había recibido de la elfa, se puso blanco y sintió que la cabeza le daba vueltas. Killian miró a Eyrien con profundo horror, preguntándose por qué la dama de los elfos había amanecido amordazada con uno de los pañuelos de River y encadenada con sus esposas feéricas.

—¿Te has vuelto loco? —le gritó al mago mientras hacía ademán de levantarse para liberarla.

—Espera —le dijo River reteniéndolo del brazo con fuerza—. Espera, Killian.

El príncipe se quedó sentado donde estaba, demasiado perplejo como para comprender lo que estaba sucediendo. Miró a River, que estaba sereno, y luego miró a Eyrien, y se quedó asombrado al descubrir que ella no parecía sorprendida sino más bien resignada. Miraba a River mientras se palpaba las esposas como si reconociese algo en ellas.

—Esto es una pesadilla... No puede ser otra cosa —consiguió decir Killian finalmente—. ¿Qué está pasando aquí?

—Que ha llegado el momento de forzar un poco la sinceridad entre nosotros —dijo River—. A ver qué te parece, Eyrien. ¿Te parece éste un buen lugar para sincerarte?

—Debería haberlo sabido —dijo telepáticamente Eyrien comprendiendo al fin, provocando que Killian diera un respingo—. Me seguiste.

—¿Qué...? —dijo el príncipe arsiloniano sin entenderles.

—Eyrien no es lo que parece, Killian —dijo River con una sonrisa amarga.

—No te entiendo —dijo Killian—. ¿No es la Hija de Siarta? ¿Es una impostora?

—No, Killian. Sí es la Hija de Siarta. Pero también es una Cazadora —dijo River—. La vi asesinar a un hombre en Gevinen cumpliendo aquel misterioso encargo de Tirenia.

El príncipe abrió mucho los ojos y miró a Eyrien, pero ella no se defendió de la acusación.

—No puede ser... —dijo Killian, aunque luego sacudió la cabeza—. Pero seguro que ese hombre se lo merecía. ¡Y ésa no es excusa para hacerle esto a la Hija de Siarta!

—Ésa no, pero que tú y yo seamos sus próximas víctimas sí —dijo River, y se giró hacia Eyrien—. Te oí decírselo al Elfo Ígneo.

—Así que me estuviste espiando —resonó la voz de Eyrien en su cabeza.

—Te dije que si no me explicabas tú las cosas, las averiguaría por mí mismo —le respondió River—. Y parece que he hecho bien.

—No es cierto —dijo Killian, negando incrédulo con la cabeza—. Di que no es verdad, Eyrien.

—Sí, lo es —dijo la elfa—. Es verdad. Olvidas que no puedo mentir, Killian.

Killian reaccionó igual que si le hubiesen dado un puñetazo. A Eyrien le pareció lo mejor. No era el despecho lo que iba a provocar la subversión del mago, sino el descubrimiento de que iba a ser asesinado por un Elfo. Eyrien se sentía como un simple instrumento del destino, porque parecía que fuese de la forma que fuese, éste la había escogido como desencadenante de aquella profecía. Ella misma había provocado el odio del mago hacia su especie, y ella misma tendría que aplacarlo con su muerte. Ahora ya no le quedaba más remedio, si encontraba la oportunidad tendría que acabar con la vida de aquellos dos jóvenes que juntos podían movilizar a todos los humanos contra los elfos. Pero quizás, pensaba también Eyrien, ahora que se habían cambiado las tornas, si ellos la mataban quizás se contentaran con eso. Quizás las cosas volverían a encauzarse para todos los demás sacrificando sólo su vida. Por eso prefería que River y Killian supieran a lo que se enfrentaban realmente. Así que cuando River le preguntó si eran los protagonistas de aquellas profecías que formulaban los Sabios de Siarta, dijo la verdad.

—Sí —dijo sin rodeos—. Y ahora ya no hay vuelta atrás. Yo tengo que impedir que se cumpla.

Hubo un momento de silencio. El príncipe de Arsilon se había quedado bloqueado, mirándola con expresión de sentirse traicionado. A Eyrien le supo mal, había llegado a caerle bien el Bajo humano.

—Pero ¿por qué, Eyrien? —le preguntó River mirándola fijamente, y ella sintió pena al ver el primer rastro de emoción contenida en los ojos del mago—. ¿Por qué nosotros?

«Porque yo lo he provocado», pensó Eyrien con angustia. «Porque yo me he interpuesto en vuestro camino y he marcado el fin de vuestras vidas, o de la mía». Pero no dijo nada.

—¿Qué vamos a hacer? —dijo Killian mirando a River. Luego la miró a ella, intentando reencontrar bajo aquella máscara gélida a la elfa que había llegado a considerar una amiga—. Eyrien, ¿tú nos matarías, así sin más?

—Hazte a la idea, humano. Si cometéis el más mínimo error y me dais la oportunidad, os mataré a ambos. Tengo una misión que cumplir, y ya no puedo permitirme más demoras.

River se alzó y llamó a Killian para hablar con él. Eyrien estuvo a punto de decirles que seguía oyéndolos a aquella distancia, pero finalmente se calló.

—No podemos soltarla, pero tampoco podemos matarla. Sigue siendo la dama élfica de Siarta. Y yo... —decía River, mostrando al fin la duda y la culpa que lo consumían por dentro.

—¿Y qué profecía es ésa que dice que tú y yo somos un peligro para nadie? —dijo Killian incrédulo—. Me estoy asustando, River. Yo no soy un traidor, y tú tampoco. Incluso empiezo a pensar que los traidores son los elfos.

—Eyrien tiene razón, al fin y al cabo —dijo River con amarga ironía—. Ya no hay vuelta atrás. La llevaremos a Sentrist, Eriesh y Freyn no tardaran en llegar y también está Suinen en representación de los humanos. Lo someteremos a su juicio. Si los elfos siguen siendo fieles y somos nosotros los traidores, moriré. Pero moriré con dignidad, y sabiendo la causa de mi condena.

—De todas formas ya nos hemos condenado bastante habiéndole hecho eso a la Hija de Siarta —suspiró Killian—, aunque no nos quedara más remedio. Pero sigo sin entender por qué no nos ha matado antes entonces. Creo que no me gustan ya las profecías de los elfos. ¿Si ellos mismos las provocan, cómo vamos a salvarnos nadie de sus consecuencias?

—No me pidas que entienda a un elfo —dijo River con despecho —. Pero yo no era un traidor hasta que me han obligado ellos a serlo.

Eyrien bajó la mirada a la hierba que se mecía con el viento. Empezaba a pensar que el mago tenía razón. Se sentía, por primera vez en su vida, incapaz de hallar una solución irrefutable a un enigma. Levantó la vista del suelo cuando River y Killian se aceraron de nuevo.

—Te llevaremos a Sentrist —dijo River—. Allí se decidirá quién de los tres es el traidor.

—Bien —dijo telepáticamente Eyrien, sosteniéndole la mirada—. Hasta entonces se han acabado las conversaciones. Desde ahora, somos enemigos.

Al ver que los ojos de Eyrien se oscurecían como una mancha de tinta, River se apresuró a acercarse a ella y dirigir la palma abierta hacia las esposas que la mantenían encadenada.

—¡Brillad! —les ordenó en lengua élfica.

Ahora la elfa era sólo una sombra que costaba enfocar, pero las cadenas que unían sus finas muñecas brillaban delatoramente con sus destellos plateados. No podían ver a Eyrien, pero sí las esposas que la aprisionaban y la convertían en su rehén. No se resistió cuando le ordenaron que se pusiera en pie ni cuando River decidió que irían andando, aduciendo que si subían a Eyrien a cualquiera de los caballos éste se la llevaría rápidamente lejos de ellos. Y no podían permitirse perderla de vista porque, si se liberaba de alguna forma, estarían muertos. Sin duda el mago era listo, pensó Eyrien.

—Elarha es muy inteligente, y sé que te entiende cuando le hablas —le dijo River con voz inexpresiva—. Así que ni se te ocurra decirle nada, porque si desaparece de aquí o hace algo raro, mataré a todos los caballos.

—De acuerdo. No les diré nada, pero no los dañes, por favor. Ellos son inocentes.

A River le supo mal que Eyrien llegase a creer que él podía pensar en matar a Adrastea o a Elarha, pero necesitaba valerse de su capacidad de mentir e intimidar para mantener a la elfa controlada. Y no debía olvidar que Eyrien era ahora sólo una asesina que se había impuesto el objetivo de matarlos. Era muy lista y los muchos años que había vivido entre guerras le aportaban muchos recursos, así que River no podía permitirse descuidar ni el más mínimo detalle que pudiera llevarlos a un error fatal. Hasta que llegaran a Sentrist, River era el responsable de la seguridad del todavía futuro rey de Arsilon que le acompañaba en aquel viaje de pesadilla. Killian se mantenía en silencio y evitaba mirar a Eyrien. Se alegró de que River tuviera la suficiente sangre fría como para ver una enemiga en la que había sido su compañera, porque él se sentía incapaz.

Cuando se detuvieron al mediodía, River tomó a Eyrien de uno de sus hombros ensombrecidos y la llevó hasta el tronco de un árbol. Allí hizo alargarse las cadenas hasta que pudieran rodear el tronco. Fríamente puso una mano en el cuello de Eyrien, sujetándola contra la corteza del tronco con más fuerza de la que tenía ella, y todo lo rápido que pudo hizo abrirse a la cadena para hacerla rodear el tronco antes de volverla a cerrar. La dejó allí, luchando contra la ambigua sensación que había notado al sentir la fina piel del cuello de la inmortal bajo su mano.

Por la tarde siguieron camino, andando a través de la fronda que, aunque brillaba lánguidamente a la luz dorada del sol, parecía de pronto triste y fría para todos. Las horas fueron pasando en aquel silencio amargo, hasta que River se detuvo y tiró de las cadenas de Eyrien para detenerla también. Incluso los caballos, que los seguían mansos y decaídos, se detuvieron tras él. River evitó mirar a Eyrien, pues se sentía un usurpador habiéndose erigido en el líder del grupo. Pero no le quedaba más remedio.

—Nos desviaremos un poco hacia el Este —le dijo a Killian—. Conozco esta región porque a una jornada de camino vive un amigo mío, y sé que muy cerca de aquí se levanta una mansión donde ahora no vive nadie. Podremos pasar la noche allí.

—Me parece bien —dijo Killian quedamente.

Siguieron andando en la dirección que marcaba River hasta después del atardecer. Bajo las primeras estrellas llegaron a un jardín abandonado, al final del cual se alzaba una gran mansión de aspecto sombrío.

—¿No habrá wendigos o kapres ahí dentro? —preguntó Killian, mirando el ambiente lúgubre de la casa con recelo.

—No lo sé, no creo —dijo River, a quien le habría gustado tener la capacidad de percibir a aquel tipo de seres.

—No los hay —resonó de pronto la voz de Eyrien en sus mentes—. La casa está vacía.

—¿Cómo sabemos que nos dice la verdad? —preguntó Killian de nuevo en un susurro.

—Porque yo no puedo mentir. Ni defenderme ahora de ellos tampoco y prefiero no encontrarme ni con unos ni con otros —fue Eyrien quien respondió—. Y no olvides que aún puedo oírte, humano.

Killian ya no dijo nada más, y dejó que fuera River quien se encargara de guiar a la elfa hacia las escaleras de la entrada de la casa. La puerta estaba cerrada pero el mago consiguió abrirla con magia. Descubrieron que el interior estaba completamente vacío salvo por algún mueble que, aquí y allá, reposaba cubierto por una sábana que alguna vez había sido blanca. Echaron un vistazo alrededor pero no podían separarse si tenían que vigilar a la elfa, así que subieron al piso de arriba. River llevó a Eyrien a una estancia espaciosa y vacía, en cuyo centro se hallaba una columna circular de piedra, ancha como tres hombres fornidos. Utilizando el mismo método que al mediodía, encadenó a Eyrien a ella. Dejó suficientemente largas las cadenas para que Eyrien pudiera sentarse o quedarse en pie, pero de forma que no pudiera juntar las manos ni levantarlas por encima de la cintura. Luego se fue. Eyrien aprovechó para recuperar su forma diurna durante un rato y mirarse primero una muñeca y luego otra, descubriendo que ya empezaban a aparecer las marcas de los grilletes en su piel. En todos sus años de guerrera y Cazadora ni una sola vez había sido capturada.

Cuando River volvió llevando las mantas de Eyrien, se quedó parado en la puerta al observar a la elfa visible de nuevo; era mucho más difícil mantenerse frío y calculador viéndola. Esforzándose por mantenerle la mirada a la elfa dejó las mantas en torno a sus pies.

—¿Tienes hambre, o sed? —le preguntó; no le habían ofrecido nada en todo el día—. Podría lanzarte un conjuro de afonía durante unos minutos para que pudieses beber.

—No es necesario —dijo Eyrien mentalmente.

Se miraron, como si ambos fuesen incapaces de creer lo que estaba sucediendo. Fue River el primero en sentirse demasiado turbado por aquel intercambio de sentimientos mudos.

—Espero que te des cuenta de que yo nunca hubiese hecho esto antes —dijo con una expresión que mezclaba decepción, dolor e ira a partes iguales—. Yo nunca hubiese permitido que te sucediera nada malo, hubiese dado mi vida por ti. Yo te… —Se detuvo, y su mirada fue entonces fría como el hielo—. Pero ahora todo da igual. Serás la adorable Hija de Siarta para quien quiera seguir engañado, pero yo ya no veo en ti nada más que a una asesina traidora que nos ha obligado a convertirnos en unos criminales.

Entonces se fue, sin girarse ni una sola vez a mirarla. Cuando la puerta se cerró, Eyrien arrastró las cadenas hacia abajo para poder sentarse en el suelo. Podría haberse sentido indignada, furiosa, airada contra el mago y toda su raza, pero lo único que era capaz de percibir en aquel momento era una honda culpabilidad. Una lágrima de impotencia resbaló por su mejilla cuando pensó que, de los tres, la única traidora que merecía morir era ella.

La noche fue pasando lentamente mientras Eyrien seguía sentada con la espalda apoyada en la pared y los pies remetidos bajo las mantas. Aparte de la angustia que sentía, el hecho de encontrarse inmovilizada contra la columna de piedra le impedía siquiera sentirse tentada de querer dormir. Por eso fue tan consciente de la sensación de peligro que aumentaba. Pero no podía percibir nada en el silencio sepulcral que invadía los rincones de aquella casa abandonada, y se dijo una y otra vez que no había nada de qué preocuparse, que era sólo la sensación de desprotección y el aspecto siniestro de la estancia. Además sabía que Elarha y los caballos estaban abajo en el patio, y que relincharían nerviosos si algo rondase la casa. No se le ocurrió pensar que, quizás, lo que rondaba la casa, era algo que los caballos no podrían percibir, porque no estaba ni vivo ni muerto.

13

Ashzar

Eyrien no fue capaz de sacudirse aquella angustiosa sensación de peligro que iba aumentando con el transcurrir de las horas. La casa estaba en silencio, pues River y Killian debían dormir en alguna habitación cercana, y Eyrien sentía latir su corazón con la fuerza de un trueno. Tenía la mirada fija en la puerta, esperando y temiendo que sus premoniciones fuesen atinadas. Se quedó helada cuando vio que la herrumbrosa manija empezaba a moverse en silencio. La certeza de saber que no era River el que se hallaba al otro lado la dejó inmovilizada en el suelo, ni siquiera se movió cuando con la gruesa hoja de madera empezó a abrirse.

La claridad fantasmal que entraba por los ventanales iluminó la figura de un Alto humano joven. Vestía pantalones y casaca oscuros con una camisa blanca medio desabotonada, lo que le daba el aspecto de un apuesto noble que acabara de llegar de una fiesta. Sus cabellos eran negros y ondulados, y enmarcaban un rostro muy pálido de rasgos finos. Sus ojos, que destacaban en la uniformidad de la cara, eran almendrados y grises como la Luna neblinosa. Y aquellos ojos eran fascinadores por todo lo que expresaban, pues delataban una falta total de inocencia, un hambre turbadora y la prometedora oferta de las más placenteras exaltaciones.

Pero en aquel momento a Eyrien aquella aparición no le inspiraba nada más que un pánico profundo y unas ganas desesperadas de buscar la forma de salir huyendo. No necesitaba fijarse en que el supuesto joven no respiraba, ni en que su mirada era alarmantemente voraz. Sabía que ya se habían encontrado antes. Sólo reaccionó cuando vio que el vampiro daba el primer paso hacia ella abandonando el umbral de la puerta. Cogiendo con cada mano un extremo de la cadena, estiró hacia arriba para poder ponerse en pie. El instinto de supervivencia la obligaba a negarse a ver que no podría escapar de él; la empujaba a aprovechar hasta el último recurso a su alcance para mantener al íncubo lejos cuanto tiempo fuera posible. Ajeno a la tensión de ella, el vampiro se acercaba lentamente y con las manos en los bolsillos, sabedor de que tenía todo el tiempo del mundo para llegar hasta su presa y recrearse con ella. Sus labios finos y rojos dibujaban una media sonrisa turbadora, y sus ojos admiraban con impunidad la belleza de los rasgos élficos de su víctima, como si le hiciese gracia la expresión de temor y sedición que se dibujaba en ellos. Cuando estaba a dos metros escasos, su sonrisa se acentuó enseñando unos dientes regulares y blancos como la nieve.

—Hola de nuevo, Eyrien —dijo con una voz bella y sugerente, hablándole en un élfico perfecto—. Al fin nos vemos... mutuamente. No te acordarás de mí, pero sabes de sobra que yo sí te he visto antes. Y seguro que tenías curiosidad por verme, ¿verdad? —Sonrió aún más, como si hubiese adivinado que en lo más oculto de su alma, Eyrien sentía la necesidad de saber cómo había sido su depredador—. Mi nombre es Ashzar. Él tuyo, ves que ya lo sé.

Cuando lo tuvo lo suficientemente cerca, Eyrien levantó el pie derecho e intentó lanzar una patada al estómago del vampiro. Sin embargo él fue rápido también. Sacó una mano del bolsillo para cogerle el tobillo y con un movimiento seco se lo torció suavemente. Eyrien exhaló un gemido que quedó amortiguado por el pañuelo que le tapaba la boca. Cuando su pie magullado tocó el suelo de nuevo, tuvo que apoyar casi todo su peso en el pie sano, impidiéndole levantarlo sin perder el equilibrio. Al ver que el vampiro reanudaba su avance hacia ella, se aferró a su última posibilidad, el último argumento entre ella y la muerte, algo que sabía que podía disuadir al otro inmortal o irritarlo aún más. Canalizó tanta energía como pudo y encendió sus cabellos en un dorado tan intenso que iluminó toda la estancia. Era una creencia humana ridícula la de que los vampiros no soportaban el Sol, pero sí era verdad que las luces penetrantes dañaban sus ojos sensibles. Ashzar se detuvo en seco y giró bruscamente la cara para no recibir el brillo directo en sus claros ojos grises. Alzó una mano y golpeó a Eyrien en la mejilla con tal fuerza que le hizo perder la concentración que necesitaba para iluminarse tan intensamente.

—Eso ha estado muy feo por tu parte, elfita —le dijo el vampiro mientras la tomaba de la barbilla para obligarla a mirarlo y recuperaba poco a poco su anterior sonrisa—. Para ser heredera de tu pueblo y la hija de Subinion, tienes unos modales muy dudosos.

Eyrien se sentía aturdida. El miedo y el golpe le impedían pensar con claridad, por lo que tardó en darse cuenta de que la mano ni fría ni caliente del íncubo le acariciaba la mejilla que le acababa de golpear. Empezó a sentir la cercanía del peligro cuando notó que sus cabellos resbalaban por la espalda, dejando sus hombros al descubierto. El vampiro la observaba como si admirara el más bello trabajo de un escultor. Instintivamente, luchando contra la evidencia de su propio final, Eyrien intentó protegerse con los brazos, tirando impotente de las cadenas que la inmovilizaban. Aquello hizo sonreír a Ashzar.

—Desde luego no es una situación muy ventajosa para ti, ¿verdad preciosa? —dijo—. La verdad es que últimamente las cosas no te están yendo muy bien, princesita. Cualquiera diría que el destino está en tu contra. —Se rió suavemente—. Es una pena, porque eres muy hermosa. Sí, una de las elfas más hermosas que he visto nunca. Me gustaría verte el rostro entero.

Eyrien hubiese querido gritar. Se sentía indefensa como nunca antes. Aquella era una muerte indigna, injusta, y más injusto aún era que ella, una de los elfos más poderosos de la Tierra en aquellos tiempos, fuera a ver impotente como toda su magia pasaba a aquel ser frío y peligroso como la misma muerte. Si al menos hubiera podido defender lo que era suyo, si al menos hubiese podido comprobar que el vampiro era más fuerte que ella, que no hubiese podido vencerle en una lucha de verdad, que simplemente el vampiro merecía hacerse con su premio porque era mejor que ella... al menos así habría podido morir a sus manos sin culpa ni remordimiento.

Eyrien gimió cuando el vampiro, cuyos ojos no eran ahora grises sino rojo sangre y de pupilas verticales como sus ojos nocturnos, mostró unos colmillos que se habían alargado y afilado hasta parecer los dientes de un gato.

—Tranquila —dijo Ashzar acariciándole de nuevo la mejilla, como si fuese una niña—. No voy a matarte todavía. Relájate, será mejor para ti.

Eyrien se sorprendió pensando, mientras el inmortal de aspecto joven pegaba su cuerpo contra el suyo, que sus movimientos eran grotescamente gentiles y dulces, como si más que matándola estuviera intentando seducirla. Únicamente fue consciente de que los labios del vampiro estaban cerca de su piel cuando se posaron sobre su cuello, porque no había una respiración o un aliento delatores que los precedieran. Eyrien respiró profundamente al sentir los colmillos clavarse en el mismo lugar que la vez anterior, con una lentitud que parecía no querer causar dolor, para luego salir de nuevo dejando emerger la sangre. Era una sensación extraña la de sentir los labios del vampiro presionar su piel y absorber su sangre en rítmicos movimientos, como si aquella forma de morir tuviera un algo de sensual que la hiciera casi placentera, invitando a abandonarse a ella. Pero Eyrien era demasiado consciente de que se le estaban escapando la vida y la magia, y notó que empezaba a estar débil.

—¡No! Por favor —imploró telepáticamente, aturdida, casi sin darse cuenta de ello.

El vampiro se quedó parado y se separó un poco de ella. Al no estar ya aprisionada entre el cuerpo de Ashzar y la columna, las piernas de Eyrien se tambalearon debilitadas y hubiese resbalado hasta el suelo si el vampiro no la hubiese sujetado para apoyarla en la piedra. Se la quedó mirando con curiosidad largo rato.

—Estás demasiado débil para usar tu magia, así que voy a quitarte la mordaza —dijo.

Eyrien miró hacia la puerta casi sin pensar, pero Ashzar se dio cuenta de sus pensamientos.

—Sí, podrías gritar. Pero entonces los dos jóvenes humanos que duermen placenteramente vendrían a intentar rescatarte inútilmente, y yo me vería obligado a matarlos antes de seguir con mis asuntos —comentó tranquilamente—. Aunque casi te haría un favor matándolos; mira lo que te han hecho. Una elfa dulce y poderosa como tú, amada por todo tu pueblo, maniatada contra una columna de piedra en una casa que se cae bajo el polvo que acumula. No es digno de ti.

—No —dijo Eyrien telepáticamente, incapaz de ver morir también a River y Killian.

—¿No? —repitió de nuevo el vampiro—. Bien. ¿Entonces no gritarás?

Eyrien negó resignada con la cabeza. Con delicadeza, el vampiro alargó sus manos hacia la nuca de Eyrien y desatando el nudo, dejó caer la mordaza al suelo.

—Así que «no por favor», ¿eh? —repitió Ashzar—. Es la primera vez que escucho a un elfo pronunciar esas tres palabras juntas. Cuál es el problema, princesita —añadió con una expresión que habría podido parecer ternura—. Tienes muchas cosas que hacer todavía, la hija de Subinion no puede permitirse fallecer antes de haber arreglado el mundo. ¿No es demasiada carga para alguien tan joven, tan dulce como tú? Deberías haberte quedado en Siarta, dama Eyrien.

Le puso ambas manos en las mejillas y la acercó hacia sí para besarla. Cuando sus labios se rozaron Eyrien se sorprendió, pero se abandonó y devolvió aquel gesto que era cálido y dulce a un tiempo. El vampiro la besó largamente, acariciándole los largos cabellos, deslizando las manos expertas por su cuerpo, hasta que Eyrien se dio cuenta de lo que estaba haciendo y se puso tensa. El vampiro la estaba hechizando, trataba de seducirla para conseguir amor además de alimento de ella. Eyrien se removió cuanto pudo para apartarlo de sí, y sacudió la cabeza para liberarse del aturdimiento. Ashzar seguía mirándola ahora, pero su mirada se desviaba cada vez más a menudo hacia la gota de sangre que Eyrien sentía resbalar por su garganta.

—Eres un sacrificio, Eyrien de Siarta —dijo el vampiro sin dejar de acariciarle los cabellos—. Un obsequio, el pago adelantado por un servicio. Pero aún no puedo matarte, así que tendrás un tiempo para decidir tu propio futuro. Ya sabes cómo funciona esto. —Sonrió—. Podrías evitar que te matase si decidieras venir a mi lado. Me gustas. Para mí serías la princesita que deberías ser, Eyrien. Te gustaría mi hogar, un castillo tranquilo cercano a Selbast que domina las tierras salvajes del sur de Amazonia. Ya he albergado a otras elfas antes y han sido felices; tú también lo serías.

—¡No! Soy la Hija de Siarta. No seré el pasatiempo temporal de ningún vampiro —consiguió decir Eyrien venciendo la debilidad física y mental que sufría en aquel momento—. ¡N...

El Vampiro sonrió.

—¿No puedes decir «nunca»? No, claro. Esos absolutismos no van contigo. Qué encantadoramente inocentes sois las elfas cuando os lo proponéis. Porque no se puede decir nunca ¿verdad, Eyrien? Incluso tú sabes que hay posibilidad de que eso ocurra.

Eyrien negó con la cabeza, sentía ganas de llorar. El vampiro hizo un ademán vago pero elegante para señalar el ambiente tétrico que los envolvía.

—¿Acaso tu vida es mejor ahora? Yo te amaría hasta la muerte.

—Tú no me amas —dijo Eyrien duramente—. Y yo sólo viviría hasta que tú mismo me matases tarde o temprano.

El vampiro se encogió de hombros manteniendo su sonrisa.

—Es cierto, es una posibilidad. Las relaciones entre vampiros y elfos nunca son duraderas. Sin embargo, aunque limitada, la existencia que yo te ofrecería es mejor que la vida de penurias que te espera en adelante. Piénsalo —dijo clavando sus ojos grises en ella—. Tendrás de tiempo hasta que volvamos a vernos, porque en ese momento tu vida ya no tendrá valor y serás mía.

Entonces volvió a acariciarle los cabellos y volvió a acercar lentamente su rostro al cuello de Eyrien. Ella notó con un escalofrío que el vampiro pasaba la lengua lentamente por el recorrido que había hecho la gota de sangre a lo largo de su cuello. Trató de moverse pero no pudo.

—Eres difícil de no matar, ¿sabes preciosa? —dijo Ashzar con una expresión aterradora.

Sus labios volvieron a posarse, con más brusquedad, sobre las heridas por las que le sustraía la vida. Eyrien pensó que el rato que siguió consciente era demasiado largo y angustioso. Sentía por un lado el rítmico dolor de la succión de su cada vez más escasa sangre, y por el otro la ambigua caricia de las manos del vampiro en su espalda, que la sostenía entre su cuerpo y la pared. Pese a lo que había dicho el vampiro, se sentía morir. Su visión se fue tornando borrosa, y sólo fue consciente de que en algún momento el vampiro la besaba, dejaba de abrazarla y resbalaba hasta el suelo, mientras él le decía con una seguridad aterradora:

—Volveremos a vernos, Eyrien de Siarta. Y espero que pronto.

No vio ni sintió nada más. En la habitación de al lado, River se removía en sueños. En una de sus numerosas pesadillas le pareció escuchar una voz que, ni viva ni muerta, amenazaba a alguien con volver en su busca. Se giró hacia el otro lado, intentando conciliar el sueño, pero aquella última pesadilla le había dejado un regusto amargo que no conseguía apartar de su mente. Se incorporó entre las mantas y lanzó un escudo protector alrededor de la casa. Se quedó más tranquilo. Ahora ya podía descansar sin preocuparse, y se tendió de nuevo entre sus mantas. Se durmió, ignorando que Ashzar ya había abandonado la casa y que Eyrien yacía casi muerta en la estancia de al lado.

Por la mañana tanto a Killian como a River les costó despertarse. El día anterior había sido tremendamente penoso y como el cielo estaba encapotado, el Sol no les había anunciado con sus rayos luminosos que el nuevo día ya había llegado. Para cuando River se despertó y zarandeó a Killian, la mañana ya estaba avanzada. Se cambiaron de ropas y empacaron de nuevo, tras lo cual se permitieron un ligero desayuno. Killian se quedó mirando su porción de pan de centeno, y lo giró entre las manos con gesto serio.

—¿No deberíamos llevarle algo de comer a Eyrien? —dijo finalmente.

—Ayer ya le pregunté si necesitaba algo —dijo River—. Recuerda que los elfos comen y beben poco, así que no vamos a matarla de hambre. De aquí a dos días espero que lleguemos a Sentrist, y la elfa puede aguantar ese tiempo sin consumir nada y seguir sana. No te preocupes.

Killian asintió. No necesitaban decirse nada más, porque los dos se sentían igual de desanimados y desorientados por la situación en que se encontraban. Recogieron sus cosas y cuando estuvieron preparados para seguir la marcha, fueron a buscar a Eyrien. River rogó en silencio que Eyrien hubiera optado por permanecer en su forma sombría de nuevo, pues la tarde anterior había sido muy duro ver de nuevo su bello rostro de rasgos azules como un mar melancólico. Killian esperó junto a la puerta mientras River la abría, pero se asomó preocupado al interior al ver que el mago se quedaba paralizado y se agarraba a la manija.

En el interior de la estancia, Eyrien permanecía sentada en el suelo apoyada contra la columna, y parecía dormir en su forma diurna. Tenía la cabeza ladeada y los cabellos azules le ocultaban el rostro. Inexplicablemente, la mordaza estaba en el suelo.

—¿Eyrien? —la llamó River con una voz que transmitía pánico.

No hubo reacción alguna. Killian supo que algo iba mal, pues Eyrien no parecía estar sólo dormida sino que parecía inconsciente o muerta. River se lanzó a su encuentro, murmurando que no había sido una pesadilla y rogando que no estuviese muerta, así que el príncipe echó a correr tras él. River se dejó caer de rodillas junto a Eyrien. Con toda la delicadeza que le permitía la angustia, le apartó los cabellos del rostro. Estaba pálida y su expresión angustiada revelaba el sufrimiento que había padecido la elfa.

—¡No estés muerta! —gritó River mientras sujetaba la cabeza de la elfa inerte con una mano y con la otra apartaba los cabellos de su cuello.

—¡No! —gimió Killian cuando vio que las marcas de los colmillos volvían a estar frescas.

River llevó dos dedos temblorosos a la garganta de Eyrien, intentando encontrar un pulso que reflejara que la Hija de Siarta seguía con vida. Transcurrieron unos segundos en silencio mientras Killian reprimía las ganas de preguntarle a River a gritos si Eyrien seguía viva todavía.

—No está muerta todavía, pero su pulso es muy débil —dijo el mago con voz temblorosa, y cuando alzó la cabeza para mirarle, Killian vio que sus ojos verdes estaban húmedos.

River volvió a mirar a Eyrien y tiró de las cadenas con fuerza para liberarla de la pared. Los grilletes cayeron de las muñecas finas y enrojecidas de Eyrien. Era angustiante ver su rostro inerte, sin saber si volvería a expresar aquel abanico de emociones ilimitadas que había poseído. Killian hubiese preferido que abriera los ojos y los matara luego, antes que verla así perpetuamente.

—Desde luego ahora sí merecemos morir —dijo notando que los ojos se le humedecían a él también—. Hemos provocado la muerte de la dama del pueblo élfico, y se la hemos servido en bandeja a un íncubo. Ahora sabemos por qué la maldita profecía nos señalaba acusadoramente. Ojalá Eyrien hubiera decidido acabar con nosotros en vez de darnos la oportunidad de provocar esto. Creíamos que ella era la traidora, pero los asesinos somos nosotros.

River permanecía callado, sujetando el cuerpo inerte de Eyrien entre sus brazos. Recordaba una y otra vez que lo último que le había dicho a la elfa a la que amaba era que no la consideraba nada más que una asesina traidora. Si en vez de eso le hubiese dicho lo que sentía por ella, y que pensaba que nada podía obligarlo a hacer algo que la pusiese en peligro, que podía matarlo si de verdad no merecía su confianza, quizás ella hubiese reconsiderado el futuro y nada de aquello hubiese sucedido. Pero era imposible retroceder en el tiempo.

—Aún no está muerta —se recordó River en voz alta—. Aún no está muerta, Killian.

—Pero tú mismo has dicho que está muy débil. Y sólo estamos tú y yo para protegerla —dijo Killian impotente—. ¿Qué haremos si vuelve el vampiro? ¡Estamos aislados en una mansión abandonada en medio del bosque!

—Iremos a casa de mi amigo Tristan. Él es también un Alto humano y vive a menos de una jornada de aquí —dijo River, empezando a cubrir a Eyrien con sus mantas para que no cogiese frío—. Para el anochecer podríamos estar en su casa. Quizás entre él y yo podamos mantener al vampiro a raya si vuelve; aunque ni siquiera sé por qué se ha ido. Además Tristan estudió en el Centro Umbanda de Quersia, y allí les enseñan magia curativa; quizás él sepa cómo salvarla.

Con delicadeza, cuando se hubo asegurado de que el rostro de Eyrien quedaría oculto a las posibles miradas indiscretas, la alzó del suelo. Se sorprendió de lo ligera que era, pues pesaba mucho menos de lo que hubiese pesado una humana de su estatura. Salieron rápidamente de aquella funesta estancia y bajaron a la puerta principal. En cuanto salieron al jardín, los caballos levantaron la cabeza. Elarha fijó sus grandes ojos negros en la figura que River cargaba y se asustó, dejando a River y Killian clavados en el suelo por un momento. Presa de la angustia, la inmensa y peluda yegua pateó el suelo con sus gruesos cascos y desplegó unas alas que habían aparecido ilusionadas y ocultas hasta aquel momento, sacudiéndolas con terror.

River esperó incluso recibir una mirada acusadora de la Pegaso, cuya verdadera naturaleza explicaba por otra parte muchas cosas. Pero en aquel momento no estaba ni para sentirse culpable ni maravillado, ni mucho menos regañado por un animal, aunque fuera mágico.

—Lo siento Elarha, lo siento —dijo—. Pero trataré de arreglarlo, te lo prometo.

Lo importante en aquel momento era poner a Eyrien a salvo. La puso en brazos de Killian para poder montar en Adrastea, que parecía intuir el peligro y se mantenía dispuesta a obedecer. Luego acogió de nuevo a Eyrien en su regazo. Parecía tan ajena a todo que River temió que fuera a morir en cualquier momento entre sus culpables e indignos brazos. Cuando Killian hubo montado en Jano se lanzaron al galope con Elarha detrás. River tuvo el fugaz pensamiento de que ahora entendía por qué la yegua sólo se dejaba acariciar el cuello, pues cualquiera que hubiese pasado la mano por su costado hubiese notado el tacto de las plumas tupidas de sus alas.

Mientras cabalgaban a través del bosque seco, River intentaba no dejarse llevar por los pensamientos que lo acechaban, haciéndole ver la tragedia que había provocado e instándole a abandonar sus esfuerzos que parecían desembocar sólo en miserias. Se obligaba a sí mismo a orientarse en el bosque y recordar el camino que llevaba a casa de Tristan. Sin poder evitarlo llevaba constantemente los dedos al cuello de la elfa para comprobar que su pulso, aunque débil y lento, seguía proporcionándole algo de vida. Su rostro, sin embargo, seguía completamente inexpresivo, como si el espíritu que albergaba se hallara ya en otro lugar. Sólo de vez en cuando un velado temor contraía las facciones de Eyrien, revelando lo duros que habrían sido sus últimos momentos consciente. River imaginó a Eyrien viendo acercarse al vampiro sin poder moverse, sintiendo los colmillos perforando su piel, escuchándole quizás hablar… antes de absorberle la vida hasta casi matarla. River la abrazó con más fuerza, acercándola a su propio cuerpo para protegerla. Ya no podría verla más como una asesina traidora, pues siempre quedaría gravado en su memoria el aspecto desvalido que mostraba en ese momento. Era uno de los seres más poderosos de la Tierra, pero en aquel momento parecía sólo una doncella que se debatía entre la vida y la muerte, que necesitaba que la protegiesen a ella aunque fuera sólo una vez.

14

Magos de Quersia y Udrian

Al atardecer, las sombras de la noche cercana se les echaron encima y aún no habían salido del bosque. Además empezaba a hacer frío y River temía que el aire gélido fuese demasiado duro para la fragilidad de Eyrien. Se sintieron hondamente aliviados cuando River señaló la colina sobre la que se alzaba la granja de su amigo. Era un lugar acogedor, bañado como estaba por la luz anaranjada y oscurecida del ocaso. Estaba compuesta por una casa alargada de tejados rojos y paredes terrosas, con cuadras adosadas frente a las cuales las gallinas y las ocas se paseaban por entre los huertos cultivados. Se adentraron por el caminito que llevaba a la puerta de la granja y Killian desmontó rápidamente para coger a Eyrien de los brazos de River. Éste desmontó también y fue hasta la puerta. Golpeó con los nudillos en la hoja de madera deseando que su amigo no se hallara fuera. Pasaron unos minutos, River aporreó la puerta con fuerza y Killian miró preocupado a su alrededor, sintiendo apenas el peso de la elfa.

—¿River?

Un Alto humano joven había asomado la cabeza por la puerta de las cuadras sosteniendo en una mano un cepillo de cerdas gruesas para cepillar caballos. Al reconocer a River había dejado caer el cepillo y se acercaba con una sonrisa radiante. Tenía unos ojos negros como carbones y los cabellos de un tono rojizo que delataba su ascendencia élfica ígnea. Se acercó hasta la casa a largas zancadas y, tras echar un vistazo a Elarha, fue directo a abrazar a River.

—¡Qué sorpresa amigo! —dijo el joven complacido—. ¿Qué te ha traído hasta aquí? ¿Tiene algo que ver con los rumores de la invasión gul de Sentrist?

—Más o menos —respondió River, y su expresión hizo que al granjero se le borrara la sonrisa de golpe—. ¿Está tu mujer en casa, Tristan?

—No, Shane está en el Alto Udrian. Tenía que pasar un examen en el centro Umbanda —dijo Tristan, reparando por primera vez en Killian y en el delicado brazo cubierto de telas oscuras que colgaba del lío de mantas que éste depositaba de nuevo en los brazos de River.

—Mejor —dijo River mirando a su amigo—. Necesitamos tu ayuda y puede ser peligroso.

Tristan miró las mantas y asintió con la cabeza. Fue hacia la puerta de su casa y la abrió, haciéndose a un lado para dejarlos entrar. Mientras el príncipe pasaba por su lado, se fijo en él.

—¿No sois vos Killian de Arsilon? —le preguntó Tristan asombrado.

—Sí —dijo Killian deteniéndose para estrechar su mano—. Es un placer conocer a un amigo por el que River tiene tanta estima.

—El placer es mío —dijo Tristan, apretándole la mano pero inclinándose ante él igualmente.

Luego cerró la puerta, fue a lavarse las manos a la cocina y volvió encendiendo candiles por el camino para iluminar la estancia. Se arremangó y se acercó a River para descubrir por fin al misterioso enfermo. Killian esperó en silencio como hacía River. Tristan apartó con delicadeza las mantas que ocultaban casi completamente el rostro de Eyrien y al ver lo que se hallaba debajo, retrocedió y apartó las manos como si se hubiese quemado.

—¡River! —exclamó incrédulo, dirigiendo hacia su amigo una mirada estremecida.

Pasado el susto inicial y dándose cuenta de que la Elfa de la Noche estaba en peligro, volvió a acercarse para tomarle el pulso. Al apartarle los cabellos para poner unos dedos respetuosos en el cuello de la elfa, descubrió las marcas de los colmillos.

—Dioses misericordiosos —murmuró consternado mientras intentaba hallarle el pulso.

—Es Eyrien de Siarta, Tristan —dijo River, dejando a su amigo mudo de asombro y horror—. Tienes que ayudarla, no podemos permitir que muera. Haz algo, por favor.

Killian se dio cuenta de que en la mente de Tristan bullían mil preguntas, pero decidió que intentar ayudarla a sobrevivir era lo primero. Indicó a River que lo siguiera escaleras arriba y los condujo hasta una habitación pequeña pero pulcra. Allí encendió varias luces y cerró las contraventanas, tras lo cual ordenó a River que dejara a Eyrien en el lecho que se hallaba junto a una pared. Con la eficiencia propia de un sanador, Tristan se olvidó de que su paciente era nada menos que la heredera de todos los elfos para poder centrarse en su curación; no podría ayudarla si no se atrevía a ponerle las manos encima. Le apartó las mantas de encima y le cogió una muñeca para tomarle el pulso de nuevo, frunciendo el entrecejo al ver las marcas de los grilletes.

—Su pulso es débil pero firme —anunció un momento después.

Le examinó el rostro y las heridas que le había producido el vampiro.

—¿No es la primera vez que la ataca? —preguntó lúgubremente.

—No, la segunda — respondió River—. La primera fue... ¡Qué haces!

River se había quedado de piedra al ver que Tristan cogía una pequeña redoma y una daga.

—¿Tu idea de sanarla es desangrarla aún más? —le preguntó Killian a gritos, dispuesto a interponerse en caso de que al Alto humano se le ocurriese hacer alguna locura.

—Tranquilos, muchachos —dijo Tristan—. Pero para saber qué debo darle para curarla, tengo que saber primero qué es lo que le falta.

Con la punta de la daga pinchó a Eyrien en una muñeca y dejó que cayeran unas cuantas gotas de su sangre dorada en la redoma. Luego tapó y levantó el vaso de cristal a la altura de sus ojos, y murmuró unas palabras feéricas que River no supo comprender. La sangre élfica rojo-dorada se disgregó. Se formaron unos grumos compuestos por las células sanguíneas sobre un fondo de plasma rojizo, y se elevó una pequeña nubecilla de vapor brillante de color dorado.

—Eso es magia. Dorada, como corresponde a un Elfo de la Noche —dijo Tristan—. El vampiro casi la ha desangrado pero no ha desequilibrado los componentes vitales de su sangre. Se ha dejado llevar por su hambre, pero se ha resistido a quitarle todo su poder.

—¿Eso es bueno? —preguntó Killian esperanzado mientras veía cómo el hechicero sanador dejaba la redoma y cubría a Eyrien con las mantas.

—Es crucial —respondió Tristan mientras les hacía una seña para que lo acompañaran abajo de nuevo—. Si no hubiese sido así, creo que no habría podido ayudarla. E incluso diría que eso el vampiro ya lo sabía; no quería dejarla morir. ¿Sabéis vosotros por qué?

—No —reconoció River—. Pero parece que está jugando con ella.

—Bueno, al menos ese juego permite que la Hija de Siarta siga con vida —dijo Tristan conduciéndolos a una sala de trabajo propia de un herbolario—. Prefiero no saber cómo ha llegado a ese estado. Si sigo siendo un ignorante, quizás sobreviviré cuando ella despierte.

Mientras Killian y River lo observaban en silencio, preparó una tisana con multitud de hierbas y flores que emitió una fresca fragancia. El hechicero pronunciaba algunos conjuros al añadir algunos ingredientes, lo que alivió a Killian al saber que había magia de por medio también; en las hierbas solas confiaba más bien poco.

—Alguien debería ocuparse de aquellos caballos élficos que esperan fuera —dijo Tristan mirando por la ventana hacia la creciente oscuridad del patio.

—Yo iré —dijo Killian prestamente, hacía rato que sentía la urgente necesidad de hacer algo.

— Podéis llevarlos a las cuadras, señor —le dijo Tristan.

—Por los dioses, llámame Killian —dijo éste—. Aún no me acostumbro a ese trato, y menos en esta situación.

—Está bien, pero no te preocupes Killian —dijo el Alto humano sonriéndole con ánimo—. La Hija de Siarta sobrevivirá casi con toda seguridad.

Killian asintió y salió de la estancia. River se llevó la mano a la sien.

Cuando Tristan acabó, él y River volvieron a subir a la habitación, mientras el vaso con la tisana iba dejando una estela humeante en el aire. Cuando llegaban arriba, River miró el vaso.

—¿Le harás beber eso? —le preguntó.

—No, no —dijo Tristan abriendo la puerta —. Es imposible obligar a un elfo a tragar nada si no está consciente.

Al entrar en la habitación, River se fijó inmediatamente en cómo brillaba la palidez un tanto dorada del bello rostro de Eyrien, y sintió que se le formaba un nudo en la garganta. Tristan dejó la tisana en la mesita junto al lecho y murmuró un conjuro. El brebaje se elevó en el aire convertido en un vapor verdoso que olía a bosque y, aunque a River le resultaba raro, a magia.

—La siartana respirará la tisana y se irá fortaleciendo de nuevo —dijo Tristan, encaminándose hacia la puerta—. Pero aún pasarán días antes de que vuelva a despertar.

—Yo… me quedaré aquí un momento —dijo River, incapaz de apartar la mirada de Eyrien.

—Bien —dijo Tristan mirando comprensivo a su amigo—. Pero no tardes en salir, se supone que esto tiene que respirarlo ella, no tú. A ti te prepararé una sopa.

River sonrió a su pesar, casi había olvidado que Tristan siempre lo había tratado como el hermano mayor que nunca había tenido. Oyó que la puerta se cerraba a su espalda y se acercó al lecho de Eyrien para sentarse junto a ella.

—Lo siento —le dijo para desahogarse aunque supiese que no podía oírlo—. Siento lo que he dejado que te hicieran. Ayer te dije que hubiese dado mi vida por ti... y lo que he hecho ha sido sacrificar la tuya. Por favor, despierta. Me da igual que me mates luego.

Cogió una de las manos de Eyrien, que estaba más fría de lo que debería ser normal en un feérico de magia cálida como lo era ella. Se la acarició hasta que se calentó un poco y volvió a dejarla con cuidado bajo la manta. Se quedó observándola un rato, hasta que se obligó a dejar la habitación y no seguir respirando la tisana conjurada que debía devolverla a la vida.

Abajo se encontró con que Killian y Tristan se sentaban a una mesa, donde el príncipe paseaba una cuchara por la sopa humeante que tenía delante.

—Venga River, siéntate y come —le dijo Tristan al mirarlo—. Comed los dos, no seréis de mucha ayuda si tengo que cuidaros también por inanición.

River se sentó y se obligó a consumir la sopa, y Killian hizo lo mismo.

—En el caso de que el vampiro vuelva —dijo Tristan jugueteando resoluto con una manzana—, se encontrará con una sorpresa desagradable. A todo alrededor de mi casa tengo plantadas Flores del Edén, cuya fragancia resulta tan molesta a los íncubos como las luces intensas. No lo detendrán si se empeña en penetrar en mi casa, pero el penetrante olor sí le quitará el hambre.

—¿Estás seguro? —le preguntó River.

—Del todo. Tú no puedes olerlo pero ellos sí. Y los vampiros no pueden hacer el mismo uso de la magia que los humanos o los elfos —explicó Tristan —. Sólo pueden aplicarse magia a sí mismos o a otros seres vivos. Pero no pueden conjurar cosas inanimadas. Así que no puede conjurar la puerta para que se abra.

—Sabes mucho de vampiros, Tristan —comentó Killian.

—Sí —dijo el hechicero de Quersia, mordiendo al fin la manzana—. Mi antepasada elfa vivió hace trescientos años. Siendo tan excepcionalmente reciente cualquiera pensaría que aún debería seguir viva, pero la mató un vampiro. Era una Elfa Ígnea, se llamaba Ashiel, y aunque hacía tiempo que las relaciones mixtas se habían apagado ella se había enamorado de un humano. Como tus tres antepasados, River, aunque ella no vivió tanto como para matarse cuando murió su pareja mortal como hicieron los tuyos. Poco después de tener a mi primer antepasado Alto humano, tuvo la mala fortuna de toparse con un vampiro que resultó ser más ágil y rápido que ella. La mató. Desde entonces toda mi familia ha sentido un odio especialmente profundo por los íncubos y se ha concentrado en buscar sus puntos débiles. Desgraciadamente tienen muy pocos. Pero algunos tienen y ya veis nos servirán para descubrirle si viene. Y ahora venga, subid a dormir un rato los dos; yo me ocuparé de la Hija de Siarta.

Tristan resultó ser un sanador excelente y durante los cuatro días siguientes se ocupó de Eyrien con dedicación, a la vez que se ocupaba de que River y Killian no se dejaran vencer por la desesperanza. Durante aquellos días el tiempo que no estaba observando a Eyrien, River lo pasaba cuidando de los caballos y de Elarha. Parecía que lo perdonaban, pero se mostraban cabizbajos y tan apáticos como él mismo. Killian, por el contrario, necesitaba ocupar su mente e iba a veces a la aldea cercana a enterarse de las últimas noticias.

—Parece que los guls ya son una amenaza tangible en Sentrist —comentó una tarde mientras los tres hacían una comida en el porche.

Aquella misma noche, Tristan bajó las escaleras y les dio una noticia magnífica.

—Eyrien ha abierto los ojos brevemente —dijo satisfecho, aunque un poco turbado—. Se ha asustado mucho al verme y creo que iba a intentar atacarme, pero le he dicho que era amigo tuyo, River, y se ha calmado. Poco después ha perdido el conocimiento. Despertará pronto, pero seguirá estando débil por un tiempo. Aun así ya no habrá que temer por su vida otra vez, si no hace esfuerzos desmesurados. Y ahora que ya no necesita mis cuidados, creo que haré un breve viaje al sur. Vosotros necesitáis conocer las últimas noticias del avance gul y yo necesito seguir vivo después de que la elfa despierte para que mi esposa tenga un esposo al que encontrar cuando vuelva de Udrian. Mañana partiré hacia Sentrist y volveré antes de que Eyrien de Siarta esté suficientemente recuperada como para que os marchéis, pero después de que vosotros la hayáis convencido de que no intente volver a atacarme —añadió con una sonrisilla—. Intentad convencerla de que no se exceda en sus esfuerzos por sobreponerse; necesita descansar.

Tristan partió al amanecer por el camino que llevaba al sur. Ahora que no estaba el granjero para proporcionarles una luz de esperanza, tanto Killian como River volvían a sentirse angustiados y decidieron hacer guardias por la noche para vigilar la granja. Nada sucedió en dos días, salvo que el tiempo iba volviéndose cálido ante el avance de la primavera hacia el verano. Por la tarde, después de comer, Killian y River volvieron a apostarse en el salón de la planta baja con las espadas dispuestas al lado, y charlaron largamente sobre lo que acontecería en aquel futuro tan negro. Killian se preguntaba si vivirían lo suficiente para tener unos hijos o unos nietos a los que explicarles que una vez había querido matarlos la Hija de Siarta en persona. Poco a poco, el cansancio, la brisa cálida que entraba por la ventana y el sonido incesante del viento entre las gramíneas los fue amodorrando y acabaron por caer dormidos.

Al cabo de la tarde River despertó algo incómodo, como si algo lo hubiese obligado a salir de su sueño placentero. Abrió los ojos y se dio cuenta de que era media tarde. Una inclinación de la cabeza le permitió ver que a Killian le había pasado lo mismo, y se removía perezoso en el sillón de al lado. Sin embargo, en cuanto se despertó del todo, River sintió con un escalofrío que no era eso lo que lo había alertado, sino la certeza de saber que había otra presencia en la habitación.

—Eyrien —murmuró.

La Hija de Siarta se hallaba en la estancia con ellos. Estaba sentada en el alfeizar de la ventana, y sólo resultaban visibles sus ropas oscuras y sus largos cabellos azules.

Estaba inmóvil como una estatua y ni siquiera se movió cuando también Killian se incorporó bruscamente y se la quedó mirando con una expresión indescifrable y los ojos abiertos como platos.

—¡Eyrien! —murmuró finalmente el príncipe, sin saber si sentirse aliviado o aterrado.

La Elfa de la Noche miró al cielo y se giró lentamente hacia ellos. Su rostro estaba anormalmente pálido y delataba cansancio y desaliento. Aun así era peligrosa, porque ahora que había despertado y que estaba libre era muy posible que decidiera matarlos. Como si leyera sus pensamientos, Eyrien desvió la mirada hacia las espadas que descansaban sobre la mesa.

—¿Eso es para defenderos del vampiro o de mí? No os servirían de mucho contra ninguno de nosotros —dijo con su sonrisa depredadora.

Luego volvió a mirarlos, con una expresión indescifrable y un tanto siniestra que a River se le antojó el resultado de sus últimas vivencias. Permanecieron en un silencio tenso durante unos minutos eternos. Eyrien parecía mantener una lucha interna.

—No voy a mataros —dijo finalmente, con el aspecto de quien llega a una pesarosa decisión—. Me doy cuenta de que no había tenido intención de hacerlo. Hasta ahora nunca lo habéis merecido, y yo lo sabía.

—Sí lo merecemos —dijo Killian, a quien se le habían humedecido los ojos.

—¿Por qué? —le preguntó Eyrien frunciendo el entrecejo, como si pensara que Killian estaba a punto de revelarle un crimen espantoso.

—Porque casi hemos provocado tu muerte. Nos merecemos que la ira de todos los elfos caiga sobre nosotros —dijo el príncipe humano—. Si esa era la profecía, estoy de acuerdo en que se cumpla nuestra condena, Eyrien. Y ojalá lo hubieses hecho antes.

—No era esa la profecía —dijo Eyrien con una sonrisa compasiva—. La profecía sigue en pie, pero antes de hacer nada debo averiguar unas cuantas cosas para poder tomar mis decisiones con claridad. Ashzar dijo algo que me ha hecho pensar.

—¿Quién es Ashzar? —preguntó Killian.

Eyrien se puso pálida y la recorrió un escalofrío. Killian murmuró que iba a buscarle algo de abrigo porque no debía coger frío, y se fue de la habitación. River sabía que el estremecimiento de Eyrien no se debía al frío, e intuyó quién era Ashzar con una certeza clara.

—¿Tú no dices nada? —le preguntó Eyrien con aquella mirada permisiva y altanera que tantas veces le había dirigido.

River negó con la cabeza, incapaz de pronunciar palabra. Ahora que al fin veía sus esperanzas cumplidas y tenía a Eyrien de nuevo ante sí, se sentía tan embotado por sus sentimientos que no era capaz de reaccionar sin decir alguna estupidez. Estuvo a punto de levantarse y acercarse a ella para estrecharla entre sus brazos por toda respuesta. Por suerte Killian entraba en aquel momento con una de las capas de Eyrien en la mano.

—Tristan ha dejado para ti esto —dijo Killian trayendo una taza humeante de la cocina y sentándose a la mesa—. Para cuando despertaras.

River se fijó entonces en que Eyrien ponía toda su concentración en cada paso que daba, como si le costara todas sus fuerzas mantenerse en pie. No deberían haberla dejado levantarse de la cama, pero ahora que ya estaba hecho era mejor no oponerse a la voluntad de la dama elfa. Todo lo que hizo River fue levantarse e ir tras ella hacia la mesa, hasta que se sentó. Eyrien puso ambas manos alrededor de la taza humeante. Frunció el entrecejo y olió el contenido de la taza.

—¿Tu amigo estudió en Quersia? —preguntó, llevándose la taza finalmente a los labios.

—Sí, y fue un alumno muy aventajado —le dijo River.

—¿Y dónde está ahora?

—Fue al sur a buscar noticias sobre el avance de los guls —contestó River.

—Estupendo —dijo Eyrien, cuya palidez extrema hacía que Killian la mirase con silenciosa conmiseración—. Aunque también se ha ido para estar lejos de mí cuando recuperara la conciencia por si tenía un mal despertar, puedes decirlo.

Killian suspiró con alivio. Ahora que estaban los tres sentados a aquella mesa y que Eyrien bromeaba de nuevo con su humor peculiar y un tanto siniestro, le costaba creer que sólo cinco días antes habían estado a punto de matarse entre ellos.

—Tengo la sensación de haberme despertado de una pesadilla —dijo en voz alta.

Eyrien lo miró con seriedad.

—Seguimos en la misma pesadilla, Killian, y es real —dijo—. Vosotros seguís siendo un peligro en potencia y al negarme a mataros, yo me he convertido en una traidora a mi pueblo. Y Ashzar —hizo una pausa intentando averiguar por qué llamaba al vampiro por su nombre— sigue en algún sitio perdonándome la vida de momento. Y los guls siguen acercándose a Sentrist. Y ésa es sólo la parte que hemos descubierto. No me atrevo a pensar en qué es lo que no sabemos.

—Yo no quiero que tengas problemas por nuestra causa con los tuyos, Eyrien —dijo Killian.

—Eso es cosa mía, príncipe —le dijo Eyrien—. Además, los Sabios sin duda deben haber leído ya la verdad en mi mente, así que si no me han marcado ya como traidora quizás no lo hagan. Pero no puedo comunicarme con Siarta, así que no sé qué es lo que va a pasar.

—Los Sabios... ¿podrían matarte desde aquí, o algo así? —dijo Killian aterrado.

—No —dijo Eyrien—. Pero podrían marcarme con el símbolo de la traición. Así todos los elfos sabrían que soy una perjura y que deben llevarme ante la justicia. Aunque hace milenios que no sucede, entre los elfos hay que hacer algo muy grave para que te consideren un traidor.

—¿Pero por qué estás dispuesta a arriesgarte por nosotros? —le preguntó River.

—¿Acaso prefieres que os mate? —le preguntó Eyrien alzando sus cejas finas y azules.

—No —reconoció River mientras Killian se ponía tenso de nuevo—, pero...

Eyrien suspiró.

—Soy una Cazadora, no una asesina. El hombre de Gevinen lo merecía, incluso tú lo sabes. Pero no puedo asesinar a nadie que ignora cuál es su crimen. Y hay varias cosas... —dijo Eyrien apesadumbrada—. A Ian, por ejemplo, le dije que volveríais a casa sanos y salvos de este viaje.

—¿Mi tío lo sabía? —la interrumpió Killian.

—Tu tío siempre ha sabido que soy una Cazadora, y nuestra amistad es suficientemente estrecha como para que yo me sintiese en la obligación de explicarle lo que tenía que hacer. Pero tu tío siempre confió en vosotros y no creyó nunca en la profecía, y también me creyó a mí cuando le dije que no os mataría todavía. Pero eso no es lo único que me impedía hacerlo —dijo suspirando de nuevo—. También hice una promesa a cada una de vuestras madres, hace ya mucho tiempo y cuando ambas iban a morir, asegurándoles que cuidaría de vosotros. Como veis, estoy dividida entre el deber que le debo a mi pueblo y el que le debo a las personas a las que quiero, y a las que quise y ya no están.

No pudo seguir porque se sentía tambaleante en una cuerda floja, demasiado cerca de caer en un abismo. Se sentía en aquellos momentos demasiado cansada y abatida como para tener que revivir los momentos trágicos de su vida.

—Entiendo que queráis saber de lo que hablo, y estoy dispuesta a explicároslo —dijo con una sonrisa comprensiva—. Pero no ahora. Ya es casi de noche y necesito descansar.

— Por supuesto, mi dama —dijo Killian asintiendo rotundamente con la cabeza.

Eyrien se alzó para abandonar la mesa y se dirigió hacia las escaleras. River dudó sobre si seguirla o no, pero al cabo de un momento se puso en pie temiendo que Eyrien fuera a desvanecerse en las escaleras. La encontró en ellas, sujetándose a la baranda de madera como si en cada escalón que superaba perdiera el mundo de vista. Subió tras ella y le ofreció el brazo para que se sujetara y no parecer así demasiado consciente de su debilidad. Eyrien le sonrió agradecida. Cuando llegaron a su habitación, ella se apartó de él y se detuvo en la puerta para mirarlo, como indicándole que si tenía que decirle algo lo hiciese en aquel momento.

—Lo siento, Eyrien —le dijo River, mirando al suelo de nuevo.

—Estabas en tu derecho de querer defender tu vida y la de tu futuro rey —dijo con simpleza—. Mi muerte sólo hubiese sido una consecuencia de ello.

—No, yo… —dijo, pero se calló porque lo único que se le ocurría decir hubiese molestado e incomodado a la elfa—. Yo me alegro mucho de que estés bien.

—Gracias River —dijo Eyrien—. Y no tienes que decírmelo, porque ya lo sé.

River la miró, preguntándose qué insinuaba con tanta comprensión que sabía. ¿Sabía sólo que se alegraba de que se hubiera recuperado o sabía que la quería cada vez más desde el primer momento en que la había visto?

—Buenas noches, Eyrien —dijo para no delatar su confusión.

—Buenas noches —dijo ella cerrando la puerta.

River tomó el pasillo que llevaba a las escaleras, cuando oyó que la puerta volvía a abrirse.

—River, espera. ¿Podemos hablar un momento?

—Claro —dijo River desconcertado.

Eyrien le abrió la puerta de su habitación. River entró y permaneció en pie junto al umbral, pues nunca antes había entrado en el espacio personal de Eyrien y no quería hacer nada que estropease de nuevo su inestable amistad. La elfa cerró tras de sí y se fue directamente hacia la ventana, como si ésta la atrajera mágicamente. River se sobresaltó al ver que estaba abierta.

—Ciérrala antes de acostarte, por favor —le dijo acercándose a ella.

—¿Lo dices por Ashzar? —dijo Eyrien, girándose para mirarlo y apoyándose en el alféizar—. ¿De dónde habéis sacado los humanos que los vampiros sólo atacan por la noche? Podría entrar en mitad del mediodía, si quisiera.

—¿Por qué le llamas por su nombre? —le preguntó River, a quien se le hacía demasiado siniestro que Eyrien llamara a su atacante por su nombre.

—No lo sé —reconoció ella.

Se hizo a un lado para dejarle sitio junto a ella. River se acercó y se apoyó en el alféizar.

—¿Tú me habrías matado, River? —le preguntó Eyrien en voz baja.

Él se incorporó a mirarla. No le agradó aquella pregunta.

—No —reconoció—. Ni aún sabiendo que arriesgaba mi vida y la de Killian.

—Y lo harías, ¿si yo te lo pidiera?

— ¿Qué dices? —le dijo River al ver por su expresión resoluta que no bromeaba.

—River —dijo Eyrien poniéndole una mano en la mejilla—, he estado a punto de morir a manos de un vampiro. Y Ashzar es ahora muy poderoso, no podemos permitir que lo sea aún más. No me importa morir, pero no quiero hacerlo de esa forma. Volverá, River —le dijo Eyrien con absoluta calma—. Me lo dijo. Y no sé si ya seré lo bastante fuerte. Si tengo que morir igualmente, prefiero hacerlo en tus manos.

Eyrien dijo aquello con tanta calma y frialdad que a River se le humedecieron los ojos. ¿Qué pasaba en aquel mundo para que tuvieran que llegar a extremos así? No, River no podía ver morir a Eyrien, y mucho menos en sus propias manos; eso lo tenía ahora más claro que nunca.

— No me pidas eso —dijo River, girándose hacia la ventana para no ver el rostro de Eyrien, que le impulsaba a aceptar lo que ella le pidiese—. Lo siento Eyrien, pero no. Podría mentirte y decirte que sí lo haré para que te quedes tranquila, pero después no lo cumpliría. Y ya que tú eres sincera, yo quiero serlo también. No vuelvas a pedírmelo, porque no podrás convencerme.

Eyrien se alejó dos pasos y le dio la espalda.

—Lo siento Eyrien —dijo River dolido—. No quería hacer nada que te molestase ahora que había recuperado tu amistad, pero no puedo complacerte si me pides algo así.

Eyrien no le respondió, y River tuvo la sensación de que estaba llorando. Envió las fórmulas de cortesía al diablo y se acercó a ella. Puso las manos en sus hombros. Eyrien se giró y lo miró con unos ojos en que brillaban las lágrimas.

—¡Tú no lo entiendes! —le acusó la elfa cerrando sus pequeños puños con fuerza—. A cada momento pienso que Ashzar volverá… ¡Yo no puedo permitir que obtenga mi poder, River! Tendré que impedirlo tanto tiempo como sea posible, de cualquier forma, ¿lo entiendes?

Eyrien se echó a llorar, impotente o aterrada, River no lo sabía. No acababa de entender qué estaba insinuando Eyrien, pero sí sabía que la elfa necesitaba su comprensión. La abrazó, estrechándola entre sus brazos para protegerla aunque fuera sólo en aquel momento en el que en realidad no corría ningún peligro. Eyrien apoyó el rostro en su pecho y lloró en silencio un rato mientras perdía las pocas fuerzas que le quedaban. Cuando se ensombreció inconscientemente y las piernas no la sostuvieron, River la levantó y la llevó a la cama, donde la tapó con las mantas.

Luego cerró la ventana y se fue. Cuando estuvo en el pasillo descargó un puñetazo contra la pared para liberar la impotencia y la ira que se había estado guardando.

—River, ¿qué pasa? —dijo Killian, que se hallaba atónito al otro lado del pasillo—. No te habrás peleado con Eyrien otra vez, ¿verdad?

River optó por no tener más secretos para su amigo, porque eran sus secretos los que los habían llevado a aquella situación. Llevándoselo abajo decidió explicarle al príncipe, que por otra parte tenía más templanza y objetividad que él, todo lo que le había dicho Eyrien. El descubrimiento de que la elfa podía asustarse como cualquiera, sin embargo, se lo guardó para sí. No sabía por qué, pero le parecía que a Killian le costaría más entender que Eyrien, por muy poderosa que fuera, también podía sentir temor o duda. Pero él hubiera dado lo que fuera por poder decirle a la elfa que él la consolaría y la protegería de sus miedos siempre que hiciera falta, hasta que sus huesos ancianos no pudieran soportar su vida y tuviera que limitarse a observar y aceptar lo joven y hermosa que seguiría siendo ella todavía, dueña inmortal de un largo camino por vivir.

Eyrien pasó dos días más descansando después de aquella primera vuelta a la vida. River, que de vez en cuando iba a verla, no sabía si dormía de verdad o sólo descansaba de las dificultades del mundo, pero no le importaba y la dejaba tranquila. Killian parecía haber recuperado su natural optimismo y el placer por la vida tranquila, y se ocupaba de la granja en ausencia de su dueño. A River le hacía gracia ver al futuro rey de Arsilon ocuparse de dar de comer a las gallinas y de arrancar las malas hierbas del huerto, sacudiéndose las manos del polvo antes de entrar en la casa como un verdadero granjero. A la mañana del tercer día se oyó el galope de un caballo entrando por el camino de la granja. River cogió la espada, pues Killian estaba detrás de la casa y quizás no lo había oído. Se alegró de ver que era Tristan, que ya entraba por la puerta desembozándose el rostro.

—Hola, bienvenido a casa —le dijo River sonriendo contento.

—¡Hola! —dijo Tristan quitándose los guantes de piel—. ¿Ya se ha despertado tu elfa?

—¿Cómo que *su* elfa? —dijo la voz reverberante de Eyrien en algún lugar a su espalda.

El rostro de Tristan empalideció hasta ponerse gris como el alabastro mientras sus ojos como carbones se abrían desmesuradamente. Se giró hacia ella esperando quizás una muerte merecida, lo que hizo reír definitivamente a Eyrien. Aunque seguía pálida y delgada, al menos ya no parecía consumida por el desaliento.

—No te preocupes, hechicero de Quersia —le dijo a Tristan—. No voy a matar al mago que me ha salvado la vida. Aunque procura no repetir algo así de nuevo si estoy lo suficientemente cerca como para escucharte.

—Desde luego, mi dama —dijo Tristan—. Perdonad mi estupidez.

Killian entró por la puerta trasera e intercambió un saludo con Eyrien y con Tristan luego, y la elfa dirigió entonces sus ojos hacia River por primera vez. Enseguida Eyrien volvió a fijarse en Tristan y lo observó largamente, por lo que el Alto humano acabó por sentirse turbado.

—Tu antepasado fue un Elfo Ígneo, y además sospechosamente reciente, si no me equivoco —le dijo finalmente Eyrien.

—Sí —reconoció Tristan orgulloso—. Se llamaba Ashiel.

—¡Ashiel! Sé quién es —dijo Eyrien—. Fue pariente de la novia de mi hermano, pero igualmente todos los elfos conocemos su triste historia. A Ashiel le debemos mucho todos, pues fue en gran parte por ella que los elfos reconsideramos nuestro trato con los Altos humanos; que alguien de la casa de los Elfos del Fuego se enamorase de un Bajo humano replanteaba muchas cosas. ¿Sabías que fue por honrar su memoria que se permitió la creación del primer centro Umbanda en un territorio élfico?

—No, no lo sabía —dijo Tristan emocionado.

—Pues sí, tienes que dar las gracias a tu antepasada Ashiel por haber podido estudiar donde lo has hecho —dijo Eyrien—. Y yo también tendré que dar gracias a ello.

Luego le tendió la mano a Tristan, que se sorprendió y titubeó antes de estrechársela.

—Es un placer conocerte, Tristan de la Casa de Ashiel —dijo Eyrien—. Yo soy Eyrien, aunque supongo que eso ya lo sabías —añadió mirando a River.

—El placer es mío, dama Eyrien —dijo Tristan.

—Por supuesto —dijo Eyrien —. Ahora me gustaría que nos explicases las noticias que traes de Sentrist, pues adivino que no son buenas.

—No lo son, desde luego —dijo Tristan seriamente mientras iban a tomar asiento.

Tristan les explicó que a medida que se acercaba a Sentrist los rumores sobre los guls iban aumentando. Las aldeas preparaban barricadas y empalizadas, aunque Eyrien no tardó en comentar que serían completamente inútiles contra los antropófagos. En los pueblos más cercanos a Sentrist, Tristan había averiguado que los guls ya habían echado anclas en la costa y que se habían apostado en la puerta sur y tenían intención de llegar a la norte. Cuando se acercó, vio consternado que ya lo habían conseguido. Habían rodeado la ciudad y un grupo muy numeroso se arracimaba frente a la puerta norte. La ciudad estaba sitiada.

—Malas noticias —dijo Eyrien.

—¡Es horrible! —dijo Killian.

—¿Sabes si hay enanos o elfos dentro de la ciudad? —le preguntó Eyrien.

—No los hay, dama Eyrien —dijo Tristan—. Como pensé que vos preguntaríais al respecto, busqué a algún ciudadano libre que pudiera informarme. Un anciano hechicero me dijo que creía que en la ciudad esperaban a algunos elfos, pero que no habían acudido.

—¿Cuánto tiempo llevamos aquí? —preguntó Eyrien cada vez más seria.

—Una semana —calculó River.

—Una semana —repitió Eyrien—. Y Freyn y Eriesh aún no han llegado a Sentrist tampoco. ¿Qué los habrá detenido a ellos? Suinen de Sentrist está solo. Me dirigiré hacia allí sin demora.

River, Killian y Tristan intercambiaron una mirada.

—Eyrien, yo no creo que... —empezó a decir River.

—Pero me da igual lo que tú creas —lo atajó Eyrien.

Luego suspiró, lamentando haber sido tan brusca. Haciendo una prueba tanto para ellos como para sí misma, probó cuánta energía podía canalizar de nuevo. Levantó una mano y la abrió con la mano hacia arriba. Se concentró y encendió sus ojos y sus cabellos hasta que consiguió que brotara un pequeño rayo energético de ella.

—Lo considero suficiente —dijo Eyrien cuando volvieron a mirarla—. Los tratamientos del hechicero de Quersia han sido excelentes y me siento lo suficientemente recuperada como para ir a Sentrist. Vosotros, si queréis, podéis quedaros aquí.

—De eso nada —dijo River.

—Pero Eyrien, ¿qué sucederá si vuelve el vampiro? —le preguntó Killian.

—Killian, a ver si os entra ya en la cabeza —dijo Eyrien—. Cuando decida venir a buscarme me encontrará donde esté. Sea donde sea, porque se siente atraído por mi sangre. Aunque si te tranquiliza, puedo decirte que creo que no volverá todavía. No hasta que... —«hasta que mi vida ya no tenga valor» pensó Eyrien recordando sus palabras—. Da igual. Pero no volverá todavía, sino directamente no se hubiese ido. Y, mientras, me esperan en Sentrist, y es allí donde iré. Lo que podéis hacer por mí, River ya lo sabe. A parte de eso no quiero que os inmiscuyáis más. Ya que os he perdonado la vida, me gustaría que la disfrutaseis un tiempo. Partiremos mañana por la mañana, os sugiero que descanséis hasta entonces.

Dicho esto se levantó. Le daba pena que se sintieran tan mal, pero la verdad era un hecho y sería mejor para todos que la aceptaran.

—Iré un rato fuera a ver a los caballos —dijo, y luego sonrió—. Y ni se os ocurra decirme que no salga por si el vampiro merodea porque os chamusco los dedos.

River suspiró haciéndose a la idea de que Eyrien no era un ser del que se pudiese cuidar fácilmente. Killian anunció que iba a preparar algo de comer, pues Tristan ni siquiera se había quitado el polvo del camino, e hizo caso omiso de las quejas de éste, que decía que no podía permitir que el príncipe de Arsilon le preparara la comida en su propia casa. Sin embargo, con Killian sucedía algo parecido que con Eyrien, pues uno podía llevarle la contraria a un miembro de la realeza hasta cierto punto, así que River le dio una palmada en la espalda a Tristan mientras éste veía algo abochornado cómo el futuro rey de los Pueblos Libres se metía en la cocina.

Los dos magos se acercaron a la ventana a observar a Eyrien, que en aquel momento se lanzaba escaleras abajo con aquella levedad propia de su pueblo. Los caballos se acercaban y se mostraban contentos, pero ninguno más que Elarha. Trotaba hacia la elfa sacudiendo la cabeza y haciendo revolotear sus largas crines. Eyrien alzó las manos haciéndole gestos para que se tranquilizase, luego se abrazó a su cuello mientras la yegua metía el hocico entre sus resplandecientes cabellos.

—Un animal espléndido —dijo Tristan mientras veían cómo Jano daba un golpe con el morro a Eyrien con tanto ímpetu que la lanzó contra el flanco de Elarha—. ¿De qué especie es?

River se quedó mirando a Tristan asombrado, por lo que éste le devolvió una sonrisa burlona.

—Vamos, River. ¿Has estado tan cegado con la elfa que no te has dado cuenta de que su montura también desprende magia? Vaya un hechicero de poca monta estás hecho tú, señor de la Casa de los Tres Elfos.

Mientras el granjero soltaba una carcajada, River se llevó una mano a la nuca azorado.

—¿Y qué tipo de relación tienes tú con esa elfa? —le preguntó Tristan, ya poniéndose serio.

River sonrió. Sabía que Tristan acabaría por preocuparse por su, parecía que demasiado evidente, atracción por la elfa.

—¿Qué tipo de relación *puedo* tener yo con esa elfa? —le respondió, observando cómo Eyrien se encaramaba de un ágil salto al lomo de Elarha y se quedaba observando cómo Jano y Adrastea retozaban por el jardín.

—Ninguna, desde luego —dijo Tristan—. Siempre es peligroso estar demasiado cerca de una elfa. La siartana es además muy hermosa. Y veo cómo la miras, River, y cómo te mira ella a ti.

—¿Y cómo me mira ella a mí?

—No lo sé, no puedo desentrañar la expresión de una elfa. Eso se le daría mejor a Shane; ella se ha especializado en costumbres feéricas. Incluso está estudiando Uldaran, ya ves —dijo Tristan alzándose de hombros—. Pero la Hija de Siarta no te mira como nos mira al príncipe o a mí. Tiene más interés en ti y, viniendo de un elfo, eso no tiene por qué ser algo bueno. Y menos si tú te haces ideas equivocadas con ello. No es una elfa cualquiera como mi antepasada Ashiel, River. Es Eyrien de Siarta, la heredera del pueblo élfico, y mostrar demasiado interés por ella podría crear problemas políticos que no serían buenos en tu posición. Además de que invariablemente tu corazón se acabaría rompiendo, para ella eres sólo un crío. Siento hablar así, pero sólo me preocupo por ti, River.

—Lo sé, Tristan. No te preocupes —dijo River.

Tristan le dio un codazo y le dijo:

—Bueno, ¿vas a decirme qué tipo de animal es ése? ¿Un Unicornio, un Pegaso, un Grifo…?

—Un Pegaso —dijo River, contento al menos de haber descubierto la naturaleza de Elarha.

—Vaya, un Pegaso —dijo Tristan reverente—. Magníficas ambas, montura y jinete.

—Y tanto —aseveró River, observando a Eyrien.

Poco después comieron, aunque Eyrien sólo tomó una infusión y eso después de que Tristan insistiera. Luego la elfa se acercó a River y exigió saber dónde estaban sus armas. River frunció el entrecejo pero la llevó hasta donde habían dejado los fardos de viaje. Eyrien acarició su espada y anunció que se iba fuera a practicar un poco, pues necesitaba ejercitar sus músculos después de tantos días de inutilidad. Los tres chicos la siguieron hasta el porche y se quedaron allí a observarla mientras ella avanzaba hasta el jardín e iniciaba una serie de ejercicios con su espada, entrenamientos que delataban una agilidad y una maestría admirables. Cuando activó su espada feérica, Tristan no pudo reprimir un grito de sorpresa y Eyrien se giró a mirarle.

—Pues pídele a tu amigo que te enseñe sus esposas feéricas. Se las regalé yo misma a su padre —dijo—. Son muy interesantes también. Y útiles, ¿verdad River?

Tristan frunció el entrecejo, recordando las marcas de los grilletes que había descubierto en las muñecas de Eyrien. Aun así prefirió no preguntar; todo aquel asunto era demasiado extraño como para querer inmiscuirse en ello. Eyrien siguió practicando largas horas, hasta que sólo Killian se quedó a observarla con la adoración propia de un joven con alma de guerrero. Sin embargo, cuando se acercaba el anochecer, incluso él acabó por sentirse cansado ante la energía infatigable de la elfa. Entró en el salón y se sentó con River para escuchar hablar de sus vivencias a Tristan. Al cabo de un rato, sin embargo, se quedaron los tres petrificados en sus sillones. Se había escuchado un aterrado grito femenino que venía de fuera.

Eyrien había ido hacia el fondo del jardín. Estaba segura de que a los chicos no les gustaría que se alejase tanto, e incluso ella se sentía algo atemorizada entre las crecientes sombras y la imposibilidad de ver el camino de entrada que en aquel lugar hacía una curva, pero tenía que demostrarse a sí misma que no corría ningún peligro ni tenía ningún miedo. Cogió dos manzanas del manzano para lanzarlas al aire. Con pocos movimientos rápidos y certeros de los dos filos de su espada había conseguido partirlas en cuatro trozos antes de que llegaran al suelo, cuando oyó un grito aterrado a su izquierda. En el recodo del camino había aparecido una Alta humana que la miraba con pavor, y Eyrien reconoció que quizás la expresión de concentración y la espada que empuñaba, no era la mejor bienvenida que había tenido la mujer al llegar a casa.

La maga quiso echar a correr, por lo que Eyrien tuvo que gastar sus escasas fuerzas para retenerla con un conjuro. ¿Por qué todos los humanos se empeñaban en intentar huir, obligándola a retenerlos a la fuerza?, se preguntó Eyrien con fastidio, luchando con su aún débil magia contra la resistencia que oponía la maga. Finalmente la mujer dejó de resistirse.

—¿Eres Shane, la esposa de Tristan? —le preguntó Eyrien.

—Sí —respondió la mujer con un sollozo, desviando una mirada angustiada hacia el camino que ocultaba la casa a su vista—. ¿Eres una Cazadora?

«Una estudiante de costumbres feéricas», se dijo Eyrien, pensando que sólo un mago del Centro de Alto Udrian podía reconocer a una Cazadora sin haber visto nunca antes a un elfo.

—Sí, soy Cazadora —reconoció Eyrien, contestando a aquella pregunta tan directa. Sin embargo pensó que le debía algo a Tristan por haberla ayudado y que era mejor no provocarle una crisis de ansiedad a su esposa como agradecimiento—: Pero no tienes que temer por tu vida o la de tu esposo, porque no he venido aquí en calidad de asesina sino de paciente.

Desactivó su espada y se apartó los cabellos del cuello para mostrarle las marcas de los colmillos que aún estaban impresas en su piel. La mujer se llevó las manos a la boca con gesto de horror, y se relajó. Era así de fácil, pensaba Eyrien: «muéstrale a un humano que tú tampoco eres intocable y te ganarás su confianza al instante». Al ver que la maga de Udrian la miraba ya con más compañerismo que temor, levantó el conjuro que le impedía moverse. La mujer dio un paso hacia delante, para comprobar que realmente podía hacerlo, pero aun así no se acercó más a Eyrien, aunque ésta se interpusiese entre ella y su casa y su esposo; seguía siendo peligrosa.

—Mi nombre es Eyrien —dijo ella acercándose y tendiéndole su larga y delicada mano en un gesto claro de amistad.

—¿Eyrien de Siarta? —preguntó Shane incrédula.

—No hay ninguna otra Eyrien ni la habrá, a no ser que alguien de la casa de Siarta quiera honrar mi memoria en el futuro —dijo sonriendo—. No me temas, Shane, aunque te explique algo que tan pocos saben. Le debo demasiado a tu marido para desearle algún mal.

Se oyeron pasos corriendo por el camino que llevaba a la casa y aparecieron Tristan, River y Killian. Se quedaron parados un momento al verlas juntas, pero cuando tuvieron claro que no había peligro Tristan corrió a abrazar a su esposa mientras River y Killian suspiraban aliviados.

—Creíamos que eras tú la que había gritado —dijo River—. Por un momento hemos pensado...

—Estás insultando a la Hija de Siarta, River —dijo Shane, yendo a abrazarlo—, si insinúas que has confundido mi voz humana con la suya.

—Lleva días insultándome en diversas formas, así que ya no es algo que me moleste en reprenderle —dijo Eyrien con su peculiar humor mientras recogía sus armas del suelo.

Mientras la seguían por el sendero, Shane interrogó a su esposo con la mirada. Tristan negó algo serio con la cabeza, por lo que Shane adivinó que la situación con que se había encontrado al llegar a casa era aún más compleja y sombría de lo que parecía. No sabía qué le preocupaba más, si que la Hija de Siarta hubiera sido atacada por un íncubo o que ésta tuviera tan buena relación con River.

Después de cenar, Eyrien salió de nuevo al porche y se sentó en la baranda de madera. Se rodeó las piernas con los brazos y se quedó mirando al cielo semejando la versión élfica de un gato encaramado a un tejado para observar ensimismado la luna. Al cabo de un rato se alzó y bajó las escaleras hacia el jardín, ensombreciéndose poco después. Era una muestra clara de que necesitaba estar sola para pensar. Shane aprovechó para acercarse a River, que escudriñaba preocupado desde la ventana los bordes del bosque.

—¿Por qué te preocupas tú tanto si ni siquiera ella lo hace?

—Le prometí a un elfo de Greisan que haría lo posible para que a ella no le sucediese nada —respondió River—. Ya ves que hasta ahora he fracasado estrepitosamente.

—Ella está viva y, por lo que me ha dicho Tristan, podría haber muerto si no fuera por ti.

—Tampoco habría estado en peligro si no hubiese sido por mi culpa —dijo River desviando la mirada.

Shane suspiró pero no quiso indagar más sobre ello. Cuanto menos supiese, menos cosas tendría que ocultar luego.

—Nunca creí que vería a alguien de la Casa de Siarta —dijo Shane respetuosa, buscando a Eyrien en el jardín sin verla—. ¡Aunque casi me mata del susto! Ahora que puedo ser objetiva de nuevo, me doy cuenta de lo hermosa que es. Y refleja poder y valentía. Sin duda se debe a que es la hija del poderoso rey Subinion, aunque sigue pareciendo muy joven. Le atribuyo unos doscientos años élficos. ¿Me acerco? —dijo Shane, como quien comprueba hasta qué punto sus conocimientos son acertados.

—Doscientos veinte, creo —dijo River.

—Entonces es realmente muy joven entre los elfos —dijo Shane—. Debe ser muy poderosa si a esa edad ya es una Cazadora.

—¿Y en años humanos cuántos tendría? —le preguntó River, quien sabía que los estudiantes de costumbres feéricas contrastaban la edad de elfos, enanos y humanos con unas complejas tablas matemáticas.

—La correspondencia varía según la edad que tenga el elfo. Ellos son mayores de edad a los cien años, así que la equivalencia depende de si se calcula por encima o por debajo de esa edad. Si la Dama de Siarta tiene 220 años élficos, humanizados son veinte años y pocos meses —calculó Shane—. Pero no debes pensar así, River. Es joven, pero sólo para los elfos. Para ti sigue siendo alguien que ha vivido más de doscientos años, y que seguirá siendo joven cuando haya pasado tanto tiempo desde que tú hayas muerto que ya ni siquiera recuerde que exististe.

River sonrió y rodeó los hombros de Shane con un brazo.

—Me estás hablando con una crueldad increíble, pero estoy contento porque me doy cuenta de cuánto me quieres —le dijo dándole un beso en la mejilla—. No te preocupes, sólo tengo curiosidad. ¿O no me conoces?

—Sí, pero Eyrien de Siarta me resulta atractiva hasta a mí —dijo Shane riéndose—. Y a ti te hace mucho caso, es normal que te atraiga.

—A mí en estos momentos lo único que me atrae de Eyrien son las ganas de echarle un buen sermón por esa obstinación que tiene. ¿Cuánto tiempo lleva ahí fuera? Saldré a ver si aparece. Seguro que está sentada ahí mismo y yo muriéndome de preocupación por no verla.

Shane sonrió mientras River salía hacia la puerta. No envidiaba al hechicero de la Casa de los Tres Elfos si de alguna manera se había visto convertido en protector de la Hija de Siarta. River salió al porche y miró a su alrededor, agudizando su oído cuanto podía para detectar alguna presencia. Al no ser capaz de sentir nada se acercó hasta la baranda del porche y apoyó las manos en ella, aspirando el aromático aire nocturno y observando las sombras difuminadas de la huerta y el jardín. Al momento unos ojos felinos brillaron observándolo desde encima de la baranda, algo más allá. Pronto el mago y la elfa estaban conversando animadamente.

Sin embargo, Shane los observaba desde la ventana y no veía sólo a una elfa jugando inocentemente con un pobre humano, sino que veía algo más detrás.

—¿Qué opinas tú, Shane? —le dijo Tristan, acercándose por su espalda y rodeándola con sus brazos mientras observaba también la relajada conversación que se sucedía en el porche.

—Que espero equivocarme en lo que creo que estoy reconociendo ahí —dijo la maga posando las manos sobre los brazos de su esposo—. Y lo peor es que creo que ni siquiera ella sabe lo que está haciendo; en ese sentido sigue siendo demasiado joven y demasiado inocente. La Hija de Siarta está jugando a un juego que es más peligroso de lo que ella misma cree.

—¿Peligroso para quién? —preguntó Tristan.

—Para ambos, si ella no medita y recula a tiempo —dijo Shane suspirando—. Pero no creo que suceda nada tan grave como para que el tiempo no pueda arreglarlo.

Al día siguiente se despedían ya frente al porche de la granja. Tristan y Shane aún no se habían acabado de creer que habían conocido a la Hija de Siarta, y ya la estaban añorando como si fuese una amiga.

—Ahora, por un vuelco del destino, formáis ya parte de esta lucha que parece no tener fin —les dijo Eyrien—. Al ayudarme os habéis ganado poderosos enemigos, declarados y ocultos, pero también el agradecimiento de todo el pueblo feérico. A partir de ahora ya no serás sólo el descendiente de Ashiel, Tristan, serás también el sanador que salvó a Eyrien de Siarta. Tu nombre se conocerá entre mi pueblo, y la ayuda no te faltará jamás. Aunque, si lo prefieres, puedo guardar el secreto para que sigas viviendo en paz.

—Agradecería que me guardarais el secreto, mi señora. Con haberos conocido tengo regalo suficiente, dama Eyrien —dijo Tristan emocionado, pero también algo asustado por todo lo que implicaba el bulto de mantas con que River había entrado en su casa—. Ha sido un placer conoceros, y lamentaré no veros más.

—No sé si para bien o para mal pero nos volveremos a ver, lo he leído en las estrellas.

Natural como le había salido el comentario, Eyrien fue la única en no darse cuenta del significado de sus palabras. Pero fue causa de estremecimiento para los humanos que la acompañaban, y para los que dejaba atrás preguntándose en qué condiciones se reencontrarían con la Dama de Siarta.

15

Peleas y guls

La nueva etapa de la marcha hacia Sentrist se le hizo a Killian extraña, como si hubiese pasado media vida desde que hubieran salido de Gevinen. El miedo por él mismo primero y el miedo por Eyrien después le habían hecho reflexionar, crecer y madurar mucho más que todos los años anteriores. Nadie podía decir ya que el príncipe de Arsilon no sabía lo que era luchar por la vida. De pronto, el enfrentamiento con los guls no era el fin del camino, sino sólo una batalla más en una guerra tan oculta como declarada. Tristan y Shane les habían preparado provisiones para cinco días, pues, aunque Sentrist sólo estaba a dos días de distancia, el sanador opinaba que convenía que no se apresuraran demasiado para que Eyrien no se debilitara aún más por el camino. Se había recuperado mucho, sí, pero no era el descanso sino un ejército gul lo que esperaba en Sentrist. También River estaba pensando en lo que dejaban atrás mientras los caballos relinchaban contentos por estar de nuevo en camino. Cuando volvían a introducirse en la espesura, sonrió. Había descubierto a

Eyrien dejando una bolsa tintineante de oro en la mesa de la cocina, consciente de que Tristan y Shane jamás lo hubieran aceptado.

—¿Cuanto oro les has dejado? —le preguntó a la elfa, que por una vez no cabalgaba tan adelantada como para que tuvieran que llamar su atención a gritos.

—Lo suficiente como para que vivan bien el resto de sus vidas —dijo la elfa—. Tristan no se da cuenta, pero si esto se supiese entre mi pueblo tendría elfos de todas las razas dejándole regalos anónimos en el jardín hasta después de muerto.

—Eso no le gustaría —dijo River.

—Lo sé —dijo Eyrien—. Por eso ya le he agasajado yo por todos los elfos del mundo.

—Durante este trayecto te has desecho ya de una fortuna increíble —dijo Killian admirado—. ¿De dónde sacáis tanto oro?

—Las riquezas, tal como las entendéis los humanos, nos sobran —dijo Eyrien—. ¿Recuerdas lo que hizo Eriesh con aquella orquídea?

Killian lo recordaba perfectamente. El Elfo de las Rocas había convertido sin esfuerzo una flor en una gema preciosa que tenía el valor de un castillo pequeño.

—Los Elfos de las Rocas son los mayores comerciantes de piedras preciosas del Continente Norte y nos proporcionan riquezas materiales —dijo Eyrien, y se alzó de hombros—. Pero los elfos no comerciamos entre nosotros de esa forma, así que sólo usamos oro cuando tratamos con humanos o enanos; a ellos también les encantan el oro y las piedras preciosas para adornarse.

—Es verdad, no me había fijado —dijo River mirando a Eyrien.

—¿En qué? —dijo ella.

—En que tú no llevas ninguna joya salvo esos cinturones y el anillo de oro blanco que llevas en la mano derecha —dijo River—. Aunque tampoco necesitas nada de eso, mi dama.

River pensó que había metido la pata hasta el fondo, porque el rostro de Eyrien se ensombreció y ya no volvió a hablar en todo el camino. Permaneció las largas horas de aquel día mirando el anillo de oro blanco que adornaba su dedo pulgar, como si distinguiera en él angustiosas visiones. Durante la cena River ya no pudo más y le pidió disculpas a Eyrien si la había ofendido con sus groseras palabras. Eyrien lo miró como si hubiese salido de un conjuro.

—¿Qué? Ah, no, no —dijo la elfa, que sonrió. Al momento volvió a ponerse seria y, quitándose el anillo, se lo tendió por encima del fuego—. Pero esto es tuyo. Es el anillo con que tu padre desposó a tu madre. Robin me lo confió antes de morir, pero ha llegado el momento de que pase a manos de su legítimo dueño.

River cogió el anillo de manos de la elfa y se quedó mirándolo absorto, demasiado sorprendido y preso de aquellas emociones que brotaban tan de vez en cuando. Alzó la mirada hacia Eyrien, que se mantenía serena pero triste.

—¿Cómo...? —empezó a preguntar River, pero Eyrien alzó una mano.

—No voy a hablarte de cómo ha llegado ese anillo a mis manos, River.

—Lo siento, no quiero agobiarte con mis problemas.

—¿Y quién dice que tus problemas tengan la capacidad de agobiarme a mí? —dijo Eyrien—. Eso es algo entre tu madre, tu padre y yo. Lo que sí os explicaré es por qué prometí cuidaros.

La elfa se rodeó las piernas dobladas con los brazos, como si quisiera protegerse de sus propios recuerdos, y su expresión se tornó apesadumbrada y melancólica.

—A tu tío, Killian, ya sabes que lo conocí hace veinte años, cuando fue presentado como heredero al trono. Sin embargo a tu madre Syana, la conocí hace 35 años.

—¡Pero mi madre tenía entonces 8 años! —exclamó Killian—. Pensaba que tú no te interesabas por los miembros de mi familia hasta que los considerabas suficientemente listos.

—Y no lo hacía —dijo Eyrien sonriendo—. Pero tu madre era condenadamente lista. Se enteró de que había elfos en el castillo y no paró hasta que encontró la forma de llegar a mis aposentos. Un día entró, se agazapó entre los muebles y esperó horas hasta que yo volví, tras lo cual me estuvo observando en silencio. Syana y yo nos hicimos muy buenas amigas. Al principio fue como una hermana pequeña para mí, pues me recordó a mi sobrina, a la que veía menos a menudo de lo que yo quería. Luego su edad empezó a acercarse a la mía y hablábamos durante largas horas de sus amores y sus desamores, me pedía consejo... Incluso llegó un momento en que ella empezó a ser una hermana mayor para mí, pues Syana crecía al rápido ritmo de los humanos mientras que yo casi no cambié en el tiempo que vivimos juntas. Y la vi desposarse, vi morir a tu padre y te vi nacer, Killian. En definitiva, yo la quería muchísimo —dijo Eyrien, y suspiró con infinita tristeza cuando dijo como si la hubieran herido personalmente—: y murió. Es algo que no me perdonaré nunca, porque yo estaba en Arsilon cuando la envenenaron. Hacía días que teníamos la sensación de que los maelvanienses habían conseguido introducirse en la ciudad, pero nunca llegamos a pensar que querrían cometer un asesinato. Y habían escogido a tu madre, para erradicar la posibilidad de que siguiera engendrando hijos.

»Yo la vi morir —dijo Eyrien con un suspiro—. Estuve a su lado durante las largas horas de sufrimientos, aunque ella sólo tenía pensamientos para ti. Que qué sucedería contigo, si corrías peligro, si Arsilon iba a caer... Aun cuando su mano empezó a temblar dentro de la mía, ella sólo pronunciaba tu nombre. Incapaz de verla sufrir de aquella manera, yo le prometí que tendría un ojo puesto en ti mientras viviera, lo que en un elfo es una promesa que ata más que un juramento de vampiro. Tu madre no tuvo un último aliento para darme las gracias, pero murió en paz y feliz; ella confiaba en mí más que en nadie.

—Pobre madre —dijo Killian con los ojos húmedos.

No recordaba casi nada de ella, pues él tenía cinco años cuando ella murió, pero imaginaba a una mujer dulce y cariñosa sufriendo aquella agonía y no podía evitar sentir rabia y frustración.

—Fue un golpe muy duro para todos —siguió diciendo Eyrien, que tenía la mirada fija en el fuego—. Ian, Lander, Robin, vosotros dos... Nunca hasta entonces nos habíamos dado cuenta de cuán cerca estaba el peligro de todos vosotros. Fui yo quien aconsejó a Ian que te enviara a las tierras fernostianas paternas, donde pasarías desapercibido. También extremamos las medidas de seguridad en lo que se refería a Robin y a River; la Casa de los Tres Elfos siempre ha sido de un especial interés para Maelvania. Robin nunca llevó bien el estar tan cerca del poder como le gustaba a Lander, y sólo el amor por su esposo la retenía en el centro de la Alianza. Yo… bueno.

—¿Por qué tengo la sensación de que no te llevabas bien con mi madre? —le preguntó River.

—Yo sí me llevaba bien con tu madre, River. Era ella la que no se llevaba bien conmigo —dijo Eyrien—. Pero es algo habitual; las elfas no les gustamos a las humanas, y yo mucho menos que las demás. Lo importante es que antes de morir, tu madre se reconcilió con el mundo, incluso conmigo. Fue durante la Alianza Negra. Aquella fue una batalla sangrienta como pocas. Las hordas de chupasangres y kapres no paraban de aparecer en el bosque, y el ataque había sido tan súbito que ni siquiera conseguimos llamar a nadie de los nuestros; suerte que al menos Eriesh, Freyn y yo estábamos en Arsilon en aquel momento. Todos los soldados de Arsilon salieron a exterminar chupasangres, e incluso los estudiantes de más alto grado del Centro Umbanda tuvieron el valor de salir a defender a los guerreros de los kapres. No exagero si digo que en una sola noche llegué a matar a quinientos kapres. Pero lo peor era ver caer a los humanos. Erais tan débiles frente a aquellas criaturas, y era imposible protegeros a todos. Lo peor sin duda era tener que rematar a los heridos para evitar que se convirtiesen en wendigos. Por eso los hay en el bosque de Dreisar, porque muchos no fueron capaces de acabar con la vida de parientes o amigos. Fue desolador. Tanto Eriesh como yo intentamos mantenernos cerca de tus padres, River, pero no pudimos evitar perderlos de vista en aquella locura. Eran grandes hechiceros ambos, por aquel tiempo tu padre ya había desarrollado unas habilidades increíbles y dignas de la Casa de los Tres Elfos a la que pertenecía. Pero tu madre no era tan fuerte y se vio superada. Tu padre fue a defenderla. Cayó a sus pies, ni siquiera pudieron despedirse. Vi impotente cómo tu padre moría, mientras tu madre quedaba tan destrozada por el dolor que a duras penas se defendía. Me abrí paso como pude para llegar hasta ella. Cuando exterminé a los kapres que se hallaban a su alrededor, tu madre ya estaba herida de muerte, tendida en el suelo junto a tu padre. Me pidió que te protegiera de los males, que me asegurara de que llegaras a adulto para seguir libremente tu camino y escoger lo que querías hacer con tu vida, y yo se lo prometí para que también ella pudiera morir en paz.

Los ojos de Eyrien se habían humedecido y seguía mirando al fuego con la vista perdida. River se dio cuenta de que se había saltado la parte relativa al anillo que sostenía entre sus manos, pero no tuvo valor de hacerle ningún comentario al respecto.

—Debió ser duro para ti —dijo River solamente—. Aún eras joven cuando sucedió todo eso.

—Sólo veinte años más joven, para mí no es mucha diferencia —dijo Eyrien—. Pero en dos años había visto morir a casi todos los humanos a los que había amado, y me juré no volver a cogerle cariño a un mortal. Para los elfos la muerte es algo ajeno, la mayoría vive miles de años sin ver morir a nadie. Pero para mí la muerte es una compañera constante, siempre viaja a mi lado. Ver morir a Syana, Lander y Robin fue algo que no pude soportar, y me alejé de todos mucho tiempo. Yo admiro a los humanos, porque sois fuertes para aceptar que veréis morir a muchos seres queridos antes de morir vosotros mismos; eso es algo para lo que yo no estoy preparada. Por eso no quise conoceros a ninguno de vosotros dos. Así que me ocupé de vosotros desde lejos. También fui yo quien aconsejó a Ian que a ti te retuviese a su lado, River, para evitar que cayeras en malas manos. Y evité por todos los medios que te inculcaran los deberes de la Alianza desde pequeño y que te permitieran pasar los veranos vigilado en casa de tu tía, para cumplir la promesa que le hice a tu madre de dejarte elegir cuando fueras mayor.

—Vaya —dijo River—. No sabía que Killian y yo éramos objeto de tantas miradas.

—De eso se trataba, mago, de dejaros vivir —dijo Eyrien, y suspiró—. Ahora estoy pagando mi debilidad hacia los humanos y mi incapacidad de defenderlos. Pero no me importa. Yo soy consecuente con mis actos y mis faltas, y estaré en paz si actúo correctamente para enmendar mis errores. Fui débil para dejarme llevar por mis pasiones, pero no me arrepiento.

Hubo un momento de silencio. A Killian le hubiese encantado poder decirle a Eyrien que no debía culparse por aquellas muertes, que ella no era la responsable de todos los seres a los que había conocido, pero no tenía suficiente valor como para decirle una cosa así. Si aquélla era la forma de pensar que tenía como elfa, no podía insultarla intentando que pensase como un humano. River, por su parte, entendía un poco mejor a Eyrien pero seguía pensando en todo lo que le había ocultado respecto a su relación con sus padres.

—Será mejor que descansemos —dijo Eyrien finalmente, dedicándoles una sonrisa—. No conviene desvivirse por los recuerdos, y los próximos días serán duros. Así que a descansar.

Antes de que pudiesen decir nada, la elfa se había ensombrecido rodeándose de un silencio sepulcral. Como sabían que no debían contrariarla la obedecieron, y se tumbaron en sus respectivas mantas. River tardó en dormirse mucho más que Killian. Aunque era cierto que se alegraba de haber descubierto cuánta gente se preocupaba por él aún siendo huérfano, se sentía sucio por ello, pero no conseguía adivinar por qué. Estando aún despierto, vio que Eyrien abandonaba sus mantas y se alejaba hacia un claro próximo. La siguió, pues sintió que tenía que devolverle algo.

La elfa se había sentado sobre un árbol caído, acariciando la corteza que, aunque vencida, seguía emanando vida.

—¿Eyrien? —la llamó.

Eyrien no se giró a mirarle, pero le hizo sitio en el tronco junto a ella. El mago se sentó y permaneció un momento pensativo, tras lo cual extendió la mano abierta hacia ella. En su palma estaba de nuevo el anillo de sus padres.

—Quiero que lo sigas teniendo tú —dijo River—. No me lo has explicado todo, pero es más tuyo que mío. Lander y Robin eran mis padres, pero fueron amigos tuyos mucho más tiempo. Así que prefiero que te lo quedes tú, porque honrarás su memoria mucho mejor que yo.

Eyrien cogió el anillo sin decir nada, se lo puso y mantuvo la mano sobre su pierna, a la vista de sus ojos. Luego volvió a mirarlo, transformando sus ojos felinos en los pozos profundos y azules que adornaban su rostro de día.

—¿Vas a explicarme qué te pasa? —le dijo con suavidad—. Y espero que esta vez la conversación no acabe igual de mal que la última.

—No me pasa nada, Eyrien —dijo River sonriendo con esfuerzo.

—Mago, no puedes imaginarte lo que cambia el lenguaje corporal de un humano cuando miente —dijo Eyrien—. Así que si no quieres decírmelo, reconócelo. Pero no me mientas.

—No quiero ofenderte —dijo River. Su rostro estaba tan serio que parecía muy maduro de repente—. Pero tampoco quiero ser una más de tus molestas preocupaciones, sólo porque mi madre te obligara a hacer una promesa antes de morir. Si no hay nada en mí que te impulse a querer respetar mi vida por lo que soy, prefiero que me consideres un desconocido cualquiera.

Eyrien se lo quedó mirando mientras en su rostro se dibujaba una sonrisa. Se echó a reír.

—Hay que ver lo complicado que eres para ser humano —dijo riéndose aún—. No te lo tomes a mal pero desde luego te pareces mucho a tus padres. A ambos. También ellos me sorprendían constantemente con ese tipo de pensamientos rebuscados —dijo la elfa mirándolo—. ¿Y qué quieres que te diga, River? Creo que tú quieres oír cosas que yo no puedo decir. La culpa ha sido mía por dejar que me cogieses confianza, pero eres humano y eres joven, y el interés que puedo sentir por ti es muy diferente al que tú anhelas —le dijo Eyrien, dulcificando su crueldad con una sonrisa indulgente—. Yo soy una elfa, tengo casi 200 años más que tú.

—Pero no llega —dijo River desafiante.

—Tengo 198 años más que tú, River.

—¿Ves? No llega a los 200. Y si contáramos tus años de forma humana, tendrías sólo 20. Eres más antigua, pero no más vieja —insistió River—. Si nos comparamos relativamente, yo soy por mi edad mucho más maduro que tú.

—Esta estúpida conversación no nos lleva a ninguna parte —dijo Eyrien, que se levantó bruscamente. Se giró a mirarlo—. No hay nada que yo pueda ofrecerte que no sea una indulgente amistad, y tú lo sabes. Así que, ¿qué es exactamente lo que quieres de mí, River?

River le dirigió una mirada brillante, alzando una ceja con una expresión que mezclaba la incredulidad y el desafío. Al darse cuenta de lo que le había preguntado al mago y que éste se disponía a responderle, Eyrien se alarmó y le tapó los labios con los dedos de una mano.

—No quiero que respondas, no quiero saberlo —rectificó rápidamente—. No me perdonaría nunca ser la culpable de que vuestros caminos os lleven a un mal lugar del que sólo la muerte os salve. ¿Comprendes? Acabaré haciéndote daño inevitablemente si sigo cerca de ti, y me da miedo que eso pueda hacerte perder la entereza.

River cogió la mano de Eyrien con la suya.

—¿Y quién te ha dicho a ti que tu sola presencia pueda hacerme dudar de mi camino? —le respondió con un amago de sonrisa, utilizando sus propias palabras.

Eyrien parpadeó perpleja. Estaba tan acostumbrada a ser objeto de deseo que la sola posibilidad de no ser lo suficientemente turbadora como para provocar aquella reacción en el mago parecía hacérsele impensable. Y lo era, pero Eyrien seguía sin asimilar que River pudiera estar mintiéndole. Parecía tan dulce y temerosa en aquel momento que, sin darse cuenta siquiera de que era una estupidez, River estiró de su mano para atraerla hacia sí y se acercó para besarla. Eyrien dejó que se le acercara, aunque paradójicamente reaccionó con sorpresa cuando sus labios se posaron sobre los suyos. River tuvo la sensación de que se estaba condenando al abismo, porque los labios de Eyrien eran demasiado cálidos y demasiado dulces como para que la huella que iban a dejarle pudiese borrarse nunca. Aun así se dejó llevar por el momento, y puso una mano en la espalda de Eyrien cuando ésta por fin le devolvió el beso con ternura. Pero duró poco, porque cuando se dio cuenta de lo que estaba haciendo se puso rígida y levantó las manos en un gesto de defensa, enviando consciente o inconscientemente un golpe de energía a River para apartarlo de sí. Eyrien compuso un gesto de horror y se giró para darle la espalda, llevándose las manos a las sienes mientras River se tocaba el pecho allí donde lo había golpeado.

—No, no, no —murmuró la elfa—. ¡Qué estoy haciendo! Qué me está pasando. Frirel tenía razón. Primero el vampiro —dijo, y aquí River se sobresaltó—, y ahora el mago. ¿Qué estoy haciendo? —dijo y suspiró—. Llevo demasiado tiempo entre humanos. Necesito volver a Siarta un tiempo y recuperar la cordura. —Se giró hacia River—. Nunca debí permitir que esto sucediera. No quiero hacerte daño. Puedes enfadarte conmigo, pero trata de olvidarlo.

—No voy a enfadarme contigo —le dijo River—. Y no trataré de olvidarlo, pero será como tú quieras y nunca volveré a mencionarlo si no quieres. Sólo quiero que me digas una cosa, y ya no te molestaré más. Dime sólo que realmente no sientes nada por mí. Sólo dime eso.

Acababa de meter la pata hasta el fondo, y se dio cuenta enseguida. Le había exigido a una elfa una afirmación directa y comprometedora. Se había dejado llevar y los había puesto en un compromiso a ambos, pero la reacción de Eyrien fue mucho más allá. Entrecerró los ojos y se separó de él con lentitud, como si su cercanía le resultase de pronto muy desagradable. Su expresión se tornó sombría y acusadora hasta tal extremo que River sintió un escalofrío.

—Cómo te atreves... —consiguió articular la elfa sin despegar su mirada de él—. Cómo te atreves a exigirme una respuesta así, hechicero.

—Lo siento, Eyrien —dijo River acercándose un paso, viendo impotente cómo ella retrocedía para alejarse de él—. Yo... olvidé que estaba hablando con una elfa.

Eyrien abrió mucho los ojos y cerró los pálidos puños con rabia. River pensó que había logrado lo impensable, que era fastidiar la situación aún más. Eyrien negó en silencio con la cabeza, mientras le dirigía una mirada imbuida de ira y decepción.

—Humanos... —dijo con expresión de disgusto, como si aquella palabra supiese amarga en sus labios—. También Lander acabó adquiriendo la costumbre de olvidar que yo no era una vulgar humana sino una elfa, y la Hija de Siarta además. Felicidades —su voz sonó como un latigazo—, puedes estar orgulloso; ahora sí que te pareces del todo a tu padre.

Se giró tan bruscamente que a un humano le hubiese resultado imposible hacerlo con el mismo ímpetu, y desapareció entre los árboles. River se sintió dolido ante aquel último comentario, que había hecho que el recuerdo de su padre hubiese sonado como un insulto, pero se lo merecía. Tenía que pedirle perdón y evitar que la brecha que había provocado entre ambos se hiciese insondable y permanente. La siguió entre los árboles, deseando alcanzarla antes de que la elfa llegara al campamento y pagara su ira con Killian.

Sin embargo, cuando el príncipe vio llegar a Eyrien rezumando gélida ira, se quedó con la boca abierta. La elfa le dio las buenas noches con la inexpresividad de quien intenta no hacer pagar a otros un crimen del que son inocentes, y se ensombreció antes siquiera de que Killian pudiera responderle. Al momento llegó River como una exhalación, y miró a su alrededor.

—¿Está aquí? —le preguntó a Killian sin dejar de mirar fijamente al otro lado del fuego—. ¿Eyrien? Eyrien, por favor, háblame.

Como sólo obtuvo el silencio por respuesta, se dejó caer en sus mantas. Killian lo miró con absoluta desesperación.

—¿Se puede saber qué le has hecho esta vez? —le gritó señalándole con un dedo—. ¡Vas a conseguir que me muera de la angustia, River! Quizás a ti te apetezca que Eyrien decida abandonarte a los guls cuando lleguemos mañana a Sentrist, ¡pero a mí no!

De pronto resonó la risa cristalina de Eyrien al otro lado del fuego.

—No te preocupes, Killian —le dijo telepáticamente—. En todo caso será a River a quien abandone a los guls. Contra ti no tengo nada ahora.

—Pero tampoco quiero que lo castigues a él, por mucho que se lo merezca —dijo Killian en voz alta, fulminando con la mirada a su amigo.

—Bueno, en ese caso tampoco lo dejaré a él con los guls —le dijo la mente de la elfa a Killian—. Buenas noches, joven príncipe.

—Buenas noches, dama Eyrien —dijo Killian.

Luego dirigió a River una mirada de reproche. Ahora que adivinaba que esta vez el altercado sí se debía a que el mago había sobrepasado el límite de lo que la elfa podía tolerar, sentía más piedad que enfado por su amigo. Le dio una palmada en la espalda con gesto cariñoso, que su amigo agradeció con una sonrisa triste. Luego se echó a dormir, deseando que el día siguiente fuera lo suficientemente tranquilo como para que fueran únicamente los guls los que poblaran los pensamientos de sus acompañantes.

Al amanecer Eyrien no parecía seguir ya enfadada, pero ignoraba a River hasta el punto de considerarlo invisible cuando su penetrante mirada azulina pasaba sobre él. Mientras Killian se alejaba a cargar sus cosas en las alforjas de Jano, River intentó captar su atención para disculparse, pero cada vez que trataba de acercarse a ella, su mirada se encendía peligrosamente.

—Me has faltado al respeto de la forma más grave en que podías hacerlo, mago, aprovechándote de mi sinceridad innata —le dijo Eyrien con frialdad—. No quiero que sigas entorpeciendo mis pensamientos. Es un ejército de guls lo que me espera en Sentrist, así que deja de importunarme. No quiero que me hables de nada que no tenga que ver con la batalla.

—Por supuesto —le respondió River contrito, y ya no dijo más.

Montaron poco después del amanecer y siguieron a Eyrien, avanzando con premura durante largas horas sin nada más que hacer que observar la fronda susurrante de aquel bosque costero y ocupar su mente en sus propios pensamientos. Poco tiempo después empezaron a acercarse a las zonas más pobladas del territorio de Sentrist. Allí, ya cerca de la capital, las tierras y las montañas bajas estaban salpicadas de aldeas y granjas que pronto darían paso a los pueblos de mayor tamaño y a los extensos cultivos y pastos de ganado. Sin detenerse siquiera, Eyrien extrajo su manto de viaje y se cubrió con él. Un momento después empezaron a pensar con creciente desasosiego que Eyrien no hubiese necesitado ocultarse a la vista, pues no había nadie en los caminos para verla. Ni un alma parecía hallarse en muchos kilómetros a la redonda, y los campos se hallaban vacíos y abandonados. Incluso el aire parecía infaustamente estancado, como si estuviese contenido en espera de una inminente tragedia.

Eyrien siguió cabalgando impertérrita, como si ya hubiese esperado aquel aspecto desolador del mundo que les rodeaba, pero tanto River como Killian sintieron aumentar la tensión a su alrededor y empezaron a escudriñar los lados del camino con creciente inquietud. Pronto uno de los cada vez más numerosos pueblos que se diseminaban por el valle se interpuso en su camino, pero ésta vez Eyrien no se molestó en desviarse del asentamiento humano. Una vez se adentraron entre las primeras casas de la población rural, quedó claro por qué daba la impresión de estar desierto y abandonado. Nada se movía en los jardines de las granjas ni en los talleres ni los mercados, y las puertas y ventanas de muchas casas estaban cegadas.

—¿Dónde está todo el mundo? —preguntó Killian.

— La mayoría han ido a Sentrist o han buscado refugio junto a los parientes del norte —dijo Eyrien—. Aunque también hay algunos insensatos que no han querido o no han creído necesario abandonar sus casas, y se han encerrado en ellas.

—¿Acaso crees que van a correr peligro estando tan lejos de Sentrist? —le preguntó Killian.

—¿Crees que todos esos guls que esperan frente a la muralla no necesitan comer? —le dijo Eyrien alzando una ceja—. Los guls se alejaran de Sentrist tanto como... ¿Qué sucede, Elarha?

La yegua había empezado a sacudir la cabeza y a resoplar, y Eyrien disminuyó el paso.

— ¿Huele a gul? —le preguntó Eyrien, inclinándose hacia el cuello perlino de la yegua.

Alzó una mano para indicar que se detuvieran. El aspecto desolado de las casas que se alzaban a su alrededor hacía que la sensación de peligro aumentase. Eyrien examinaba el terreno hasta que se detuvo cerca del camino que llevaba a una granja y se inclinó por un lado del lomo de Elarha para inspeccionar de cerca el suelo.

—Huellas de gul —dijo, y River y Killian se acercaron a mirar una marca de cuatro garras—. Han salido a cazar. Merodean por los alrededores, pero no deberíamos detenernos a cazar a un par de guls hambrientos cuando todo un ejército rodea Sentrist como si fuera un corral.

De pronto se oyó un chillido de terror detrás de la casa que se levantaba más allá del jardín, y Eyrien pareció decidirse de inmediato, aunque resopló contrariada cuando azuzó a Elarha a adentrarse en la hacienda. Killian y River azuzaron también a sus monturas y siguieron a la elfa, cuya capa revoloteaba tras de sí como si tuviera vida propia. Al llegar junto a la pared lateral de la casa rectangular típica de aquella zona sureña, disminuyó la velocidad y el paso del Pegaso se hizo casi inaudible. Allí los ruidos eran mucho más claros, y se oían los gemidos asustados de mujeres y niños. Al llegar a la zona trasera de la casa, vieron que a unos metros de distancia se alzaba un gran almacén de madera. Los gritos asustados salían de su interior, y no tardaron en ver el motivo que los ocasionaba. Un joven de cabellos castaño claro y de ojos azules con aspecto de marinero examinaba las paredes y las ventanas cegadas, empujando aquí y allá intentando forzar las tablas. De pronto se detuvo y se puso rígido, y alzó la cabeza a un lado y a otro como si estuviera oliendo el aire. Se giró bruscamente hacia ellos y fijó sus ojos azules en la figura encapuchada de Eyrien.

—¿Sabe que eres una elfa? —le preguntó Killian a Eyrien.

—Claro, yo no huelo como un humano. Ya que estamos aquí, aprovecharemos el momento para que veáis cómo es un gul en realidad, y así no os horrorizaréis tanto luego.

—¿Y cómo vas a conseguir que se transforme, mi dama? —le preguntó Killian mientras observaba al joven que miraba a Eyrien con desconfianza pero sin intención de acercarse a ella.

—Yo ya me enfrenté a esa colonia de guls, ¿recuerdas? —le dijo Eyrien—. Y su memoria retiene mi imagen con odio y ansia de venganza. Verás que fácilmente lo enfurezco.

Eyrien desmontó y se bajó la capucha de la capa, descubriendo su rostro. El gul dio unos pasos hacia delante, olvidándose de los gemidos que salían del cobertizo. La elfa, sin inmutarse, se acercó a las alforjas de Elarha y sacó de una de ellas su espada, mostrándosela al gul claramente mientras avanzaba para alejarse un poco de ellos. El gul entrecerró los ojos y la miró con odio, mientras sus ojos se iban alargando y volviéndose negros.

—¿Lo veis? —dijo Eyrien—. Ya me ha reconocido, y también a la espada.

El ser echó a correr hacia ellos con una velocidad imposible, y Killian soltó un grito cuando vio cómo el gul empezaba a transformarse. Su rostro y sus brazos empezaron a alargarse, y momentos después corría ya a una velocidad vertiginosa. Su boca se había convertido en un hocico del que sobresalían los cuatro dientes delanteros, que abría en gesto agresivo. Las garras de pies y manos brillaron con un tono metálico que resultaba aterrador. Era un ser espeluznante.

Killian miró con aprensión a Eyrien, que permanecía a algunos metros de distancia observando serenamente cómo el gul se le echaba encima abriendo las fauces. Levantó la espada cuando el gul estuvo a su alcance, y se escuchó un choque metálico cuando el filo de Eyrien chocó contra las garras del gul. La elfa se dedicó a defenderse durante cinco minutos, bloqueando sus fauces con la espada y sus garras con patadas, hasta que le clavó la espada en el corazón, y el gul cayó al suelo inerte. Incluso con una bestia sanguinaria como aquella, Eyrien era lo suficientemente misericordiosa como para otorgarle una muerte rápida y falta de agonía.

—Bueno, pues esto es un gul —dijo haciéndoles señas para que se acercaran—. Y ya habéis visto cómo pelean, así que resguardaos tanto de sus fauces como de sus cuatro garras.

Killian y River se acercaron a observar al gul, que había pasado de ser un hermoso joven de cabellos dorados a ser un depredador cuadrúpedo de casi dos metros y una agilidad espeluznante.

—¡River! —exclamó Eyrien censurante al ver que el mago se proponía tocar las garras del gul—. ¿Ves el borde azulado de las garras? Es sustancia anticoagulante. Mejor no lo toques. Si te preguntabas si sus uñas son metálicas, la respuesta es no. Pero están hechas de un material córneo tan duro que resuena como si lo fuese. Sólo mi espada feérica activada podría romper las uñas de un gul, así que tenedlo en cuenta cuando os acerquéis a ellos.

Luego los dejó observando al gul y se acercó al granero, donde ahora reinaba el silencio. Abrió las puertas bruscamente con magia y entró, tras lo cual se oyeron nuevos gritos aterrados. Killian y River se miraron y se levantaron para acercarse al granero, pero aún no habían dado unos cuantos pasos cuando una familia al completo salió apresurándose. El que parecía el jefe de familia, un hombre de rostro arrugado y más blanco que la nieve, hablaba con Eyrien manteniéndose inclinado ante ella, como si cargara un fardo pesado a la espalda.

—Espero que te des cuenta, humano, de que has estado a punto de dejar morir a toda tu familia a manos de eso —dijo Eyrien señalando al gul mientras el hombre se ponía aún más lívido—. Tomad el camino del norte, que aún está despejado. Y procura no ser tan estúpido la próxima vez —dijo con sequedad—, porque yo no estaré de nuevo para solucionar tus problemas.

El hombre echó a correr mientras Eyrien volvía junto a ellos con cara de enfado.

—Estúpidos humanos —dijo sin pararse a pensar que sus acompañantes también lo eran—. Hay que protegerlos incluso de sí mismos. Venga, vamos.

Con un último vistazo al gul que quedaba allí abandonado, volvieron a montar y cabalgaron a través del pueblo. Killian y River permanecían en silencio, intentando hacerse a la idea de que cuando llegaran a Sentrist habría cientos de criaturas como aquella esperándolos.

Con el atardecer llegaron al inicio de un ancho camino de tierra apisonada que descendía hacia las altas murallas de la ciudad costera de Sentrist.

—Por todos los dioses… —murmuró Killian con un hilo de voz.

Desde aquella altura podía verse que a ambos lados del camino, fuera del alcance de los arqueros de la ciudad, se levantaba un campamento por el que pululaban jóvenes de cabellos castaños y ojos azules, no idénticos pero sí muy parecidos entre ellos y al gul que había matado Eyrien. La mayoría debían estar dentro de las tiendas, pues por la hierba y la arena sólo circulaban unos cuantos seres que patrullaban con aspecto tranquilo y aburrido. Los muros mismos de la ciudad blanca parecían rezumar el miedo de sus habitantes.

—Seguramente el grueso de la colonia está atacando la puerta sur y éstos sólo están aquí para impedir que los ciudadanos puedan escapar de la fortaleza por el norte—dijo Eyrien observando con sus penetrantes ojos el campamento—. Y con un poco de suerte para nosotros, éstos están liberados por ahora de la mente central que los mueve a todos.

—¿Cómo vamos a hacer para entrar? —preguntó Killian.

—¿Eyrien, estás bien? —le preguntó River, que no observaba a los guls sino la creciente palidez del rostro de la elfa.

—Sí, sólo estaba intentando comunicarme con algún elfo. Pero Eriesh está fuera del alcance de mi mente y por tanto no está en la ciudad —dijo Eyrien—. Aun así ya he comunicado a los hechiceros sentristianos que vamos a intentar entrar. Tendrán a los arqueros preparados en breve.

—Deberías dejarlo. Deberías esperar a los demás elfos antes de intentar entrar —dijo River.

—No, River —dijo Eyrien—. Mi deber es hacer lo posible por ayudar a esa gente. La Alianza somos uno sólo, y gracias a los esfuerzos por ayudarnos nos mantenemos todavía a salvo. No vamos a esperar.

—¿Y cómo vamos a entrar? —dijo Killian, que seguía observando a los guls.

—Con magia —dijo Eyrien—. Esperaremos a que los arqueros estén listos para protegernos.

—No. Dile a Elarha que te lleve volando al interior de las murallas, nosotros ya nos las arreglaremos —dijo River.

—Yo estoy de acuerdo —dijo Killian.

—¿Cómo...? —dijo Eyrien, dirigiendo a Elarha fugaces miradas—. Bueno, da igual. No voy a hacer eso. Iremos juntos. ¿Cómo diríais los humanos eso de que o todos o ninguno?

—Ah —dijo Killian, y parodió una expresión de valerosa resolución—. Entraremos todos, o no entraremos ninguno.

—Eso es lo que yo deseo —dijo Eyrien, asintiendo con la cabeza.

—¿No puedes decirlo? —le preguntó Killian frunciendo el entrecejo.

—No —dijo Eyrien alzándose de hombros—. Es una aseveración absoluta y desgraciadamente no puedo afirmar que sea verdadera.

—Vaya —dijo Killian incómodo.

No era una aclaración muy tranquilizadora la de que Eyrien no pudiera afirmar que llegarían todos al interior de la ciudad. A River, sin embargo, lo que le causaba malestar era que la elfa, cuya palidez volvía a ser muy evidente, fuese a arriesgarse innecesariamente por ellos. Iba a replicar, pero no llegó a decir nada porque Killian se le adelantó.

—Nos han descubierto —dijo lúgubremente.

Tal como Killian decía, algunos guls habían vislumbrado a los arqueros parapetarse sobre la muralla sentristiana y miraban a su alrededor buscando la causa de aquel despliegue de defensas. No tardaron en empezar a señalarlos con aquellos dedos que empezaban a transformarse en garras.

—No podemos demorarnos más —dijo Eyrien.

Desmontó de Elarha y se echó la capa hacia atrás para tener movilidad en los brazos.

—¿Qué vas a hacer? —le preguntó Killian.

—Voy a provocar un terremoto —dijo Eyrien, mientras hincaba una rodilla en el suelo y ponía ambas manos extendidas entre la hierba—. Como el que lancé en Arsilon, pero mucho mayor.

—¡No puedes hacerlo! —gritó River.

—Sí que puedo, lo que pasa es que tú no me has visto hacerlo antes —dijo Eyrien mientras se concentraba y sus ojos se iluminaban amarillos concentrando energía—. Tened las espadas preparadas, y tú, River, piensa en los conjuros de defensa, porque después de esto estaré agotada.

—Pero... —empezó a decir River, aunque la elfa lo atajó.

—Déjame concentrarme, porque me gustaría que el sobreesfuerzo sirviera al menos para algo.

—Perdóname Eyrien —dijo River impotente, sintiéndose en la necesidad de confesarse por si no volvían a hablar nunca más—. Perdona todas mis ofensas, no volveré a...

—Los humanos sois rápidos en decir nunca, no hagas promesas vanas —lo atajó ella, aunque su expresión ya no era tan severa—. Tú preocúpate de entrar vivo en Sentrist.

River ya no dijo nada más y se limitó a observarla mientras Killian vigilaba a los guls que se apostaban a ambos lados del camino en número creciente, a la expectativa, mientras otros se acercaban a ellos con discreción. Seguro que ni siquiera eran capaces de imaginar que ellos pretendían atravesar sus filas, pensó Killian, y eso les daba una ventaja. Eyrien permaneció unos minutos inmóvil, aumentando su concentración a medida que sus ojos dorados brillaban con una intensidad dolorosa. Pronto River sintió la magia que emanaba de la elfa, como si estuviese en medio de una tormenta eléctrica. Cuando sus cabellos empezaron a ondear suavemente poniéndose dorados, Eyrien clavó sus finos dedos en el suelo y murmuró su hechizo. River y Killian se tambalearon sobre sus monturas mientras de ambas manos de la elfa surgían ondas sísmicas que se desviaban hacia ambos lados del camino.

—¡Vamos! —gritó Eyrien tambaleándose.

Saltó al lomo de Elarha y los guió en una carrera desenfrenada por el tembloroso camino mientras la tierra se iba resquebrajando a ambos lados con un ruido atronador. Los guls que habían intentado acercarse a ellos perdieron pie enseguida y algunos se perdieron en las simas que se habían abierto donde la roca se había resquebrajado. Eyrien sacó su espada y la activó, preparada para defenderse de los guls que lograran mantener el equilibrio, mientras, las tiendas y las pequeñas construcciones del campamento más cercanas al camino se venían abajo. El conjuro de Eyrien había sido decisivo, pero aun así muchos guls empezaban a transformarse y a correr para lanzarse sobre ellos. Eyrien mató a dos de un solo movimiento de su espada, mientras Elarha se mantenía impertérrita y seguía cabalgando todo lo deprisa que podía hacerlo sin dejar a

Jano y Adrastea atrás. De las murallas de la ciudad se empezaban a levantar los gritos de ánimo y de alegría, al ver que al fin un guerrero elfo acudía en su ayuda.

—¡River! —gritó Eyrien, que estaba tan pálida que parecía que fuera a perder el conocimiento de un momento a otro—. ¡Haz algo!

River dudó, sintiéndose incapaz de hacer frente a aquella horda de depredadores que se les echaba encima por momentos. Deseó no estar equivocándose, mientras inspiraba profundamente y separaba las manos de las riendas de Adrastea, intentando no perder el equilibrio.

—¡Ralentízalos! —gritó a pleno pulmón, mientras visualizaba con su mente a cuantos guls podía para incluirlos en el hechizo.

—¡A todos no, vas a matarte! —le gritó Eyrien.

Killian gritó con júbilo y fiereza, porque el hechizo había funcionado. De repente parecía que ellos iban a una velocidad imposible, porque los guls que tenían más cerca se movían con mucha más lentitud. Saltaban con lentitud, se transformaban con lentitud, y abrían las fauces con lentitud. Killian levantó la espada y la descargó sin titubear sobre los guls que osaban poner pie en el camino. En aquel momento en que tanto Eyrien como River se habían abandonado a la magia, él era el único que mantenía su resistencia intacta. Los que le veían desde la ciudad aclamaban con devoción al príncipe de Arsilon. Los guls eran cada vez más numerosos, pero estaban cada vez más cerca de la ciudad y del alcance de los arqueros sentristianos. También los hechiceros empezaban a lanzar conjuros desde las murallas, en un caos de saetas, proyectiles de energía y rugidos de gul. Eyrien todavía les quitaba del camino a la mayoría de los guls, moviendo su espada en movimientos circulares tan rápidos que era imposible discernir un filo de otro, pero la espada feérica brillaba cada vez menos a medida que el agotamiento hacía presa de ella. River estaba al límite de sus fuerzas y Killian no tardaría en perder toda la fuerza de un brazo que ya empezaba a entumecerse por el exceso de actividad.

—¡Abrid las puertas! —se oyó que gritaba una voz desde la muralla.

Al fijar la vista al frente, se dieron cuenta de que sólo los separaba de la muralla una distancia de unos doscientos metros. Los guls empezaron a desistir en su empeño de detenerlos, pues flechas y conjuros caían sobre ellos sin piedad, aunque los últimos que se atrevieron a atacarlos lo hicieron con la fiereza de quien arriesga todo lo que tiene a una sola jugada. Uno de ellos consiguió clavar una de sus garras en el flanco de Jano, que siguió corriendo provocándose a sí mismo un largo corte hasta los cuartos traseros. Si iba a morir, lo haría desangrado dentro de la ciudad habiendo dejado a su jinete a salvo y evitando que los guls los despedazaran a ambos en medio de un charco de arena y sangre. Aun así trastabilló, y Killian se llevó también un arañazo en el brazo antes de matar al gul que se había acercado por el otro lado.

—¡Elarha atrás! —gritó Eyrien al darse cuenta de que Jano aminoraba el paso, y retrocedió para cubrir la retaguardia.

Durante un tiempo que se les hizo eterno, como si también a ellos los hubieran conjurado a moverse con lentitud, siguieron cabalgando obsesivamente hacia las puertas cada vez más cercanas. Ya no los seguía casi ningún gul, pero el instinto los empujaba a huir de aquella carrera sanguinaria. Cuando estaban traspasando las puertas al fin, protegidos por los arqueros y los hechiceros que se encaramaban en las almenas, empezaron a ser conscientes del mundo que les rodeaba como si hubieran nacido de nuevo. Killian y River miraron perplejos a su alrededor, oyendo de repente los gritos de alegría y júbilo y viendo cómo muchos sentristianos se acercaban corriendo o se abrazaban en las murallas, como si ellos mismos hubieran cruzado triunfales el campamento gul hasta la ciudad.

—¡Jano! —gritó Killian angustiado cuando recuperó del todo el sentido de la realidad.

Eyrien desmontó, y observó con el rostro demudado la herida de Jano.

—Se salvará si lo atienden —dijo, y luego miró al primer hechicero que llegó junto a ellos—. Que atiendan al caballo. Mañana lo quiero ver curado —exigió.

River, al mirarla, se dio cuenta de que la espada de Eyrien se había desactivado. Resbaló de su mano sin que ella pareciera darse cuenta, y cayó al suelo con un estrépito metálico. En aquel momento les llamó la atención un poderoso grito de júbilo, que fue coreado por todos los soldados presentes. Se giraron para ver cómo Suinen de Sentrist se acercaba a grandes zancadas y con el rostro demudado por el alivio y la alegría. Sus ropas estaban cubiertas de polvo y algunos de sus acompañantes mostraban heridas y salpicaduras de sangre oscura, que demostraban que los guls habían conseguido superar la puerta del sur y peleaban entre la primera muralla y la segunda. Suinen sólo tenía ojos para ver que al fin alguien había conseguido llegar en su ayuda mientras varios de los presentes le explicaban la heroica entrada de los tres guerreros en la ciudad, pero River seguía vigilando a la Dama de Siarta, que fijaba inmóvil la vista en el suelo.

—River… —murmuró con un hilo de voz.

River se acercó rápidamente a ella y pasó un brazo alrededor de su espalda. Al ver que Eyrien apoyaba el rostro en el pecho del mago, Suinen empezó a darse cuenta de que algo no iba bien. Cuando la elfa se desvaneció y River la levantó en brazos sin esfuerzo, mirándole el rostro con preocupación, a Suinen se le borró del todo la sonrisa de la cara.

—Está agotada —dijo River.

—¡Eyrien! —exclamó Suinen acercándose corriendo—. Por los dioses, ¿qué le sucede?

Killian apartó suavemente los cabellos de Eyrien para que Suinen pudiera ver las marcas del nuevo ataque del íncubo. El gobernador retrocedió llevándose una mano a la boca.

—Se ha recuperado bien, pero ha hecho un esfuerzo demasiado grande —le tranquilizó River.

— Oh, no —dijo Suinen—. ¡Ahora no!

—¿*Ahora* no? —repitió River, mientras Killian miraba a Suinen con la boca abierta.

—Habéis dicho que está bien, y yo tengo que pensar en la seguridad de miles de ciudadanos —dijo Suinen tratando de calmar los ánimos—. Esperad a ver cómo están las cosas en la parte costera de la ciudad. Sois los primeros que venís en nuestra ayuda, tampoco Eriesh ni Freyn han llegado, y para un elfo que podría ayudarnos está demasiado débil.

—¿Acaso crees que no te ha ayudado bastante? —le gritó River sin poder contenerse—. Eyrien ha aniquilado a medio campamento de ahí fuera ella sola! Deberías estarle agradecido.

—Y lo estoy —dijo Suinen apaciguador—. Pero Eyrien es ahora nuestra mejor guerrera, es decisiva para evitar la masacre de todos los habitantes de Sentrist, River. Hay mujeres y ancianos y niños entre estas murallas, y los guls se están abriendo paso masacrando a mis soldados.

River permaneció en silencio, respirando con fuerza.

—Indícame dónde puedo acomodar a la Hija de Siarta para que descanse y se reponga.

Suinen hizo un gesto a dos de los hechiceros de su guardia personal y les ordenó que guiaran a River hasta el palacio. Killian, dedicándole una última mirada a Eyrien, se quedó junto a Suinen para ver con sus propios ojos cómo de grave era la situación de la ciudad. Mientras se alejaba tras los hechiceros sentristianos, River oyó cómo algunos sanadores intentaban convencer a Killian de que se dejara curar el brazo sangrante primero. Mientras seguía a los mudos hechiceros a través de pasillos y estancias lujosas de aquel castillo costero, River meditó sobre el comportamiento de Suinen. Sonrió amargamente. Siempre había pensado que eran los elfos los que se aprovechaban de los humanos, y ahora descubría que eran los mortales los que exigían de sus aliados feéricos una fuerza incondicional y una prestancia constante, pasando por alto que los elfos también tenían debilidades. Se detuvieron frente a unas puertas de roble que se alzaban en un pasillo iluminado por la luz rojiza del atardecer que entraba por los ventanales.

—Éstos son los aposentos de la Dama de Siarta aquí en Sentrist —dijo uno de los hechicero mientras el otro abría las puertas con una llave de plata.

River entró y traspasó un pequeño recibidor que daba paso a una estancia grande y lujosa con una gran ventana que daba al mar. Eyrien se removió entre sus brazos. La depositó en el amplio lecho con cuidado y la cubrió con una manta. Cuando fue a girarse, Eyrien le agarró la muñeca.

—River... prométeme que ni tú ni Killian haréis ninguna temeridad —dijo. Le apretó la muñeca con extenuación—. Quiero volver a verte vivo de nuevo cuando me recupere.

—Si tú quieres verme vivo, te aseguro que no dejaré que me maten, Eyrien —dijo River.

Salió de la habitación y pidió a un paje que lo llevara junto a Suinen. La batalla se desarrollaba en la parte baja de la ciudad, donde guls y soldados peleaban sin descanso entre charcos de sangre y cuerpos. Localizó a Killian y a Suinen defendiendo una de las escaleras que llevaba al nivel superior de las defensas de la ciudad. Mientras corría hacia donde estaba su amigo para sumarse a la defensa de Sentrist, pensó en cuánta razón tenía Eyrien al exigirle que no hiciera promesas vanas. Sentía haber mentido a la elfa, pero no podía quedarse parado mientras veía morir a otros. Sacó su espada del cinto y saltó el pequeño muro de piedra que lo separaba de los defensores. Con un grito de guerra se dispuso a pelear al lado de Killian, dispuesto a dar la vida por aquella ciudad que se defendía de la multitud de guls que aparecían sin descanso.

16

La defensa de Sentrist

Era de mañana y el sol irradiaba con fuerza sobre la costera ciudad de Sentrist, pero nadie era capaz de reparar en la limpidez serena del cielo. Eran cuatro días los que llevaban Killian y River en la ciudad, cuatro días de batallas, pequeñas alegrías y grandes tragedias mientras los guls seguían entrando en los primeros muros de la ciudad sin que la marea pareciera tener final. Ambos muchachos, inexpertos en la lucha hasta aquel momento, se estaban redescubriendo a sí mismos, de pronto sintiéndose capaces de mucho más de lo que habían creído. Killian se descubrió sintiéndose a gusto en su papel de caudillo. Asumió, casi sin darse cuenta de ello, que los soldados le obedecían, que esperaban sus órdenes como futuro rey de Arsilon, que incluso Suinen de Sentrist estaba dispuesto a escuchar sus ideas para mantener en pie la ciudad un día más. Los años de adiestramientos en tierras fernostianas daban su fruto tanto como la sangre de reyes que lo animaba. River, coalicionado con los hechiceros de Suinen, estaba descubriendo que ni siquiera conocía todo el potencial de poder que llevaba dentro.

Mientras el bochorno costero anunciaba un nuevo día de ahogo en la prisión que conformaban las armaduras, Killian descansaba unos minutos en el parapeto de una almena de la segunda muralla, bebiendo con avidez del odre de agua. Daba gracias a que Sentrist estuviera diseñada como una fortaleza costera preparada para soportar los ataques provenientes del mar. La ciudad se parapetaba tras dos murallas, la segunda más baja que la primera pero igual de imponente, separadas entre sí por una distancia de algo más de un kilómetro. En aquel espacio se encontraban la mayoría de los aparejos pesqueros, talleres, caballerizas y algunos cultivos, pero estaba vedada por ley la habilitación de viviendas. Aquella prohibición había causado las quejas de los ciudadanos durante años, debido a que la población crecía y la ciudad que se parapetaba tras la segunda muralla como un laberinto de muros blancos y techos rojos se quedaba pequeña y atiborrada, pero ahora ningún ciudadano se quejaba. En aquellos días era sólo la segunda muralla y el valor de los soldados lo que los defendía de los antropófagos.

Suinen había dispuesto su defensa con inteligencia, bloqueando los accesos al segundo nivel de la ciudad, pero los soldados se agotaban y caían sin cesar. Los hechiceros no daban abasto, teniendo que protegerse a sí mismos y a los soldados, luchando contra seres difíciles de hechizar. A aquellas alturas, algunos guls habían conseguido encaramarse al segundo muro, y los defensores tenían que perseguirlos antes de que se perdiesen por la ciudad. Killian permaneció sentado unos minutos más. Sentía las piernas agarrotadas y los brazos pesados bajo las placas de la armadura, y tenía infinidad de arañazos y manchas propias y ajenas. Ya era incapaz de recordar cuándo se las había hecho. Se sorprendía a sí mismo pensando como un soldado harto de guerras, como si llevase años batallando. Había visto morir ya a tantos Altos y Bajos humanos, algunos a su lado, algunos junto con los que había compartido el rancho, que se maravillaba de seguir vivo. Aunque tenía que reconocer que no debía su seguridad únicamente a su pericia. Como príncipe de Arsilon contaba con tanta o incluso mayor protección que Suinen, hasta el punto de que a veces le entorpecían en la lucha los soldados que lo resguardaban, y alguna vez lo había alcanzado de refilón el conjuro de alguno de los hechiceros que los protegían. También River se mantenía a su lado en todo momento, excepto cuando iba a ver cómo estaba Eyrien, pero su presencia la agradecía.

Mientras pensaba en ello, River apareció por la esquina tan cubierto de polvo y manchas de sangre como él. El mago, seguido siempre por un par de hechiceros locales que parecían haberlo consagrado como su superior, fue a sentarse a su lado y lo saludó con una palmada en la rodilla. Cuando River lo miraba con aquellos ojos anormalmente verdes, brillantes por la magia que estaba utilizando desde su llegada a la ciudad, Killian no podía dejar de asombrarse. Siempre había considerado a River como a un hermano, pero ahora se daba cuenta de cuán diferentes eran en realidad, separados como estaban por sus razas. River era un Alto humano, según las habladurías el más poderoso en potencia de todo su pueblo, y ya empezaba a demostrarlo.

—Tienes un aspecto terrible —le dijo River mirándolo de arriba a abajo con gesto crítico.

—Pues supongo que él mismo que tú —respondió Killian con burla, fijándose en el rostro agotado y paliducho de River.

—Sí —reconoció el mago—. No estamos muy atractivos en este momento, desde luego.

—¿Cómo está Eyrien? —preguntó Killian automáticamente.

River frunció el entrecejo; notó que no le gustaba la asociación de ideas de Killian. Aunque qué podía decir, si alguien le conocía bien ése era Killian, y le debía resultar evidente que sus pensamientos volvían una y otra vez junto a la elfa que descansaba en el palacio de Suinen.

—Sigue durmiendo —dijo finalmente —. El conjuro con que nos trajo a Sentrist ya la habría dejado exhausta estando en plenas facultades, así que imagina lo que le habrá costado.

—Pobre Eyrien —dijo Killian, pasando por alto los grotescos sonidos de la lucha que ya casi ni oía—. Y Suinen sigue diciendo que a ver cuando se recupera o viene Eriesh de una vez.

River resopló por toda respuesta. En aquel momento llegó uno de los hechiceros de la escolta de Suinen, un hombre muy alto y de ojos vivarachos de color turquesa que contrastaban con su rostro maduro y severo. Era uno de los hombres de mayor confianza de Suinen. Tenía la tarea de suministrar curas coagulantes para contrarrestar el efecto del veneno de los guls, y el hombre no daba abasto. River le ofreció el odre de agua, el hechicero lo agradeció profundamente. Cuando hubo bebido, se aclaró la garganta y elevó la voz para que pudieran oírle.

—Mi señor ha recibido noticias de que algunos guls se han escabullido por los pasadizos que llevan a la zona norte —dijo por encima de los gritos y el estrépito del entrechocar de metales—. Allí la segunda muralla tiene sólo cinco metros de altura y da directamente a la zona alta de la ciudad y al palacio. Deseaba que os informara por si queréis acompañarlo a defender aquel lugar.

—Iremos —dijo Killian con un suspiro cansado, se giró hacia el mago—: ¿no?

—Claro —dijo River con la mente en otra parte.

Se levantaron para seguir al hechicero a través de pasadizos y escaleras. River se sentía agotado y preocupado, pues la defensa de la ciudad se les estaba escapando de las manos y cada vez era capaz de canalizar menos magia. Él mismo había intentado localizar al jefe gul, cuyo despliegue estratégico de la colonia era encomiable. Era un gul exactamente igual a todos los demás, aunque destacaba por el hecho de que era uno de los pocos que no se había transformado ni sumado a la batalla, sino que había permanecido fuera del alcance de flechas y conjuros con un séquito de escoltas flanqueándolo por todos lados. Mientras se encaramaban a uno de los caminos típicos de aquella ciudad, que se elevaba por encima de la muralla como una pequeña carretera de piedra que caía hacia el nivel inmediatamente inferior por un lado y se fundía con la pared del nivel superior por el otro, River se paró para echar una ojeada a la panorámica que se extendía debajo.

—El jefe gul no está —dijo, y Killian y el hechicero se detuvieron a mirar también.

—¿Se habrá ido? —aventuró Killian—. No, sería ilógico. Nos están superando y sus guls siguen comportándose de un modo endiabladamente sincronizado. Así que debe seguir por aquí.

—Habrá sido uno de los que ha ido a la zona norte —dijo el hechicero lúgubremente—. Sin duda quiere ser el primero en disfrutar del festín y del pillaje. No esperábamos que consiguiesen eludir nuestra vigilancia y la zona norte es la que está más desprotegida. Y por allí también es más fácil entrar al palacio, por lo que todos los que están en su interior corren peligro.

—Eyrien… —dijo River.

El hechicero reanudó su camino a mayor velocidad, observando de reojo al joven de la Casa de los Tres Elfos, que en aquel momento caminaba con gélida y calculadora calma. El mago había demostrado poseer una fuerza feérica que alcanzaba y superaba a la de su padre. Aún le faltaba entrenamiento, experiencia y sabiduría, pero con los años llegaría a ser un mago al que el mismo Esigion no se atrevería a pasar por alto. Killian sabía a qué se debía el reavivamiento de la cólera de su amigo: la preocupación porque Eyrien, durmiendo en el palacio, pudiera hallarse en peligro. Contagiándose de la inquietud de su amigo, se adelantó para situarse junto al hechicero ahora que ya casi llegaban a la zona sur.

—¿Crees que puede correr peligro la Hija de Siarta? —le preguntó al hechicero.

—No lo creo, príncipe Killian. La protegen hechiceros de muy alto nivel, y… ¡ah! —dijo con placer el hechicero al doblar la esquina—. Me temo que los que corren peligro son ahora los guls y no la dama élfica, mi señor Killian.

—¿Eyrien? —exclamó Killian con júbilo, y River apretó el paso.

Allí, sobre el patio de la zona norte por el que ellos habían llegado, el camino alto se ensanchaba hasta terminar en unas escaleras que descendían hasta las puertas aún selladas. Había allí un grupo numeroso de gente combatiendo a los guls que trataban de trepar por ellas. Mientras avanzaban hacia ellos, descubriendo que al otro lado del patio otros guls se habían encaramado a la segunda muralla y allí eran combatidos por los soldados y hechiceros, comprobaron que los defensores de la escalera eran los miembros del cortejo de Suinen. Algo más retirado, el propio gobernador de Sentrist conversaba con una figura alta y delgada cubierta con un manto. Era una silueta que infundía ánimo. Se apresuraron por el paseo de piedra. Cuando finalmente llegaron junto a los dirigentes de la Alianza, los tres jadeaban y el hechicero sentristiano se apretaba el pecho con una mano.

Eyrien se giró a mirarlos y alzó las manos para apartarse un poco la capucha de la cara; sus ojos azules brillaron en el rostro pálido y un tanto dorado. Los miró de arriba abajo.

—Veo que has cumplido tu promesa —dijo mirando a River—. Aunque por vuestro aspecto diría que ha sido más suerte que verdadera intención.

—¿Tú estás bien? —le preguntó Killian con una sonrisa radiante; le había cogido tanto cariño a Eyrien que incluso él se olvidaba a veces de su querida diplomacia.

— Estoy bien —dijo Eyrien rozándole el brazo con una mano.

River, sin embargo, la miraba con el ceño fruncido. Se estaba aguantando las ganas de decirle que volviera a sus aposentos a seguir descansando. Suinen se dio cuenta y sonrió.

—Estos dos muchachos han estado muy preocupados por vos, mi dama —le dijo a Eyrien—. Os han estado cuidando y mimando como si fuerais su hermana menor.

—Lo se. Pero no los culpo. Hemos vivido momentos muy… intensos juntos.

Así que Eyrien tampoco le había explicado al sentristiano cuáles habían sido aquellas aventuras, ni parecía que pensara hacerlo. Eso le llevó a River a preguntarse cuánta gente acabaría descubriendo todo lo que había sucedido en aquel caótico viaje hacia el sur. No creía que Eriesh fuera capaz de prender a Eyrien por perjura, pero tenía que reconocer que no conocía lo suficiente a los elfos como para prever sus actuaciones. Eyrien, sin embargo, no parecía en aquel momento preocupada por nada de todo aquello; ahora lo único que ocupaba su mente eran los guls. Quieta como una estatua y aún cubierta por su capa oscura, observaba a los antropófagos que no dejaban de crecer en número cinco metros por debajo de ellos.

—No tardarán en conseguir abrir la puerta de la primera muralla, y no sabemos cuántos guls esperan fuera—dijo la elfa en voz alta, aunque a nadie en particular—. Ahí está.

Eyrien señaló al otro lado del patio, donde el jefe gul se parapetaba contra una pared debajo del paseo suspendido. El falso joven miraba a su alrededor con una expresión concentrada y calculadora, enviando órdenes aquí y allá y desplegando a sus guls de la forma más dañina posible. Eyrien, sin apartar la mirada de él, cogió su largo arco élfico y dejó el carcaj de flechas en el suelo junto a ella. Puso una rodilla en tierra y encajó la primera saeta en la cuerda de plata. Apuntó y disparó con rapidez; uno de los guls no transformados que protegían a su jefe cayó al suelo. Los demás aún no habían tenido tiempo de asimilar aquel ataque certero cuando una nueva flecha cayó entre ellos. En menos de dos minutos, siete guls de la guardia habían caído heridos por las flechas de Eyrien, que disparaba a una velocidad y con una puntería de la que ningún arquero humano hubiese sido capaz. Mientras Eyrien apuraba sus últimas flechas sobre los guls de la guardia que el jefe interponía ante él como si fueran escudos, un murmullo se originó al otro lado del patio y fue extendiéndose como una marea sibilante.

—Elfo... Elfo... Elfo —se oía a su alrededor como si fuera el eco de una sola voz.

Desde luego, no hacía falta ser muy listo para saber que ningún humano podía disparar como lo había hecho Eyrien. Se le habían acabado las saetas, pero el jefe gul gozaba ahora de una escolta mucho menor. Eyrien dejó caer el manto, descubriéndose al fin. Los murmullos cambiaron y se asemejaron más a un enjambre enfurecido cuando empezaron a murmurar:

— La elfa de Siarta... Matemos a la elfa de Siarta.

River la miró preocupado, aunque fue el único. Los demás observaban con horror cómo todos los guls se iban acercando hacia donde estaban ellos, más de cien antropófagos de los que sólo los separaban cinco metros de muro de piedra. La dama élfica, sin embargo, se mantenía fría como el hielo. Estaba recogiendo sus largos cabellos en una cola alta y aquella vez ni siquiera se preocupó de ocultar las marcas del vampiro. Tenía toda su atención puesta en el joven que la miraba desde el otro lado del patio, y su expresión de odio era pareja a la del antropófago.

—¿Qué vas a hacer? —le preguntó River, observando los preparativos que hacía la elfa.

—Voy a matarlo —dijo Eyrien, sacando la espada de su funda—. Ya no podemos esperar más a Eriesh; los guls están a punto de meterse en la ciudad. Además tengo una cuenta pendiente, y hoy ha cometido su último error —dijo, y señaló con el brazo al dirigente gul.

River miró hacia allí a regañadientes, y entendió lo que había querido decir Eyrien, aunque eso no lo tranquilizó. El gul se había situado bajo el alero del paseo del piso superior, y debido a que el sol estaba alto el lugar estaba sumido en la sombra. Eyrien pretendía llegar hasta allí y ensombrecerse para atacar. Mientras activaba su espada y daba órdenes a Suinen de que protegiera la escalera, River la cogió del brazo y la hizo girarse de un tirón.

—Estás loca —le dijo telepáticamente mientras Eyrien miraba con el ceño peligrosamente fruncido la mano que la sujetaba del brazo.

—El que estás loco eres tú —le contestó la elfa dando un nuevo tirón para soltarse—. No necesito tu protección, mago, y tampoco la quiero. Muchas vidas dependen de nosotros, River —añadió en un tono más amable—, y tú, que has demostrado tu valía, tampoco tienes derecho ya de pensar en ti mismo. Ahora debemos pensar sólo en defender la ciudad.

—Pero yo también quiero volver a verte viva cuando esto acabe —dijo River sin dejar traslucir su preocupación, ya que en aquel momento le hubiese sonado egoísta.

—Ay, humano —dijo Eyrien sonriendo —. Yo luchaba antes de que tú nacieras. Así que deja de tratarme de una vez como si fuera una delicada doncella. Soy una guerrera elfa, no lo olvides.

Eyrien volteó su espada para activarla y River fue consciente de nuevo de lo que sucedía a su alrededor. Le parecía que aquella conversación había sido eterna, suspendida en un tiempo y un espacio inocuos, pero no habían pasado ni dos minutos desde que Suinen ordenara defender la escalera por la que intentaban encaramarse los guls. Los veinte soldados y hechiceros que habían quedado allí se desvivían intentando bloquearles la subida y lanzando de nuevo abajo las escaleras que los guls intentaban apoyar en el alero del paseo. Pero no sólo allí se desarrollaba la batalla, sino que en muchos otros lugares del patio se sucedían dramas parecidos. Los soldados caían por defender a las familias que se escondían en la ciudad. Era una muerte triste, pensó River mientras veía a Killian gritar órdenes que eran cumplidas sólo a medias ante tal despliegue de voracidad, mientras veía el rostro teñido de angustia con el que la mayoría de los caídos pasaba a mejor vida. River miró de nuevo a Eyrien. Estaba colgándose su arco a la espalda, encajando junto a él una flecha a la que había unido una cuerda. Luego la vio marchar, sin tratar de nuevo de detenerla. Se concentró entonces en proteger a Killian, que luchaba valerosamente junto a Suinen mientras otros perecían en aquel mismo lugar.

Eyrien había seguido corriendo a una velocidad vertiginosa hacia el extremo donde se parapetaba el jefe gul. Cuando estuvo lo suficientemente cerca saltó al nivel inferior en un punto en que los guls eran escasos, debido a que la mayoría estaban atacando más cerca de las escaleras o donde habían conseguido formar barricadas que les permitiesen llegar al nivel superior. En cuanto pisó el suelo, los guls que la habían visto se abalanzaron sobre ella, aunque pocos conseguían acercarse mucho antes de caer muertos bajo alguno de los filos de su espada. Eyrien fue avanzando sin cesar hacia el lugar desde el cual el jefe gul la observaba, lanzando sobre ella a cuantos guls tenía al alcance de su mente. Killian subió las escaleras, tapándose una herida en el brazo con un trozo de tela de su propia camisa. Se detuvo junto a River y dejó que el hechicero que los había acompañado hasta allí le vertiera sobre la herida un poco de aquella sustancia que, aunque muy dolorosamente, conseguía neutralizar el efecto anticoagulante del veneno de los guls. Mientras apretaba los dientes, miró hacia el otro extremo del patio.

—Parece que Eyrien tiene problemas —dijo.

De Eyrien, en aquel momento, se veía poco más que algún destello de su melena azul y de su espada, que irradiaba una luz dorada. Estaba completamente rodeada por los guls y casi no podía avanzar. Mientras ellos observaban, vieron cómo finalmente uno de los antropófagos conseguía eludir la hoja de su espada y le clavaba las garras en el hombro derecho. El rostro de Eyrien se contrajo por el dolor, antes de girarse y descargar su espada mientras la sangre rojo-dorada empezaba a teñir la tela clara de la espalda de su ropa.

—¿Por qué no se defiende con magia? —preguntó Killian, observando fijamente a la elfa.

—No puede… —murmuró River abriendo mucho los ojos —. No ha usado la magia hasta ahora porque no puede. ¡Su magia sigue sin haberse recuperado!

—Por los dioses, dile que salga de ahí —le dijo Killian a River zarandeándole el brazo.

Habían estado tan confiados en la magia de Eyrien, que ahora eran incapaces de observarla pelear sin ella. Estaba batallando contra los guls sin su mejor arma y sin su mejor defensa, y el jefe gul empezaba a sentirse violento ahora que la tenía cada vez más cerca. Muchos guls a todo lo largo del patio dejaban lo que estaban haciendo, reclamados junto a su señor para defenderlo.

—Eyrien, no puedes vencerlos a todos sólo con tu espada, sal de ahí —le dijo River mentalmente, intuyendo que sus palabras no servirían para nada.

—¿Quién te ha dicho que no puedo vencerlos? —dijo la voz de Eyrien a la vez que bloqueaba a un gul que se le echaba encima con las fauces abiertas, antes de caer al suelo con el cuello cercenado—. Pero si quieres ayudarme, protégeme tú.

River resopló, temiendo no poder defenderla. Se concentró y buscó un hechizo que pudiera serle útil a Eyrien. Tenía que ayudarla a llegar hasta aquel lugar donde podría ensombrecerse. Aunque la sangre que corría por su espalda atraería igualmente a los guls sin necesidad de verla, al menos así tendría más posibilidades de salir ilesa. Se concentró, aunque se sabía al borde de perder las fuerzas.

—¡Paralízalos! —gritó, extendiendo las manos hacia el otro lado del patio.

Pronto empezó a sentir que se debilitaba, pero aguantó cuanto pudo intentando no perder la conciencia.

Luchó por extender el conjuro sobre cuantos guls pudiese, mientras notaba como si en todo su cuerpo la sangre se evaporara. Hasta que le llegó la voz telepática de Eyrien indicándole satisfecha que era suficiente, que había paralizado a quince guls, entre los que ella corría ahora zigzagueando con precisión. Momentos después, la elfa desaparecía de la vista entre las sombras que se alzaban bajo el parapeto.

—Gracias a los dioses —murmuró Suinen a su espalda, poniéndoles una mano en el hombro a cada chico—. Espero que Eyrien consiga alcanzar al jefe gul.

River abrió los ojos, mientras Killian le daba orgulloso unas palmadas en la espalda.

—Es extraño —dijo mirando abajo.

Desde luego que lo era. Allí, en la penumbra que producía la ausencia del sol, los guls se movían con nerviosismo, mirando a su alrededor con rabia y exhalando bramidos de impotencia a través de sus fauces abiertas. Muchos alzaban las garras de repente, como si intentaran atrapar el viento, para luego caer heridos de muerte sin haber llegado a ver a su atacante. Era imposible saber dónde estaba Eyrien, pero los guls iban cayendo cada vez más cerca de la pared donde se ubicaba su jefe. Éste ya había empezado a transformarse, y aun en sus rasgos bestiales tan diferentes de los de cualquier otro animal vivo, podía adivinarse la expresión de profundo odio con que intentaba detectar a Eyrien. Pronto alzó una zarpa y la mantuvo quieta en el aire, haciendo fuerza como si un mazo invisible lo estuviera intentando hacer retroceder; la elfa había conseguido darle alcance.

Pronto quedó claro que no por nada era ése y no otro el jefe de la colonia gul. La lucha se alargaba preocupantemente. Empezaron a oírse golpes en las grandes puertas de la primera muralla, pero ni Suinen, ni el hechicero que intentaba curarle una herida en el cuello, ni Killian ni River se giraron. Eran incapaces de apartar la mirada del gul que luchaba contra su atacante invisible. Momentos después, una salpicadura de sangre oscura se elevó en el aire. Uno de los brazos del gul colgaba ahora inerte a uno de sus costados, chorreando sangre de una herida que lo recorría de la clavícula al antebrazo. El gul rugió con rabia, pero la pelea no se extendió mucho más; sin una de sus garras el antropófago no tardo en caer a merced de los filos de la espada que él mismo debió haber rescatado del olvido alguna vez.

Cuando el jefe gul cayó agonizante al suelo, para después acabar perdiendo la vida por una profunda herida a la altura del corazón, pareció que el tiempo se detenía un instante. Los guls se giraron a mirar el lugar donde había caído su jefe y los humanos gritaron de júbilo, pero al poco la batalla se reanudó aún con más fiereza. Sin su jefe los antropófagos seguían siendo peligrosos, y ahora que nadie los controlaba tratarían de llegar al interior de la ciudad para alimentarse. Cada vez más guls llegaban de la parte sur de la ciudad y los golpes en las puertas de la primera muralla eran cada vez más fuertes. Aún así River, Killian y Suinen siguieron observando el lugar sombrío donde yacía el cadáver del jefe de los guls.

Una flecha apareció en el aire soleado, cargando tras de sí una cuerda. Se enganchó en el bordillo del paseo del nivel superior, y la cuerda se tensó. Momentos después trepaba por ella una sombra negra y sinuosa que se convirtió en Eyrien cuando consiguió llegar arriba. Estaba muy pálida y por su espalda seguía extendiéndose la mancha de sangre que brotaba suavemente de la herida de su hombro, pero parecía satisfecha. Recogió la cuerda y se apoyó en la pared.

—Bueno, ahora sí que ha hecho más que suficiente por nosotros —dijo Suinen apretándoles el hombro—. Hagamos que su esfuerzo merezca la pena. Señor River, sería bueno que destruyeras el paseo a ambos lados de Eyrien para evitar que algún gul escurridizo pueda llegar hasta ella.

Dicho esto, volvió a coger su espada y, ensangrentado por la sangre de la herida de su cuello, dirigió una mirada lúgubre hacia la puerta de las murallas que se tambaleaba antes de volver a defender la escalera. River observó el lugar en que Eyrien recuperaba el aliento y juzgó buena idea hacer lo que Suinen le había dicho. Tras ver estallar dos metros de muro a cada uno de sus flancos, Eyrien lo miró y alzó una mano para darle las gracias. Parecía agotada, aunque no tanto como para desfallecer. Les había dado la ventaja por un rato, pero el trance no estaba ganado; los soldados estaban cansados, y habían muerto muchos Altos humanos, demasiados, pues eran pocos los que habitaban la ciudad costera y ya sólo una docena seguían luchando; los guls, en cambio, parecían haberse vuelto más agresivos ahora que ya no había una mente serena que les transmitiera seguridad. River ya había dejado la modestia atrás hacía rato, sabía que era necesario. Se incorporó a la batalla, todo a su alrededor parecía un caos; algo más allá, Killian luchaba codo con codo junto a Suinen; nadie hubiese dicho que era un chico tranquilo que hacía pocos días disfrutaba de las tareas vulgares de una granja. Poco después, las puertas de la primera muralla se levantaron de sus goznes y cayeron estrepitosamente levantando una nube de polvo y astillas, pero los gritos que se alzaron cuando la nube se aclaró no fueron de terror sino de júbilo. Los elfos habían llegado.

Killian y River saltaron de alegría como los demás al ver a Eriesh entrar en la ciudad con Freyn el enano, Umbra y otros nueve elfos a su lado, lo que, teniendo en cuenta que eran guerreros élficos, era todo un ejército contra los guls. Los acompañantes de Eriesh se dispersaron rápidamente por el patio, y seis de ellos se encaminaron directamente al pasaje que llevaba a la parte sur de la ciudad. Eriesh se abrió camino junto a una elfa alta y majestuosa hacia la escalera que ellos defendían, y luchó para subir mientras su compañera permanecía luchando abajo con una espada y una lanza de plata. Poco a poco todos los Elfos de las Rocas se fueron encendiendo en diversos colores, demostrando cuán intensos eran sus sentimientos contra los guls. Eriesh se acercó hasta ellos junto a Freyn y Umbra, aunque ambos desviaron sus miradas rápidamente en busca de Eyrien. Alzaron la mano al ver que ella estaba bien al otro lado del patio. Luego intercambiaron, más tranquilos, unos saludos con los arsilonianos.

—¿Estáis todos bien? —les preguntó el alto Elfo de las Rocas—. ¿Se ha recuperado Eyrien?

—Sí, lo suficiente. ¿Pero cómo habéis tardado tanto vosotros?

El rostro del elfo se ensombreció.

—Han sucedido muchas, muchas cosas desde que nos separamos —dijo el Elfo—. Y muchas de ellas tienen que ver con que vosotros sigáis con vida todavía —añadió en voz baja.

River y Killian sintieron un escalofrío. Así que era verdad, Eriesh estaba al tanto de la profecía. Observaron el rostro del elfo, cuyo aspecto amenazador y letal se les mostraba ahora más evidente que nunca sin su sonrisa jovial y afable. Aun así ambos bajaron las armas mientras Suinen los observaba a todos con gesto confundido. Eriesh, sin embargo, no dijo más. Freyn se acercó y les dio una palmada en la baja espalda, incapaz de llegar más alto.

—Nosotros confiamos en la sabiduría de Eyrien —dijo sonriendo—. Lo que ella haga, lo apoyaremos hasta el final. Ya hablaremos luego de lo que ha sucedido mientras vosotros...

De pronto se produjo un estallido de luz dorada. Mientras todos se giraban a mirar hacia el lugar donde se hallaba Eyrien, un grito de horror se alzó desde el lugar donde había quedado la majestuosa compañera élfica de Eriesh. No tardaron en ver con ira y temor lo mismo que estaba viendo ella: que Eyrien ya no estaba sola en su porción aislada del paseo.

Un joven de cabellos negros y ojos grises, enfundado en un traje oscuro, se erguía ahora frente a ella. El ser estaba llevándose a los finos labios un dedo cubierto de la sangre que manchaba la espalda de Eyrien. Cuando parecía que para ellos empezaba a brillar el sol de un mañana, el mundo se acababa de nuevo. El vampiro, al fin, había vuelto.

17

El final

Killian y River veían el más triste final que habían temido desde que recogieran a Eyrien moribunda de la mansión abandonada del bosque. ¡Pero era injusto! Injusto y cruel hasta lo increíble. Cuando al fin habían creído que se salvaban, cuando parecía que los esfuerzos y los sacrificios acababan, llegaba un desenlace que hasta aquel momento sólo se había producido en sus pesadillas.

—Correr no servirá de nada —dijo Eriesh objetivamente, reteniéndolos del brazo.

River se giró a mirarlo. El Elfo de las Rocas había encendido sus cabellos y sus ojos en un azul intenso que rezumaba gélida ira, pero la desesperación no lo cegaba como a los humanos y sabía que de nada le serviría correr. A los demás se lo demostró Umbra, que sí había salido corriendo como una sombra a lo largo del paseo. El jaguar consiguió superar de un salto la distancia que separaba su porción del puente de la de Eyrien. El vampiro se giró a observarlo con curiosidad una fracción de segundo. Hizo un gesto de barrido con el brazo y el jaguar salió despedido por los aires. Chocó fuertemente contra la pared de piedra, antes de caer al nivel inferior y quedar allí tumbado. Lo mismo le sucedería a cualquiera que importunase al vampiro, y ellos seguramente morirían bajo aquel golpe de energía. Además parecía que los guls habían encontrado la forma de abatir su venganza sobre Eyrien: cuando los Elfos de las Rocas del nivel inferior intentaron acercarse, los antropófagos formaron un muro inexpugnable frente a ellos. Aun a la vista de todos, Eyrien estaba sola frente a su depredador.

—¡No!—gritó impotente Killian.

—Defiéndete, Eyrien —murmuró Eriesh a su lado.

River sólo fue capaz de pensar que veía borroso por las lágrimas que le empañaban los ojos.

Eyrien aún sentía su corazón latir con fuerza después del espanto que le había provocado el vampiro al aparecer tras ella. Por supuesto no lo había sentido hasta que había notado un dedo deslizarse sobre la piel ensangrentada de su espalda, sólo entonces se había dado cuenta de que no estaba sola en su isla de piedra. Había destellado inconscientemente sabiendo lo que iba a encontrar, y se había girado alejándose dos pasos de Ashzar. El vampiro la observaba con una fina sonrisa en sus labios encarnados. Eyrien había sido consciente de la alarma que se había extendido en todo el patio. Había oído gritar a Islandis y había visto a Umbra correr vanamente para defenderla antes de caer inconsciente, pero durante aquel instante eterno había sido incapaz de apartar la mirada de la muerte que se reflejaba en los ojos grises del ser que tenía delante.

—Mi vida ya no tiene valor —afirmó Eyrien más que preguntó.

—No para quien te ha convertido en un obsequio para mí, princesita —dijo Ashzar sonriendo más ampliamente—. ¿Vas a entregarte por las buenas o por las malas?

Eyrien suspiró y asió más fuertemente su espada. Se sentía tan cansada y débil… Era incapaz de creer que, justo cuando creía merecer un buen descanso tras acabar con el jefe gul, su vida fuera a acabar tan repentinamente. Sin saborear aquella victoria, sin saludar a los amigos reencontrados, sin saber hasta qué punto la consideraban una traidora. Era consciente de que nunca podría vencer al vampiro en aquellas condiciones de extenuación, pero aun así su instinto le exigía lucha. Activó su espada con las pocas fuerzas mágicas que le quedaban y le dedicó al sonriente ser que tenía delante una mirada desafiante de sus ojos exhaustos.

—Bien, por las malas entonces —dijo Ashzar mostrando sus dientes perfectamente blancos—. No esperaba menos de ti, digna Hija de Siarta. Tu padre estaría orgulloso.

Sacó su propia espada, una hoja fina y algo curva, y observó satisfecho cómo Eyrien se lanzaba al ataque con aquella repentina ferocidad de la que eran capaces los elfos cuando tenían algo que defender. Eyrien le atacó con astucia y comedidos pero certeros movimientos, aunque el vampiro era tan ágil y veloz como ella. Sus ataques siempre encontraban una defensa dispuesta, la inteligencia era demasiado pareja en ellos como para hallar un punto débil en el oponente. El sonido metálico de sus espadas entrechocando se elevó en el aire estancado mientras el vampiro arrinconaba cada vez más a Eyrien, que se esforzaba por mantenerlo lejos. Lucharon durante diez minutos angustiantes. En un momento en que sus espadas resbalaron una sobre otra acercándolos mucho el uno al otro, Eyrien volvió a canalizar energía para convertir sus cabellos en una intensa luz dorada que obligó al vampiro a retroceder girando la cara.

—¿Otra vez, elfita impertinente? —le dijo Ashzar con voz afilada—. Te dije que no me gustaba nada esa desagradable costumbre tuya.

Alzó un brazo y con un nuevo gesto de barrido lanzó contra la pared a Eyrien. Mientras soportaba el golpe luchó porque el aturdimiento no le hiciera soltar la espada, agarrándose a ella como si fuera el hilo que la mantenía unida a la vida. Aprovechó aquel instante para respirar hondo. Sabía que el vampiro estaba jugando con ella, cansándola y permitiéndole desahogarse antes de vencerla, dándole la oportunidad de morir luchando con dignidad, pero Eyrien no estaba dispuesta a perder la esperanza de que el vampiro cometiera algún error que le permitiera escapar. Su instinto, ignorando el sufrimiento de su cuerpo exhausto, no se lo permitía. Canalizó cuanta energía le quedaba hacia la espada, que brilló con fuerza. El vampiro bañó sus ojos en sangre para protegerse de aquella luz y abandonó su tranquila sonrisa, pues no era tan necio como para subestimar a una elfa poderosa y desesperada como una fiera acorralada.

Los que estaban observando, paralizados por el horror, se sintieron desgarrados cuando vieron a la joven dama élfica acometer a su atacante con cuantas fuerzas le quedaban, en un gesto desesperado, obligando al vampiro a defenderse con concentración. Mientras llegaban los ecos de la batalla que se sucedía en otras partes de la muralla que rodeaba la ciudad, en aquel patio sólo se oían los sonidos de las escasas escaramuzas que los soldados mantenían con los pocos guls que, en aquel momento, tenían más interés en superar la segunda muralla que en ver morir al fin a la Hija de Siarta. Los elfos, frente a la muralla de guls, eran incapaces de apartar la mirada de su dama. De repente Eyrien exhaló un grito de dolor y su espada resbaló por el suelo desactivándose. Vieron que Eyrien se observaba con incredulidad la parte interna del antebrazo, aunque pocos supieron adivinar qué era lo que se estaba mirando.

Eyrien sintió que las lágrimas pugnaban por asomar a sus ojos. Observaba la cicatriz roja y sangrante que acababa de aparecer con una insoportable punzada de dolor en el interior de su muñeca, para marcarla como una traidora. Quizás el destino se empeñaba en sentenciarla a morir joven, pensó. Mientras ella asimilaba este nuevo hecho, el vampiro recogió su espada feérica del suelo. Se activó inmediatamente al contacto de su mano. Qué ironía, pensó Eyrien con dolor, al ver que su espada reconocía su propia magia en la sangre del ser que iba a matarla. Mientras Ashzar observaba con curiosidad la espada feérica, como si fuera un niño intentando descifrar el mecanismo de un artilugio mecánico, Eyrien dio dos pasos hacia un lado. Sin embargo el vampiro clavó sus ojos grises en ella y hundió la espada en la pared, a pocos centímetros del rostro de Eyrien.

—Me parece que no —dijo Ashzar dejando la espada clavada.

Eyrien tuvo que darse por vencida e inhaló aire profundamente, sintiendo que el corazón le dolía. Era tan difícil para un elfo asimilar que había sido vencido por un íncubo y que tenía que aceptar que éste le arrebataría su poder, que con su propia magia sería más capaz de matar a otros elfos e indefensos humanos... Ella ya había pasado una vez por ello; y aquella vez la muerte ya se le había hecho demasiado larga y angustiosa. Además era consciente de que todos la miraban, horrorizados a lo largo del patio. Eso le dio una desesperada idea.

—Mátame —dijo telepáticamente en la mente de cuantos la conocían—. Mátame, por favor.

Esa petición oyeron en su mente Eriesh, River, Killian, y Freyn, Suinen, los hechiceros de Sentrist y el resto de los Elfos de las Rocas. Eyrien esperó expectante y anhelante, dispuesta a sufrir el dolor que la llevara a su inevitable fin, pero la muerte no llegó. Vencida, se apoyó en la pared y cerró los ojos por un momento, incapaz de decidir si se sentía contrariada o emocionada por el hecho de que nadie hubiese cumplido su última voluntad.

—¿Acaso esperabas que alguno de tus admiradores te diera muerte? —oyó que le decía la voz suave y sugerente del vampiro.

Abrió los ojos para mirarlo. Ashzar negó con la cabeza sin apartar su mirada de ella, haciendo que sus cabellos ondulados oscilaran sobre sus penetrantes y evocadores ojos grises.

—No seas ilusa, jovencita. Incluso yo, que debería matarte, estoy dispuesto a perdonarte la vida. Eres muy joven para morir, dama Eyrien. Y demasiado lista y demasiado hermosa —dijo el vampiro observándola de arriba abajo—. Te hice un ofrecimiento, y aún no me has dado una respuesta. Ahora que ya te has desahogado, podemos hablar tranquilamente de lo que te propuse.

—Pero tú acabarías matándome igualmente —le dijo Eyrien en tono acusador, sintiéndose desesperada porque la ya ansiada muerte no llegaba.

—Posiblemente —reconoció Ashzar con suavidad—. Pero hasta entonces gozarías de una vida placentera y envidiable, te lo aseguro. Ya no tendrás que preocuparte más por la crueldad de la vida. Yo no soy cruel, creo que ya te diste cuenta de ello.

Eyrien recordó que, bajo aquel aspecto amenazador y engañosamente delicado, había conocido una dulzura y una explosión de sentimientos que, aunque sólo por un momento, le habían hecho olvidar todas sus desazones. Y aquellos labios finos y rojos eran letales, pero también eran dulces y suaves. Recordó con un escalofrío las suaves caricias de las manos del vampiro en su espalda, aunque mientras la abrazaba tan delicadamente le estaba absorbiendo la vida. Qué fácil hubiese sido dejarse llevar por aquel placer ambiguo de nuevo y olvidarlo todo, dejando atrás los sinsabores de su corta vida. No, se dijo sintiéndose amargamente orgullosa de sí misma. Tal como había dicho una vez, ella no era de aquel tipo de elfas.

—No —dijo lentamente, y se sintió liberada.

—Entonces morirás —le dijo el vampiro.

Eyrien apoyó la espalda en la pared y resbaló hasta el suelo, dirigiendo una última mirada hacia sus amigos. Cuando notó los ojos verdes de River sobre ella, sonrió por una vez.

—No —repitió ahora con más convencimiento.

Ashzar desvió su mirada hacia atrás unas fracciones de segundo.

—¿El hechicero? —dijo entre incrédulo y divertido—. Pues no te consueles mucho con su imagen porque por lo que sé, dudo muchísimo que te sobreviva mucho tiempo...

Eyrien acercó rápidamente una mano a su bota. Ashzar enseguida pensó que no era la desesperación lo que había llevado a Eyrien a dejarse caer hasta el suelo.

—¿Aún no desistes? —le dijo con respeto—. Me encanta.

Desde lejos, River vio el brillo de la daga que Eyrien había sacado de un tahalí oculto en su tobillo. Miró a su alrededor, buscando alguna forma de ayudarla ahora que parecía contar con algunos minutos más para defenderse; no podía aceptar que tenían que verla morir así, impotentes, después de que ella se había sacrificado tanto por todos ellos. Se fijó en el arco que llevaba colgado a la espalda uno de los soldados que aguardaba en las escaleras, pero una exclamación de angustia lo hizo mirar hacia abajo. Allí, la regia elfa que había venido con Eriesh y cuyos cabellos y ojos brillaban en un tono transparente como el cristal, se llevaba las manos a los labios grises mientras las lágrimas le corrían por las mejillas.

—¡Eyrien! —gritó angustiada, y River se giró bruscamente a mirar hacia la Dama de la Noche.

Tuvo que sujetarse en el brazo de Eriesh para no caer al suelo. Ahora el vampiro miraba a Eyrien contrariado, mientras ella le devolvía una desafiante mirada de triunfo. No se había levantado ni interponía la daga entre ella y el íncubo, había dirigido la afilada punta metálica hacia sí misma. Eyrien había decidido quitarse la vida ella misma para que no lo hiciese el vampiro. Con sangre fría levantó la daga hasta la altura de su corazón. Si expiraba rápidamente, su magia se habría disipado con su espíritu antes de que el vampiro la hubiese alcanzado.

—Eyrien… —murmuró Eriesh destrozado. Nadie más sabía que la Hija de Siarta le había pedido como último favor que cuidara del mago.

Agarrando el puñal con fuerza, Eyrien no esperó a que el vampiro diese un paso hacia ella. Respiró hondo, tomó impulso y, cerrando los ojos, dirigió el puñal hacia su corazón. Casi no oyó los desgarrados gritos de angustia de aquellos que la habían querido.

Eyrien volvió a abrir los ojos rápidamente, con gesto de dolor, mirando incrédula la daga que se negaba a hundirse en su pecho. Con su propia magia, Ashzar la estaba conjurando para impedirle que se clavara la daga. La afilada hoja temblaba en sus manos a pocos centímetros de su pecho, sin moverse ni a un lado ni al otro; aquella fue la lucha más ardua que mantuvieron. Ambos hacían cuanta fuerza podían y Eyrien sentía aterrada que sus manos no la obedecían. Finalmente exhaló un gemido, exhausta, y la daga voló de sus manos haciéndole un largo corte en la palma de la mano izquierda. Eyrien extendió esa misma mano hacia el lado con desesperación, pero la daga quedaba ahora fuera de su alcance. Sus ojos se humedecieron mientras bajaba la cabeza, vencida al fin, apretando su pequeño puño contra el suelo. Todo había terminado, no había otro desesperado intento. El vampiro había sido mejor, había ganado su premio. Entonces Eyrien hizo algo que demostró hasta qué punto era la digna Hija de la Casa de Siarta ; miró a la muerte de cara.

Se levantó del suelo sin titubear, sin desmoronarse y dirigió al vampiro una mirada impenetrable. En su mente ya sólo quedaba la idea de evitar que aquellos que la querían la vieran sufrir al morir, no quería ser un recuerdo amargo y doloroso para aquellos que iban a seguir existiendo. Ashzar, sin embargo, sonrió casi con ternura; él estaba lo suficientemente cerca como para ver el miedo y la angustia que se ocultaban en lo más profundo de los ojos de la elfa.

—Pobre princesita, tan joven y con una vida tan prometedora por delante. ¿Qué injusto, verdad? Esto no tenía por qué ser así, tú no te merecías morir. Pero en fin, es lo que tú has escogido —dijo Ashzar con una voz dulce y compasiva que hacía a Eyrien sentir rabia. El vampiro pareció leerle el pensamiento, porque dijo—: Reconozco que soy un ser ambicioso, y tú eres todo poder, hermosa princesita. Tranquila, casi no te dolerá. No es una muerte amarga. Además para mí es un honor matarte y seré delicado. Aunque eso, ya lo sabes también.

Eyrien no tembló cuando el vampiro se acercó a ella, ni tampoco dejó de sostenerle la mirada con dureza. Por un momento Eyrien pensó que jamás podría olvidar aquella mirada gris, aunque otra parte de su cerebro le recordó rápidamente que no iba a vivir lo suficiente como para poder mantener ningún recuerdo. Sin poder evitarlo, notó que las lágrimas le humedecían los ojos. El vampiro sonrió cuando estuvo a escasos centímetros de ella.

—Tranquila —le susurró alargando una mano para acariciarle alentadoramente los cabellos.

A Eyrien lo que le sorprendió fue que funcionase.

Mientras veía cómo Eyrien se mantenía serena ante su propio final, River creyó que se volvía loco de angustia. A la vez sintió que pensaba con más claridad que nunca, mientras una idea se abría paso en su mente con una resolución inamovible. Se separó de Eriesh y Killian y se acercó al soldado que cargaba el arco a la espalda. Casi le dislocó un brazo cuando se lo quitó de un tirón y fue sólo en parte consciente de que murmuraba una disculpa. Le puso el arco en las manos a Killian, que le miró sin verlo a través de las lágrimas que inundaban sus ojos.

—Dispárale —le dijo con calma.

—¡No puedo! —dijo Killian con un sollozo de desesperación.

—A Eyrien no, al vampiro.

—No va a servir de nada, River —le dijo Eriesh suavemente, poniéndole una mano en el brazo, aunque su rostro reflejaba cómo el dolor lo consumía por dentro—. El vampiro ha vencido.

River se acercó a Killian e hizo prender un fuego azulado en la afilada punta de la flecha.

—Yo no soy un elfo y no voy a aceptarlo. Tú, dispárale —le repitió a su amigo.

Killian se enjugó las lágrimas que no le dejaban ver y alzó el arco para situar la flameante flecha a la altura de sus ojos; él tampoco creía que sirviese para nada, pero cualquier cosa era mejor que ver cómo River se derrumbaba por la angustia. Cerró un ojo para apuntar mejor y, visualizando su objetivo, disparó.

Tanto Eyrien como Ashzar se quedaron mirando en silencio la flecha que a éste se le había clavado en el brazo, haciendo ondear sobre sus ropas un fuego azulado. El Vampiro alzó las cejas al ver que el fuego mágico se propagaba rápidamente por su cuerpo como si estuviese vivo.

—¡Vaya! Parece que el mago tiene recursos, ¿verdad? —dijo como si estuviese más sorprendido que molesto—. Aunque no los suficientes, por supuesto.

Cuando el vampiro empezó a contrarrestar la magia con su propia mente, River sintió que sus fuerzas se agotaban, evaporándose como agua en el desierto. El fuego frío era uno de los conjuros más avanzados con los que podía lidiar un hechicero humano, y él era todavía un mero estudiante del Centro Umbanda. Sabía que estaba sobrepasando sus límites, pero no estaba dispuesto a ceder. ¿No le había dicho a Eyrien que moriría por ella? Pues aquel era el momento; si no hubiese dejado que la atacasen por segunda vez, quizás en aquella tercera hubiese tenido fuerzas para defenderse. Concentró todas las fuerzas de su mente en consumir el cuerpo del vampiro entre las llamas. Sólo fue en parte consciente de que Eriesh lo cogía veloz de la túnica para evitar que cayera al nivel inferior; no iba a desperdiciar ni una sola gota de energía en nada que no fuera el último conjuro de su mente.

Mientras tanto, Eyrien miraba paralizada las llamas azuladas que se movían por las ropas de Ashzar. Le vino a la mente el pensamiento de preguntarle si es que no le dolía, porque el vampiro se mantenía impertérrito y parecía que simplemente se sentía un poco contrariado. Ashzar incluso se giró a mirar a River, y cuando devolvió su mirada a Eyrien sonreía con guasa.

—¿Has visto que enternecedor? —le dijo mientras la mitad de su cuerpo era presa de las frías llamas—. Se está matando por ti. Sin duda has calado hondo en su frágil corazón humano. Pero resulta un poco inoportuno.

Eyrien reaccionó. ¿Qué hacía parada mientras River se consumía hasta la muerte? Miró a su alrededor y fue a coger la espada de Ashzar, que estaba un poco más allá. Él la lanzó al nivel inferior con un barrido del brazo.

—No hará falta, no dejaré que el mago muera tampoco esta vez —dijo con calma, ajeno a las llamas que se enroscaban a su alrededor—. Es la tercera vez que las circunstancias te salvan de mí, la próxima no tendrás tanta suerte. Hasta pronto, princesita.

Se consumió entre las llamas con rapidez, como si él mismo hubiese aumentado la potencia del fuego azulado. Desapareció dejando sólo tras de sí un pequeño montón de cenizas grisáceas. Abajo, la dama Islandis, provocó un golpe de energía que dispersó las cenizas en el aire cálido de la tarde. Eyrien le sonrió sin darse cuenta siquiera de que caía de rodillas al suelo, mientras oía los gritos de júbilo que se levantaban de elfos y humanos. Ignoró los sonidos que indicaban que la lucha contra los guls se había reanudado y se fijó en que Eriesh se cargaba sobre un hombro el cuerpo de River. Eyrien se dijo que no debía estar muerto, porque Freyn y Killian volvieron a la lucha junto a Suinen. Fue sólo consciente en parte de que Eriesh llegaba a su lado y se inclinaba, poniendo con dulzura ambas manos en sus mejillas.

—Ya ha pasado —dijo Eriesh intentando mantenerse sereno—. Ahora tenemos que acabar con los guls. No, tú no —dijo reteniéndola, porque Eyrien había hecho el amago de alzarse sin siquiera pensarlo—. Tú quédate aquí. Y cuida del mago, casi se mata.

Eyrien asintió con la cabeza. Entonces ya no pensó en nada más.

18

El mensajero alado

River se sorprendió al abrir los ojos de pronto. No era consciente de haber estado durmiendo, pero parecía evidente que tampoco había estado despierto. Sus sentidos se llenaron de sensaciones rápidamente, demostrándole lo vivo que estaba todavía, y entonces recordó. Sintiéndose palidecer, trató de erguirse para buscar a Eyrien, para saber si su esfuerzo había servido para algo y ella seguía viva o si el vampiro se había hecho finalmente con su premio. Una mano se posó sobre su pecho e hizo fuerza para mantenerlo contra el suelo. Con la mirada aún borrosa trató de zafarse, pero Killian siempre había sido más fuerte que él.

—Tranquilo amigo, has estado ausente un buen rato —dijo la voz familiar de su amigo—. Le he prometido a Eyrien que no te dejaría levantar hasta asegurarme de que no te ibas a volver a caer. Venga, ya puedes erguirte, pero no te muevas de aquí. Ahora que eres el gran salvador de la Dama de Siarta, tienen poco interés en que mueras. Aunque no creas que las cosas son fáciles ahí abajo.

River se irguió, sintiendo dolor en cada músculo de su cuerpo; el esfuerzo había sido excesivo, lo que le sorprendía era no estar muerto. Lo primero que vio fue que Killian tampoco había salido muy bien parado al final de la batalla. Le sangraba una ceja y tenía las mangas desgarradas, y aquí y allá había pequeñas manchas de sangre que se extendían por su sucia ropa. Aun así sonreía, cansado, con el vivo aspecto de un curtido guerrero que sabe su quehacer bien hecho. En el patio inferior la batalla contra los guls parecía haber llegado a su fin, en el patio tan sólo quedaban los sentristianos y los cuatro Elfos de las Rocas, rodeados de un sin fin de cadáveres humanos y guls. Suinen daba sus últimas órdenes sin descanso, antes de desaparecer hacia la parte sur de la ciudad, donde la lucha siempre había sido más cruda. River sintió una honda pena al ver que el hechicero que los había llevado hasta allí había caído con un largo corte en el tórax. Entonces vio a Eyrien y su corazón se inflamó de nuevo. La Elfa de la Noche se encontraba junto a Eriesh y Freyn, que sollozaba sin avergonzarse. Eyrien parecía encontrarse bien, o al menos lo simulaba, porque estaba pálida y su rictus era severo aun cuando trataba de consolar al enano. Entonces, de repente, Eyrien se dio cuenta de que la estaba mirando y le dedicó una breve mirada de sus ojos almendrados.

—Casi te matas por mi culpa —le dijo—. Te dije que me mataras a mí, no que te mataras tú.

River se quedó perplejo, parpadeando mientras veía a la elfa secar las lágrimas de Freyn. Desde luego, aquella era una forma curiosa de empezar la conversación tras todo lo que había ocurrido desde la última vez que habían hablado.

—¿Qué… estás enfadada conmigo? —preguntó aturdido y empezando a enfadarse él también.

—¡No quiero que vuelvas a hacerlo! —exclamó Eyrien mentalmente, pese a que su postura no había cambiado.

No le dio tiempo a replicarle. Killian le dio un codazo y le señaló a la majestuosa elfa que había llegado con Eriesh, y cuyos cabellos y ojos brillaban aún con un tono iridiscente y transparente que parecía reflejar el sol.

—¿Ves a aquella elfa? —le dijo Killian poniéndose serio—. Es Islandis de Greisan, una Hija del Diamante y Señora de los Elfos de las Rocas. Tiene sólo 368 años pero es la Señora de Eriesh y del resto de los Elfos de Greisan. Nadie esperaba su presencia aquí, pero ha venido a buscar a Eyrien.

—¿Y cuál es el problema? —preguntó River.

Islandis de Greisan era en verdad una elfa impresionante. Era casi tan alta como Eriesh y sus rasgos eran sabios aunque jóvenes, severos aunque delicados, como si fuese la escultura de una diosa. Sin embargo lo que resultaba más llamativo de la Elfa de las Rocas era su pétrea palidez, y la forma en que sus cabellos y sus ojos canalizaban la energía semejando ahora cristal iridiscente, ahora transparente.

—Que hubiese podido arrestar a Eyrien —respondió Killian.

River se quedó con la boca abierta.

—¿Qué?

Killian le explicó que Freyn, Eriesh y la Señora de Greisan sabían ya mucho de lo que había sucedido entre ellos y Eyrien, y que la Dama de Siarta había sido tachada de traidora por no haber cumplido su misión de Cazadora. De hecho, cuando se había repuesto lo suficiente y había bajado al patio, la misma Eyrien se había entregado voluntariamente a la custodia de Islandis.

—¿Y qué ha pasado? —dijo River asustado.

—Parece ser que Islandis vivió mucho tiempo en Siarta por no sé qué circunstancias familiares, y considera a Eyrien casi como una hermana. Le ha dicho que no fuese absurda y la ha abrazado. Créeme, ha sido conmovedor ver a esa elfa majestuosa abrazar a Eyrien con fuerza mientras las lágrimas le caían inconsolables por la cara. Después ha venido a verme a mí. Me ha dicho que sabe de la profecía, pero que tras lo que ha pasado aquí en Sentrist pondrá su confianza en mí igual que Eyrien. Ahora querrá verte a ti, será mejor que bajemos.

Killian ayudó a River a ponerse en pie y, cuando estuvo seguro de que su amigo no iba a desvanecerse, lo condujo al patio inferior. Islandis, Eriesh y Freyn se giraron a mirarle, Eyrien le dedicó tal expresión que River estuvo seguro de que tendría que vérselas luego con ella si no se comportaba como esperaba de él.

—Así que tú eres River —dijo Islandis mientras lo miraba inquisitivamente desde arriba—. Se te acumulan las tareas, Alto humano. Hijo de Lander y último descendiente de la Casa humana de los Tres Elfos, ahijado de Ian de Arsilon, protector y amigo del futuro rey, objetivo de una profecía y salvador por dos veces de la Hija de Siarta. A mí lo que me preocupa, mago, es con cuál de las dos últimas te quedas.

River no supo qué decir. Mientras le decía esto en voz alta, la Señora de Greisan le daba las gracias telepáticamente por haber salvado a Eyrien de una muerte segura;

sus ojos transparentes lo miraban con una turbadora calidez. Que un ser semejante le mostrara una gratitud tan sincera hacía a River sentirse incómodo. Al ver que igualmente se esperaba una respuesta por su parte, meditó largamente antes de romper el silencio que se había hecho a su alrededor.

—Me temo que no conozco el contenido de dicha profecía —dijo—, pero respecto a lo de salvar la vida de la Dama de Siarta volvería a hacerlo aun a costa de la mía. Y por extensión haría lo mismo por todos los elfos. Pues considero que cualquier ser que se parezca a Eyrien de Siarta merece vivir más que yo mismo. Sin embargo —añadió para no mentir a tan distinguida interlocutora—, yo no puedo ser amigo de los elfos que se atreven a considerar a Eyrien una traidora sólo por no querer iniciar una pelea entre elfos y humanos matándonos a Killian y a mí.

—River, cierra la boca —lo atajó Eyrien.

Sin embargo, ni Eriesh ni Islandis se escandalizaron por sus palabras; tan sólo mostraron una preocupación más viva. La Señora de Greisan le tendió una mano larga y delicada.

—Es un placer conocerte, River de la casa de Lander. Y gracias por salvar la vida a mi señora y amiga.

El ambiente se distendió y Freyn abrazó repetidamente a River con los ojos aún enrojecidos. Algo más allá, Eriesh examinaba la marca de la muñeca de Eyrien.

—¿Y dices que ha aparecido ahora? —le preguntó el elfo.

— No puede ser —dijo Islandis antes de que Eyrien pudiera confirmárselo.

—¿Por qué no? —preguntó River, que era testigo de que la marca no había estado allí antes.

—Porque hace ya más de una semana que a Eyrien se la declaró una perjura, por eso hemos tardado tanto en llegar —dijo Eriesh frunciendo el entrecejo—. Las cosas han estado movidas en Siarta y en todos los territorios élficos.

Eyrien se quedó pensativa y sólo escuchó a medias cómo Eriesh le explicaba a River que ya una semana antes todas las casas élficas y los Cazadores habían sido informados de que Eyrien de Siarta debía ser llevada ante la justicia por traición a su pueblo. Las conversaciones telepáticas se habían sucedido desde entonces sin cesar, pues nadie podía asimilar tal cosa. El pueblo Elfo entero quería saber cómo Subinion había podido declarar perjura a su propia hija. Sin embargo el Señor de Siarta era el que estaba más furioso, declarando que los Sabios habían actuado a sus espaldas dotándose de un poder político que no poseían. Los Sabios habían aducido que habían tenido que actuar así porque sabían que Subinion no sería objetivo a la hora de juzgar a su hija, a la que quería más que a nada en el mundo, y habían decidido actuar por su cuenta por el bien del pueblo élfico. Sin embargo, y aunque la mayoría de los elfos desconocían la existencia de la profecía que había causado aquel revuelo, y de entre los que la conocían sólo Subinion y Eriesh conocían el contenido íntegro, la mayoría de los elfos se había puesto del lado de Subinion y nadie quería considerar a Eyrien una traidora. Por ese motivo y sintiéndose presionados por la subjetividad de su propia raza, los Sabios habían decido abandonar Siarta y se habían trasladado a algún lugar del cual todavía no habían informado.

—Todos estamos algo asustados por ese distanciamiento de los Sabios, pues nos obligará a meditar si realmente estamos perdiendo nuestros principios morales y nuestra objetividad, ahora que hemos vuelto a tener tan estrechas relaciones con humanos y enanos —finalizó Eriesh—. La mayoría aún no entiende exactamente qué es eso que ven los Sabios que parece amenazar nuestro futuro, pero sus acólitos estaban de acuerdo con ellos y han desaparecido también.

—Los Sabios nunca consideraron buena idea que formáramos una nueva alianza con los humanos —dijo Islandis.

Siguieron hablando, sin darse cuenta de que Eyrien se apartaba de la conversación. River, que inconscientemente la vigilaba siempre, la buscó a su alrededor. Poco a poco todos fueron centrando su atención en ella. La Elfa de la Noche se había puesto a caminar arriba y abajo como un gato enjaulado, aparentemente ajena a los cadáveres y los charcos de sangre que se extendían a su alrededor. Algunas veces se detenía para mirarse la marca del brazo o la herida de la mano. No debía encontrarse muy bien, porque de vez en cuando les llegaban retazos de sus pensamientos y se introducían en sus mentes palabras como «tergiversación» o «trato». Algunos de los hechiceros sanadores también la miraban pero no osaban ofrecerle sus curas. Islandis y Eriesh intercambiaron una mirada sombría.

—Eyrien, cariño, ya pensaremos luego en todo esto —le dijo la Elfa de las Rocas—. Ahora deberías ir a descansar y dejar que te trataran las heridas; te estás desangrando.

—No, Islandis —dijo Eyrien sin dejar de pasearse ensimismada—. Yo ya sé muy bien lo que se siente cuando te desangras, y puedo asegurarte que ahora no me estoy desangrando.

Siguió paseándose mientras Islandis la miraba con infinita compasión. Pero ninguno de ellos había vivido lo que ella, y habría sido una considerable falta de tacto censurarla por hablar de aquella forma tan inquietante. Así que nadie le dijo nada cuando vieron que se alejaba y que levantaba una espada del suelo para examinarla, mientras varios hechiceros acudían a ayudar a los heridos desde la parte delantera de la ciudad. Eyrien volvió a acercarse a ellos volteando la espada del vampiro entre las manos. River sentía ganas de cogerla de los brazos y zarandearla, de gritarle que llorara o que se lamentara por su dolor, pero que dejara de actuar como si no le hubiese sucedido nada. De pronto Eyrien pareció volver a la realidad. Levantó la mirada con brusquedad, fijando sus ojos entornados en algo que estaba por detrás del grupo y soltando la espada pasó junto a ellos ignorando su sorpresa.

—¡Tú!, detente ahora mismo —dijo, y al girarse vieron que se refería a una figura encapuchada que intentaba alejarse inadvertidamente.

Como el individuo no se detuvo, Eyrien le lanzó un conjuro paralizador. Su víctima resultó ser un hechicero e intentó neutralizar el hechizo. Eyrien se tambaleó sin fuerzas y la figura encapuchada cayó al suelo; no había esperado que su resistencia surtiese efecto frente a la elfa.

—¡Eyrien! —dijo incrédula una voz femenina.

La elfa se había llevado una mano a la frente pero antes de que ni Eriesh ni Islandis hubiesen conseguido llegar a su lado, recuperó el equilibrio y se acercó con furia a la chica que se levantaba del suelo. La sujetó de un brazo con una mano y con la otra le bajó la capucha de un tirón, descubriendo el rostro de una Alta humana joven y de ojos de un azul tan claro como un el agua de un mar tropical. Freyn parecía atónito, Eriesh negó con la cabeza mirando a la joven.

—¿Quién es? —preguntó Killian.

—Es Arla, la hija de Jarn de Udrian —dijo Eriesh, y se giró hacia la joven—. ¿Se puede saber qué haces tú aquí cuando tendrías que estar en el centro Umbanda de Quersia?

River se admiró de que la muchacha dirigiera a Eriesh una mirada tan desafiante. Que se conocían estaba claro, pero la hija del gobernador udriano mostraba un arrojo casi temerario.

—Me enteré de la amenaza gul y he venido a ayudar —dijo Arla—. Soy una buena maga y aún mejor sanadora, así que me escapé. Y he sido útil aquí. —De pronto reparó en Killian y en River, y los señaló—. Ellos son de la Casa de Arsilon, ¿no? Y también han venido.

—Pero ellos han venido conmigo, Arla —dijo Eyrien—. Y tú te has escapado de tu centro de enseñanza sin avisar a nadie. Te comportas como una temeraria y una testaruda.

—Pues como tú —dijo la joven—. ¿Has visto el aspecto que tienes?

Eyrien suspiró, con una paciencia que River no le habría supuesto nunca.

—Hay que reconocer que la muchacha es valiente como león —dijo Freyn.

—Y escurridiza como un pez, diría yo —dijo Eyrien. Se giró hacia uno de los hechiceros de la guardia de Suinen—. Hechicero, ve a buscar a Suinen y dile que Arla de Udrian está aquí. Que haga algo para no perderla de vista ahora que la hemos descubierto.

—Eres injusta, Eyrien —le dijo Arla con reproche—. Ya soy mayor de edad. Y yo también tengo derecho a luchar por la libertad. Si no fuera la hija de Jarn, ni te habrías fijado en mí. Ni tú ni Eriesh tenéis que seguir protegiéndome como cuando era pequeña y sucedió lo de River.

Ni Arla siguió hablando ni River pudo preguntar qué había querido decir su compatriota porque de pronto todos los elfos que había en el patio miraron al cielo.

Alguien venía. Esta vez no fue un rayo lo que iluminó el cielo de aquel atardecer. Sólo cuando estuvo ya muy cerca, pudieron distinguir a un elfo que vestía ropas en tonos azules como el cielo y como sus cabellos. River lo catalogó pronto como un Elfo del Aire aunque no hubiera visto nunca ninguno, pues las alas plumosas que sobresalían de las ropas no dejaban lugar a dudas. Revoloteó y aterrizó en el suelo con gracilidad, plegando las alas. Sus rasgos eran diferentes a los del resto de los elfos presentes. No eran graves y solemnes como los de Eriesh e Islandis, ni soberbios y luminosos como los de Eyrien, eran serenos y penetrantes como los de un águila, aunque sus ojos límpidos y azules poseían una inocencia y una humildad que reflejaban por qué a los Elfos del Aire se los consideraba los más pacíficos y candorosos de los feéricos.

—Soy Deyo —dijo el Hijo del Aire—. Soy mensajero de Boreanas y estaba destinado en Quersia. Buscaba a la dama Eyrien, me alegro de ver que también está aquí la Señora Islandis. Hay algo que… —se le fue la voz, incapaz de hablar.

Las dos elfas no esperaron a que el boreaniano, visiblemente afectado, recuperara el habla. Se acercaron a él y se separaron un poco del resto, animándolo a hablar con palabras amables. Mientras tanto Arla se acercó a Killian y River y se presentó.

—Eres valiente —le dijo River con respeto.

—No —dijo Arla sonriendo—. Es que no son tan fieros como parecen, ¿verdad Eriesh?

El guerrero elfo no respondió. Miraba hacia donde estaban sus compañeras con el mensajero alado y su expresión no presagiaba nada bueno. Todos los que quedaban allí se giraron también a mirarlas, las dos elfas se habían cogido de la mano mientras el Elfo del Aire les relataba su historia con los inocentes ojos húmedos. Parecía que las malas noticias no acababan, y aguardaron con el corazón en un puño hasta que Eyrien e Islandis se giraron a mirarlos.

—Eriesh —dijo Eyrien—. Acompaña a Deyo para que encuentre reposo y descanso. Arla, cariño, tú ven con nosotras. Hay algo que debes saber antes que nadie.

River miró a Arla. La hija del gobernador udriano tenía expresión de temor. Cuanto más amables fueron las elfas mientras se la llevaban, más atemorizada parecía la maga. Los demás permanecieron mudos en el patio, sin saber qué esperar tras la llegada del mensajero alado.

19

Decisiones

Suinen llegó al patio poco después de que los elfos se hubieran retirado, mientras los que quedaban allí aún trataban de entender qué era lo que podía haber creado semejante desaliento en las damas élficas. El gobernador de Sentrist se acercó caminando lentamente, preso de sus propios pensamientos, y apretó el brazo de River con solidaridad cuando llegó junto a ellos. Se había cruzado con las elfas al llegar hasta allí, y conocía las malas noticias al menos en parte.

—Éste es un día triste, no sólo para Sentrist y el pueblo de los Bajos humanos —dijo—. Pero ahora es momento de descansar y recuperar fuerzas para el mañana. Los Elfos de las Rocas que venían con Islandis se encargarán de asegurarse de que no quedan guls en los alrededores de la ciudad, pero nuestras honorables damas nos conminan al resto a retirarnos y reunirnos con ellas al mediodía, cuando tendremos que tomar decisiones que afectan a todos nuestros pueblos.

—Al menos el vampiro está muerto —dijo Killian con suspiro.

River se quedó paralizado, mientras los demás lo observaban asustados al ver que se había puesto blanco como una nevada de Nórdica.

—El vampiro no está muerto —murmuró con un nudo en la garganta—. ¡No lo está!

—¿Pero qué estás diciendo? —dijo Freyn asustado.

—No está muerto, porque no le cortamos la cabeza —dijo River—. A un vampiro sólo se le mata cortándole la cabeza. Sólo lo hemos molestado por un tiempo. Requiere un gran esfuerzo mental para ellos consumirse y volver a hacerse corpóreos después, pero volverá. Volverá.

—Pero no por un tiempo —dijo Suinen—. Y hasta entonces la dama Eyrien estará a salvo gracias a ti muchacho, no te atormentes. Le has salvado la vida, y si el ser vuelve ella estará suficientemente fuerte para enfrentarse a él.

Más sombríos aún que antes, pese a las palabras de Suinen, se dispersaron. La mayoría volvió a encontrarse en el hospital de campaña que se había edificado con urgencia en el claustro del palacio. Mientras se aseguraba de que Killian permanecía allí el rato suficiente como para que le curaran todas las heridas, River buscó con la mirada a Eyrien. Esperaba que la elfa hubiese tenido la sensatez de reconocer que necesitaba que la atendiesen. Deseó pedirle perdón por no haberla salvado de verdad. Pero él mismo se sentía tan exhausto y mareado que fue incapaz de preocuparse mucho más; al final fue Killian quien lo ayudó a llegar hasta su camastro. River durmió, y tanta era su extenuación que aquella noche ni siquiera tuvo pesadillas. A su lado, Killian permaneció casi toda la noche en vela meditando en cuánta sería su responsabilidad cuando llegara al trono de Arsilon.

En Sentrist había descubierto que el sufrimiento de cada uno de sus súbditos sería también el suyo propio.

A la mañana siguiente todos se levantaron pronto, pues estaban demasiado angustiados por aquello que Eyrien e Islandis tenían que revelarles como para poder dormir. River salió a pasear por el jardín de la zona del castillo que les habían asignado, y se sorprendió al ver a una elfa sentada en un banco de piedra, casi oculta por la maleza. Seguramente no la hubiese visto si no fuese porque sus cabellos se mostraban de un bello color rosa cristalino. River se detuvo titubeando, era una de las guerreras de Greisan. Se giró para irse pero la inmortal lo había visto también, y apareció frente a él momentos después, mientras su fino vestido morado ondeaba con la brisa. Se lo quedó observando con aquella curiosidad propia de los elfos y le dedicó una sonrisa de sus labios grises cuando la turbación de River fue ya evidente.

—El mago de la Casa de los Tres Elfos no tiene por qué huir de ninguno de los elfos que estamos aquí presentes —dijo la elfa —. Todos te debemos mucho. Has sacrificado tu vida por nuestra dama, y te estaremos agradecidos hasta después de tu muerte.

—Yo… no he sacrificado mi vida —dijo River—. Aún estoy vivo.

—Pero lo hubieses hecho, ¿verdad?

—Sí —dijo River—. Lo hubiese hecho.

—Y volverías a hacerlo, estoy segura —dijo la elfa de rosados cabellos—. Mi nombre es Nayara, acepta este obsequio como muestra de la gratitud de los míos.

Se quitó una pulsera de un cristal rosa como sus cabellos y se la entregó. Antes de que River pudiera negarse a aceptarla o al menos darle las gracias, la Elfa de las Rocas se fue. River se paseó por el jardín largo rato, mirando la pulsera. Le parecía un poco surrealista que la dulce guerrera elfa lo hubiese tratado con tanta bondad, teniendo en cuenta que se suponía que tendría que estar muerto por ser objeto de una profecía.

—Así que estás aquí, te estábamos buscando —dijo la voz de Killian a su espalda—. Vamos, nos esperan en la reunión.

River lo siguió hacia el salón que habían habilitado para aquel encuentro privado. Por el camino Killian se fijó en la pulsera que sostenía su amigo.

—¡Vaya! Menuda joya, hermano. ¿Te la ha dado un elfo? —dijo Killian cogiéndola y girándola entre sus manos mientras River le explicaba su encuentro. Sonrió—: Pues espera. Los nueve restantes también querrán conocerte y darte las gracias, y observarte de cerca como si fueras una rareza entre los humanos. Me he sentido como un monstruo de feria, aunque un monstruo de feria admirado y agasajado con cumplidos, vaya.

Llegaron a la puerta del salón y vieron que Eyrien se acercaba impaciente por el otro lado.

—¿Dónde estabas? —le espetó en cuanto se encontraron frente a las puertas.

—Buenos días a ti también —le dijo River con suavidad.

Ella pasó por alto su intensa mirada y abrió las puertas. Ya estaban allí casi todos los participantes: Freyn, Killian y Suinen, algunos embajadores y nobles locales, tres de los hechiceros más poderosos del territorio sentristiano y el resto de los elfos. Eriesh, Islandis y el Elfo del Aire los saludaron y permanecieron sentados, pero los siete elfos restantes se levantaron para saludar a su dama y mostrar su agradecimiento al Alto humano que la acompañaba y al que debían tanto. Mientras tomaban asiento, rojo y turbado, River reparó en que la maga de Udrian no estaba presente.

—¿Dónde está Arla? —preguntó.

Eyrien permaneció en pie para hablar, y de pronto pareció triste y angustiada de nuevo.

—Arla está reposando en sus aposentos, pues lo que se va a hablar aquí ella ya lo sabe. Lo que ha ocurrido no debería haber sucedido nunca en este mundo... —dijo, y sus ojos parecieron un tanto más brillantes de lo normal. Luego inspiró hondo y dijo—: El centro Umbanda de Quersia ha caído. Fue atacado de repente por un grupo de hechiceros desconocidos, de los cuales desconocemos su origen o naturaleza. Nadie ha sobrevivido. Ni los maestros ni los niños, ni siquiera el Elfo de los Bosques que permanecía en el centro supervisándolo —dijo Eyrien con voz entrecortada—. La única que ha sobrevivido es Arla de Udrian, y ha sido gracias al destino que la llevó a venir aquí antes de que sucediera la masacre.

El Elfo del Aire se alzó con un ligero temblor de sus alas. Los ojos de un azul tan pálido le daban un aspecto aún más desconsolado. Esperó a que todos asimilaran la tragedia.

—Sucedió hace al menos una semana, por... por el estado de los cuerpos —dijo—. Lo descubrió el Elfo de los Bosques que debía sustituir al que estaba en el Centro y nos avisó rápidamente. Freyo de los Elfos Ígneos, que también estaba en Quersis, y yo fuimos los primeros en llegar. Había cuerpos humanos por todas partes. De niños y profesores. En una sala encontramos al director del centro y al Elfo de los Bosques, y sus cuerpos estaban sembrados de heridas mágicas. Tras ellos estaban los cadáveres de los niños más pequeños, a los que habían intentado defender. —Sus ojos se humedecieron—. Todos los niños, hasta los más pequeños, han sido asesinados. Los atacantes persiguieron metódicamente a cuantos alumnos intentaron escapar. Aunque buscamos por todo el bosque, sólo hallamos cadáveres. De los atacantes no encontramos ni rastro. Como Eyrien ha anunciado, nadie quedó con vida. Sin embargo —dijo el elfo, y tomó aire para serenarse—, al intentar repatriar los cadáveres humanos a sus respectivas familias, reparamos en que faltaban niños. Creemos que se los han llevado. Los elfos quersianos están intentando averiguar si se llevaron a los niños al azar. Habrá que esperar para conocer más detalles. De momento… eso es todo.

Se hizo un silencio angustioso. Nadie era capaz de asimilar que alguien hubiese querido arrasar un lugar en el que prácticamente sólo había niños. Era un duro golpe para la Alta raza humana, pues eran pocos y acababan de perder a casi un cuarto de los jóvenes de sus poblaciones. River, aturdido, sintiendo que todos lo observaban a él por ser parte de aquella desafortunada raza, pensó enseguida en Arla. Se había salvado por los pelos de morir allí, pero había perdido a todos sus compañeros y amigos.

—Supongo que todos estamos pensando en Maelvania cuando buscamos culpables —dijo Freyn rompiendo el silencio.

—Y yo añadiría que el ataque gul no se ha producido fortuitamente en este momento —añadió Suinen—. Mucho me temo que la desgracia que ha asolado mi ciudad no ha sido más que una cortina de humo.

Especularon sobre la posibilidad de que los guls hubiesen constituido una maniobra de distracción, de que los hechiceros de Maelvania pudiesen ser tan poderosos como para perpetrar aquella masacre, de cuál sería el destino de los niños desaparecidos, de cuál podía ser el papel de Esigion en todo aquello.

—¿Tú qué opinas, Eyrien? —dijo Suinen al cabo de un rato—. No has dicho palabra.

Se giraron a mirar a la Dama de Siarta, que había permanecido callada todo el rato, escuchando como si fuera una oyente en una conversación ajena. En su rostro se reflejaba que ella ya se había formado sus propias conclusiones al respecto.

—Lo que yo piense me lo callaré por el momento —dijo la elfa finalmente—. Tengo que hacer algunas averiguaciones antes de expresar mis deducciones. Además primero tenemos que esperar a que los informes de los elfos quersianos sean más detallados, así que lo único que podemos hacer todos ahora es ser constantes y seguir con nuestras obligaciones. Ha llegado el momento de seguir nuestros caminos, pues veo que muchos se separan en este momento y por algún tiempo. Yo, por mi parte, me encaminaré hacia el oeste, a Selbast.

—¿Por qué a Selbast? —preguntó Freyn.

—Porque quiero visitar la casa de Ashzar, y me dijo que vivía allí.

—¿Quién es Ashzar? —preguntó Islandis desconcertada.

River no podía creer lo que oía; Eyrien había llegado a la cima de sus extravagancias.

—¡Ashzar es el vampiro que la ha atacado tres veces! —exclamó sin poder contenerse—. Eyrien se ha vuelto... Creo que Eyrien debería reconsiderar sus planes —finalizó.

—Tú mismo dijiste que era extraño que el vampiro hubiese aparecido tan de repente, mago, así que comprenderás tan bien como yo que hay que averiguar cuál es su papel en esta historia —dijo Eyrien mirándolo de una forma que revelaba lo molesta que estaba—. Y espero encontrar alguna pista en su casa. Si voy ahora no correré peligro alguno, pues aún tardará tiempo en hacerse corpóreo de nuevo. Hay dos cosas que os ayudarán a manteneros tranquilos. La primera es que no iré sola, si Eriesh y Freyn quieren venir conmigo.

Ambos mostraron su conformidad con alivio.

—Y la segunda, es ésta —dijo Eyrien, y se levantó.

De un escabel que estaba a su lado alzó la antiquísima espada del vampiro. Era un sable de hoja fina y algo curva cuya empuñadura estaba hecha de madera fosilizada. Entre las fibras de la madera podían observarse vetas de algún tipo de mineral oscuro.

—Es un vampiro de alta estirpe —dijo Eriesh observando sombrío la espada.

—¿Y eso qué quiere decir? —preguntó Killian.

—Que es hijo de un elfo, un Elfo de las Rocas a juzgar por las vetas de mineral que lleva en la espada, y que deben formar parte de su esencia —dijo Islandis dolida, como si fuera responsable de ello.

Eyrien, para consternación de todos, pasó un dedo por el filo de la espada sin cuidado ninguno. Cuando mostró la yema de su pálido dedo, ésta estaba intacta.

—Esta espada es muy antigua y tiene una magia propia que está ligada a la magia del vampiro. Hasta que él se recupere de nuevo, no será más que la reliquia que parece ser. Hasta que Ashzar no se recupere, su hoja no volverá a brillar ni a estar afilada. Así que tenemos una prueba que nos demostrará cuándo... tendré que empezar a preocuparme de nuevo.

Mientras algunos cuchicheaban y miraban de cerca la antigua espada, Eyrien se fijó en que River parecía dolido. El hecho de que no lo hubiera invitado a ir con ella lo había hecho sentirse un estorbo de nuevo.

—Killian, River, aunque aprecio vuestra compañía y espero que en un futuro nuestros caminos se unan en alguna aventura de nuevo, me temo que eso no será en esta ocasión. Tú, Killian, deberás regresar a Arsilon para informar a tu tío de cuanto ha sucedido. De todo —dijo la elfa, y Killian entendió que se refería también a que aliviara el temor del rey respecto a la profecía—. Y tú, River, vas a ser digno de un honor del que hace tiempo que ningún humano ha gozado. Islandis te invita a visitar Greisan, el hogar de los Elfos de las Rocas, para que allí se te obsequie con el inusitado regalo de adiestrarte en los conocimientos élficos de los cuales los humanos hace tiempo que estáis privados. Nada así se ha producido desde los tiempos en que elfos y mortales gozaban de una íntima amistad.

—Para mí será un honor que sin duda no merezco —dijo River asombrado, pues aunque no podría acompañar a Eyrien, la alternativa bien merecía que estuviese agradecido.

—Que merezcas ese honor o no, soy yo quien tiene que decidirlo —dijo Islandis—. Y el joven de la Casa de los Tres Elfos que se ha convertido en protector de nuestra dama bien merece que sus habilidades sean parejas a su honor y su valentía.

River ya sólo escuchó a medias el resto de la conversación, enfrascado como estaba en el intento de asimilar que se iría a vivir con los elfos para aprender artes que a los humanos se les habían negado desde hacía mucho tiempo. Sería el primer humano que pisaría tierras feéricas desde... ¿Cuándo? Sin duda más de un milenio. Quizás aquel ascendiente le permitiría tomar más valor a los ojos de la elfa por la que, a su parecer, todo aquello valía la pena. Iba a levantar la mirada hacia Eyrien cuando la puerta se abrió.

Arla de Udrian entró en la sala, silenciosa y cubierta por una capa de viaje. Toda la chispa de alegría y rebeldía que mostraba el día anterior se había borrado de su rostro, que estaba ahora pálido y demudado por una máscara de tristeza insoportable. Levantó una mano por todo saludo; estaba claro que por el momento no era física ni mentalmente capaz de nada más.

—Eyrien, ya estoy lista —dijo con un hilo de voz.

—Bien, cariño —dijo la elfa yendo a su encuentro—. Se levanta la sesión. River, ¿podrías acompañar a Arla al patio? Yo iré enseguida.

River asintió y se encaminó hacia donde Arla aguardaba como si fuera ajena a todo lo que la rodeaba. Le tomó la mano y se la llevó de la sala, encaminándose por el soleado pasillo que llevaba a la planta baja.

—Tú has estudiado en un Centro Umbanda —dijo Arla, levantando su mirada vidriosa hacia River—. Y sabes lo que hay allí. Sólo niños. ¿Quién podría querer hacer algo así a unos niños?

—No lo sé —reconoció River.

—Pero Eyrien dijo que habían sido hechiceros —dijo Arla—. ¿En qué otra especie hay hechiceros que no sea la humana?

«Entre los elfos» pensó River, pero no lo dijo. También sabía que la Alianza desconocía por completo con qué miembros contaba Esigion de Maelvania en su ejército.

—Lo averiguaremos —dijo finalmente.

Permanecieron en silencio hasta que llegaron al patio. Estaba extrañamente vacío, así que se pasearon en espera de que llegara Eyrien. Arla parecía estar en otro mundo, uno plagado de pesadillas y pozos de oscuridad, más que bajo el cielo soleado de aquel lugar cálido de la costa.

—Si yo no hubiese venido aquí…

—Pero has venido, eso es lo que importa —dijo River rodeándola con un brazo para darle ánimos—. El destino no siempre juega en nuestra contra, y tú tienes que estar agradecida de haber sobrevivido, porque si no aprovechas la vida que te queda no honrarás a los que ya no la tienen.

Arla sonrió con labios temblorosos.

—Hablas como Eyrien —dijo.

Al poco la verdadera Eyrien apareció por el pasaje que venía de las cuadras, con Elarha detrás. A River le pareció que al verlos la elfa ensombrecía su expresión, y se sintió en parte enfadado. Si a Eyrien le molestaba que abrazara a Arla, ya podía la Hija de Siarta ir replanteándose sus deseos y sus consejos. Sin embargo cuando llegó junto a ellos, su rostro ya era tan impenetrable como siempre.

—Vamos Arla —dijo con ternura —. Pronto estarás en casa.

Eyrien ayudó a la Alta humana a acomodarse sobre el lomo de Elarha, diciéndole dónde tenía que poner los pies. River dedujo que Eyrien pretendía que la Pegaso llevara a Arla a Udrian volando, y se maravilló de lo generosa que podía llegar a ser la Hija de Siarta con los, como ella misma diría, vulgares humanos. Le dio un abrazo a la maga y se acercó al morro de la Pegaso.

—Llévala directamente a Udrian —le dijo—. Vuela alto, Elarha.

Luego le dio un beso a la yegua en el morro y se apartó. Cogió a River de la manga y estiró para apartarlo de la trayectoria del despliegue de las alas de Elarha. Abandonada ya toda ilusión, el color del pelaje de la Pegaso había pasado del gris perlino a un brillante y luminoso color plata, y sus crines se movían sedosas bajo la más mínima brisa. A una señal de la elfa, alzó el vuelo doblando un poco sus peludas patas bajo el cuerpo. Cinco minutos después, ya se había perdido de vista llevándose a Arla a casa.

El patio quedó en silencio. River se sentía angustiado, tenía la sensación de que aquel era el último momento en que podría hablar con Eyrien antes de que se separaran por quién sabía cuánto tiempo. Ella permanecía a su lado mirando el cielo, esperando quizás el chubasco de sus sentimientos.

—Eyrien, yo...

—No —lo atajó Eyrien con suavidad—. No, River, no digas nada. No acabas de comprender lo que te estás haciendo a ti mismo. Mírame bien.

—Ya te estoy mirando —le respondió él.

—Pero no me estás mirando bien —dijo Eyrien—. Mira mis labios y mis cabellos azules, mis orejas puntiagudas y la agilidad de mi cuerpo. Observa mis ojos alargados y brillantes, y escucha mi voz. Tú eres joven y yo también, pero aun así te llevo casi dos siglos. Tú no quieres darte cuenta de lo diferentes que somos, River, pero venimos de mundos muy distintos.

—No me parece tan grave —dijo River—. Si me dijeses que eres un gul, te diría: vale, me lo pienso mejor.

Eyrien sonrió a su pesar.

—Entiende al menos esto —dijo Eyrien—. De aquí a cien años, tú ya hará tiempo que habrás muerto. Pero de aquí a esos mismos cien años, yo seguiré siendo demasiado joven incluso para plantearme asentar la cabeza. ¿Lo comprendes? Te aprecio, River. Seremos amigos, y yo veré con regocijo cómo te haces mayor y formas una familia, y aceptaré sin reservas el compromiso de proteger a tus hijos como ya se lo prometí a tus padres antes que a ti. Y tú serás también feliz.

River quiso decirle que eso no era cierto, que jamás sucedería.

—Será como tú desees, dama Eyrien —dijo en cambio.

—Acabarás dándote cuenta de que no puede ser de otra forma, River —dijo Eyrien poniéndole una mano en el hombro—. Nos separaremos por un tiempo, pero volveremos a vernos. Recuerda que Killian y tú seguís siendo parte de un misterio al que yo debo dar una explicación.

Permanecieron unos cuantos minutos más en silencio, disfrutando de la mutua compañía.

—Bueno —dijo Eyrien al final—, una que ya ha tomado su nuevo camino. Me pregunto si el destino de Arla ya contemplaba este trágico suceso, o si alguien se ha movido del suyo lo suficiente como para provocar un cambio en la fortuna de muchos.

—No te referirás a nosotros —le dijo River.

Eyrien lo miró con una expresión inescrutable.

—Yo no digo nada. Pero para romper la quietud de la superficie del agua sólo hace falta lanzar la más pequeña e inofensiva de las piedras —dijo con una de aquellas complicadas metáforas típicas de los elfos—. Si hubieras hecho eso, las ondas se expandirían imparables cada vez más amplias y su influjo llegaría a todos los confines de la masa de agua. ¿Te lo imaginas?

—Me lo imagino —dijo River. ¿Quién no había tirado alguna vez una piedra a un estanque sólo para ver cómo la superficie ondeaba en todas direcciones?

—Pues recuerda que todo ese movimiento, ese ondular imparable e impredecible, sólo lo había provocado una pequeña e inofensiva piedra.

Después se fue silenciosamente por donde había venido, dejándolo solo con sus cavilaciones. River sacó de un bolsillo la pulsera que le diera Nayara y la miró, preguntándose si sería él la piedra que desencadenaba los sucesos que se sucedían a su alrededor o si era sólo otra de las víctimas a quien no le quedaría más remedio que luchar contra las olas o ahogarse en ellas.

20

Más vale morir

Durante aquellos breves días posteriores a la batalla, muchos aprovecharon para descansar y reponer fuerzas, pues pronto partirían hacia sus respectivos destinos. Killian y River pasaron las horas juntos paseando por la ciudad, donde las muestras de júbilo por la libertad y de respeto y pena por los que ya no estaban se entremezclaban como tormentas que vinieran de direcciones opuestas. Hablaron de todo lo que les había sucedido, de lo que estaba por suceder, de lo que haría River con los elfos y de lo que podría decir Ian cuando Killian le explicase su relato. Hablaban de lo que fuera con tal de pasar cuanto tiempo pudieran juntos, conscientes como eran de que quizás pasaría mucho tiempo antes de que se volvieran a ver. Y aunque ambos pensaban también en cuándo llegarían a volver a ver a Eyrien cuando se separaran, ninguno hacía comentarios a aquel respecto.

Fue la última tarde en que todos estarían juntos en Sentrist cuando su antigua compañera de viaje fue a su encuentro. Vestía de nuevo con ropas de viaje de tela oscura que se ceñían a su cuerpo y Umbra la acompañaba de nuevo, repuesto ya de la convalecencia a que había estado dedicado tras el ataque del íncubo. Aunque Eyrien llevaba su espada y su arco prendidos a la espalda, llevaba también en una mano, aquella en que conservaba la herida de la daga, la antiquísima espada del vampiro.

—He venido a despedirme —dijo—. Quería hacerlo personalmente antes de que nos encontráramos todos a la puerta de la ciudad. Al fin y al cabo sois humanos pero hemos vivido mucho juntos.

—Te echaremos mucho de menos —dijo Killian conmovido pese al insulto.

—Te voy a echar de menos, Eyrien —le dijo River ignorando la incomodidad de la elfa—. No sé cuando volveré a verte y quería decírtelo solamente. Que estos días han sido los más intensos de mi vida y que tu marcha deja un vacío que hace que el mundo no sea ya tan interesante.

—¿Ah, sí? Yo creo que no lo has meditado bien —dijo ella—. ¿Pensaréis eso teniendo en cuenta que nos hemos peleado, que me habéis visto asesinar un humano, que nos han atacado los trasgos y los vampiros y que nos hemos odiado y hemos estado a punto de matarnos mutuamente?

—Sí —dijo Killian—. Aun con todo eso.

—Entonces es que se te han contagiado las rarezas del mago —dijo Eyrien sonriendo.

—Tiene sus cosas malas —bromeó Killian—, pero lo quiero a pesar de todo.

—Quiero que te la quedes tú —dijo Eyrien tendiéndole la espada de Ashzar a River—. Creo que así te quedarás más tranquilo. También Umbra irá contigo a Greisan y cuidará de ti.

—Me turba un poco la idea de ir a Greisan sin ti —reconoció River, cogiendo la espada del vampiro y observándola entre sus manos para no mirar a Eyrien—. Si sólo contigo ya me peleo, no sé qué voy a hacer entre tantos elfos.

—No tienes que preocuparte por eso —dijo Eyrien sonriendo—. Ahora eres el humano que salvó a su dama, así que todos estarán más predispuestos a soportar tus debilidades. Bueno, será mejor que nos vayamos. Eriesh y Freyn ya me deben estar esperando.

River se la quedó mirando, incapaz de apartar los ojos de aquel rostro que ya no vería en sólo el destino sabía cuánto tiempo. Su corazón se desangraba a cada paso que Eyrien daba alejándose de él.

Frente a las puertas traseras del palacio ya se congregaban los elfos, River, Killian, Suinen y algunos sentristianos de confianza, pero nadie más. Freyn y Eyrien estuvieron listos para marchar y, tras despedirse, montaron en sus caballos. Sólo faltaba Eriesh, que hablaba algo apartado con su Señora Islandis.

—¡Jano! —exclamó Killian emocionado.

Sólo Adrastea partiría en aquel momento, como montura de Eyrien en sustitución de Elarha, pero estaba claro que ahora que se había recuperado el joven bayo no podía estarse quieto y había abandonado los establos. Aún cojeaba un poco y la marca de la garra del gul recorrería para siempre su flanco, pero ni la enorme pérdida de sangre ni el dolor que aún latía bajo su piel recién cicatrizada habían podido minar su ánimo.

—¡Mira amigo! —dijo Killian deteniéndose frente al caballo y levantándose la manga para mostrar una cicatriz que, como Eyrien, él tampoco se había dejado borrar—. Ahora estamos iguales. Si tú quieres, somos hermanos.

El caballo le dio un golpe en el pecho que hizo que Killian se tambalease, pero el príncipe de Arsilon estaba ufano y le rodeó el cuello mientras veía a los viajeros tomar las riendas de sus caballos.

Tras dirigir una última mirada a todos los presentes, Eyrien lanzó a Adrastea al galope y se perdió a través de las puertas de la ciudad con los cabellos brillando al sol del atardecer y su capa ondeando al viento. Eriesh y Freyn la siguieron, y momentos después los tres habían desaparecido sin más ceremonia y sin más recuerdo que el que dejaban en las mentes de los que los habían despedido.

Mientras los demás empezaban a dispersarse para realizar sus propios preparativos del viaje, River permaneció pensativo donde estaba, recordando la metáfora de la piedra que le formulara la dama de la Noche. En su mente, la piedra era Eyrien, pero ella no hacía que las ondas se dispersaran sino que, de alguna forma insólita e incompresible, conseguía atraerlas hasta el centro que ella formaba. Dio un respingo al notar el tacto frío y suave de una mano féerica sobre su brazo, y se giró para alzar la mirada hacia el rostro majestuoso de Islandis.

—No te preocupes —dijo la elfa—. Eyrien deja un vacío en el corazón de todos nosotros cuando nos priva de su presencia, pero volveremos a verla antes de lo que tú crees. Mientras tanto, espero que nuestra compañía supla, aunque sea en parte, su ausencia.

Mientras subía las escaleras de piedra con la regia soberana de los Elfos de las Rocas, River sonrió por toda respuesta. Tenía la sensación de que Islandis podía leer a la perfección su pobre corazón humano y que, aun viendo lo que había en él, lo perdonaba y lo compadecía por tener unas esperanzas que nunca se podrían hacer realidad.

Poco tiempo después River partió con los Elfos de las Rocas hacia su hogar oculto en algún punto de la constelación de La Flecha hecha terrena. Le había costado mucho despedirse de Killian, y se habían abrazado tan fuerte que aún le dolían las costillas, pero con el paso de las horas se fue contagiando de la serena alegría e infantil curiosidad por la naturaleza de los Elfos de las Rocas. River no podía estar con ellos sin sentirse igual de feliz y vital, sorprendiéndose al admirar la forma retorcida en que crecía la rama de un árbol o escuchando los susurros que el viento le revelaba, como si estuviese compartiendo con él los secretos de la naturaleza que movía al mundo. Se sentía agradecido de las atenciones que los inmortales volcaban sobre él. Se daba cuenta de que aquellos seres eran completamente incapaces de entender la maldad, y por eso se reía cuando lo insultaban explicándole las cosas tan claramente que le hacían tener la sensación de que lo consideraban más simple que a sus caballos. El recuerdo de Eyrien no lo abandonaba, pero se hacía más soportable a medida que avanzaban.

Sin embargo, cuando acamparon para pasar la noche, River empezó a sentirse mal. Tenía la sensación de que algo intentaba introducirse en su mente sin su permiso, taladrándole el pensamiento con una insistencia corrosiva y dolorosa. Incapaz de dormir, no hacía otra cosa que dar vueltas entre sus mantas y observar el cielo. Se sentía al borde de un abismo desconocido. Supo que había cometido un error grave cuando, al aceptar que sentía una cierta curiosidad por saber qué era lo que lo acosaba, empezó a notar que por su cuerpo se extendía una opresiva sensación de vahído. Se asustó al darse cuenta de que aquella sensación de desvanecimiento era más física que mental, como si su cuerpo estuviera evaporándose del lugar en que reposaba. De pronto notó que Umbra hincaba los colmillos en sus ropas. Sintió que los elfos se ponían alerta a su alrededor, y que Islandis gritaba. Y de pronto todos sus sentidos se sumieron en el más negro vacío.

River despertó de su sueño impuesto un rato después, sintiendo calambres en cada músculo de su cuerpo. Se dio cuenta de que ya no estaba en el campamento élfico sino que se encontraba en una estancia vagamente familiar. Creyó reconocerla como una sala de adiestramiento de un Centro Umbanda, pero parecía tétrica y abandonada.

—Alto humano, puedes dar gracias porque has sido elegido para ser el recipiente de la más grande de las experiencias que van a producirse en este milenio —dijo de pronto una voz cavernosa. A River le pareció bastante gracioso que dijeran que iba a recibir un honor, teniendo en cuenta que estaba inmovilizado con grilletes y con un potente conjuro de paralización—. Tu colaboración permitirá descubrir un misterio que acongoja a todos los Pueblos Libres desde hace demasiado tiempo. Ha llegado el momento de concederte el deseo de tu corazón: que ningún obstáculo se interponga en tu camino a la grandeza.

—¿Quiénes sois? ¿Sois los Sabios de Siarta? —preguntó River sin dejarse llevar por el pánico—. ¿Y quién os ha dicho que lo que yo quiero me lo podíais imponer vosotros por la fuerza?

—Quiénes somos no importa, pero no somos los Sabios por los que preguntas —dijo otra voz diferente de la primera, ésta vez femenina—. Y respecto a que vamos a imponerte un honor por el que muchos humanos darían la vida, preferimos pensar que vas a aceptarlo de buen grado. Al fin y al cabo, deberías pensar en los beneficios que podría reportarte el hecho de convertirte en el más grande de los Altos humanos. Tan alto y glorioso que ni siquiera nosotros mismos podemos prever hasta dónde llegará tu poder. Y cuando te des cuenta de la gracia que se te ha entregado, si sobrevives para conservarla, nos lo agradecerás eternamente.

—¿Y si no quiero? —dijo River.

—Entonces morirás —dijo una tercera voz—, porque si te resistes sucumbirás en el esfuerzo.

—Alguien me dijo que a veces ni siquiera puedes escoger la muerte —dijo River haciendo acopio de valentía, previendo lo que se le venía encima—. Así que si yo tengo ahora esa posibilidad, no voy a desagradecerla desaprovechándola. No soy el títere ni el sujeto de los experimentos de nadie.

—¿Y no has pensado —volvió a decir con suavidad la voz femenina—, que quizás el honor que vamos a concederte podría ser la llave que te permitiría entrar en el corazón de ese alguien que tanto anhelas? Sí, puedes morir, pero también puedes decidir no hacerlo y descubrir que algunas de las barreras que te impiden llegar a tu meta ya no se levantan inexpugnables ante ti.

Sin que pudiese evitarlo, River imaginó ante él la figura de Eyrien, pensando que, si moría, ya no la volvería a ver. Las figuras que se ocultaban en las sombras debieron leer su mente porque una nueva voz se alzó en el silencio latente:

—Has elegido. Ahora relájate y lucha por no perder tu vida.

Sin más palabras algo se introdujo en su mente con doloroso ímpetu, y volvió a sentir aquella sensación en que un millar de finas agujas se introducían en su cerebro volviendo locas a todas las células de su cuerpo. Pero aquella vez la sensación torturante se intensificó tanto que River supo que ni poniendo todo el esfuerzo de su mente y de su cuerpo en el intento de seguir con vida, podría conseguirlo. Notó que gritaba con toda la fuerza de sus pulmones, deseando que la muerte llegara de una vez para aliviarle aquel dolor.

River no supo nunca que en algún lugar y en aquel mismo momento, otras mentes más poderosas que las que estaban minando su existencia empezaban a darse cuenta de lo que sucedía en un lugar abandonado de Quersia, ni que Umbra corría como el viento guiando a los Elfos de las Rocas hacia el lugar donde él sufría su tormento. Tampoco sabía lo que pasaría por las mentes que habían decidido honrarlo de forma tan cruel al notar que su experimento fallaba, pues River sólo podía dar gracias al cielo porque la insondable oscuridad extraía de su cuerpo todos los dolores y las angustias, aunque fuera por el precio de su existencia.

Su último pensamiento fue para darle la razón a Eyrien respecto a que, algunas veces, simplemente era preferible morir.

Diario de Los Dos Continentes

Según los datos que aparecen
en La Cazadora de Profecías

Pueblos:

LAS CUATRO ESPECIES:

ELFOS: Los humanos les llamarán Hijos de los Dioses porque son los únicos que se comunican con éstos y obtienen su favor a través de la magia. Son inmortales, mayores de edad a los 100 años, aunque emocionalmente no maduran completamente hasta los 250 años. Los hay de diversas razas:

—**Elfos de la Noche**: Elfos siartanos. Sus cabellos, ojos y labios poseen los colores de la gama de los azules y pueden convertirse en sombras. Son de magia cálida y obtienen su energía feérica de la Luna y las estrellas, a laos que consideran sus esencias. Son los más poderosos en el uso de la magia y son los únicos con capacidad de clarividencia, de lao que se ocupan los Sabios Videntes.

—**Elfos de las Rocas**: Elfos greisianos. Sus cabellos, ojos y labios poseen los colores de la gama de los grises y pueden convertirse en piedra. Son de magia fría y obtienen su energía feérica de los minerales preciosos.

—**Elfos del Fuego (elfos Ígneos)**: Elfos vulcanianos. Sus cabellos, ojos y labios poseen los colores de la gama de los naranjas y pueden convertirse en energía eléctrica (los más poderosos). Son de magia cálida y obtienen su energía feérica del fuego y las tormentas, a los que consideran sus esencias.

—**Elfos de los Bosques**: Elfos quersianos. Sus cabellos, ojos y labios poseen los colores de la gama de los verdes y pueden mimetizarse con los elementos de los bosques, así como controlarlos. Son de magia neutra, ni fría ni cálida, y obtienen su energía feérica de las plantas. Existe una subespecie de los bosques leñosos que rodean las Grandes Selvas, y que poseen rasgos marrones.

—**Elfos del Aire**: Elfos boreanianos. Sus cabellos, ojos y labios poseen los colores de la gama de los azules claros. Tienen alas, que pueden hacer invisibles a placer, y vuelan. Son de magia neutra y obtienen su energía feérica de los vientos. Son los más serenos y pacíficos de todos los Elfoselfos.

—**Elfos del Agua**: Elfos marinos. Sus cabellos, ojos y labios poseen los colores de la gama del azul verdoso y tienen cola de pez cuando están en el agua. Son de magia fría y obtienen su energía feérica del agua y las corrientes. Existe una variedad del agua dulce, de rasgos más plateados, que actualmente vive únicamente en el Lago Plata de Quersia.

HUMANOS: Antiguamente los humanos eran una sola raza, mortal. Sin embargo, la unión de algunos de ellos con los eElfos en su época de amistad, los separó en dos razas:

—**Bajos humanos**: Los que son puramente humanos. No pueden usar la magia y no son inmunes a ella. Antiguamente vivían en el Continente Sur (Reinos de Suria), pero las guerras y los pueblos de Maelvania los obligaron a trasladarse al Norte y desplegarse en él, haciendo retroceder a los seres feéricos. Durante este proceso de migración, perdieron su esplendor y la mayoría de sus valores, que se conservan aúntodavía en Arsilon. Aun así son los más numerosos y los habitantes principales del mundo conocido.

—**Altos humanos**: Los que descienden de uniones mixtas entre elfos y humanos y practican magia. Acostumbran a tener rasgos más delicados, son más altos, y dependiendo de la antigüedad de su ancestro elfo, pueden tener signos físicos más o menos evidentes de este legado élfico; generalmente un color de ojos o cabellos inusual. También suelen vivir unos pocos años más, llegando a la vejez un poco más tarde. La mayoría residen en Udrian, a donde se trasladaron durante la época de amistad con los feéricos para estar cerca de los elfos de Siarta, aunque los hay en ambos continentes. Los **Nigromantes** son los Altos humanos del Reino de Maelvania, cuyas enseñanzas mágicas se centran en los poderes Vodun, es decir oscuros, y pueden crear los golems de Maelvania. Su educación se basa en el miedo y la violencia, para hacer de ellos guerreros sin compasión ni sentimientos.

Enanos: De la mitad de la talla de un humano, es la especie más antigua de las cuatro principales. Viven unos cuatrocientos años y son mayores de edad a los 150. Son muy joviales, aunque de ira viva. Son buenos guerreros y grandes artesanos, capaces de producir las más poderosas armas. Por lo general son inmunes a la magia, aunque pueden sufrirla si el hechicero es muy poderoso. Pertenecen a la Alianza y tras abandonar las Fortalezas de Piedra, su primer hogar, se concentran en dos regiones, Riskaben y Enadar.

Íncubos: (Súcubos las hembras). Vampiros. Se alimentan de sangre y tienen predilección por los elfos, tanto para alimentarse como para tener descendencia con ellos (vVampiros de alta estirpe). Por lo general son elegantes y atractivos, de ojos grises o negros, y tienen aspecto de Altos humanos, aunque no respiran y no están vivos ni muertos. Pueden usar la telepatía como los elfos y tienen una cierta capacidad de control mental sobre sus víctimas. No consideran tener edad ni memoria histórica, por lo que el tiempo no se acumula en ellos como en los elfos. Se desconoce cuándo aparecieron y a partir de que especie.

Otros pueblos:

Wendigos: Humanos que se han convertido en seres antropófagos, perdida toda humanidad, debido a la mordida de un chupasangre. Viven en tribus en los bosques y devoran a los viajeros desprevenidos; muchos de ellos eran antiguos habitantes de Arsilon, que lucharon contra la Alianza Negra.

Basiliscos: Reptiles serpentinos de gran tamaño, con hasta cuatro metros de largo, que poseen un veneno muy tóxico y una mirada letal. Habitan en todo el Continente Norte aunque son escasos y esquivos, prefiriendo el subsuelo. , aunque pPueden ser muy agresivos si se sienten amenazados o molestados.

Trasgos: Seres de los bosques, altos, de más de dos metros, aunque suelen andar inclinados. De largas extremidades y un color grisáceo pardusco. Poseen garras y largos colmillos, y una agresividad pareja a la de los Kapres, aunque son notablemente estúpidos. Suelen ir en grupos numerosos y atacar a la vez, única forma en que son valientes.

Uldras: Seres feéricos menores que habitan en los árboles, de los que cuidan. Tienen aspecto humanoide, de tamaño pequeño, pero sus pies tienes tres dedos acabados en garras y tres dedos largos y puntiagudos en las manos. Hablan el Uldaran y por lo general son tímidos, aunque afables, y se muestran únicamente a los otros feéricos. aunque pPueden atacar a los mortales que dañen a sus bosques mientras éstos duermen.

Pegasos: Caballos de gran tamaño, alados, de tupido pelaje generalmente de color plata o u ocre. Son animales feéricos inmortales, inteligentes, tímidos y esquivos con los humanos. Suelen vivir en bosques montañosos y rocosos, aunque en la actualidad su territorio y su número se han reducido hasta el borde de la extinción, motivo por el cuál cual algunos de ellos se unen a los miembros feéricos de la Alianza.

Guls: Seres antropófagos que poseen un cuerpo musculoso y de miembros largos, ojos negros y alargados, y garras y colmillos fuertes como el acero. Pueden adquirir el aspecto de jóvenes lampiños y atractivos si desean acercarse a sus víctimas si ser reconocidos, y suelen vivir en colonias simbióticas controladas por una única mente "«padre»". Son buenos caza-reliquias y son navegantes o comerciantes de tesoros.

GEOGRAFÍA:

AMAZONIA: Región del noroeste, poco habitada, donde residen las últimas amazonas. Se divide en Amazonia exterior, donde aún viven colonias humanas, y Amazonia interior, donde viven las amazonas y donde se encuentra Équida.

ANTIGUA SURIA: Región que comprende Niaranden y Boreanas, últimos territorios libres del Continente Sur.

ARSILON: (Nombre clave astronómico: Albireo, de la Estrella de Verano). Ciudad principal del pueblo humano, situada en Dreisar. Centro de la Triple Alianza.

BOREANAS: Territorio de los Elfos del Aire, que junto con Niaranden forman la antigua región de Suria. Limitada al sSur por la Llanura Áurea.

CENTRIA: Región que comprende a de Gevinen, Sentrist, Fernost y Enadar.

CORALIA: Ciudad portuaria pirata y comercial.

DREISAR: Región boscosa que rodea Arsilon.

ENADAR: Principal ciudad de los Enanos del Valle, en Centria.

ÉQUIDA: Región independiente dentro de Amazonia, que pertenece de forma natural a Pegasos y Centauros.

ESTRECHO DEL ABISMO: Región del noroeste, la única que conecta ambos continentes por tierra. Ahora habitado por las Colonias Femorianas.

Fernost: Ciudad principal del Reino Libre de Fernost. Se encuentra cerca del valle de Enadar, en la región de Centria.

Fortalezas de Piedra: Situadas en Karstia, son el antiguo hogar de los eEnanos.

Gevinen: Ciudad Neutral situada entre Arsilon y Sentrist.

Gran Abismo: Sima del noroeste donde se acaba el mundo.

Grandes Selvas: Región poco conocida del noreste donde habitan los Elfos de los Bosques Leñosos. Delimitan el mundo por el Este.

Greisan: (La Flecha) Ciudad principal de los Elfos de las Rocas.

Hermas: Ciudad Neutral, situada entre Arsilon y Nórdica.

Hidria: Isla que se encuentra frente al Estrecho del Abismo. Está inexplorada porque se la considera un nido de hidras y basiliscos.

Hielos Perpetuos: Por encima de Siarta, delimitan el mundo por el Norte.

Isla Bruma: Misteriosa isla que se encuentra entre Sentrist y Niaranden.

Isla Roja: Isla del centro este donde habitan los piratas independientes.

Karstia: Región del noroeste, limitada por Amazonia y el Gran Abismo, donde se hallan las Fortalezas de Piedra.

Lago Plata: Hogar de los Elfos del Agua Dulce, situado en Quersia.

Llanura Áurea: Desierto en que limitan Boreanas y los reinos de Maelvania, y que se extiende por todo el resto del Ccontinente sSur. Delimita el mundo por el Continente Sur.

Llanura Quebrada: Zona volcánica situada en el camino de Arsilon a Gevinen, situada debajo de las Arboledas exteriores del Bosque de Dreisar.

Maelvania: Ciudad principal de los Reinos Cáusticos.

Nórdica: Región que comprende las tierras Siarta y Udrian.

Niaranden: Ciudad principal del Reino Libre de Antigua Suria, que se encuentra en la costa norte, en el límite de Centria.

Quersia: Gran bosque del oeste. Engloba Quersis y uno de los Centros Umbanda.

Quersis: (El Delfín) Ciudad principal de los Elfos de los Bosques.

Riskaben: (Altaïr, de El Águila) Principal territorio de los enanos del oeste.

Sentrist: Ciudad principal del reino libre de Sentrist, que se encuentra en la costa que está enfrente de Niaranden.

Selbast: Ciudad Neutral situada entre Centria y Amazonia.

Siarta: (Deneb, de El Cisne) Principal ciudad de la región de Nórdica, antiguas Tierras Altas. Allí viven los Elfos de la Noche.

Udrian: (Vega, de La Lira) Ciudad humana principal de la región de Nórdica.

CRONOLOGÍA:

—**0:** Profecía que tiene como protagonistas a River y a Killian.

—**15:** Traslado de Killian de Arsilon a las tierras paternas.

—**16:** Acceso al trono de Ian de Arsilon.

—**18:** Alianza Negra, ataque de chupasangres y kapres.

Muerte de los padres de River y adopción de éste por Ian.

—**20:** Asesinato de la madre de Killian.

—**24:** Nacimiento de River de la Casa de los Tres Elfos.

—**25:** Nacimiento de Killian de Arsilon.

—**32:** Segundo enfrentamiento de Eyrien con los guls de Niaranden.

—**50:** Incursión en las tierras de los Femorianos y desencadenamiento de la enemistad con éstos.

—**100:** Primera Invasión Gul.

—**110:**Primeros gólems de Maelvania en el Continente Norte.

—**221:** Nacimiento de Eyrien de Siarta.

—**800:** Ruptura de las relaciones entre elfos y humanos.

—**1000:** Última muerte de un Sabio Vidente de Siarta.

—**1200:** Primera noticia sobre la saga de los Esigion de Maelvania.

Incendio de la Biblioteca de Siarta.

—1300: Guerras de Magia que enfrentaron a elfos y Altos humanos.

—1500: Subinion, nuevo señor de Siarta.

—1800: Nacimiento del vampiro Ashzar.

—2400: Guerras Sangrientas entre elfos y enanos.

—2500: Primeros humanos en el Continente Norte.

—3500: Guerras Feéricas de los elfos.

Para más información sobre La Cazadora de Profecías
visita www.carolinalozano.com